法藏知津

五編：佛教思想・文化・語言研究專輯

杜潔祥 主編

第 17 冊

因果輪迴研究
——以《閱微草堂筆記》爲探討

薛宜欣 著

花木蘭文化出版社

國家圖書館出版品預行編目資料

因果輪迴研究——以《閱微草堂筆記》為探討／薛宜欣 著—
初版 — 新北市：花木蘭文化出版社，2017〔民106〕
目 2+218 面；19×26 公分
（法藏知津五編：佛教思想‧文化‧語言研究專輯 第 17 冊）
ISBN 978-986-404-818-2（精裝）
1. 閱微草堂筆記 2. 研究考訂

820.8 105014960

ISBN-978-986-404-818-2

法藏知津五編：佛教思想‧文化‧語言研究專輯
五 編 第十七冊 ISBN：978-986-404-818-2

因果輪迴研究——以《閱微草堂筆記》爲探討

作 者 薛宜欣
主 編 杜潔祥
副總編輯 楊嘉樂
編 輯 許郁翎
出 版 花木蘭文化出版社
社 長 高小娟
聯絡地址 235 新北市中和區中安街七二號十三樓
電話：02-2923-1455／傳眞：02-2923-1452
網 址 http://www.huamulan.tw 信箱 hml810518@gmail.com
印 刷 普羅文化出版廣告事業
初 版 2017 年 3 月
定 價 五編 25 冊（精裝）新台幣 48,000 元

因果輪迴研究

——以《閱微草堂筆記》爲探討

薛宜欣　著

作者簡介

薛宜欣，出生於台北，成長於嘉義，銘傳大學應用中國文學系畢業，嘉義大學應用歷史學系碩專班碩士，現任職於南部公務機構，興趣是文學、歷史與佛學。

提　要

紀曉嵐晚年傾注近十年（清乾隆五十四年（1789 年）至嘉慶三年（1798 年））心血完成《閱微草堂筆記》，可說是總結一生經歷抒懷，《閱微草堂筆記》在時間上，主要搜羅三界神佛狐鬼、因果業報等流傳的鄉野奇譚，或紀曉嵐親身所聽聞的奇人軼事；在空間上，記述範圍遍及全中國遠至烏魯木齊，南至滇黔，並旁及臺灣、南洋等地。全集分五書〈灤陽消夏錄、如是我聞、槐西雜志、姑妄聽之、灤陽續錄〉，共二十四卷，1208 篇，其中以因果關係為類型的題材約三百多篇，傳達紀曉嵐對社會、文化和政治的看法，有其追求「善」的思想，故事表面或許充滿魑魅魍魎、滿天神佛及果報輪迴等內容，實則勸善懲惡、教化意味濃厚，《閱微草堂筆記》、《聊齋誌異》與《紅樓夢》同為清代三大流行小說，然而紀曉嵐在序中揭示自己寫作目的是「不乖於風教」、「有益於勸懲」，故其寫作風格與《聊齋》取法傳奇途徑迥異，寫作筆法與《紅樓夢》之兒女情長更大相逕庭，討論度與聊齋、紅學相形之下，較為乏人問津。

本文中將《閱微草堂筆記》之因果輪迴故事歸納成三類：

其一、因果與輪迴：（一）因果業報、（二）輪迴因果——再世為人、（三）輪迴因果——轉生他類

其二、有益於勸懲之果報關係：（一）果報在身——善因善果、（二）果報在身——惡有惡報、（三）果報後嗣、（四）孝義果報

其三、因緣際會：（一）復仇因果——現世復仇、（二）復仇因果——輪迴復仇、（三）警示預言

藉由紀曉嵐的文字，透過以上論述，構析出清代文人與一般階層的社會思想，了解當代潮流與庶民生活，依相似特性歸納劃分，探討因果故事中作者提倡的倫理思想及時代樣貌，宣揚與人為善觀念，且希望對傳統社會的反省能和前人研究呈現不同態樣。

謝　誌

　　基於工作的瓶頸及對歷史的愛好，讓我覺得自己應多充實並增加文學涵養。有幸接觸嘉義大學應用歷史研究所，但人生苦短，中國歷史的浩瀚精深，豈是短短幾年課程能管窺堂奧，一眨眼三年過去，無論如何，總算將論文完成，期望順利地邁向人生的另一個歷程。本論文的完成，要感謝的人太多，以下列點呈現：

　　1. 感謝指導教授－詹士模老師的細心指導，在我論文拿不定主意時，給我明確的方向，承蒙學識淵博的詹老師，不厭其煩地提供書籍意見，使論文可以順利完成，在此致上最深的謝意。

　　2. 感謝所上的諸位教授，讓我領略到許多歷史的知識與增進歷史素養，這對我茫茫未知的人生旅途上將有莫大的幫助。

　　3. 感謝系上的助教與同學的幫忙，從上課、作業到論文的完成，沒有助教與同學相助的話，我恐怕會遇到更多的困境與磨難。

　　4. 感謝我的家人，全力支持我念研究所，讓我無後顧之憂，專心一意的完成目標，因為家人的鼓勵，我方能幸順地完成這得來不易的學位。

　　5. 感謝我的好同事，因為有他（她）們的包容，讓我能兼顧工作與學業，並完成論文。

　　工作之餘，思索自己庸庸碌碌，課業上的學習與師長教誨，使我對於人文社會的演化，有新的體悟，體悟先聖先賢的深哲至理，身處歷史洪流，人生若真有輪迴，則日月時間的恆永長流，不知已傳承幾世代了？生命若是河流，人生即如舟行河上；河道寬廣狹隘、舒緩急湍或險灘暗礁難測，以致人生之船，快慢急徐、顛波平順皆有，人人都希望自己的人生能風平浪靜，只

是環境際遇、現實生活總是逆順得失交替；但讀歷史研究所一直是我心中所想，而這個夢想終將圓滿完成。

　　謹以此感謝我敬愛的家人、師長以及在我求學路上曾經協助、鼓勵我的每個人，謝謝。

目次

第一章　緒　論

第一節　研究動機與研究目的

壹、研究動機

「平生心力坐銷磨，紙上煙雲過眼多。擬築書倉今老矣，只應説鬼似東坡。前因後果驗無差，瑣記搜羅鬼一車。」〔註1〕紀曉嵐（1724～1805年），名昀，清代學者、文學家，直隸獻縣（今屬河北）人。自幼聰明，乾隆十二年（1747年），中順天鄉試第一名舉人，乾隆十九年（1754年）中進士，官至禮部尚書、協辦大學士。相比於屢試不第的蒲松齡，紀曉嵐幸運得多，他學問淵博，擅長考證訓詁。乾隆間輯修《四庫全書》，他任總纂官，並主持寫定《四庫全書總目》200卷，又編《四庫全書簡明目錄》一書。這兩部書廣泛而系統地評介我國的大量古籍，成為比較完整、嚴密的文學批評專著。紀曉嵐春風得意、躊躇滿志，人生卻也出現戲劇性的逆轉，獲罪落馬，昔日朝中寵臣，今日階下罪囚，被貶戍烏魯木齊約兩年半的時間，因其文采出眾，在戍所主要做文案工作，行動也較自由，並未因此多受苦，反而因為西域的風土人情開闊視野，增長見聞。所著《閱微草堂筆記》有5書24卷，其中〈灤陽消夏錄〉6卷寫成於乾隆五十四年（1789年）夏，五十六年（1791年）寫成〈如是我聞〉4卷，五十七年（1792年）寫成〈槐西雜誌〉4卷，五十八年（1793年）寫成〈姑妄聽之〉4卷，嘉慶三年（1798年）再寫出〈灤陽續錄〉

〔註1〕嚴文儒注譯，《新譯閱微草堂筆記》（臺北：三民書局，2013年），頁2203。

6 卷。

　　《閱微草堂筆記》內容豐富，以記述狐鬼神魅故事爲主，兼記舊聞逸事，作者本身經歷瑣談、器物古董考證，並記時事；博通古今，三教九流無所不談，實爲志怪與筆記小說的混合體。其故事內容，反對爲富不仁，反對凌虐奴僕，呼應平民百姓的反抗、復仇行動表現出容忍和同情，一些故事還反映勞動人民的正直、純樸和智慧。是清代較有價值的筆記小說。《閱微草堂筆記》、《聊齋誌異》與《紅樓夢》同爲清代小說，然而紀曉嵐在序中揭示自己寫作目的是「不乖於風教」、「有益於勸懲」〔註2〕，故其寫作風格與《聊齋誌異》之取法傳奇途徑迴異，寫作筆法與《紅樓夢》之兒女情長更是大相逕庭，自成一家。《閱微草堂筆記》的流傳，大陸學者王鵬提到：

> 每出一種，即輾轉傳抄，書商刻印，流傳頗廣。嘉慶五年（1800年）紀曉嵐門人盛時彥合刻5種印行，定名爲《閱微草堂筆記》。其後刻本甚多，有嘉慶間盛氏復刻本（原版遭火災焚燬）、道光十五年刻本，在民國時期有文明書局《清代筆記叢刊》本、進步書局石印本、會文堂書局詳注本、商務印書館版本等。……20世紀80年代以後，各地出版社紛紛再版《閱微草堂筆記》。僅以近三年爲例，2007年有北京當代世界出版社、北京燕山出版社、濟南齊魯書社、西安三秦出版社、南京鳳凰出版社再版，2008年有揚州廣陵書社、內蒙古人民出版社、北京藍天出版社、廣州出版社、瀋陽萬象出版公司再版，2009年有重慶出版社、武漢崇文書局再版等。〔註3〕

《閱微草堂筆記》得以流傳的原因，除了內容豐富有其吸引力外，文章也自有魅力。紀曉嵐妙筆生花，故事文情並茂，可讀可誦，但情節壓縮，不至於枯燥無味，文字精煉，而不一味含糊不明。講求質樸，有神采，有韻味，有理趣，而非質木無文，失去文章之美，雖然是文言，然並不艱深難讀，或故作高深詰屈聱牙，總體是平易近人，淺顯易懂，是容易入門的研究題材，與聊齋、紅學相較，研究人數較爲少數。

　　因果報應思想是佛家的根本思想之一。中國有文學教化的傳統，傳統文化賦予小說以道德教化爲骨幹，因此小說中存在著因果報應主題，各時期各

〔註2〕紀曉嵐撰，《閱微草堂筆記》（北京：中華書局，2013年）卷一〈灤陽消夏錄一〉，頁4。

〔註3〕王鵬著，〈紀曉嵐和《閱微草堂筆記》〉，2010年2月3日（中華讀書報）。

類小說（筆記、傳奇、話本、章回）中都有表現果報思想的作品，有的獨立成篇，有的穿插於其他故事間，內容廣泛，幾乎涉及社會生活的各個層面，六道輪迴的領域博大精深，即使科學昌明的現代，因果報應的案例仍時有所聞，藉《閱微草堂筆記》中的故事稍稍領略，果報與輪迴除了是宗教信仰的範疇，是死亡之後靈魂的去向，嚴肅且和現實生活距離遙遠，但在紀曉嵐的記述中，果報與輪迴往往在冥冥中如影隨形，摒除宗教的理論教條與邏輯，可望由紀曉嵐筆下體悟人生道理。

貳、研究目的

　　作為一部志怪小說，因果故事在《閱微草堂筆記》中的作用和比例極高也極其重要，具有一定的研究價值。就故事文本來看，《閱微草堂筆記》幾乎篇篇不離宗教意涵、章章皆有神妖鬼怪，或寓指世事，或抒發感慨，其中不僅有紀曉嵐等文人對於宗教信仰的認識理解，也有鄉野百姓眼中仙佛鬼界的存在狀態，其中尚有很多宗教文化內容，皆反映出當時的宗教信仰、政治氛圍與學術環境。除了《閱微草堂筆記》本身的文學價值外，想透過此次研究，明瞭作者所傳達人物的性格、處世方法態度、社會生活環境，甚至整個時代背景的脈動。

　　從上古到先秦兩漢的神話、寓言，到六朝小說、唐宋傳奇、明清小說等，其中經典作品無不體現出教化人心的社會功用，歌頌正向光明，正義公理，鞭斥黑暗腐朽，旁門左道，並提出人性善惡問題，勸人為善，順天應理。小說作為文學領域中的一種形式，一般是描寫人物故事，塑造多種多樣的人物形象性格，時間、地點，同時擁有事件完整布局、發展及主線的文學作品。古典小說一般是從作品結構上以果報思想作為整體結構的基礎，並融合三綱五常、忠孝節義等倫理道德說教結合在一起，以引人入勝的故事情節表達抑惡揚善的教育宗旨，相信因果報應之說可以提高人潛意識的的責任感，使人體悟必須為自己的一言一行負責，做任何事或行為都必須考慮到後果，不僅是眼前的現實的後果，還有將來甚至下世的報應。中國古代歷來就要求文藝要起到「勸善懲惡」的作用。本文藉由《閱微草堂筆記》因果輪迴故事之研究，探討乾嘉時期的社會文化背景，以及紀曉嵐透過因果故事表現出他對公平正義的追求與匡正倫理、社會風氣的期望，以各種不同因果輪迴故事來導正社會善良風俗，並追求公正吏治，寄予除暴揚善的教化意圖。

謀事在人，成事在天，閱讀因果輪迴故事是簡單的自我約束，是激勵式約束，不管做事說話，都心存善念。因善有善報，惡有惡報，人要想真正健康幸福，要用愛、感恩和祥和的心代替怨恨、不滿和憤怒的反社會心理。《閱微草堂筆記》中的果報故事是借鏡，當真摯感受到紀曉嵐筆下字字珠璣，體會生命的能量和價值，常心存善念，長期潛移默化所形成的正面光明思想，即使一時遭遇陰霾困頓，內心依然能得到平靜。

第二節　前人研究成果

紀曉嵐晚年傾注心血完成《閱微草堂筆記》，可說是總結一生歷練之書寫。以作者筆錄友朋的聽聞為觀點視角，藉著他所相信的鬼神妖魅存在與人的互動以及對人的影響，形成人生的警惕意義，心靈世界的樣態，著實反映其生命觀。魯迅在《中國小說史略》中對《閱微草堂筆記》有很高的評價：

> 惟紀昀本長文筆，多見秘書，又襟懷夷曠，故凡測鬼神之情狀，發人間之幽微，托狐鬼以抒己見者，雋思妙語，時足解頤；間雜考辨，亦有灼見。敘述復雍容淡雅，天趣盎然，故後來無人能奪其席，固非僅借位高望重以傳者矣。〔註4〕

《閱微草堂筆記》題材豐富，其中以因果報應為題材的故事將近三百多篇，傳達出紀曉嵐對社會、文化和政治的看法，以及寄託著「有益於勸懲」〔註5〕、「大旨不乖於風教」〔註6〕的創作目的。他以「因果報應」的方式來書寫故事情節，因此在大量的果報故事中，有其追求「善」的思想。故事或許充滿著神仙妖鬼、因果報應輪迴等內容，展現勸善懲惡、教化民心的傳統思想，深入探討，可發覺其真正的面貌是一位閱歷豐富、洞察世事的智者對人世百態的體會。《閱微草堂筆記》的輪迴果報故事，可探討紀曉嵐的深層思想和其對倫理道德規範的要求，亦反映當時社會文化、社會價值觀，甚至是紀曉嵐受傳統社會影響下的侷限。以此為研究材料，試圖從這些鄉野流傳的故事以及作者的筆記中，探討紀曉嵐的因果與輪迴觀，以及寓寄勸懲的宗旨。前人研

〔註4〕魯迅撰，《中國小說史略》（上海：上海古籍出版社，2006 年）第 22 章，頁138。

〔註5〕紀曉嵐撰，《閱微草堂筆記》（北京：中華書局，2013 年）卷一〈灤陽消夏錄一〉，頁4。（以下註引同此版本）

〔註6〕《閱微草堂筆記》卷十五〈姑妄聽之一〉，頁247。

究中，賴芳伶〈《閱微草堂筆記》中的觀念世界及其源流影響〉，〔註7〕以寓言方式建造起來的鬼（神）狐世界入手，可以看到當時社會的風氣和思潮、紀曉嵐在時代背景的籠罩下所構築而成的道德倫常標準，以及他對社會問題和國家吏治的關懷之情。筆記中更記載了許多鬼（神）狐和人說文學、論學術、談考證的故事，不僅反映了紀曉嵐，也反映了時代，觀念世界的探討、和魏晉南北朝志怪小說的關係及比較。陳韋君〈《閱微草堂筆記》情緣故事之研究〉，〔註8〕依對象分類成三大類，分別為一、人間男女情緣，二、人與異類情緣，三、鬼類情緣。針對這三大類深入去解讀作品，結合心理、社會和歷史的視野，儘可能多元角度切入，希望能藉此窺見故事的精神內涵和思想意蘊。

劉雯鵬〈歷代筆記小說中因果報應故事研究〉，〔註9〕在探究歷代果報故事之前，先略述果報觀念之產生、流變以及中國果報觀念盛行之因，以期對果報故事的內容作深入及有系統的探討。小說家常藉由故事呈現出己身之思想觀念，同時小說亦可反映出當時之時代背景。故就果報故事中報應的依據，歸納出人們對家庭倫理、社會規範、政治規範之要求，以及就報應的因與果以析述中國女性的地位。果報觀念就本質而言即是一種宗教信仰，故有相應的儀式，歸納故事中所見之宗教行為及解讀宗教行為之深層意涵；敘述歷代人們所崇奉之神祇，及各神祇信仰之消長與差異。歸納研究所得，對果報故事作一整體綜述。金志淵，〈《閱微草堂筆記》鬼神故事之研究〉，〔註10〕將鬼故事內容分類探討的焦點，凝聚在人鬼的關係上，即以人鬼關係為分類設項的前提，再由此逐條尋繹紀曉嵐如何呈現出自己對鬼的觀念，以期對鬼故事內容有更深層次的掌握和認識。鄧代芬〈《閱微草堂筆記》的陰間界域研究〉，〔註11〕多元的鬼神觀，正好反映中國文化中儒釋道互相滲透的宗教觀。紀曉

〔註7〕賴芳伶，〈閱微草堂筆記中的觀念世界及其源流影響〉，臺北：臺灣大學中國文學研究所碩士論文，1974年。
〔註8〕陳韋君，〈《閱微草堂筆記》情緣故事之研究〉，台中：中興大學中國文學系碩士論文，2003年。
〔註9〕劉雯鵬，〈歷代筆記小說中因果報應故事研究〉，臺北：中國文化大學中國文學研究所博士論文，2003年。
〔註10〕金志淵，〈《閱微草堂筆記》鬼神故事之研究〉，臺北：臺灣大學中國文學研究碩士所論文，2004年。
〔註11〕鄧代芬，〈《閱微草堂筆記》的陰間界域研究〉，雲林：雲林科技大學漢學資料整理研究所碩士論文，2006年。

嵐撰述的陰間界域具有解決人世紛爭、重新界定是非、伸張正義、獎勵忠孝節義、懲罰貪官污吏和凶悖豪霸的作用。

蘇晏玲〈《閱微草堂筆記》吏治研究〉，〔註12〕吏治是呈現清代政治社會的一個重要題材，紀曉嵐處於乾嘉時期的政治核心，對官場的體會與歷練較深，且其社會實踐力、道德勇氣、人性關懷皆強於他人，以吏治爲主進行觀察，探索出紀曉嵐所要呈現出的吏治主題及其背後深層的文化內涵。戴筱玲〈寓風教於小說——《閱微草堂筆記》復仇故事研究〉，〔註13〕從復仇心理的產生動機進行溯源，以及紀曉嵐述寫《閱微草堂筆記》時的社會、文學背景，從復仇思想產生的內外緣因素進行探討；從爲己及爲他人兩類復仇動機分析不同類型主體的復仇意識及作者所寄託的意蘊；藉由《閱微草堂筆記》復仇故事之研究，探討乾嘉時期的社會文化背景，以及紀曉嵐透過復仇故事表現出他對公平正義的追求與匡正倫理、社會風氣的期望，以各種不同復仇方式來匡正社會風氣，並宣揚復仇觀念之意義在於對庶物平等的關懷、重視君子的真實修養、追求公正吏治以及宣揚合理復仇四方面，豁顯紀曉嵐藉復仇故事寄予除暴揚善的教化意圖，以期恢復良好社會秩序，顯發其思想之開闊與關懷弱者之心。

陳季蓁〈《閱微草堂筆記》因果報應故事研究〉，〔註14〕首先分析《閱微草堂筆記》與果報故事，並探討紀曉嵐生平與因果觀念形成之原因，再將《閱微草堂筆記》一千兩百多則的內容分類，篩選其中關於果報之故事，分爲善因、惡因兩大項予以分門別類討論，且依相同或相近似特性的歸納或劃分類目，使每則果報故事都各有所屬，最後探討果報故事中作者提倡的倫理思想及所反映出的時代面貌，並論及故事中的弱勢群體和紀曉嵐對傳統社會的反省。賴富娟〈從《閱微草堂筆記》看紀曉嵐的生命觀〉，〔註15〕人死雖爲鬼，然人與鬼之間的繫念之情、眷顧之心以與未了的心願，仍維繫著家庭親情倫理的網絡，鬼是因人而存在的。死後猶有情感與知覺及冥界的審判，也因著

〔註12〕蘇晏玲，〈《閱微草堂筆記》吏治研究〉，屏東：屏東教育大學中國語文學系碩士論文，2008年。

〔註13〕戴筱玲，〈寓風教於小說——《閱微草堂筆記》復仇故事研究〉，台中：中興大學中國文學系碩士論文，2009年。

〔註14〕陳季蓁，〈《閱微草堂筆記》因果報應故事研究〉，臺北：臺北市立教育大學中國語文學系碩士論文，2011年。

〔註15〕賴富娟，〈從《閱微草堂筆記》看紀昀的生命觀〉，台中：東海大學中國文學系碩士論文，2011年。

處處有鬼神鑒察，往往牽動著人們的行為規範，探討紀曉嵐理性思維底下，相信命運，安於命運，卻又不凡事委之於命的積極命觀。「事皆前定」是他對命運基本上的看法，然大善、大惡，地理風水又總也能改變人早已注定的命運，探析人們利用扶乩叩問命運，期能降低對原是茫茫不可知的未來的恐懼與惶恐，是一種心靈安頓力量。

張雅趾《《閱微草堂筆記》夢故事研究》，〔註 16〕分類夢故事類型。將夢故事依其內容分門別類，歸納分析有三類並分節討論。說明與神靈冥界有關的夢，與人生事業有關的夢，與佛道教義有關的夢。且說明宗教觀念的影響與志怪傳奇的影響，並闡明《閱微草堂筆記》夢故事之價值，及清人的文化及及社會真實面貌。

焦泰平《《閱微草堂筆記》因果報應問題辯正》，〔註 17〕結合文言筆記小說的傳統題材，通過對紀曉嵐思想以及作品具體分析，認為：寫因果報應，只是紀曉嵐曲筆為文的一種手段，其真正的目的在於暴露黑暗腐敗的官場和世風日下的社會。周明華〈說狐：以《閱微草堂筆記》為中心〉，〔註 18〕寫狐的觀念來源於遠古的圖騰，經不斷演變而逐漸形成偶像、神怪和媚獸三種形象，《閱微草堂筆記》中的狐則是這三種形象逐步演進的結果，綜合人、鬼、獸的特徵，融合儒、釋、道多種思想成分。黃洽〈《閱微草堂筆記》的思想內涵〉，〔註 19〕對《閱微草堂筆記》的思想內涵進行分析和評述，認為其思想內涵主要是宣揚孝悌節烈等傳統倫理道德，抨擊假道學等論述都迎合當時最高統治者的意圖，是清代官方思想文化政策的典型代表。

韓希明〈試析《閱微草堂筆記》女性倫理思想〉，〔註 20〕對於部分正面女性形象評價標準有時顯得特別，並且表現相當深度的人性關注，看起來與正統思想大相徑庭，值得重視。但總體說來，這種關注的背景仍然是男權語境，

〔註 16〕張雅趾，〈《閱微草堂筆記》夢故事研究〉，桃園：銘傳大學應用中國文學系碩士論文，2012 年。

〔註 17〕焦泰平，〈《閱微草堂筆記》因果報應問題辯正〉，西安：《唐都學刊》第 2 期，2000 年。

〔註 18〕周明華，〈說狐：以《閱微草堂筆記》為中心〉，南昌：《江西財經大學學報》第 3 期，2004 年。

〔註 19〕黃洽，〈《閱微草堂筆記》的思想內涵〉，煙臺：《煙臺師範學院學報：哲學社會科學版》第 1 期，2004 年。

〔註 20〕韓希明，〈試析《閱微草堂筆記》女性倫理思想〉，南京：《南京社會科學》第 4 期，2005 年。

作品肯定的正面形象，依然是爲男性的存在而存在，作品著力塑造理想的標準女性，力圖構成一種文化規範，實際上是從另一個角度鞏固對女性的束縛。楊亮〈紀曉嵐因果輪迴觀念之危機——以《閱微草堂筆記》爲視角〉，〔註21〕認爲《閱微草堂筆記》中記載大量六道輪迴和因緣果報之事，對此觀念後世或視而不見，或將其看成落後、反動的傳統迷信。實際上提供一個極佳的視角，特別是在乾嘉學術極爲興盛的時代，紀曉嵐的思想認識無疑極有代表性。他的困惑與矛盾正反映儒家思想資源的困惑。魏曉虹〈淺談《閱微草堂筆記》中的雷神〉，〔註22〕寫紀曉嵐的《閱微草堂筆記》中的雷神故事，表現出我國古代雷神崇拜的民俗以及雷神故事的道教淵源，彰顯其神道設教的創作目的。紀曉嵐借雷神這一民間話語，宣傳忠孝節義的傳統正統思想，以期有助於社會安定，人心歸善。紀曉嵐對社會道德淪喪感觸頗深，以神道設教以示勸懲，他看到綱常大壞，世風日下，欲以此補充道德法律、文明教化之不足，以期使人遠惡向善，以維護傳統統治的正常秩序。紀曉嵐寫的雷神故事是讓人相信天網恢恢，疏而不漏，惡行終有惡報的觀念。這些故事有一些傳統迷信色彩，雖然語頗荒誕，似出寓言，使人知畏，亦警世之苦心。

第三節　研究方法與章節編排

壹、研究方法

　　閱讀文本並分門別類，節錄與因果及輪迴有關段落，輪迴類因果，以轉世後爲人類或其他物種（如動物）區分爲兩類，果報類又分果報在己身或轉嫁後嗣（他人）二類，並在其中區分善因善果與惡因惡果，在探索文本時必須配合作者生平，探討創作心理與當時社會時代因素等文化背景，才能掌握其所含的深層意義，也才能有公平客觀的評價。

　　以紀曉嵐生平與創作《閱微草堂筆記》的因緣爲論述，作爲進入文本內容探討時的佐證。深入去解讀文本，結合心理、社會和歷史的視野，儘可能以多元角度切入，希望能藉此窺見故事的精神內涵和思想意蘊。結合西方敘

〔註21〕楊亮，〈紀曉嵐因果輪迴觀念之危機——以《閱微草堂筆記》爲視角〉，南充：《西華師範大學學報：哲學社會科學版》第 2 期，2007 年。

〔註22〕魏曉虹，〈淺談《閱微草堂筆記》中的雷神〉，長春：《古籍整理研究學刊》第 2 期，2009 年。

事學的理論，從敘事的時空、角度及結構來分析文本，了解其中的敘事模式。從抒情記述中以語法、修辭、用典等技巧來探究文章變化的奧妙。發掘紀曉嵐創作的意識理念。希望能利用上述的觀察角度與分析方法，對《閱微草堂筆記》背後隱含的社會意義及文化價值有所省思，有別於以往的閱讀經驗而能夠重新認識《閱微草堂筆記》。

透過文字考證及文本分類的方法。從閱讀基本的史料文字爲立足點，作爲考證分析之基礎；另外，徵引學者所做出之研究成果，綜合比較前輩的見解分析，以整理釐清清代社會型態、君臣關係、文人思維、庶民生活等問題。

貳、章節編排

本文共五章，以《閱微草堂筆記》中的因果與輪迴故事爲主題，探討各相關型態，論文結構與細部的章節安排如下：

第一章 緒論
　第一節 研究動機與研究目的
　　壹、研究動機
　　貳、研究目的
　第二節 前人研究成果
　第三節 研究方法與章節編排
　　壹、研究方法
　　貳、章節編排
第二章 因果與輪迴
　第一節 因果業報
　第二節 輪迴因果——再世爲人
　第三節 輪迴因果——轉生他類
第三章 有益於勸懲之果報關係
　第一節 果報在身——善因善果
　第二節 果報在身——惡有惡報
　第三節 果報後嗣
　第四節 孝義果報
第四章 因緣際會
　第一節 復仇因果——現世復仇

第二章　因果與輪迴

第一節　因果業報

　　因果與業報，可說是一種理論的兩個說法，通常將因與業並稱，即業因；果與報也可並稱，稱為果報。因果、業報，描述的是「如是因，如是果」的原理，佛講因緣，還有因果。萬事皆有因亦有果，如是因，才有如是果。所謂因緣際會，果報自受就是這道理，只不過在別人眼中看起來似乎僅是幸運和倒霉的區別，甚或常是以「巧合」帶過：有人生平第一次買彩卷就中了大獎，有的人屢屢包牌、養牌什麼都沒中；有人以偷為業，也有人第一次偷東西就被抓；有人第一次上戰場就立下赫赫戰功；也有人出師未捷身先死；有的人只唱了一首歌就紅遍大江南北；有人苦心經營半輩子還是默默無聞；有的人周遊列國、環遊世界平安無事，有的人可能在天天走的樓梯上摔斷了腿⋯⋯。

　　其實世事萬物皆非單純所看到表面上的樣子。人一生的因緣不只在此一世中，還有上世、上上世的因緣，同時，也將留存於下世、下下世的輪迴中。但無論怎樣輪迴，卻始終是因緣會聚時，果報還自受。文人固執己見，不知變通，未得其精而已遺其粗，未究其本而先辭其末，沉溺典籍，作八股文，以致當面臨現實生活考驗時，往往不懂得權宜應變，顯現出種種不知所措的窘迫情況〔註1〕，紀曉嵐多半是反對空談，期望經世致用，只是迫於政治壓力，

〔註 1〕張玉慧，〈《閱微草堂筆記》之文士生活研究〉，桃園：中央大學中國文學系碩士論文，2009 年。

僅得紓發於筆記文字間，《閱微草堂筆記》卷九〈如是我聞三〉中講述一名進士仕途坎坷，歸根究柢是業報之果：

> 泰州任子田，名大椿，記誦博洽，尤長於三禮注疏，六書訓詁。乾隆己丑，登二甲一名進士，浮沉郎署，晚年始得授御史，未上而卒。自開國以來，二甲一名進士不入詞館者僅三人，田實居其一。自言十五六時，偶爲從父侍姬以宮詞書扇，從父疑之，致侍姬自縊死。其魂訟於地下，子田奄奄臥疾，魂亦自追去考問。閱四五日，冥官庭鞫七八度，辨明出於無心，然卒坐以過失殺人，減削官祿，故仕途偃蹇如斯。貫鈍夫舍人曰：「治是獄者，即顧郎中德懋。二人先不相知，一日相見，彼此如舊識。時同在坐，親見追話冥司事，子田對之，猶慄慄然也。」〔註2〕

因受中國傳統儒家文化思想影響，使得當時社會上仍存在著「萬般皆下品，惟有讀書高」的風氣。爲求得更好的工作、社會地位，許多學子孜孜不倦埋首於學業，自古及今皆然。這群文士多沉溺於典籍，作八股文，以致當面臨現實生活考驗，往往不懂得權宜應變，顯現出種種不知所措的窘迫情況，〔註3〕以少年無心之因，卻致侍妾上吊自殺，終致少年爾後仕途坎坷之果。除了故事字面陳述的因果關係，亦顯傳統禮教對人的迫害，隱隱對盛世做出否定，〔註4〕儒家本講究君臣之禮，君臣互爲主客關係，到了清朝，君臣卻成爲主奴關係，臣下對君上自稱奴才，君主無視士大夫氣節，未將士大夫生死榮辱放在心上，士大夫氣節蕩然無存，紀曉嵐自身懷才不遇的經歷即例證。

爲警惕世人，懲惡勸善，除了士大夫，紀曉嵐亦詳實紀載小人物的姓名行徑，《閱微草堂筆記》卷九〈如是我聞三〉中提及紀曉嵐家奴紀昌患疾，名醫束手無策，老僧人認爲可能是業報所致，身體無法動彈，心識仍在活動，是莫大的折磨，以陰謀詭計牟取自己利益而招感苦果，〔註5〕工於心計，終嘗惡果：

〔註2〕《閱微草堂筆記》卷九〈如是我聞三〉，頁127。

〔註3〕張玉慧，〈《閱微草堂筆記》之文士生活研究〉，桃園：中央大學中國文學系碩士論文，2009年。

〔註4〕王穎，《乾隆文治與紀曉嵐志怪創作》（鄭州：中州古籍出版社，2008年），頁280。

〔註5〕許源浴編譯，《由閱微草堂筆記淺談——凡夫心與菩薩行》（臺北：縈根教育永續會，2012年），頁364。

奴子紀昌，本姓魏，用黃犢子故事，從主姓。少喜讀書，頗嫻文藝，作字亦工楷。最有心計，平生無一事失便宜。晚得奇疾，目不能視，耳不能聽，口不能言，四肢不能動，周身並痿痺，不知痛癢。仰置榻上，塊然如木石，惟鼻息不絕。知其未死，按時以飲食置口中，尚能咀咽而已。診之乃六脈平和，毫無病狀，名醫亦無所措手，如是數年乃死。老僧果成曰：「此病身死而心生，爲自古醫經所不載，其業報歟？」然此奴亦無大惡，不過務求自利，算無遺策耳。巧者，造物之所忌，諒哉！〔註6〕

紀曉嵐家奴李福之妻生性悍戾，忤逆公婆，面對勸戒不思悔改，終致惡病纏身卻仍執迷不悟，紀曉嵐詳實紀錄小人物的行徑，警惕世人，悍戾不孝終受惡報：

奴子李福之婦，悍戾絕倫，日忤其姑舅，面詈背詛，無所不至。或微諷以不孝有冥謫，輒掉頭哂曰：「我持觀音齋，誦觀音咒，菩薩以甚深法力消滅罪愆，閻羅王其奈我何？」後嬰惡疾，楚毒萬端，猶曰：「此我誦咒未漱口，焚香用灶火，故得此報，非有他也。」愚哉！〔註7〕

貪贓枉法的捕快因一小小善舉而免於身首異處：

獻縣捕役某，嘗奉差捕劇盜，就繫矣。盜婦有色，盜乞以婦侍寢而縱之逃，某弗許。後以積蠹多贓坐斬。行刑前二日，獄舍牆圮，壓而死。獄吏葉某，坐不早茸治，得重杖。先是葉某夢身立堂下，聞堂上官吏論捕役事。官指揮曰：「一善不能掩千惡，千惡亦不能掩一善，免則不可，減則可。」既而吏抱牘出，殊不相識，諦視其官亦不識，方悟所到非縣署。醒而陰賀捕役，謂且減死：不知神以得保首領爲減也。人計捕役生平，只此一善，而竟得免刑。〔註8〕

善於羅織罪名入罪於人的訟師，弄巧成拙製造自己妻子能與人私通的機會，結語以造物更巧做結，無論當世有無敗露，造物主安排巧妙的報應如影隨形，不是不報，只是時候未到：

有善訟者，一日，爲人書訟牒，將羅織多人，端緒繳繞，猝不得分

〔註6〕《閱微草堂筆記》卷九〈如是我聞三〉，頁131。
〔註7〕同上。
〔註8〕同上。

明。欲靜坐構思，乃戒母通客，並妻亦避居別室。妻先與鄰子目成，
家無隙所窺，伺歲餘無由一近也，至是，乃得間焉。後每構思，妻
則嘈雜以亂之，必叱其避出，襲為例。鄰子乘間而來，亦襲為例，
終其身不敗。歿後歲餘，妻以私孕，為怨家所訐，官鞫外遇之由，
乃具吐實。〔註9〕

《閱微草堂筆記》卷十三〈槐西雜志三〉。有一篇記載四段故事皆能以天道好
還為題，強納奴僕女為侍妾的人，自己的女兒也成為人家的侍妾；為難嫂子
的小姑，當了別人的嫂子才知道自己嫂子難為也；不知非禮勿視的少年，眼
睛失明；愛搬弄是非的人，卻變得不方便說話，報應不爽，非偶然也：

有納其奴女為媵者，奴弗願，然無如何也。其人故隸旗籍，亦自有主。
媵後生一女，年十四五，主聞其姝麗，亦納為媵。心弗願，亦無可如
何也。喟然曰：「不生此女，無此事。」其妻曰：「不納某女，自不生
此女矣。」乃爽然自失。又親串中有一女，日搆其嫂，使受譙責不聊
生。及出嫁，亦為小姑所搆，日受譙責如其嫂。歸而對嫂揮涕曰：「今
乃知婦難為也。」天道好還，豈不信哉！又一少年，喜窺婦女，窗蟀
簾隙，百計潛伺。一日醉寢，或戲以膏藥糊其目。醒覺腫痛不可忍，
急揭去，眉及睫毛並拔盡；且所糊即所蓄媚藥，性至酷烈，目受其薰
灼，竟以漸盲。又一友好傾軋，往來播弄，能使膠漆成冰炭。一夜酒
渴，飲冷茶。中先墮一蠍，陡螫其舌，潰為瘡，雖不致命，然舌短而
拗戾，語言不復便捷矣。此亦若或使之，非偶然也。〔註10〕

凡夫俗子「我執」太重，〔註11〕不顧他人，自私自利，反傷自己，聰明反被
聰明誤，自以為聰明投機取巧者，類似〈如是我聞三〉中提及紀曉嵐家奴紀
昌「最有心計，平生無一事失便宜。」紀昌的下場是身染不治之症，以下言
及兩人卻是事與願違，表面上佔人便宜，卻反遭報應，輕者只是濕了衣服行
李，重者則斷了一腿一手：

先師陳文勤公言，有一同鄉，不欲著其名，平生亦無大過惡，惟事
事欲利歸於己，害歸於人，是其本志耳。一歲，北上公車，與數友
投逆旅。雨暴作，屋盡漏。初覺漏時，惟北壁數尺無漬痕，此人忽

〔註9〕《閱微草堂筆記》卷十〈如是我聞四〉，頁152。
〔註10〕《閱微草堂筆記》卷十三〈槐西雜志三〉，頁217。
〔註11〕《由閱微草堂筆記淺談——凡夫心與菩薩行》，頁33。

稱感寒，就是榻蒙被取汗。眾知其詐病，而無詞以移之也。雨彌甚，
眾坐屋內如露宿，而此人獨酣臥。俄北壁頹圮，眾未睡皆急奔出，
此人正壓其下，額破血流，一足一臂並折傷，竟舁而歸。此足爲有
機心者戒矣！因憶奴子于祿，性至狡。從余往烏魯木齊，一日早發，
陰雲四合。度天欲雨，乃盡置其衣裝於車箱，以余衣裝覆其上。行
十餘里，天竟放晴，而車陷於淖，水從下入，反盡濡焉。其事亦與
此類。信巧者造物之所忌也。〔註12〕

因果業報無論早晚總要兌現，非人力所能干預改變，紀曉嵐勸人向善，警示
孽由自作，非智力可挽回：

烏魯木齊千總某，患寒疾。有道士踵門求診，云有夙緣，特相拯也。
會一流人高某婦，頗能醫，見其方，駭曰：「桂枝下咽，陽盛乃亡，
藥病相反，烏可輕試！」力阻之。道士歎息曰：「命也夫！」振衣竟
去。然高婦用承氣湯，竟瘉。乃以道士爲妄。余歸以後，偶閱邸抄，
忽見某以侵蝕屯糧伏法，乃悟道士非常人，欲以藥斃之，全其首領
也。此與舊所記兵部書吏事相類。豈非孽由自作，非智力所可挽回
歟？〔註13〕

大勢所趨，人不該妄想憑藉一己之力逆勢而爲，即使是道術極高的道士，不
聽旁人勸誡一意孤行，執意逆勢而行，終致落得「爲妖所踣，拔鬚敗面，裸
而倒懸。」的狼狽境地：

何子山先生言，雍正初，一道士善符籙。嘗至西山極深處，愛其林
泉，擬結庵習靜。土人言是鬼魅之巢窟，伐木採薪，非結隊不敢入，
乃至狼虎不能居，先生宜審。弗聽也。俄而鬼魅並作，或竊其屋材，
或魘其工匠，或毀其器物，或污其飲食。如行荊棘中，步步罣礙。
如野火四起，風葉亂飛，千手千目應接不暇也。道士怒，結壇召雷
將。神降則妖已先遁，大索空山，無所得。神去，則數日復集，如
是數回，神惡其瀆，不復應。乃一手結印，一手持劍，獨與戰，竟
爲妖所踣，拔鬚敗面，裸而倒懸。遇樵者得解，狼狽逃去。道士蓋
恃其術耳。〔註14〕

〔註12〕《閱微草堂筆記》卷十三〈槐西雜志三〉，頁218。
〔註13〕《閱微草堂筆記》卷十四〈槐西雜志四〉，頁230。
〔註14〕《閱微草堂筆記》卷十四〈槐西雜志四〉，頁233。

人事無常，福禍相倚，女子爲妓多半是萬不得已，又遇上騙財騙色者，更是加倍可憐，紀曉嵐筆下記載連狐狸精都想佔妓女便宜，意在「冀採其精」，卻遇上染有惡疾的小妓，誤打誤撞，反噬其身，如無先有欺侮人的念頭，也不會爲自己招來「毒滲命門」的惡果：

> 有客在泊鎮宿妓，與以金。妓反覆審諦，就燈鑠之，微笑曰：「莫紙錠否？」怪問其故，云：「數日前，糧艘演劇賽神，往看，至夜深歸。遇少年與以金，就河干草屋野合。至家探懷，覺太輕，取出乃一紙錠，蓋遇鬼也。因言相近一妓家，有客贈衣飾甚厚。去後，皆己篋中物；鑰故未啓，疑爲狐所紿矣。客戲曰：「天道好還。」又瞽者劉君瑞言，青縣有人與狐友，時共飲甚昵。忽久不見。偶過叢莽，聞有呻吟聲，視之，此狐也。問：「何狼狽乃爾？」狐愧沮良久，曰：「頃見小妓頗壯盛，因化形往宿，冀採其精。不虞妓已有惡瘡，採得之後，毒滲命門，與平生所採混合爲一，如油入面，不可復分。遂潰裂蔓延，達於面部，恥見故人，故久疏來往耳。」此又狐之敗於妓者。機械相乘，得失倚伏，膠膠擾擾，將伊於胡底乎？〔註15〕

物各有主，人應各安其命，命裡有時終需有，命裡無時莫強求，強取豪奪非良善長久之計，即便強求到一時的富貴榮華、功名利祿，終將換化爲泡影灰飛煙滅：

> 高梅村言，有二村民同行，一人偶便旋，蹴起片瓦，下有一甖；瓦上刻一字，則同行者姓也。懼爲所見，托故自返，而潛伏薈蔚中。望其去遠，乃往私取。則滿甖皆清水矣。不勝其恚，舉而盡飲之。時日已暮，無可棲止，憶同行者家尚近，遂往借宿。夜中，忽患霍亂，嘔泄並作，穢其牀席几遍，愧不自容，竟宵遁。質明，其家視之，則皆精銀，如熔汁瀉地成片然。〔註16〕

紀曉嵐筆下記載不少遭到報應的故事，但有些報應卻讓人不勝唏噓，如丈夫欲與他人之妻私通，自己種此惡因，報應卻在自己妻子身上，妻子無端遭遇汙辱，雖說其夫「俯首太息，無復一言。」垂頭喪氣，一句話也說不出來，〔註17〕但承受惡果的妻子實在是太無辜了，在兩性觀點上，清代女性社會地

〔註15〕《閱微草堂筆記》卷十四〈槐西雜志四〉，頁239。
〔註16〕《閱微草堂筆記》卷十四〈槐西雜志四〉，頁242。
〔註17〕淨空法師譯，《紀曉嵐寫的因果故事》（臺南：淨宗學會，2004年），頁253。

位不如男性，也是許多夫造因妻償果故事的基礎背景：

> 鄭蘇仙言，有約鄰婦私會而病其妻在家者，夙負妻家錢數千。乃
> 遣妻齋還，妻欣然往。不意鄰婦失期，而其妻乃途遇強暴，盡奪
> 衣裙簪珥，縛置秫叢。皆客作流民，莫可追詰。其夫惟俯首太息，
> 無復一言。人亦不知鄰婦事也。後數年，有村媼之子挑人婦女，
> 為媼所覺，反覆戒飭，舉此事以明因果，人乃稍知。蓋此人與鄰
> 婦相聞，實此媼通詞，故知之審。惟鄰婦姓名，則媼始終不肯泄，
> 幸不敗焉。〔註18〕

或記述一個婢女暴死，其主母借屍還魂的故事，依故事的記述，原先心懷不
軌的婢女偕同妖尼謀害主母，奸計得逞，然天理昭昭，主母有伽藍神等神佛
護佑，終以沉冤得雪，藉婢女屍還陽，惡人命殞終有惡報；即使「所指作魘
之尼，則謂選人欲以婢為妻，故詐死片時，造作斯語，不顧陷人於重辟，洶
洶欲許訟。」然而亦「事無實證，懼干妖妄罪，遂諱不敢言。」紀曉嵐深信
此故事之業報，並加以記錄，文末又舉刺繡一事以資證明：

> 虞倚帆待詔言，有選人張某，攜一妻一婢至京師，僦居海豐寺街。歲
> 餘，妻病歿。又歲餘，婢亦暴卒。方治槥，忽似有呼吸，既而目睛轉
> 動，已復甦，呼選人執手泣曰：「一別年餘，不意又相見！」選人駭
> 愕。則曰：「君勿疑譫語，我是君婦，借婢屍再生也。此婢雖侍君巾
> 櫛，恒鬱鬱不欲居我下。商於妖尼，以術魘我。我遂發病死，魂為術
> 者收瓶中，鎮以符咒，埋尼庵牆下。偪促昏暗，苦狀難言。會尼庵牆
> 圮，掘地重築，圬者劚土破瓶，我乃得出。茫茫昧昧，莫知所往，伽
> 藍神指我訴城隍。而行魘法者皆有邪神為城社，輾轉撐拄，獄不能成。
> 達於東嶽，乃捕逮術者，鞫治得狀，拘婢付泥犁。我壽未盡，屍已久
> 朽，故判借婢屍再生也。」闔家悲喜，仍以主母事之。而所指作魘之
> 尼，則謂選人欲以婢為妻，故詐死片時，造作斯語，不顧陷人於重辟，
> 洶洶欲許訟。事無實證，懼干妖妄罪，遂諱不敢言。然倚帆嘗私叩其
> 僮僕，具道婦再生後，述舊事無纖毫差，其語音行步，亦與婦無纖毫
> 異。又婢拙女紅而婦善刺繡，有舊所製履未竟，補成其半，宛然一手，
> 則似非偽托矣。此雍正末年事也。〔註19〕

〔註18〕　《閱微草堂筆記》卷十五〈姑妄聽之一〉，頁255。
〔註19〕　《閱微草堂筆記》卷十五〈姑妄聽之一〉，頁258。

一個心懷不軌的少年，夜歸見少婦妍麗就心生覬覦，卻偷雞不著蝕把米，千算萬算不料少婦竟是男子裝扮，由於內心貪色的煩惱種子，[註20] 導致自己引狼入室，賠了夫人又折兵，如若不是自己先心生歹念，女裝打扮的男子又怎會有機可趁呢？古人說的好：人必自侮而後人侮之呀！

> 丁御史芝溪言，曩在天津遇上元，有少年觀燈。夜歸，遇少婦甚妍麗，徘徊歧路，若有所待，衣香鬢影，楚楚動人。初以為失侶之游女，挑與語，不答；問姓氏里居，亦不答。乃疑為幽期密約，遲所歡而未至者。計可以挾制留也，邀至家少憩，堅不肯。強迫之，同歸。柏酒粉團，時猶未徹，遂使雜坐妻妹間，聯袂共飲。初甚靦腆，既而漸相調謔，媚態橫生，與其妻妹互勸酬。少年狂喜，稍露留宿之意，則微笑曰：「緣蒙不棄，故暫借君家一卸妝。恐伙伴相待，不能久住。」起解衣飾，卷束之，長揖逕行。乃社會中拉花者也（秧歌隊中作女妝者，俗謂之拉花。）。少年憤恚，追至門外欲與鬥。鄰里聚問，有親見其強邀者，不能責以夜入人家；有親見其唱歌者，不能責以改妝戲婦女，竟哄笑而散。此真侮人反自侮矣。[註21]

冒名頂替雖稱不上什麼光明磊落的方法，然歸咎其源頭，吳某人是為了活命，不得已而為之，而判官卻是為了自己納妾的私欲而為，所以在紀曉嵐紀錄中的待遇也不同，吳某人得逃免難，而判官塑像無故自碎，想必遭受懲處，其心正必有天佑，心數不正到頭來必遭天譴：

> 大學士溫公鎮烏魯木齊日，軍屯報遣犯王某逃，緝捕無跡。久而微聞其本與一吳某皆閩人，同押解至哈密碎展間，王某道死。監送臺軍不通閩語，不能別孰吳孰王。吳某因言死者為吳，而自冒王某之名。來至配所數月，伺隙潛遁。官府據哈密文牒，緝王不緝吳，故吳幸逃免。然事無左證，疑不能明，竟無從究詰。軍吏巴哈布因言，有賣絲者婦，甚有姿首。忽得奇疾，終日惟昏昏臥，而食則兼數人。如是兩載餘。一日，噭然長號，僵如屍厥。灌治竟夜，稍稍能言。自云：「魂為城隍判官所攝，逼為妾媵，而別攝一餓鬼附其形。至某日壽盡之期，冥牒拘召，判官又囑鬼役，別攝一餓鬼抵。餓鬼亦喜得轉生，願為之代。迨城隍庭訊，乃察知偽狀，以判官、鬼役付獄，

[註20]《由閱微草堂筆記淺談——凡夫心與菩薩行》，頁51。
[註21]《閱微草堂筆記》卷十六〈姑妄聽之二〉，頁275。

遣我歸也。」後判官塑像，無故自碎。此婦又兩年餘乃終。計其復
生至再死，與其得疾至復生，日數恰符，知以枉被掠奪，仍還其應
得之壽矣。〔註22〕

即使位高權重（作官三十餘年）、機關算盡（積金徒供兒輩樂），仍不敵冥司
檢算，紀曉嵐撰述的陰間界域具有解決人世紛爭、重新界定是非、伸張正義、
獎勵忠孝節義、懲罰貪官污吏和凶悖豪霸的作用，〔註23〕世事難料，人生在
世何需強求，千算萬算亦敵不過因果業報，即便紀曉嵐記述中因「事已至此，
何必更爲前世辱？」「惡言神怪事，禁家人勿傳，故事不甚彰。」未言明事情
或人物始末，卻由諸多生活記錄中顯示事情的可性度，萬般帶不走，唯有業
隨身，警示之意昭然若揭：

> 乾隆丙辰、丁巳間，户部員外郎長公泰，有僕婦年二十餘，中風昏
> 眩，氣奄奄如縷，至夜而絕。次日，方爲營棺斂，手足忽動，漸能
> 屈伸，俄起坐，問：「此何處？」眾以爲猶譫語也。既而環視室中，
> 意若省悟，喟然者數四，默默無語。從此病頓癒。然察其語音行步，
> 皆似男子，亦不能自梳沐。見其夫若不相識。覺有異，細詰其由，
> 始自言：「本男子。數日前死，魂至冥司，主者檢算未盡，然當謫爲
> 女身，命借此婦屍復生。覺倏如睡去，倏如夢醒，則已臥板榻上矣。
> 問其姓名里貫，堅不肯言。惟曰：「事已至此，何必更爲前世辱？」
> 遂不窮究。初不肯與僕同寢，後無詞可拒，乃曲從。然每一薦枕，
> 輒飲泣至曉。或竊聞其自語曰：「讀書二十年，作官三十餘年，乃忍
> 恥受奴子辱耶？」其夫又嘗聞囈語曰：「積金徒供兒輩樂，多亦何
> 爲？」呼醒問之，則曰未言。知其深諱，亦姑置之。長公惡言神怪
> 事，禁家人勿傳，故事不甚彰。然亦頗有知之者。越三載餘，終鬱
> 鬱病死，訖不知其爲誰也。〔註24〕

紀曉嵐筆下有鬼面貌身形與人一樣，只是沒有嘴巴。是因爲這鬼活著時，
待人接物十分圓滑，專會阿諛奉承，取悅人，所以他受到這種報應，再也不
能講話；還有一個鬼屁股朝上，腦袋彎曲向下，臉貼於腹部，用兩隻手支撐

〔註22〕 《閱微草堂筆記》卷十六〈姑妄聽之二〉，頁276。
〔註23〕 鄧代芬，〈《閱微草堂筆記》的陰間界域研究〉，雲林：雲林科技大學漢學資料
　　　　整理研究所碩士論文，2006年。
〔註24〕 《閱微草堂筆記》卷十六〈姑妄聽之二〉，頁279。

行走。是因爲這鬼活著的時候，狂妄自大，所以受此報應，讓他再也不能抬頭挺胸，傲視他人。又有一個鬼，他從胸口到肚子裂開一條幾寸長的大口子，內中空空蕩蕩，五臟六腑一樣沒有。是因爲這鬼活著的時候，城府太深，令人琢磨不透，所以受到這種報應，讓他肚子裡什麼也藏不下。再有一個鬼，腳有二尺多長，腳趾如同棒槌，腳跟巨大如斗，整個腳像是裝載著千斛糧食的小船，費半天勁，才移出一步遠。是因爲這鬼活著時，依仗才能過人，腿腳敏捷，事事總搶在別人前面，占盡便宜，所以讓他受此報應不能再去搶先。更有一鬼，兩耳拖地，如長雙翼，仔細一看，卻沒有耳朵眼兒。是因爲這鬼在世時，既喜歡猜忌人，又喜歡聽流言蜚語，所以讓他受此報應，無法再聽信傳言。這些鬼，都是按他們罪惡的深淺不同受報，等到期限一滿，方可以轉世托生。紀曉嵐藉莫雪崖之口說惡人有惡報，不管是阿諛奉承、狂妄自大、城府極深、巧取先機或懷疑猜忌等小奸小惡者，地獄各自有懲：

> 莫雪崖言，有鄉人患疫，因臥草榻，魂忽已出門外，覺頓離熱惱，意殊自適。然道路都非所曾經，信步所之。偶遇一故友，相見悲喜。憶其已死，忽自悟曰：「我其入冥耶？」友曰：「君未合死，離魂到此耳。此境非人所可到，盍同遊覽，以廣見聞？」因隨之行，所經城市墟落，都不異人世，往來擾擾，亦各有所營。見鄉人皆目送之，然無人交一語也。鄉人曰：「聞有地獄，可一觀乎？」友曰：「地獄如囚牢，非冥官不能啓，非冥吏不能導，吾不能至也。有三數奇鬼，近乎地獄，君可以往觀。」因改循歧路。行半里許，至一地，空曠如墟墓，見一鬼，狀貌如人，而鼻下則無口。問：「此何故？」曰：「是人生時，巧於應對，諛詞頌語媚世悅人，故受此報，使不能語。或遇歠口漿水，則飲以鼻。」又見一鬼，尻聳向上，首折向下，面著於腹，以兩手支拄而行。問：「此何故？」曰：「是人生時，妄自尊大，故受此報，使不能仰面傲人。」又見一鬼，自胸至腹，裂髆數寸，五臟六腑，虛無一物。問：「此何故？」曰：「是人生時，城府深隱，人不能測，故受是報，使中無匿形。」又見一鬼，足長二尺，指巨如椎，踵巨如斗，重如千斛之舟，努力半刻，始移一寸。問：「此何故？」曰：「此人生時，高材捷足，事事務居人先，故受是報，使不能行。」又見一鬼，兩耳拖地，如曳雙翼，而混沌無竅。問：「此何故？」曰：「此人生時，懷忌多疑，喜聞蜚語，故受此報，

使不能聽。是皆按惡業淺深，待受報期滿，始入轉輪。其罪減地獄
一等，如陽律之徒流也。」俄見車騎雜遝，一冥官經過，見鄉人，
驚曰：「此是生魂，誤游至此，恐迷不得歸。誰識其家，可導使去。」
友跪啓：「是舊交。」官即令送返。將至門，大汗而醒，自是病癒。
雪崖天性爽朗，胸中落落無宿物，與朋友諧戲，每俊辯橫生，此當
是其寓言，未必眞有。〔註25〕

生死有命，富貴在天，命中有子嗣或無子嗣也是上天注定，命裡有時終需有，
命裡無時莫強求，若非晚年得子，豈會寵愛如斯，若非無比溺愛，豈會導致
其子驕奢成性，若非家有橫產，豈容其子敗壞家業，橫產何來？不言而喻乎！
除了告誡家中略有錢財者不可嬌寵子女，以免養成紈袴子弟，記述鄉黨議論：
「作令不過十年，而官囊逾數萬，毋乃致富之道有不可知者在乎？」亦警惕
爲官者，錢財乃身外之物，當有所爲有所不爲：

楊槐亭前輩言，其鄉有宦成歸里者，閉門頤養，不預外事，亦頗得
林下之樂。惟以無嗣爲憂。晚得一子，珍惜殊甚。患痘甚危。聞勞
山有道士能前知，自往叩之。道士韒然曰：「賢郎尚有多少事未了，
那能便死？」果遇良醫而癒。後其子冶游驕縱，竟破其家。流離寄
食，若敖之鬼遂餒。鄉黨論之曰：「此翁無咎無譽，未應遽有此兒。
惟蕭然寒士，作令不過十年，而官囊逾數萬，毋乃致富之道有不可
知者在乎？」〔註26〕

偷雞不著蝕把米，賠了夫人又折兵，聰明反被聰明誤，弄巧成拙，貪圖金錢，
奢望富貴，所以異想天開。未料不僅沒佔便宜，反而賠上女兒的終身幸福！
應以此爲戒，消除妄念才是正道：

滄州上河涯，有某甲女，許字某乙子，兩家皆小康，婚期在一二年
內矣。有星士過某甲家，阻雨留宿，以女命使推。星士沉思良久，
曰：「未攜算書，此命不能推也。」覺有異，窮詰之。始曰：「據此
八字，側室命也。君家似不應至此。且聞嫁已有期，而干支無刑剋，
斷不再醮。此所以愈疑也。」有黠者聞此事，欲借以牟利，說某甲
曰：「君家貲幾何，加以嫁女必多費，益不支矣。命既如是，不知先
詭言女病，次詭言女死，市空棺速葬。而夜攜女走京師，改名姓鬻

〔註25〕《閱微草堂筆記》卷十八〈姑妄聽之四〉，頁307。
〔註26〕《閱微草堂筆記》卷二十〈灤陽續錄二〉，頁341。

為貴家妾，則多金可坐致矣。」某甲從之。會有達官嫁女，求美媵，以二百金買之。越月餘，泛舟送女南行。至天妃閘，闔門俱葬魚腹，獨某甲女，遇救得生。以少女無敢收養，聞於所司。所司問其由來，女在是家未久，僅知主人之姓，而不能舉其爵里；惟父母姓名居址，言之鑿鑿。乃移牒至滄州，其事遂敗。時某乙子，已與表妹結婚，無改盟理。聞某甲之得多金也，憤恚欲訟。某甲窘迫，願仍以女嫁其子。其表妹家聞之，又欲訟。紛紜轕轇，勢且成大獄。兩家故舊戚眾為調和，使某甲出貲往迎女，而為某乙子之側室，其難乃平。女還家後，某乙子已親迎。某乙以牛車載女至家，見其姑，苦辯非己意。姑曰：「既非爾意，鬻爾時何不言有夫？」女無詞以應。引使拜嫡，女稍趑趄。姑曰：「爾賣為媵時，亦不拜耶？」又無詞以應，遂拜如禮。姑終身以奴隸畜之。此雍正末年事。先祖母張太夫人，時避暑水明樓，知之最悉。嘗語侍婢曰：「其父不過欲多金，其女不過欲富貴，故生是謀耳。烏知非徒無益，反失其所本有哉。汝輩視此，可消諸妄念矣。」〔註27〕

人生在世總有時運高與時運低的時候，際遇難料，幸運的人，時運低的時候在家混混沌沌也就度過了，不幸的人時運低的時候，一賭賭上身家性命也未可知；人在順境中大都能心朗寬厚，與人為善，在逆境中難免心情低落或出言不遜，久而久之成憤世嫉俗，然老書生賽商鞅待人苛刻，一生不得志，沒有人敢請他教書，〔註28〕「人皆畏而避之……困頓以歿」也夠悽慘滄涼了，在窮困潦倒下黯然離世，死後妻女流離失所，小女兒還流落青樓倚門賣笑，這刻薄的口業代價十足令人引以為戒：

表兄安伊在言，縣人有與狐女昵者，多以其婦夜合之資，買簪珥脂粉贈狐女。狐女常往來其家，惟此人見之，他人不見也。一日，婦詬其夫曰：「爾財自何來，乃如此用？」狐女忽闇中應曰：「汝財自何來，乃獨責我？」聞者皆絕倒。余謂此自伊在之寓言，然亦足見惟無瑕者可以責人。賽商鞅者，不欲著其名氏里貫，老諸生也。挈家寓京師，天資刻薄，凡善人善事，必推求其疵類，故得此名。錢敦堂編修歿，其門生為經紀棺衾，贍恤妻子，事事得所。賽商鞅曰：

〔註27〕 同上。

〔註28〕《由閱微草堂筆記淺談——凡夫心與菩薩行》，頁340。

「世間無如此好人。此欲博古道之名，使要津聞之，易於攀援奔競耳。」一貧民母死於路，跪乞錢買棺，形容枯槁，聲音酸楚。人競以錢投之。賽商鞅曰：「此指屍斂財，屍亦未必其母。他人可欺，不能欺我也。」過一旌表節婦坊下，仰視微哂曰：「是家富貴，僕從如雲，豈少秦宮、馮子都耶？此事須核，不敢遽言非，亦不敢遽言是也。」平生操論皆類此，人皆畏而避之，無敢延以教讀者。竟困頓以歿。歿後，妻孥流落，不可言狀。有人於酒筵遇一妓，舉止尚有士風，訝其不類倚門者，問之，即其小女也。亦可哀矣。〔註29〕

紀曉嵐也記載了兩個人，一個傷害了狐狸精，另一個則未有意加害，導致兩人結局不同的故事，可見傷害他人，哪怕是傷害狐狸精，冥冥中也會有報應，警惕人們莫因惡小而爲之，謹小愼微，切勿理直氣壯胡作非爲：

奴子劉福榮，善製網罟弓弩，凡弋禽獵獸之事，無不能也。析爨時分屬於余，無所用其技，頗鬱鬱不自得。年八十餘，尚健飯，惟時一攜鳥銃，散步野外而已。其銃發無不中。一日，見兩狐臥隴上，再擊之不中，狐亦不驚。心知爲靈物，惕然而返。後亦無他。外祖張公水明樓有值更者范玉，夜每聞瓦上有聲，疑爲盜，起視則無有。潛蹤偵之，見一黑影從屋上過。乃設機瓦溝，仰臥以聽。半夜聞機發，有女子呼痛聲。登屋尋視，一黑狐折股死矣。是夕，聞屋上詈曰：「范玉何故殺我妾！」時鄰有劉氏子爲妖所媚，玉私度必是狐，亦還詈曰：「汝縱妾私奔，不知自愧，反詈吾。吾爲劉氏子除患也！」遂寂無語。然自是覺夜夜有人以石灰滲其目，交睫即來；旋洗拭，旋又如是。漸腫痛潰裂，竟至雙瞽。蓋狐之報也。其所見遜劉福榮遠矣。一老成經事，一少年喜事故也。〔註30〕

惡有惡報的道理，除了要人們對上天心存敬畏，也有自我約束的作用，強盜行蹤詭祕，短時間裡難緝拿歸案。沒想到卻有另一幫劫盜來懲罰他們的殘殺之罪。後一幫強盜（他們也必定有遭受惡報的一天）吃人不吐骨頭卻沒吃乾抹淨，卻留下了一個小孩，以讓世人明白這家人遭難的原因。天理昭昭，疏而不漏，並非偶然：

烏魯木齊農家，多就水灌田，就田起屋，故不能比閭而居。往往有

〔註29〕《閱微草堂筆記》卷二十一〈灤陽續錄三〉，頁349。
〔註30〕《閱微草堂筆記》卷二十一〈灤陽續錄三〉，頁352。

自築數椽，四無鄰舍，如杜工部詩所謂「一家村」者。且人無搖役，地無丈量，納三十畝之稅，即可坐耕數百畝之產。故深巖窮谷，此類尤多。有吉木薩軍士入山行獵，望見一家，門戶堅閉，而院中似有十餘馬，鞍韁悉具。度必瑪哈沁所據，謀而圍之。瑪哈沁見勢眾，棄鍋帳突圍去。眾憚其死鬥，亦遂不追。入門，見骸骨狼籍，寂無一人，惟隱隱有泣聲。尋視見幼童約十三四，裸體懸窗櫺上。解縛問之，曰：「瑪哈沁四日前來，父兄與鬥不勝，即一家並被縛。率一日牽二人至山谿洗濯曳歸，共臠割炙食，男婦七八人並盡矣。今日臨行，洗濯我畢，將就食。中一人搖手止之，雖不解額魯特語，觀其指畫，似欲支解爲數段，各攜於馬上爲糧。幸兵至，棄去，今得更生。」泣絮絮不止。閔其孤苦，引歸營中姑使執雜役。童子因言其家尚有物，埋窖中。營弁使導往發掘，則銀幣衣物甚多。細詢童子，乃知其父兄並劫盜，其行劫必於驛路近山處，瞭見一二車孤行，前後十里無援者，突起殺其人，即以車載屍入深山。至車不能通，則合手以巨斧碎之，與屍及襆被並投於絕澗，惟以馬馱貨去。再至馬不能通，則又投羈紲於絕澗，縱馬任其所往，共負之由鳥道歸。計去行劫處數百里矣。歸而窖藏一兩年，乃使人僞爲商販，繞道至辟展諸處賣於市，故多年無覺者。而不虞瑪哈沁之滅其門也。童子以幼免連坐，後亦牧馬墜崖死，遂無遺種。此事余在軍幕所經理，以盜已死，遂置無論。由今思之，此盜蹤跡詭秘，猝不易緝；乃有瑪哈沁來，以報其慘殺之罪。瑪哈沁食人無饜，乃留一童子，以明其召禍之由。此中似有神理，非偶然也。盜姓名久忘，惟童子墜崖時，所司牒報記名秋兒云。〔註31〕

狐的觀念來源於遠古的圖騰，經不斷演變而逐漸形成偶像、神怪和媚獸三種形象，《閱微草堂筆記》中的狐則是這三種形象逐步演進的結果，〔註32〕人們動心起性，往往因心有妄念而自招禍端，自取其辱，年輕人不知天高地厚，想去捕捉狐狸，反遭狐狸戲弄：

從叔梅庵公言，族中有二少年（此余小時聞公所説，忘其字號，大

〔註31〕《閱微草堂筆記》卷二十二〈灤陽續錄四〉，頁356。

〔註32〕周明華，〈説狐：以《閱微草堂筆記》爲中心〉，南昌：《江西財經大學學報》第3期，2004年。

概是伯叔行也。），聞某墓中有狐跡，夜攜銃往，共伏草中伺之，以
背相倚而睡。醒則兩人之髮交結爲一，貫穿繚繞，猝不可解；互相
牽掣，不能行，亦不能立；稍稍轉動，即彼此呼痛。膠擾徹曉，望
見行路者，始呼至，斷以佩刀，狼狽而返。憤欲往報，父老曰：「彼
無形聲，非力所勝；且無故而侵彼，理亦不直。侮實自召，又何仇
焉？仇必敗滋甚。」二人乃止。此狐小虐之使警，不深創之以激其
必報，亦可謂善自全矣。然小虐亦足以激怒，不如斂戢勿動，使伺
之無跡彌善也。〔註33〕

貪心不足蛇吞象，君子愛財理應取之有道，引狼入室圖謀不義之財，自作聰
明，自以爲有狐相助天衣無縫的謀劃，人算不如天算終究賠了夫人，貪婪利
用狐狸反遭狐狸反噬，自招惡果：

族叔育萬言，張歌橋之北，有人見黑狐醉臥場屋中（場中守視穀麥
小屋，俗謂之場屋。）。初欲擒捕，既而念狐能致財，乃覆以衣而
坐守之。狐睡醒，伸縮數四，即成人形。甚感其護視，遂相與爲友。
狐亦時有所饋贈。一日，問狐曰：「設有人匿君家，君能隱蔽弗露
乎？」曰：「能。」又問：「君能憑附人身狂走乎？」曰：「亦能。」
此人即懇乞曰：「吾家酷貧，君所惠不足以瞻，而又愧於數瀆君。
今里中某甲，甚富而甚畏訟，頃聞覓一婦司庖。吾欲使婦往應，居
數日，伺隙逃出藏君家，而吾以失婦陽欲訟。婦尚粗有姿首，可誣
以蜚語，脅多金。得金之後，公憑附使奔至某甲別墅中，然後使人
覓得，則承惠多矣。」狐如所言，果得多金。覓婦返後，某甲以在
其別墅，亦不敢復問。然此婦狂疾竟不癒，恒自妝飾，夜似與人共
嬉笑，而禁其夫勿使前。急往問狐，狐言無是理，試往偵之。俄歸
而頓足曰：「敗矣！是某甲家樓上狐，悅君婦之色，乘吾出而彼入
也。此狐非我所能敵，無如何矣。」此人固懇不已，狐正色曰：「譬
如君里中某，暴橫如虎，使彼強據人婦，君能代爭乎？」後其婦癲
癇日甚，且具發其夫之陰謀。鍼灸劾治皆無效，卒以瘵死。〔註34〕

爲了滿足一己私慾，使用燒金御女之術的殘害婦女的道士，即使法術高強，
欺瞞世人於一時，始終難逃天理昭彰，上天誅滅的報應：

〔註33〕《閱微草堂筆記》卷二十二〈灤陽續錄四〉，頁359。
〔註34〕《閱微草堂筆記》卷二十二〈灤陽續錄四〉，頁361。

門人王廷紹言，忻州有以貧鬻婦者，去幾二載。忽自歸，云初被買時，引至一人家。旋有一道士至，攜之入山。意甚疑懼，然業已賣與，無如何。道士令閉目，即聞兩耳風颼颼。俄令開目，已在一高峰上。室廬華潔，有婦女二十餘人，共來問訊，云此是仙府，無苦也。因問：「到此何事？」曰：「更番侍祖師寢耳。此間金銀如山積，珠翠錦繡，嘉肴珍果，皆役使鬼神，隨呼立至。服食日用，皆比擬王侯。惟每月一回小痛楚，亦不害耳。」因指曰：「此處倉庫，此處庖廚，此我輩居處，此祖師居處。」指最高處兩室曰：「此祖師拜月拜斗處，此祖師煉銀處。」亦有給使之人，然無一男子也。自是每白晝則呼入薦枕席，至夜則祖師升壇禮拜，始各歸寢。惟月信落紅後，則淨（盡）褪內外衣，以紅絨爲巨絙，縛大木上，手足不能絲毫動；並以綿丸窒口，瘖不能聲。祖師持金管如箸，尋視脈穴，刺入兩臂兩股肉內，吮吸其血，頗爲酷毒。吮吸後，以藥末糝創孔，即不覺痛，頃刻結痂。次日，痂落如初矣。其地極高，俯視雲雨皆在下。忽一日，狂飇陡起，黑雲如墨壓山頂，雷電激射，勢極可怖。祖師惶遽，呼二十餘女，並裸露環抱其身，如肉屏風。火光入室者數次，皆一掣即返。俄一龍爪大如箕，於人叢中攫祖師去。霹靂一聲，山谷震動，天地晦冥。覺昏瞀如睡夢，稍醒，則已臥道旁。詢問居人，知去家僅數百里。乃以臂釧易敝衣遮體，乞食得歸也。忻州人尚有及見此婦者，面色枯槁，不久患瘵而卒。蓋精血爲道士採盡矣。據其所言，蓋即燒金御女之士。其術靈幻如是，尚不免於天誅；況不得其傳，徒受妄人之蠱惑，而冀得神仙，不亦僭哉！〔註35〕

人性皆有弱點、盲點，即便是身懷絕技的高人，稍有不慎，掉以輕心，依仗絕技也會招致敗亡，天下最大的禍患，莫過於恃強逞能。恃仗錢財的，終必因財多而致禍；恃仗權勢的，終必因權勢而失敗；恃仗智謀的，終必因智謀而失算；恃仗氣力的，終必在氣力上遇險，如恣意妄爲，有恃無恐，終會自取滅亡：

里有丁一士者，矯捷多力，兼習技擊、超距之術。兩三丈之高，可翩然上；兩三丈之闊，可翩然越也。余幼時猶及見之，嘗求睹其技。使余立一過廳中，余面向前門，則立前門外面相對；余轉面後門，

〔註35〕《閱微草堂筆記》卷二十二〈灤陽續錄四〉，頁362。

則立後門外面相對。如是者七八度，蓋一躍即飛過屋脊耳。後過杜林鎮，遇一友，邀飲橋畔酒肆中。酒酣，共立河岸。友曰：「能越此乎？」一士應聲聳身過。友招使還，應聲又至。足甫及岸，不虞岸已將圮，近水陡立處開裂有紋。一士未見，誤踏其上，岸崩二尺許。遂隨之墜河，順流而去。素不習水，但從波心踴起數尺，能直上而不能旁近岸，仍墜水中。如是數四，力盡，竟溺焉。〔註36〕

續弦遺患全在人為。如果不娶有夫之婦為續弦，他的兒子就不會為了遺產發生盜竊行為，遺孀也不會與人通姦了。此人自信他的能力足以控制這位續弦妻子，但人算不如天算，他萬萬沒料想到，活著的時候儘管駕馭自如治家有方，一旦死了之後，就什麼也管不著了：

舅氏安公五章言，有中年失偶者，已有子矣，復買一有夫之婦。幸控制有術，猶可相安。既而是人死，平日私蓄，悉在此婦手。其子微聞而索之，事無佐證，婦弗承也。後偵知其藏貯處，乃夜中穴壁入室。方開篋攜出，婦覺，大號有賊，家眾驚起，各持械入。其子倉皇從穴出，迎擊之，立踣。即從穴入搜餘盜，聞牀下喘息有聲，群呼尚有一賊，共曳出縶縛。比燈至審視，則破額昏仆者其子，牀下乃其故夫也。其子蘇後，與婦各執一詞。子云：「子取父財不為盜。」婦云：「妻歸前夫不為姦。」子云：「前夫可再合而不可私會。」婦云：「父財可索取而不可穿窬。」互相詬誶，勢不相下。次日，族黨密議，謂涉訟兩敗，徒玷門風。乃陰為調停，使盡留金與其子，而聽婦自歸故夫，其難乃平。然已「鼓鐘於宮，聲聞於外」矣。〔註37〕

嫖妓在現今社會看並非光彩之事，在清代卻似稀鬆平常，紀曉嵐記載東光趙君不僅嫖妓，且還嫖宿一家三代婦女的故事，意在告誡祖輩犯下的錯誤，儘管躲得了一時，後代子孫輩仍要償還，雖有人說父債子償天經地義，但亦不難看出，清代社會婦女地位低落，嫖妓之風盛行，在風月生活中，文士與娼妓關係密切〔註38〕：

先師李又聃先生言，東光有趙氏者（先生曾舉其字，今不能記，似

〔註36〕《閱微草堂筆記》卷二十二〈灤陽續錄四〉，頁364。
〔註37〕《閱微草堂筆記》卷二十二〈灤陽續錄四〉，頁365。
〔註38〕張玉慧，《閱微草堂筆記》之文士生活研究〉，桃園：中央大學中國文學系碩士論文，2009年。

尚是先生之尊行。），嘗過清風店，招一小妓侑酒。偶語及某年宿此，
曾招一麗人留連兩夕，計其年今未滿四十。因舉其小名，妓駭曰：「是
我姑也，今尚在。」明日，同至其家，宛然舊識。方握手寒溫，其
祖姑聞客出現，又大駭曰：「是東光趙君耶？三十餘年不相見，今鬢
雖欲白，形狀聲音尚可略辨，君號非某耶？」問之，亦少年過此所
狎也。三世一堂，都無避忌，傳杯話舊，惘惘然如在夢中。又住其
家兩夕而別。別時言祖籍本東光，自其翁始遷此，今四世矣。不知
祖墓猶存否？因舉其翁之名，乞爲訪問。趙至家後，偶以問鄉之耆
舊，一人愕然良久，曰：「吾今乃始信天道。是翁即君家門客，君之
曾祖與人訟，此翁受怨家金，陰爲反間，訟因不得直。日久事露，
愧而挈家逃。以爲在海角天涯矣，不意竟與君遇，使以三世之婦，
償其業債也。吁，可畏哉！」〔註39〕

與異類交友是風雅之事，眼界自然應比人界更爲寬廣，但當附庸風雅之事牽
扯入人的私欲，單純的友誼就顯的市儈，紀曉嵐筆下的狐仙往往比人類更清
明透澈，人想借助狐仙調戲他人愛妾，卻反遭狐仙戲弄，幸而狐仙僅是小懲
大誡，爲那人留有餘地，如那人執迷不悟，認爲狐仙作爲是出賣朋友，有一
就有二，早晚會敗在自己的壞念想上：

有與狐爲友者，天狐也，有大神術，能攝此人於千萬里外。凡名山
勝境，恣其游眺，彈指而去，彈指而還，如一室也。嘗云：「惟賢聖
所居不敢至，眞靈所駐不敢至，餘則披圖按籍，惟意所如耳。」一
日，此人祈狐曰：「君能攝我於九州之外，能置我於人閨閣中乎？」
狐問：「何意？」曰：「吾嘗出入某友家，預後庭絲竹之宴。其愛妾
與吾目成，雖一語未通，而兩心互照。但門庭深邃，盈盈一水，徒
悵望耳。君能於夜深人靜，攝我至其繡闥，吾事必濟。」狐沈思良
久，曰：「是無不可，如主人在何？」曰：「吾偵其宿他姬所而往也。」
後果偵得實，祈狐偕往，狐不俟其衣冠，遽攜之飛行。至一處，曰：
「是矣。」瞥然自去。此人暗中摸索，不聞人聲，惟覺觸手皆卷軸，
乃主人之書樓也。知爲狐所弄，倉皇失措，誤觸一几倒，器玩落板
上，碎聲砰然。守者呼：「有盜！」僮僕坌至，啓鎖明燭，執械入。
見有人瑟縮屏風後，共前擊仆，以繩急縛。就燈下視之，識爲此人，

〔註39〕《閱微草堂筆記》卷二十三〈灤陽續錄五〉，頁 368。

均大駭愕。此人故狡黠，詭言偶與狐友忤，被提至此。主人故稔知
之，拊掌揶揄曰：「此狐惡作劇，欲我痛扶君耳。姑免答，逐出！」
因遣奴送歸。他日與所親密言之，且詈曰：「狐果非人！與我相交十
餘年，乃賣我至此。」所親怒曰：「君與某交，已不止十餘年，乃借
狐之力，欲亂其閨閫，此誰非人耶？狐雖憤君無義，以遊戲儆君，
而仍留君自解之路，忠厚多矣。使待君華服盛飾，潛挈置主人臥榻
下，君將何詞以自文？由此觀之，彼狐而人，君人而狐者也，尚不
自反耶？」此人愧沮而去。狐自此不至，所親亦遂與絕。郭彤綸與
所親有瓜葛，故得其詳。〔註40〕

狡詐小人用盡心機利己害人，最終是君子得福，君子喻於義，小人喻於利意
思是指君子能夠領悟的是道義，小人能夠領悟的是利益。「喻」字有「領悟、
明白」之意。具體是指君子與小人價值觀念取向不同，君子於事必明辨是非，
小人遇事必計較其利害。所謂「利」，是指金錢、財富等物質利益；所謂「義」，
是指道義、正義等超越物質利益之上的道德價值。君子行事按「義以為質」，
做甚麼不做甚麼都是「義之與比」後才為之的。而小人只講究私利，以利來
衡量，為利益捨棄道義，做事只想到是否有利可圖。在紀曉嵐筆下發自內心
的善念，會在世間結出美好的果實。縱使小人要計謀，上天也會藉此來成就
君子的福分的。小人的所做所為，無一不是在為君子造福的。這話雖然近似
迂腐，卻是實實在在的：

李雲舉言，其兄憲咸官廣東時，聞一遊士性迂僻，過嶺干謁親舊，
頗有所獲。歸裝襆被衣履之外，獨有二巨篋，其重四人乃能舁，
不知其何所攜也。一日，至一換舟處，兩舷相接，束以巨繩，扛
而過。忽四繩皆斷如刃截，訇然墮板上。兩篋皆破裂，頓足悼惜。
急開檢視，則一貯新端硯，一貯英德石也。石篋中白金一封，約
六七十兩，紙裹亦綻。方拈起審視，失手落水中。倩漁戶沒水求
之，僅得小半。方懊喪間，同來舟子遽賀曰：「盜為此二篋，相隨
已數日，以岸上有人家，不敢發。吾惴惴不敢言。今見非財物，
已唾而散矣。君真福人哉！抑陰功得神佑也？」同舟一客私語曰：
「渠有何陰功，但新有一癡事耳。渠在粵日，嘗以百二十金，托
逆旅主人買一妾，云是一年餘新婦，貧不舉火，故鬻以自活。到

門之日，其翁姑及婿俱來送，皆羸病如乞丐。臨入房，互相抱持痛哭訣別。已分手，猶追數步，更絮語。媒嫗強曳婦入。其翁抱數月小兒，向渠叩首曰：『此兒失乳，生死未可知。乞容其母暫一乳，且延今日，明日再作計。』渠忽躍然起，曰：『吾謂婦見出耳。今見情狀淒動心脾，即引汝婦去，金亦不必償也。古今人相去不遠，馮京之父，吾豈不能為哉！』竟對眾焚其券。不知乃主人窺其忠厚，偽飾己女以給之，儻其竟納，又別有狡謀也。同寓皆知，渠至今未悟。豈鬼神即錄為陰功耶？」又一客曰：「是陰功也。其事雖癡，其心則實出於惻隱。鬼神鑒察，亦鑒察其心而已矣。今日免禍，即謂緣此事可也。彼逆旅主人，尚不知究竟如何耳？」先師又聃先生，雲舉兄也，謂雲舉曰：「吾以此客之論為然。」余又憶姚安公言，田丈耕野西征時，遣平魯路守備李虎，偕二千總將三百兵出遊徼，猝遇額魯特自間道來。二千總啟虎曰：「賊馬健，退走必為所及。請公率前隊扼山口，我二人率後隊助之。賊不知我多寡，猶可以守。」虎以為然，率眾力鬥。二千總已先遁，蓋給虎與戰，以稽時刻；虎敗，則去已遠也。虎遂戰歿。後蔭其子先捷如父官。此雖受紿而敗，然受紿適以成其忠。故曰：「小人之謀，無往不福君子也。」此言似迂而實確。〔註41〕

萬事萬物皆離不開因緣。世上許多事其實都在因果裡，各有前因莫羨人。確實引申不少人生體驗，每個人都有自己的歷史。人生在世的每個階段，經歷不同的人生際遇：甜、酸、苦、辣，悲歡離合都只是簡化概述。

第二節　輪迴因果——再世為人

人依據業的不同相應得到不同的果報。所謂現報，就是今生作業，今生受報應；生報是今生作業，下一世受報應；後報是今生作業，經二生三生、百生千生方受報應。中國東晉名僧慧遠「三報論」肯定生命有前生，今生和來世之說。

名僧慧遠有「三報論」：業有三報，一曰現報，二曰生報，三曰後報，
現報者，善惡始於此身，及此身受。生報者，來生便受。後報者，

或經二生、三生、百生、千生，然後乃受。〔註42〕

　　河間府有個叫馮樹柟的人，粗通文墨，有點本事。但是流落在京城十幾年，一直不得志。每次遇到機緣，最後總是落空。他去懇請人幫忙，人家口頭答應，實際上卻置之不理。生活窮困潦倒、心理壓抑苦悶，逼得他到呂洞賓廟去求夢，祈求仙人能在夢中對他的命運給予啟示引導。一天夜裡，他夢見有個人對他說：「不要怨恨世道艱難、人情冷漠。其實，你這一生的命運全是自己造成的，怨恨有何用？你上輩子喜歡以虛偽的言詞博得忠厚長者的好名聲。遇有善舉好事，你明知該事不可能辦成，卻極力慫恿他人去做，以使人感謝你的贊成倡導。遇有惡人犯法，你明知他的罪行不可饒恕，卻再三為他申辯，以使人感謝你的拯救之恩。你這些做法，雖然談不上對別人有什麼好處或壞處，但是，充好人讓人感恩的都落在你身上，而把怨仇憤恨全歸結到別人。你未免太過的機巧奸詐！何況，你所贊成慫恿的事，或是極力拯救的人，你都是身處在局外人的位置，無論成功失敗，全由他人去承擔利害。假如有某件事稍稍觸及你一點兒利益，你就避之唯恐不及。就算是眼看著別人被烈火焚身、溺水將死，你只消舉手之勞，便能救人於水火，你也因怕麻煩而撒手不管。你這種險惡居心，還用得著鬼神指教嗎？由此看來，別人對你看似親近，實為疏遠；形似關切，實為冷漠，也是理所當然。你自己想想，這應不應該？神鬼對一個人的要求，若是他偶然有一兩件事做錯，還可以用他其它善行補償。但如果一個人的心術壞，那便是為陰曹條律所不容。你這輩子算完了。只能努力去做好事，為下輩子積福吧！」那馮樹柟，最終落得一貧如洗、饑寒交迫結束其一生。〔註43〕

　　夢中見聞皆為隱私之事，亦非值得炫耀，正常情況下只有當事人知道，也無轉告他人必要，紀曉嵐記述的巨細靡遺，如身歷其境地進行全知敘述〔註44〕，這種使用第三人稱全知視角的敘事方式在《閱微草堂筆記》中並未廣泛運用，可見紀曉嵐在追求客觀與真實性之餘的謹慎。

　　河間馮樹柟，粗通筆札，落拓京師十餘年，每遇機緣，輒無成就。
　　干祈於人，率口惠而實不至。窮愁抑鬱，因祈夢於呂仙祠，夜夢一
　　人語之曰：「爾無恨人情薄，此因緣爾所自造也。爾過去生中，喜以

〔註42〕 曾祐撰，《弘明集》（上海：上海古籍出版社，1991 年）卷五，頁 35。
〔註43〕 《由閱微草堂筆記淺談——凡夫心與菩薩行》，頁 358。
〔註44〕 《乾隆文治與紀曉嵐志怪創作》第四章，頁 276。

虛詞博長者名，遇有善事，心知必不能舉也，必再三慫恿，使人感爾之贊成；遇有惡人，心知必不可貸也，必再三申雪，使人感爾之拯救。雖於人無所損益，然恩皆歸爾，怨必歸人，機巧已爲太甚。且爾所贊成、拯救，皆爾身在局外，他人任其利害者也。其事稍稍涉於爾，則退避惟恐不速，坐視人之焚溺，雖一舉手之力，亦憚煩不爲。此心尚可問乎？由是思維，人於爾貌合而情疏，外關切而心漠視，宜乎不宜？鬼神之責人，一二行事之失，猶可以善抵，至罪在心術，則爲陰律所不容。今生已矣，勉修未來可也。」後果寒餓以終。〔註45〕

宋蒙泉說，孫峨山先生，曾在高郵的船中臥病不起。忽覺似乎上岸散步，並感到輕鬆爽適。不一會兒，有人領他向前走，他恍恍惚惚地忘記爲什麼要向前走，也沒多問。來到一戶人家，門庭豪華，院落清潔。漸走入內室，見一少婦正在分娩。他想退避，被領他的人從背後拍一掌，就昏迷不醒人事，他醒來時，發現自己身形已經縮小在繈褓之中。心裡明白已是轉生無可奈何。他環視室中，室中的家俱器物和對聯書畫，都十分清楚。到第三天時，婢女抱著他洗澡，失手掉在地上，他就又失去知覺。醒來時，仍舊臥病船上。家人說，他已經氣絕三天，只因四肢柔軟，心膈還溫，才沒敢入殮。孫峨山先生急忙索取一紙，寫出自己的見聞，派人沿他所走的路線，去那戶他曾轉生的人家，告訴主人不要笞打婢女。然後慢慢爲家人詳述事情經過。當天他的病就徹底痊癒，於是便親自前往他曾轉生的人家，見到婢女等人都如同老相識一樣。這家主人老年無子，與孫峨山先生相對惋惜彼此沒有成爲眷屬的緣分，只能嘖嘖稱奇。〔註46〕類似的事情紀曉嵐偶有聽聞。唯一不同的是，峨山先生記得前往轉生的情況，不記得返回時的情況；夢鑒溪則往返情況都很清楚，而且途中遇見他已經去世的夫人，到家入室時見到夫人與女兒共坐。紀曉嵐認爲佛家關於輪迴轉生學說，是儒家避而不談的。而實際上轉生的事往往就有前因後果，道理上自然沒有錯。只是峨山、鑒溪二位先生，暫時進入輪迴，隨後又返歸本體，無緣無故地現出這麼個輪迴轉生的泡影，就不可按佛家通常的輪迴之說進行解釋。六合（天、地、四方）之外，聖人存而不論，姑且存疑，唯暫不追究。

〔註45〕《閱微草堂筆記》卷三〈灤陽消夏錄三〉，頁 31。
〔註46〕《由閱微草堂筆記淺談——凡夫心與菩薩行》，頁 169。

宋蒙泉言，孫峨山先生嘗臥病高郵舟中，忽似散步到岸上，意殊爽適。俄有人導之行，恍惚忘所以，亦不問。隨去至一家，門徑甚華潔，漸入內室，見少婦方坐蓐，欲退避，其人背後拊一掌，已昏然無知。久而漸醒，則形已縮小，繃置錦襁中，知爲轉生，已無可奈何。欲有言，則覺寒氣自囟門入，輒噤不能出，環視室中几榻器玩，及對聯書畫，皆了了。至三日，婢抱之浴，失手墜地，復昏然無知，醒則仍臥舟中。家人云：「氣絕已三日，以四肢柔軟，心膈尚溫，不敢斂耳。」先生急取片紙，疏所見聞，遣使由某路送至某門中，告以勿過撻婢。乃徐爲家人備言。是日疾即癒，遽往是家，見婢媼皆如舊識。主人老無子，相對惋歡稱異而已。近夢通政鑑溪亦有是事，亦記其道路門戶，訪之，果是日生兒即死。頃在直廬，圖閣學時泉言其狀甚悉，大抵與峨山先生所言相類。惟峨山先生記往不記返。鑑溪則往返俱分明，且途中遇其先亡夫人，到家入室時見夫人與女共坐，爲小異耳。案輪迴之說，儒者所辟，而實則往往有之。前因後果，理自不誣。〔註47〕

紀曉嵐的長女嫁給德州的盧氏家。他們所居住的地方叫做紀家莊。聽聞她曾在紀家莊附近看見一個人躺在小溪邊，身上穿著一件破棉襖，躺在那呻吟。近前一看，發現他身上每一個汗毛孔上都叮著一個虱子。虱子的嘴叮進肉皮，後腿全鉤在破棉絮上。棉襖不能脫下來，若要強脫，便痛徹心扉。無可奈何，只能眼看著他死去。紀曉嵐論定這也許是上輩子造孽，所以落得這個報應吧！

余長女適德州盧氏，所居曰紀家莊。嘗見一人臥溪畔，衣敗絮，呻吟。視之則一毛孔中有一蝨，喙皆向內，後足皆鉤於敗絮，不可解，解之則痛徹心髓。無可如何，竟坐視其死。此殆凤草所報歟。〔註48〕

福建某位夫人喜歡吃貓。捉了貓，先把小口罐子裝入石灰，把貓扔進去，然後澆進開水。貓毛被石灰氣蒸騰得全掉光，就不用麻煩地拔毛；貓血都湧入臟腑之中，貓肉潔白似玉。她說經過這樣處理，貓肉味勝過雛雞十倍。她天天張網設置機關，不知捕殺了多少貓。後來夫人病危，竟像貓嗷嗷一樣喵叫，過十多天即死。道員盧撝吉曾和這位夫人當鄰居。撝吉的兒子叫蔭文，

〔註47〕《閱微草堂筆記》卷四〈灤陽消夏錄四〉，頁46。
〔註48〕《閱微草堂筆記》卷四〈灤陽消夏錄四〉，頁52。

是紀曉嵐的女婿，對紀曉嵐講述這件事。又說景州一個官宦子弟，愛把貓狗之類小動物的腿弄斷，扭向後面，然後看牠們扭來扭去地爬行、哀嚎取樂，弄死不少小動物。後來他的子女生下來後，腳後跟都生成反向。還有紀曉嵐家僕王發，擅長打鳥，彈無虛發，每天都能打死幾十隻鳥。他只有一個兒子，叫濟寧州，是在濟甯州出生的。這孩子到十一、二歲時，忽然全身長瘡，好像是烙痕。每一個瘡口裡都有一個鐵彈，不知是怎麼進去的。用各種藥都不見效，最後死了。紀曉嵐感慨殺孽的報應最重！

　　讓人不解的是，有些修善果的人都在特定的日子吃齋，像遵奉律令，而平時則不能戒殺生。佛家吃齋，難道說吃蔬菜水果就算是功德嗎？正是以吃蔬菜水果來避免殺生。如今的佛教徒常說：某天某天，是觀音齋期（正月初八、二月初七、二月初九、二月十九、三月初三、三月初六、三月十三、四月廿二、五月初三、五月十七、六月十六、六月十八、六月十九、六月廿三、七月十三、八月十六、九月十九、九月廿三、十月初二、十一月十九、十一月廿四、十二月廿五）；某天某天，是準提齋期（初一、初八、十四、十五、十八、二十三、二十四、二十八、二十九、三十、月小以二十七補上）。在這一天吃齋佛極高興。如果不是這一天，在廚房大宰大烹，菜板上堆滿肥美的肉，儘管慘酷地屠宰，佛也不管嗎？況且天子不無故殺牛，大夫不無故殺羊，士不無故殺狗、豬，這是禮法規定的。儒者遵奉聖賢的教義，當然萬萬沒有不吃肉的道理。但是除宴客和祭祀外，倘若時時殺生，也萬萬不妥。爲吃一塊肉，便驟然間殺害一條命；爲了喝頓肉湯，便驟然間殺害幾十條命，或幾百條命。以許多生靈無限的恐懼痛苦，無限的悲慘怨憤，供我享受瞬間口福，這與在一定的日子吃齋，不是相矛盾嗎？蘇東坡先生一向堅持這種看法，紀曉嵐認爲這是比較中肯的觀點。

　　紀曉嵐常運用佛教報應裡論，將報應與禍及子孫的懲罰結合，加重報應後果，以嬉戲爲由而凌虐貓犬取樂令人憤慨，果報故事中，「絕嗣」是傳統觀念中最嚴重的報應，借世俗信仰鼓吹因果輪迴報應表達紀曉嵐對濫殺無辜的深惡痛絕。

> 並諷刺批判兩種人：一種在在齋戒日持齋不殺生，非齋戒日便「烹
> 宰溢乎庖，肥甘羅乎俎，屠割慘酷」，另一種毫無慈善之心，掌握生
> 殺大權，單憑個人喜怒而隨意殺人，「以眾生無限怖苦，無限慘毒，
> 供我一瞬之適口」，這兩種人正符合乾隆皇帝的一貫做爲，文字獄頻

　　仍與八次祭孔期間沒有發動過一次文字獄……〔註49〕

乾隆在位 60 年，製造文字獄約 130 宗。〔註50〕乾隆大興文字獄，只要認爲妨礙統治，便株連親族、格殺無論。乾隆治下，在多次驚駭的文字獄打擊下，徹底扼殺士人殘存之憂國憂民精神，文字、思想、輿論皆一律，政治的高壓從根本泯滅文士骨幹。士人不再崇尚經世濟民，而轉畏於森嚴文網，政治凌駕學術，行政體系社會精英爲求自保，官僚奉行不作爲，由於避席畏聞文字禍，無可奈何的放棄警醒社會的職責；居廟堂之上的官員，作爲國家的治理者和監督者，爲保有高官厚祿，選擇對觸目驚心的現實視而不見，紀曉嵐也只能以殺生的故事隱隱表達對當朝的不滿。

　　閩中某夫人喜食貓。得貓則先貯石灰於罌，投貓於內，而灌以沸湯。貓爲灰氣所蝕，毛盡脫落，不煩撋治，血盡歸於臟腑，肉瑩如玉，云味勝雞雛十倍也。日日張網設機，所捕殺無算。後夫人病危，呦呦作貓聲，越十餘日乃死。盧觀察撝吉，嘗與鄰居。撝子蔭文，余婿也，嘗爲余言之。因言景州一宦家子，好取貓犬之類，拗折其足，捩之向後，觀其孑孑跳號以爲戲，所殺亦多。後生子女，皆足踵反向前。又余家奴子王發，善鳥銃，所擊無不中，日恒殺鳥數十。惟一子，名濟寧州，其往濟寧州時所生也。年已十一二，忽遍體生瘡，如火烙痕，每一瘡內有一鐵子，竟不知何由而入，百藥不瘥，竟以絕嗣。殺孽至重，信夫！余嘗怪修善果者，皆按日持齋，如奉律令，而居恒則不能戒殺。夫佛氏之持齋，豈以茹蔬啖果，即爲功德乎？正以茹蔬啖果，即不殺生耳。……且天子無故不殺牛，大夫無故不殺羊，士無故不殺犬豕，禮也。儒者遵聖賢之教，固萬萬無斷肉理。然自賓祭以外，特殺亦萬萬不宜。以一臠之故，遽戕一命；以一羹之故，遽戕數十命，或數百命；以眾生無限怖苦，無限慘毒，供我一瞬之適口，與按日持齋之心，無乃稍左乎？東坡先生向持此論，竊以爲酌中之道，願與修善果者一質之。〔註51〕

　　某公死後，遺留下來的古董，孤兒寡母不知其價值，於是請他的朋友估

〔註49〕《乾隆文治與紀曉嵐志怪創作》第四章，頁 309。

〔註50〕楊發興主編，《清高宗乾隆》（長沙：青蘋果數據中心，2013 年）第六章，頁 639。

〔註51〕《閱微草堂筆記》卷四〈灤陽消夏錄四〉，頁 54。

價。這個朋友故意高估，使這些古董賣不出去。等母子倆窮得過不下去時，乘機以低價買去。兩年後，這個朋友也死了，遺留下來的古董，妻兒也不識貨，於是，又請他的生前好友估價變賣。這位好友也如同亡友之前的計謀，一股腦都將古董弄到自己手中，詐取友財，友詐其財，眞的是現世報。〔註52〕有人評論：「天道好還，報應不爽，沒有往而不返的。所以仿效他的計謀，罪應當減輕。」紀曉嵐認爲這話說的雖然大快人心，卻不一定公理。賊固然有罪，如果有人再偷賊物，能說這人的罪過就比賊輕嗎？

> 某公之卒也，所積古器，寡婦孤兒不知其值，乞其友估之。友故高
> 其價，使久不售，俟其窘極，乃以賤價取之。越二載，此友亦卒，
> 所積古器，寡婦孤兒亦不知其價，復有所契之友效其故智，取之去。
> 或曰：「天道好還，無往不復，效其智者罪宜減。」余謂此快心之談，
> 不可以立訓也。盜有罪矣，從而盜之，可曰罪減於盜乎？〔註53〕

世上稱短命的人爲討債鬼，盧南石說，朱元亭的一個兒子生瘵病，當病情危急、氣息微弱時，呻吟著自言自語道：「這下還欠我十九兩銀子。」一會兒，醫生在藥中投入人參，藥煎好，還沒來得及服就死了。所用人參正好值十九兩銀子。有人會說：「四海之中，一日之內，短命的人不知道有多少，前世欠債的，哪會如此之多？」要知道，死生如轉輪，因果迴圈，就像恒河裡的沙，堆積的數量無法測算；就像太空的雲，形態變幻不可思議：這確實難以拘泥於一種形式。但是估計它的多數情況，那麼冤仇罪錯糾結在一起，乃由於財物引起居多。老子說：「天下攘攘，皆爲利往；天下熙熙，皆爲利來。」人的一生，大概沒有不用心於此的。不過天地所生財物，只有一定數目。這邊得到，那邊就失去；這邊盈餘，那邊就虧損。機巧從這產生，恩仇從那結下。善惡業緣的報復，可延續到三世。謀利的人多，討債的人不會少。司馬遷說過：「怨毒對於人來說，眞是太可怕了！」君子寧可信其有，或許可以發人深思。

> 世稱殤子爲債鬼，是固有之。盧南石言，朱元亭一子病瘵綿憊時，
> 呻吟自語曰：「是尚欠我十九金。」俄醫者投以人參，煎成未飲而逝。
> 其價恰得十九金。此近日事也。或曰四海之中，一日之內，殤子不
> 知其凡幾，前生逋負者，安得如許之眾？夫死生轉轂，因果循環，

〔註52〕《由閱微草堂筆記淺談——凡夫心與菩薩行》，頁430。
〔註53〕《閱微草堂筆記》卷四〈灤陽消夏錄四〉，頁56。

如恒河之沙，積數不可以測算；如太空之雲，變態不可以思議，是
　誠難拘一格。然計其大勢，則冤怨糾結，生於財貨者居多。〔註54〕

　　通政羅仰山在禮曹做官時，受到同僚排擠傾軋，每一舉動都被掣肘，每
一步都似走在荊棘叢中。他的性格一向迂腐呆板，毫不靈活，便漸漸積憤成
疾。一天，他悶悶不樂地坐著，忽然夢到來一山中。山中水流花開，風清日
麗風光宜人。羅仰山頓時覺得神思開朗，鬱悶全消。他沿溪散步，見到一茅
舍。有位老翁請他入坐，二人談得投機。老翁問他，怎像是生病的樣子，他
向老翁詳細陳述自己的苦境。老翁長歎說：「這是有夙因的，君沒瞭解罷了。
君七百年前是宋朝的黃筌，君的同僚對頭就是南唐的徐熙。徐熙的畫品，本
來高出黃筌之上。但黃筌恐怕他奪走自己的供奉恩寵，就巧詞排斥打壓，致
使徐熙貧困落魄，飲恨而死。以後輾轉輪迴，二人長期沒有相遇。今生業緣
湊合，徐熙才得機報其宿仇。他加在君身上的不幸，正是君曾經加在他身上
的不幸，君又有何可憾恨呢？世上事情，大體上沒有往而不復的。往而必復，
這是天道；有恩必報，這是人情。既然已種因，終究是要結出果。因果氣數
的感應，如同磁石吸針，沒有靠近也罷，一旦靠近就會牢吸不離。怨恨的糾
結，如同火石含火，不觸則已，一觸就會激發生火。冤結一直不消釋，就像
隱伏的疾病一樣，必然會有驟然發作的一天。冤家終要相逢，就像旋轉的日
月一樣，必然會有互相交會的一刻。可見種種害人之術，恰好是用來害自己
的！我在以往的生涯中與君有過舊交，由於君沒醒悟，所以給君敘述憂患的
根本來由。君與他的冤仇已經了結，從今以後，小心不要再造因就好。」羅
仰山聽後，輕鬆地解除鬱悶之症，心中豁然開朗。〔註55〕幾天之內，平常積
成的疾病就徹底消失。這是紀曉嵐約十歲時，聽霍易書先生講的。有人說：「這
是衛延璞的事，霍易書先生偶爾記錯。」不知究竟是誰的事，故一併附記。
連「偶誤記也」這般枝微末節的小事都詳加記述，足證紀曉嵐想表明記錄的
眞實性。

　　羅仰山通政，在禮曹時，爲同官所軋，動輒掣肘，步步如行荊棘中，
　性素迂滯，漸恚憤成疾。一日，鬱鬱枯坐，忽夢至一山，花放水流，
　風日清曠，覺神思開朗，壘塊頓消。沿溪散步，得一茅舍，有老翁
　延入小坐，言論頗洽。老翁問何以有病容，羅具陳所苦。老翁太息

〔註54〕　《閱微草堂筆記》卷五〈灤陽消夏錄五〉，頁59。
〔註55〕　《由閱微草堂筆記淺談──凡夫心與菩薩行》，頁154。

曰：「此有夙因，君所未解。君七百年前爲宋黃筌，某即南唐徐熙也。徐之畫品，本居黃上。黃恐奪供奉之寵，巧詞排抑，使沉淪困頓，銜恨以終。其後輾轉輪迴，未能相遇。今世業緣湊合，乃得一快其宿仇。彼之加於君者，即君之曾加於彼者也，君又何憾焉？大抵無往不復者，天之道；有施必報者，人之情。既已種因，終當結果。其氣機之感，如磁之引鍼，不近則已，近則吸而不解；其怨毒之結，如石之含火，不觸則已，觸則激而立生。其終不消釋，如疾病之隱伏，必有驟發之日；其終相遇合，如日月之旋轉，必有交會之纏。然則種種害人之術，適有自害而已矣。吾過去生中，與君有舊，因君未悟，故爲述憂患之由。君與彼已結果矣，自今以往，慎勿造因可也。」羅瀟然有省，勝負之心頓盡。數日之內，宿疾全除。此余十許歲時，聞霍易書先生言。或曰：「是衛公延璞事，先生偶誤記也。」未知其審，併附識之。〔註56〕

清代歙縣人蔣紫垣，僑居獻縣程家莊，以行醫爲業。蔣紫垣有解砒霜毒性的秘方，效果非常顯著，但必須要病家出重金才肯治療，若是達不到他的要求，寧肯眼看著病人死也不肯施予救治。一天蔣紫垣突然暴病死了。不久托夢他的房東。對房東說：「因我平生貪財，以致耽誤死九條人命。死者在陰司聯名告我，閻王爺判我九世服砒霜死。現在將押我去轉世投生。我請求鬼卒寬限我一刻時間，才得以見你，請你收下我這個秘方。你如果能用它救活一個人，我就可以少受一世業報。」說罷傷心哭泣而去，口中念念有詞：「現在後悔晚了！」蔣紫垣的所謂解砒霜藥方，不過是防風一兩，研成粉末，加水調和服下而已。並沒有什麼特殊藥物。紀曉嵐又聽沈豐功老先生說：「用涼水調石青，解砒霜中毒可奏神效。」沈先生平生從不說假話，相信這個藥方也定是靈驗。紀曉嵐記載得清楚，蔣紫垣因愛錢誤九條人命，因而陰司判他九世都要服砒霜而死。假如九世中某一世，他做許多好事，幫很多人，人人都說他是善人，可突然有一天他服砒霜而死，無論家人或外人知道，都覺得命運弄人，說他好心沒好報，看這篇記載，應想當然爾有不同見解。欲知前世因，今生受者是，欲知來世果，今生做者是。〔註57〕

　　歙人蔣紫垣，流寓獻縣程家莊，以醫爲業。有解砒毒方，用之即瘥，

〔註56〕《閱微草堂筆記》卷五〈灤陽消夏錄五〉，頁59。
〔註57〕《由閱微草堂筆記淺談——凡夫心與菩薩行》，頁154。

然必邀取重貲，不滿所欲，則坐視其死。一日，暴卒，見夢於居停
主人，曰：「吾以耽利之故，誤人九命矣。死者訴於冥司，冥司判我
九世服砒死。今將轉輪，賂鬼卒，得來見君，特以此方奉授，君能
持以活一人，則我少受一世業報也。」言訖，涕泣而去，曰：「吾悔
晚矣，其方以防風一兩，研爲末，水調服之而已。無他秘藥也。」
又聞諸沈丈豐功曰：「冷水調石青，解砒毒如神。」沈丈平生不妄語，
其方當亦驗。〔註58〕

雍正十一年（1733年），河北省有交河縣舉子蘇斗南從京城參加會試後回鄉。
走到白溝河，在白溝河邊的一個酒肆中遇到一老友。二人入座對飲。朋友剛
剛被罷官。心情抑鬱，滿腹牢騷，酒酣耳熱後，滿口都是怨恨蒼天，對行善
人不獎，對做惡人不罰，根本沒有報應，怨恨天道不公平之語。這時一位騎
馬的人來到酒肆，把馬拴在樹上進了酒肆，坐在蘇斗南朋友的對面，邊吃酒
飯邊側耳傾聽蘇的朋友發牢騷。聽了很長一段時間，騎馬人對蘇的朋友做個
揖後言道：「你懷疑因果報應不存在或者不及時嗎？你來看，凡好色者必病，
嗜賭博者必貧，這是大趨勢；搶劫他人財物者必被誅滅，殺人者定要抵命，
這是法理。但是同樣是好色而身體狀態有強有弱，同樣的嗜賭而賭技有高有
低，這是不可能都完全相同的；同樣道理，一同去搶劫財物必有主犯和從犯，
而一同去殺人也存在誤殺和故意殺人，從法理上也應分別論罪。這其中細節
也需認真的推敲研究。這期間有的人功過相抵，看似無報應，其實已經報應，
這叫無報爲報；有的人應遭罪或該享福還沒完，雖該報應而不是立即就報。
這區別更是既公平又細微，只有蒼天才能掌控；你僅憑眼前所見而懷疑、否
定天道對善惡的明斷，這不是顛倒黑白嗎？而且你也沒有資格去埋怨天道。
你的命運本應當員外出身，官可至七品。但你爲人僞善狡詐，處世多方探察，
善於趨炎附勢和避重就輕推卸責任。且還擅長排擠人。根據你的這些劣行，
遂削減爲八品。你在升遷八品時自認是由於心計周密，由九品而升。殊不知
正是因爲你心計周密，由七品而降也。」這時，騎馬人走到蘇斗南的朋友跟
前，附在他耳邊小聲說幾句話，說完大聲問他：「你忘了嗎？」蘇的朋友驚駭
的汗流浹背，問騎馬人：「你怎麼知道？」騎馬人笑說：「豈獨我知，三界內
的佛菩薩等聖人及鬼神誰不知！」〔註59〕說完轉身上馬。只見黃塵滾滾，傾

〔註58〕《閱微草堂筆記》卷八〈如是我聞二〉，頁112。
〔註59〕《由閱微草堂筆記淺談——凡夫心與菩薩行》，頁361。

刻不見蹤跡。

交河蘇斗南，雍正癸丑會試歸，至白溝河，與一友遇於酒肆中。友方罷官，飲醉後，牢騷抑鬱，恨善惡之無報。適一人褌褲急裝，繫馬於樹，亦就對坐，側聽良久，揖其友而言曰：「君疑因果有爽耶？夫好色者必病，嗜博者必敗，勢也；劫財者必誅，殺人者必抵，理也。同好色而稟有強弱，同嗜博而技有工拙，則勢不能齊；同劫財而有首有從，同殺人而有誤有故，則理宜別論。此中之消息微矣。其間功過互償，或以無報爲報；罪福未盡，或有報而不即報，毫釐比較，益微乎微矣。君執目前所見，而疑天道難明，豈不值乎？且君亦何可怨天道？君命本當以流外出身，官至七品，以君機械多端，伺察多術，工於趨避，而深於擠排，遂削官爲八品；遷八品之時，自謂以心計巧密，由九品而升；不知正以心計巧密，由七品而降也。」因附耳而語。語訖，大聲曰：「君忘之乎！」因駭汗浹背。問：「何以能知微？」笑曰：「豈獨我知？三界孰不知？」掉頭上馬，惟見黃塵滾滾然，斯須滅跡。〔註60〕

顧非熊再生一事，見於段成式《酉陽雜俎》，又見於孫光憲《北夢瑣言》；他的父親顧況集中，也載錄該詩，應該不是編造。近年，少宰沈雲椒爲他母親陸太夫人撰寫墓誌，說太夫人結婚才一年，丈夫就去世，遺腹子才出生剛滿三歲，又夭折而死。太夫人哭得萬分悲痛，說：「我之所以不死，是因爲有你存在；現在你又死了，我不忍心讓我家的香煙從此斷絕啊！」在入殮時，他在殤子的臂上作了紅色標記，禱告說：「老天不絕我家香煙，你轉生以後，就以此作驗證。」當時是雍正七年（1729 年）十二月。當月，鄰居住的同族人生一子，臂上同樣也有著紅色標記。太夫人於是把嬰兒收養過來，作爲自己的後人。這個嬰兒，就是沈雲椒。紀曉嵐任禮部尚書時與少宰同事。少宰對紀曉嵐親口講述這事。佛書中，關於輪迴轉世的說法，具有確鑿無疑的證明。命運之神常因一人一事，偶爾顯示一點蹤跡，來彰揚人間的道德教化，以開啓世人的敬信。沈少宰轉世這件事，就是神靈通過轉生的靈驗，來顯示這是爲辛苦守節的孀婦感動所致。紀曉嵐在文末寫道：「儒者盛言無鬼，又烏乎知之？」儒家宣傳無神論，倡言無鬼，豈能認同此端！

顧非熊再生事，見段成式《酉陽雜俎》，又見孫光憲《北夢瑣言》。

〔註60〕《閱微草堂筆記》卷八〈如是我聞二〉，頁 120。

其父顧況集中，亦載是詩，當非誣造。近沈雲椒少宰撰其母《陸太夫人志》，稱太夫人于歸，甫匝歲，贈公即卒。遺腹生子，恒週三歲亦殤。太夫人哭之慟曰：「吾之為未亡人也，以有汝在，今已矣！吾不忍吾家之宗祀自此而絕也。」於其斂，以朱志其臂，祝曰：「天不絕吾家，若再生以此為驗。」時雍正己酉十二月也。是月，族人有比鄰而居者，生一子，臂朱灼然。太夫人遂撫之，以為後即少宰也。余官禮部尚書時，與少宰同事，少宰為余口述尤詳。蓋釋氏書中，誕妄者原有，其徒張皇罪福，誘人施捨，詐偽者尤多。惟輪迴之說，則鑿然有證。司命者每因一人一事，偶示端倪，彰人道之教。少宰此事，即借轉生之驗，以昭苦節之感者也。儒者甚言無鬼，又烏乎知之？〔註61〕

兩世都成夫婦的，像韋皋、玉簫那般大概還是有的。景州人李西崖說，乾隆十年（1745 年）參加會試，看見貴州的一個孝廉，述說他的家鄉有一村民家生一個孩子，剛會說話，就說前生是某人的女兒，某人的妻子，丈夫名叫某某；死時丈夫年齡多大，現在應當多大。所居住的地方，距離村民家大約有四五天的路程，話漸漸傳開。到她（他）十四五歲的時候，她（他）口中的丈夫就逕自找上門。他倆一見面便痛哭流涕，述說前生事情都一致，當晚竟同被就寢。她（他）的母親無法禁止她，便偷聽他們談話。蠟燭熄滅後，他倆已喃喃地說著一些親熱的情話。她（他）的母親勃然大怒，把她（他）原來的丈夫趕出去。她（他）氣憤地吃不下飯，她（他）的故夫也住在旅館中，遲遲不肯離去。一天偶然疏於防範，兩人居然一起逃走，不知去向。這件事奇怪，自古以來就沒聽說過。紀曉嵐點評：發於情，而不能止於禮了。用情太深，舊情所繫，猶記故夫，〔註62〕超乎常情。

> 兩世夫婦如韋皋、玉簫者，蓋有之矣。景州李西崖言，乙丑會試，見貴州一孝廉，述其鄉民家生一子，甫能言，即云：「我前生某氏之女，某氏之妻，夫名某字某，吾卒時夫年若干，今年當若干，所居之地，距民家四五日程耳。」此語漸聞。至十四五歲時，其故夫知有是說，逕來尋問，相見涕泗，述前生事悉相符。是夕，竟抱被同寢，其母不能禁。疑而竊聽，滅燭以後，已妮妮兒女語矣。母怒，

〔註61〕《閱微草堂筆記》卷九〈如是我聞三〉，頁122。
〔註62〕《由閱微草堂筆記淺談——凡夫心與菩薩行》，頁177。

> 逐其故夫去,此子憤悒不食,其故夫亦棲遲旅舍不肯行。一日,防
> 範偶疏,竟相偕遁去,莫知所終。異哉此事,古所未聞也。此謂發
> 乎情而不止乎禮矣。〔註63〕

青縣有個農民,生病不能勞動,眼看就要餓死,想把老婆賣掉,只希望兩個
人都能活下去。他妻子說:「我走了,你怎能自理呢?而且,賣我得到的錢用
完後,你仍會餓死。不如讓我留下侍奉你,飲食醫藥,都有人照料收拾,或
許你能恢復健康。我寧可去做娼妓。」十幾年後,這農婦病重,昏迷後又醒
過來說:「剛才恍惚之間到了陰間,陰間的官員說,當娼妓的當投胎爲麻雀鵓
子,因我念念不忘丈夫,所以還可再度投生爲人。」可見佛教輪迴轉世信仰
對果報故事之影響,果報觀念就本質而言即是一種宗教信仰,〔註64〕紀曉嵐
雖未加評斷,但錄下尋常農家之說,足見其信輪迴轉世之說。

> 青縣一農家,病不能力作。餓將殆,欲鬻婦以圖兩活。婦曰:「我去,
> 君何以自存?且金盡仍餓死。不如留我侍君,庶飲食醫藥得以檢點,
> 或可冀重生。我寧娼耳。」後十餘載,婦病垂死,絕而復甦曰:「頃
> 恍惚至冥司,吏言娼女當墮爲雀鵓;以我一念不忘夫,猶可生人道
> 也。」〔註65〕

王德圃說:有個縣府小吏,晚上在松林休息,聽到有人哭泣的聲音。這
個小吏本來膽子大,就循著發出聲音的方向尋找察看,發現有男女兩人並肩
坐在石塊上,輕聲細語地交談,仿佛是夫妻在告別的樣子。小吏懷疑他們是
通姦外逃,就過去追問情況。那男子站起來回答道:「你不要走過來,我是鬼。
這女子是我鍾愛的婢女,不幸早世,雖然葬在他處,但她的鬼魂常常留在這。
現在她要被分入輪迴投生,從此別過,永遠不能相逢,所以我們都很傷悲。」
小吏問:「生前是夫妻,每人都有配偶,難道死後重新變換嗎?」男子說:「只
有堅守忠貞的節婦,她丈夫能在陰間暫時停留,等節婦死後再一起投生人世,
再續前生姻緣,用來彌補她一生孤獨痛苦。其他人則按照生前各種因緣,使
各人按其罪過、福分去投生。有些夫妻能在陰間相等候,有些夫妻就等候不
到,不能一起投生。你該走了,我倆一刻千金,沒空再同你講陰間的事情!」

〔註63〕《閱微草堂筆記》卷九〈如是我聞三〉,頁136。

〔註64〕劉雯鵬,〈歷代筆記小說中因果報應故事研究〉,臺北:中國文化大學中國文
學研究所博士論文,2003年。

〔註65〕《閱微草堂筆記》卷十二〈槐西雜志二〉,頁200。

男子張口吐了口氣，只見樹葉亂飛，嚇得小吏回身快走。後來再經過那個地方，才知道是某人的墓地。

> 王德圖言，有縣吏夜息松林，聞有泣聲。吏故有膽，尋往視之，則男女二人，並坐石几上，喁喁絮語，似夫婦相別者。疑爲淫奔，詰問其由。男子起應曰：「爾勿近，我鬼也。此女吾愛婢，不幸早逝，雖葬他所，而魂常依此。今被配入轉輪，從此一別，茫茫萬古，故相悲耳。」問：「生爲夫婦，各有配偶，豈死後又顚倒移換耶？」曰：「惟節婦守貞者，其夫在泉下暫留，待死後同生人世，再續前緣，以補其一生之煢苦。餘則前因後果，各以罪福受生，或及待，或不及待，不能齊矣。爾宜自去，吾二人一刻千金，不能與爾談冥事也。」張口噓氣，木葉亂飛。吏悚然反走。後再過其地，知爲某氏墓也。〔註66〕

翰林院編修王史亭說，有位崔某因罪被發配廣東。他擔心攜帶家眷會發生意外，就把妻妾留在家中隻身一人前往。到發配地後，他愁悶憂鬱難解。且當他回憶過去那「少婦登樓」的情景時，更增添無限憂愁。他偶然遇到一位老人，自稱姓董，字無念。兩人很談得來。老人同情他流落異鄉，便請他擔任兒子的老師，師生之間融洽。一天晚上，兩人對酌面對高樓滿月景色，崔某心中忽然湧起離愁別緒，便手持酒杯，靠著欄杆竟忘情應酬喝酒。老人笑著說：「您是懷念家人吧？既然是朋友，我早已爲您操辦，但因不知什麼時候到，所以沒告訴您。再過十天半月就會有消息了。」又過半年，老人忽然讓僮僕婢女打掃出一間房子，看樣子非常匆忙。一會兒，就有三乘小轎來到，崔某的妻妾和一個婢女挑起簾子走出來。崔生非常驚喜，奇怪地問怎麼來。她們說收到郎君的書信要我們來，囑咐我們隨某位官員的眷屬同來。因那官員著急不能久等，所以我們草草收拾便來。家事托給第幾房的第幾兄代爲管理。約定每年收取租米，年年賣錢給寄來。崔某問這婢女是哪來的？妻妾說，就是那位官員的小妾，正房夫人容不得她。便用便宜的價錢在船中買來。崔生流淚感激拜謝老人，從此一家團聚，不再思念故園家鄉。過了幾個月，老人對崔某說：「這婢女是中途偶然遇到，一路患難與共相隨到這兒，也和你有緣，好像應該和妻妾一般侍寢，別棄她不顧。」又過了幾年，崔某遇到赦免得以回鄉，他高興得晚上睡不著，但妻女卻都好似離別般悠悠傷悲，崔某安

〔註66〕《閱微草堂筆記》卷十三〈槐西雜志三〉，頁211。

慰她們說：「你們是感念主人對我們的恩情吧？假如不死，就會有報答他的一天。」妻妾們都不答話，只是忙著爲他整理行裝，臨出發時，老人治辦酒席爲他餞行，並把三個女子叫出來說：「今天必須把事講明。」於是拱手對崔某說：「我是地仙，前生和您一同做官，死後，你千方百計把我妻子送回家鄉。我總是耿耿於懷不能忘記。現在，您離別故鄉親人，我自然應該爲您辦些事。但是山高路遠，兩個孱弱女子，怎能前來？因此，我攝來花妖，先讓她們到您家去住半年，觀察尊夫人的容貌和說話習慣，摹仿相似且瞭解家中舊事，使您不生疑心。她們原是姊妹三個，所以多增加一個婢女。她們的形象都是變幻的，您莫再思念。回家見妻妾，和在這所見不會有區別。」崔生請求和三個女子一起回鄉。老人說：「鬼神各自有其地界，能暫時離開，不能長期不歸。」三女握手話別淚濕衣裳。正在話別間，她們已全都不見。登船時，他遠遠望見她們在河岸邊，招呼她們也不過來。回到家後，妻子說家境一天天衰落，依靠郎君年年寄些錢回來，才得以活到現在。原來這也全是那老人安排。紀曉嵐說假使世間離別的人，都能遇到這個老人，就不再有牛郎、織女離別之恨。王史亭說：「這話不錯。然而廣東有地仙，他方也必定有；董仙能有法術，別的地仙也必定有法術。之所以沒人再遇到這種事，可能是由於前生沒有施恩受惠，所以地仙不願竭盡心力，施展縮地補天的法術相報。」

> 王史亭編修言，有崔生者，以罪戍廣東，恐攜孥有意外，乃留其妻妾隻身行。到戍後，窮愁抑鬱，殊不自聊，且回思「少婦登樓」，彌增怊怛。偶遇一叟，自云姓董，字無念。言頗契，愍其流落，延爲子師，亦甚相得。一夕，賓主夜酌，樓高月滿，忽動離懷，把酒倚欄，都忘酬酢。叟笑曰：「君其有『雲鬟玉臂』之感乎？托在契末，已早爲經紀，但至否未可知，故先不奉告，旬月後當有耗耳。」又半載，叟忽戒僮婢掃治別室，意甚匆遽。頃之，則三小肩輿至，妻妾及一婢揭簾出矣。驚喜怪問，皆曰：「得君信相迓，囑隨某官眷屬至，急不能久待，故草草來。家事托幾房幾兄代治，約歲得租米，歲歲齎金寄至矣。」問：「婢何來？」曰：「即某官之媵，嫡不能容，以賤價就舟中齎得也。」生感激拜叟，至於涕零，從此完聚成家，無復故園之夢。越數月，叟謂生曰：「此婢中途邂逅，患難相從，當亦是有緣，似當共侍巾櫛，無獨使向隅也。」又數載，遇赦得歸。生喜躍不能寐，而妻妾及婢俱慘慘有離別之色。生慰之曰：「爾輩念

主人恩耶？倘不死，會有日相報耳。」皆不答，惟趣爲生治裝。瀕行，翁治酒作餞，並呼三女出，曰：「今日事須明言矣。」因拱手對生曰：「老夫，地仙也。過去生中，與君爲同官。歿後，君百計營求，歸吾妻子，恒耿耿不忘。今君別鶴離鸞，自合爲君料理；但山川縣邈，二屬弱女子，何以能來？因攝招花妖先至君家中半年，窺尊室容貌語言，摹擬具似，並刺知家中舊事，便君有證不疑。渠本三姊妹，故多增一婢耳。渠皆幻相，君勿復思，到家相對舊人，仍與此間無異矣。」生請與三女俱歸，叟曰：「鬼神各有地界，可暫出不可久越也。」三女握手作別，灑淚沾衣。俯仰間已俱不見，登舟時遙見立岸上，招之不至。歸後，妻子具言家日落，賴君歲歲寄金來，得活至今。蓋亦此叟所爲也。使世間離別人，皆逢此叟，則無復牛衣銀河之恨矣。〔註67〕

老學究周懋官，說一口南方腔，紀曉嵐已不記得他是何許人。他在考場上長期沒什麼造就，生活困頓，曾來往周西擎、何華峰家，何華峰本來也姓周，許周懋官是這兩位的本家。乾隆初年，紀曉嵐還見過他，他迂拙拘謹，似古時君子。每次應試，他或者因筆劃上的小毛病而被刷出，或已初步通過，卻因一兩個字而落選。也有遭到考官過分吹毛求疵，比如題目有個「日」字，偶然寫得稍窄些，便以誤寫爲「日」而被刷出；寫「己」字筆鋒偶然再往上出點頭，便以誤寫爲「已」字而遭刷出。周懋官心中憂鬱不平，一天，他到文昌祠焚燒份狀子，訴說一生沒幹過壞事，卻屢屢遭受壓抑遏制。幾天之後，他夢見一個朱衣吏把他帶到一座殿中。神坐在几案前說：「你求取功名不順，卻來埋怨神靈，你只知懷恨抱怨，不知因果報應。你前生本是部院官吏，因你狡詐，善於舞文弄墨，所以這一生罰你當個書呆子，不懂人情世故。因爲你好挑剔別人的文章，明知沒錯，也要雞蛋裡挑骨頭，通過此法撈錢。所以罰你這輩子老是因爲字的筆劃而落選。」神指著籍冊讓他看說：「因爲『日』字把你刷出榜外的考官，前一輩子是福建駐防官音德布的妻子。她是位老節婦，因爲表彰她爲節婦的呈文裡，把『音德布』的『音』字寫作『殷』，這是譯語且諧聲，本無確定的字，你卻反復駁退。她多次往返，使這位窮困的寡婦所得建牌坊的錢，還不夠路費。因『己』字把你刷出榜外的考官。前一輩子任縣令時犯律令，本來罰他三年零一個月的俸祿，你勒索不成，便將文中

〔註67〕《閱微草堂筆記》卷十四〈槐西雜志四〉，頁238。

的『三』字改爲『五』，『一』字改爲『十』。然後以五年零十個月計，等到弄
清楚，他則因你的錯誤，已被閒置一年多。你種下了孽因，這輩子你們又相
遇，自然得到報應，你有什麼冤可告呢？你的其他種種不順，都有前生的孽
因在，不能一一細講，也不能事先洩露給你。你應當委曲順從，不要再大呼
小叫告狀。你要不信，那麼和尚、道士也即將爲難你。到時候你就明白。」
說完，把周懋官趕出去。他忽然醒過來，一點也不明白和尚、道士要爲難他
是什麼意思。當時，他正寓居在佛寺中，因此便搬到別處躲避一下。雍正十
三年（1735 年），他參加鄉試，已內定錄取他爲第十三名舉人。在第二場考試
中，有一道題是爲和尚道士應當拜見父母之事寫一段判語，周的答卷中有「長
揖君親」，是用唐代傅弈所上主張禁止佛教的表文中「不忠不孝，削了頭髮而
只給君親作揖不拜」的典故。考官因不知這個典故，認爲周這話有毛病，竟
又把他刷掉。他這才知道神的話沒錯。

> 老儒周懋官（口操南音，不記爲何許人。）久困名場，流離困頓，
> 嘗往來於周西擎、何華峰家。華峰本亦姓周，或二君之族歟？乾隆
> 初，余尚及見之。迂拘拙鈍，古君子也。每應試，或以筆畫小誤被
> 貼，或已售而以一二字被落。亦有過遭吹索，如題目寫日字偶稍狹，
> 即以誤作日字貼；寫己字末筆偶鋒尖上出，即以誤作已字貼。尤抑
> 鬱不平。一日，焚牒文昌祠，訴平生未作過惡，橫見沮抑。數日後，
> 夢朱衣吏引至一殿，神據案語曰：「爾功名坎坷，遽瀆明神，徒挾怨
> 尤，不知因果。爾前身本部院吏也，以爾狡黠舞文，故罰爾今生爲
> 書癡，毫不解事；以爾好指摘文牒，雖明知不誤而巧詞鍛鍊，以挾
> 制取財，故罰爾今生處處以字畫見斥。」因指簿示之曰：「爾以日字
> 見貼者，此官前世乃福建駐防音德布之妻，老節婦也。因咨文寫音
> 爲殷，譯語諧聲，本無定字，爾反覆駁詰，來往再三，使窮困孤嫠
> 所得建坊之金，不足供路費；爾以已字見貼者，此官前世以知縣起
> 服，本歷俸三年零一月，爾需索不遂，改其文三字爲五，一字爲十，
> 又以五年零十月核計，應得別案處分。比及辨白，坐原文錯誤，已
> 沉滯年餘。業報牽纏，今生相遇，爾何冤之可鳴歟？其他種種，皆
> 有夙因，不能爲爾備陳，亦不可爲爾預洩。爾宜委順，無更嘵嘵。
> 儻其不信，則緇袍黃冠行，且有與爾爲難者，可了然悟矣。」語訖
> 揮出，霍然而醒，殊不解緇袍黃冠之語。時方寓佛寺，因遷徙避之。

至乙卯鄉試，闈中已擬第十三。二場僧道拜父母判中，有「長揖君親」字，蓋用傅弈表不忠不孝削髮而揖君親語也。考官以爲疵累，竟斥落。方知神語不誣。〔註68〕

郎中顧德懋，就是人們所說能斷陰司案子的那種人。曾經說爲一案件平反，頗有點洋洋自得。關於這件案子，當事人的姓名不便點明。主要事由是婆婆休她的兒媳。因爲小姑從中向母親進讒言，而非兒媳罪過。婆婆性格剛愎暴躁，兒媳知道一時恐難挽回，而娘家親族中一個人也沒有，就到尼姑庵出家，等待婆婆回心轉意。她丈夫憐愛她，就不時到尼姑庵探視妻子，她不能無情拒絕他。尼姑庵旁邊有座廢園，她就經常和丈夫約好，丈夫晚上躲在破屋裡，她就從牆豁口翻出庵去與他私會。這樣約會了一年多，被她師父發現，師父嚴格遵守戒規，認爲她這樣做玷污佛門，責令她丈夫不許再來。再來的話就把他妻子趕走。於是她丈夫不敢再來，她竟鬱悶而終，冥官認爲，既然遁入空門，就要遵守佛法，她卻因沉緬於淫欲而犯戒，應當根據僧律定罪，擬將她打入地獄。顧德懋駁斥說：「尼姑犯淫戒，當有明確刑罰。但應當是一開始就要皈依佛門，而中途卻違背誓願的，這種情況如根據僧律量刑就是長一百張嘴也無言反駁。而這位女人卻是無罪被迫與丈夫離異，一心希望能與丈夫重修前緣，他們恩情從來沒有斷絕，她因此意志堅強。完全是因爲孤苦無靠，無處安身，才託身於尼姑庵暫且安身。她做尼姑，只可稱爲毀壞容貌，不可稱爲奉信佛法；她身處庵中，只能說是藉宿，不能說是參禪悟理。如果只根據她暫時寄居尼庵，就認定她犯尼姑淫亂的罪孽，那麼像北魏時瑤光寺的尼姑爭搶洛陽男人爲夫夫婿之類的情況，又該判什麼樣的罪名呢？至於她思念先前的丈夫，翻牆幽會，從表面上看好像《詩經・溱洧》中描寫的男女相互調情一般，而事情本身卻和古詩《上山採蘼蕪》中描寫被休棄的妻子見到原來的丈夫的情況相同。他們本是同床共枕的夫妻，這同失節完全是兩回事。陽間的刑律對於未婚私通，僅施以杖刑，還容許結爲夫妻。現在這對夫婦違背禮節的程度，較未婚私通者恐怕還輕，更何況這女人鬱悶而死，即便有些小過錯，也足以抵罪。自然應該從輕處罰，直接讓她去投胎。這樣處理，於情於理，似乎都講得通。」陳詞上報後，閻王竟同意顧的意見。紀曉嵐認爲這種說法眞假無可驗證，但那段議論，倒是公平。又顧德懋臨死時，自稱因洩露太多陰間秘密，被貶作土地神。紀曉嵐姑且把他的說法保留下來，

〔註68〕《閱微草堂筆記》卷十五〈姑妄聽之一〉，頁258。

好讓那些輕易洩露秘密的人引爲警惕。

> 顧郎中德懋，世所稱判冥者也。嘗自言平反一獄，頗自喜。其姓名
> 不敢泄，其事則有姑出其婦者，以小姑之讒，非其罪也。姑性下，
> 倉卒度無挽回理；而母家親黨無一人，遂披緇尼庵，待姑意轉。其
> 夫憐之，時往視婦，亦不能無情。庵旁有廢園，每約以夜伏破屋，
> 而自逾牆缺私就之。來往歲餘，爲其師所覺。師持戒嚴，以爲污佛
> 地，斥其夫勿來，來且逐婦，夫遂絕跡。婦竟鬱鬱死。冥官謂既入
> 空門，宜遵佛法，乃耽淫犯戒，當從僧律科斷，議付泥犁。顧駁之
> 曰：「尼犯淫戒，固有明刑，然必初念皈依，中違誓願，科以僧律，
> 百喙無詞。此婦則無罪仳離，冀收覆水，恩非斷絕，志且堅貞。徒
> 以孤苦無歸，托身荒刹。其爲尼也，但可謂之毀容，未可謂之奉法；
> 其在庵也，但可謂之借楊，不可謂之安禪。若據其浮蹤，執爲惡業，
> 則瑤光奪婿，更以何罪相加？至其感念故夫，逾牆幽會，跡似『贈
> 以芍藥』，事均『採彼靡蕪』。人本同衾，理殊失節。陽律於未婚私
> 媾，僅擬杖刑，猶容納贖。茲之違禮，恐視彼爲輕。況已抑鬱捐生，
> 縱有微愆，足以蔽罪。自應寬其薄罰，逕付轉輪。准理酌情，似乎
> 兩協。」事上，冥王竟從其議。此語真妄，無可證驗。然據其所議，
> 固持平之論矣。又，顧臨歿，自云以多泄陰事，謫爲社公。姑存其
> 說，亦足爲輕談溫室者箴也。〔註69〕

縣丞邱天錦說，西北有位叫杜奎的商人，不清楚他的鄉里、籍貫。聽他的口音好像是山凱撒州、潞州一帶人。他性情剛直，氣力過人，有膽量不怕鬼神，他外出碰到空屋破廟，總是鋪好被褥獨自睡覺，也沒出什麼事。一次，他偶然路過六盤山腳下，天色已晚，就停下來歇宿，他走進一座廢棄的地堡中，周圍只有荒煙蔓草，沒有人經過的痕跡。杜奎料想萬萬不會有盜賊，就解下行李，拴好馬，撿些枯枝燒火禦寒，就打開被窩安睡。正要入睡時，聽到附近傳來哭聲，仔細聽，好像是從屋後的地下傳出來的。這時木炭還亮著，屋子裡光線明亮，有如白天。於是他側身躺著，持刀等待。一會兒聲音慢慢靠近，已到窗外暗處嗚嗚不停，但一直未露身影。杜奎大聲責問：「我一生沒見過你們這一類，什麼鬼東西可以出來當面跟我講。」黑暗中有聲音回答：「我是女人，身上一絲不掛感到羞愧，不能相見，如你不嫌棄，允許我到你被窩

〔註69〕《閱微草堂筆記》卷十七〈姑妄聽之三〉，頁286。

裡，就有東西遮著我的身體，可以當面同你說。」杜奎當鬼怪想迷惑自己，但仍不害怕，以譏諷的語氣說：「想來就來。」只聽陰風颯然作響，一位美女已與他同床共枕。她十分害羞，神情醜腆，遮住自己的臉哭訴：「剛講一句話，就同你偎依一起，即使是放蕩，也不致如此地步。只因我有苦難的經歷要向您陳訴，雖嫌唐突，但請您不要懷疑是為淫樂而來。這個地堡原是一群盜賊住著，我獨自路過，被他們劫持，把我的衣服首飾全搶光，然後綁起來丟到山澗中。夏天浸泡在冰涼的泉水裡，冬日埋於積雪中。沉寂、陰涼、寒冷說不清我所受之苦。後來這群兇惡的盜賊被捉處死，這個地堡便荒廢成空墟，無人可以傾訴，忍痛至今。今我聽到空谷中的腳步聲，有幸碰上你是千載難逢的良機，所以我忍著羞恥，不惜自動獻身。想以一晚的恩愛，乞求你為我買具小棺木，把屍骨移葬到平原。大概地氣稍微溫暖些，靈魂得以安寧。如果你能為我做法事，渡我早日投生，那你對我的再生之恩，我願世代侍奉還報。」語畢擦乾眼淚，就投入杜奎懷抱。杜奎慷慨地回答：「我以為你是妖怪，卻原來蒙受深冤，我雖然沉湎花柳叢中，但乘人之危，要脅別人尋歡作樂，則堂堂大丈夫決不肯做這事。你既怕冷，靠近我取暖無妨。如說偷情，就不如離開這。」女鬼趴在枕頭上叩頭拜謝，也就不再多言。杜奎抱著她酣睡。天亮時，女鬼已不知去向，杜奎多留了幾天，為女鬼安葬，做法事。過幾年，他鄰家有位小女孩，看到他就戀戀不捨地跟在他身後。後來，杜奎年老無子，想娶那小女孩為妾，她父母不願意，但那女孩兒主動要求嫁給杜奎，後來生一個男孩，知道這事的人，都懷疑小女孩就是那女鬼轉世來報恩的。

　　邱縣丞天錦言，西商有杜奎者，不知其鄉貫，其語似澤、潞人也。
　　剛勁有膽，不畏鬼神。空宅荒祠，所至恒襆被獨宿，亦無所見聞。
　　偶行經六盤山麓，日已曛黑，遂投止廢堡破屋。荒煙蔓草，四無
　　人蹤，度萬萬無寇盜。解裝絆馬，拾枯枝爇火禦寒，竟展衾安臥。
　　方欲睡間，聞有哭聲。諦聽之，似在屋後，似出地下。時榾柮方
　　然，室明如晝，因側眠，握刀以待之。俄聲漸近，已在窗外黑處
　　嗚嗚不已，然終不露形。杜叱問曰：「平生未曾見爾輩。是何鬼物？
　　可出面言。」暗中有應者曰：「身是女子，裸無寸縷，愧難相見。
　　如不見棄，許入被中，則有物蔽形，可以對語。」杜知其欲相媚
　　惑，亦不懼之，微哂曰：「欲入即入。」陰風颯然，已一好女共枕
　　矣。羞容醜腆，掩面泣曰：「一語纔通，遽相偎倚。人雖冶蕩，何

至於斯？緣有苦情，迫於陳訴，雖嫌造次，勿訝淫奔。此堡故群
盜所居，妾偶獨行，爲其所劫，盡褫衣裳簪珥，縛棄澗中。夏浸
寒泉，冬埋積雪，沉陰沍凍，萬苦難名。後惡黨伏誅，廢爲墟莽。
無人可告，茹痛至今。幸空谷足音，得見君子，機緣難再，千載
一時。故忍恥相投，不辭自獻，擬以一宵之愛，乞市薄槥，移骨
平原。庶地氣少溫，得安營魄。倘更作佛事，超拔轉輪，則再造
之恩，誓世世長執巾櫛。」語訖拭淚，縱體入懷。杜慨然曰：「本
謂爾爲妖，乃沉冤如是！吾雖耽花柳，然乘人窘急，挾制求歡，
則落落丈夫義不出此。汝旣畏冷，無妨就我取溫；如講幽期，則
不如遄去。」女伏枕叩額，亦不再言。杜擁之酣眠，帖然就抱。
天曉，已失所在。乃留數日，爲營葬營齋。越數載歸里，有鄰家
小女，見杜輒戀戀相隨。後老而無子，求爲側室。父母不肯，女
自請相從，竟得一男。知其事者，皆疑爲此鬼後身也。〔註70〕

　　紀曉嵐的堂侄秀山說，僕人吳士俊曾和人鬥毆，沒占到便宜，氣憤得想
自盡，打算到村外找個僻靜地。剛出柵欄門，便有兩個鬼迎上來。一個鬼說：
「投井好。」一個鬼說：「上吊更好。」一左一右拉扯他，他正想要依從哪一
個好。突然舊相識丁文奎從北面來，揮拳把兩個鬼打跑，並將吳士俊送回去。
吳士俊迷迷糊糊好似如夢初醒，自盡的念頭頓時消失。丁文奎以前是上吊死
的，原來，他們兩個一起在紀曉嵐叔父粟甫公家幹活。文奎死後，他母親得
病困於床，士俊曾經資助她五百錢，所以才有這次的報恩。這是紀曉嵐家發
生的事，與袁枚《新齊諧》中記載的裁縫遇鬼一事差不多，兩鬼爭奪替身互
不相讓，裁縫王二因此得以逃脫。〔註71〕可見這類事確實存在。紀曉嵐記述
丁文奎爲找替身而來，卻報恩而去，尤足以激勵當時淡薄的世情。

從姪秀山言，奴子吳士俊嘗與人鬥，不勝，恚而求自盡。欲於村外
覓僻地，甫出柵，即有二鬼邀之。一鬼言投井佳，一鬼言自縊更佳，
左右牽掣，莫知所適。俄有舊識丁文奎者從北來，揮拳擊二鬼遁去，
而自送士俊歸。士俊惘惘如夢醒，自盡之心頓息。文奎亦先以縊死
者。蓋二人同役於叔父粟甫公家。文奎歿後，其母嬰疾困臥，士俊

〔註70〕《閱微草堂筆記》卷十七〈姑妄聽之三〉，頁291。
〔註71〕祁連休著，《中國民間故事史：清代篇》（臺北：秀威資訊科技公司，2012年），
　　　　頁60。

嘗助以錢五百，故以是報之。此余家近歲事，與《新齊諧》所記鍼
工遇鬼略相似，信鑿然有之。而文奎之求代而來，報恩而去，尤足
以激薄俗矣。〔註72〕

　　胡牧亭說他家鄉有一富戶，在家養尊處優，關了門不管門外的事。人們難
得見他一面。這人不善於生計，財產卻總也用不完；他不善於調養，卻從來也
沒什麼病；有時遇上什麼災禍，也能意外得到解決。他家有一個婢女上吊自殺，
鄉官大喜，大肆張揚並報官。官也興沖沖當天就來。待把屍體抬來檢驗，忽然
屍體的手腳蠕蠕而動。大家正在驚詫，只見屍體欠伸，接著身子轉側後坐起來，
已然復活。官員還想要以「逼姦上吊」來羅織罪名，委婉加以引導誘供。婢女
叩頭道：「主人的姬妾長得都像神仙一樣，哪會鍾情於我？假使看中我，我高
興都來不及，怎麼會去自殺？實在是因為，聽說父親不知由於什麼緣故被官府
拷打而死，悲痛絕望下，才憤恨但求一死，並沒有別的原因。」官員大失所望
而去。其他禍事，也往往都如此一般，大事化小，小事化無，消災解難。鄉里
人都說，這富戶蠢乎乎的，卻有這樣的福氣，實在不知是什麼道理。有人偶然
扶乩招仙，問這緣由。乩仙判道：「各位錯了，他的福氣正是因為他蠢。這老
翁在前生中是一村叟。他為人淳樸老實，沒有計較心；隨隨便便，沒有得失心；
平平淡淡，沒有愛憎心；坦坦蕩蕩，沒有偏私心；有人欺凌侮辱，他也沒有競
爭心；有人欺騙他，他也無防備心；有人辱罵或誹謗他，他也沒有嗔怒心；有
人陷害他，他也沒有報復心。所以他雖然老死在自己的屋裡，也沒什麼大功德，
卻因為他這種心境，為神靈所福佑，讓他在今生中得到報答。他這一生愚蠢無
知，正是因為他身體雖已變換，本性仍沒有喪失前生善良的根本。你們卻對他
有所懷疑，豈非大錯特錯嗎？」當時在一旁的人，信和不信的各占一半。紀曉
嵐則覺得這話很耐人尋味。認為這是胡先生為自己的生平寫的讚語，而假托於
這富戶。從道理上看來，是說的通的。待人平等，沒有分別心，不嫌貧愛富，
就是逢凶化吉的主因。〔註73〕

胡牧亭言，其鄉一富室，厚自奉養，閉門不與外事，人罕得識其面。
不善治生而財終不耗，不善調攝而終無疾病，或有禍患亦意外得解。
嘗一婢自縊死，里胥大喜，張其事報官，官亦欣然即日來。比陳屍
檢驗，忽手足蠕蠕動。方共駭怪，俄欠伸，俄轉側，俄起坐，已復

〔註72〕《閱微草堂筆記》卷十七〈姑妄聽之三〉，頁293。
〔註73〕《由閱微草堂筆記淺談──凡夫心與菩薩行》，頁13。

甦矣。官尚欲以逼污投繯，鍛鍊羅織，微以語導之。婢叩首曰：「主
人妾勝如神仙，寧有情到我？設其到我，方歡喜不暇，寧肯自戕？
實聞父不知何故，爲官所杖殺，悲痛難釋，憤恚求死耳，無他故也。」
官乃大沮去。其他往往多類此。鄉人皆言其蠢然一物，乃有此福，
理不可明。偶扶乩召仙，以此叩之。乩判曰：「諸公誤矣，其福正以
其蠢也。此翁過去生中，乃一村叟，其人淳淳悶悶無計較心，悠悠
忽忽無得失心，落落漠漠無愛憎心，坦坦平平無偏私心，人或凌侮
無爭競心，人或欺給無機械心，人或謗詈無嗔怒心，人或構害無報
復心，故雖槁死牖下無大功德，而獨以是心爲神所福，使之食報於
今生。其蠢無知識，正其身異性存，未昧前世善根也。諸君乃以爲
疑，不亦誤耶？」時在側者信不信參半，吾竊有味斯言也。余曰：「此
先生自作傳贊，托諸斯人耳。然理固有之。」〔註74〕

　　乾隆五十七年（1792 年）春天，有數十人在灤陽伐木，晚上露宿在山坳
時，只見山間對面的坡地上有幾頭鹿，同時有兩人在樹林邊走來走去，相對
而泣。大夥覺得奇怪的是人在鹿群之中，鹿爲何不受驚駭？有人懷疑這兩人
是仙鬼，可又覺得仙鬼不會相對而泣。雖然山崖高峻水勢急湍，道路不通，
但月光明亮，大夥看得清楚。有人隱隱約約發現，其中一人像是木材商某某。
一會兒，山風驟起，樹葉亂響。突然有隻老虎從樹林裡衝出，將兩人咬死。
伐木人這才知道，剛才見到的是木材商人和另一個人的生魂。蘇東坡的詩中
有「未死神先泣」，說的就是這種情況吧！據說這個木材商人平生也無大罪
惡，只是工於心計，事事都非要佔便宜而已。

　　壬子春，灤陽採木者數十人，夜宿山坳。見隔澗坡上，有數鹿散游，
又有二人，往來林下相對泣。共詫：「人入鹿群，鹿何不驚？」疑爲
仙鬼，又不應對泣。雖崖高水急，人徑不通，然月明如晝，了然可
見。有微辨其中一人，似舊木商某者。俄山風陡作，木葉亂鳴，一
虎自林突出，搏二鹿殪焉。知頃所見，乃其生魂矣。東坡詩曰：「未
死神先泣。」是之謂乎？聞木商亦無大惡，但心計深密，事事務得
便宜耳。陰謀者道家所忌，良有以夫。〔註75〕

巴彥弼說，在征戰新疆西部烏什時，一天戰事非常激烈。有位兵士正奮勇力

〔註74〕《閱微草堂筆記》卷十七〈姑妄聽之三〉，頁 297。
〔註75〕《閱微草堂筆記》卷十八〈姑妄聽之四〉，頁 317。

戰，忽然，有一支箭從他側面射來，這位兵士毫無察覺。他身邊另外一名兵士見了，急忙舉起戰刀替他格擋飛箭，不料這支箭反而射穿他自己的顱骨，當即倒地身亡。被救的兵士非常感動，在戰鬥結束後，悲痛地爲他的戰友舉行祭奠。當天夜裡，這位兵士夢見死者對他說：「我上輩子和你是同僚，凡任勞任怨的事，我都推卸給你。凡是領功受賞的事，我都打壓排擠使你不得上前。由於這種因緣，陰曹注定我今生替你受死。從今以後，咱們倆的恩仇就一筆勾銷。我死後自有我的行賞和撫恤金，你就不必爲我祭祀了。」〔註 76〕這個故事的情節和木材商人的故事相似。木材商人要陰謀，所受的懲罰較重；這位替死的兵士要小聰明，所受的懲罰也較輕。然則，所謂機巧，不正是他們笨拙之處嗎？

> 又聞巴公彥弼言，征烏什時，一日攻城急，一人方奮力酣戰，忽有飛矢自旁來，不及見也。一人在側見之，急舉刀代格，反自貫顱死。此人感而哀奠之。夜夢死者曰：「爾我前世爲同官，凡任勞任怨之事，吾皆卸爾；凡見功見長之事，則抑爾不得前。以是因緣，冥司注今生代爾死。自今以往，兩無恩仇。我自有賞恤，毋庸爾祭也。」此與木商事相近。木商陰謀故譴重，此人小智故譴輕耳。然則所謂巧者，非正其拙歟！〔註 77〕

輪迴之說，是確實存在的。恒蘭台的叔父，出生才幾歲，就自說前身是城西萬壽寺的和尚。他從未到過那地方，拿起筆勾畫那的殿廊門徑、裝飾擺設、花樹行列，派人去驗證，都一一相符。但不知爲何，他平生不肯去那個寺，這是眞正的輪迴轉世。朱熹所謂的輪迴，就是指死人的氣數未盡，偶然與活人的生氣湊合，這種情況也確實存在。紀曉嵐家崔莊佃戶商龍的兒子才剛死去，就投生在鄰家。這孩子未滿月，就能說話。元旦那天，父母偶爾外出，只有嬰兒一人在繦褓中。同村一個人來敲門，說是恭賀新年。嬰兒能辨別出他的聲音，急忙回答說：「是某位老丈嗎？我父母都出去了，房門沒鎖，請進屋來坐一會。」聽到的人驚訝地笑出來。可惜不久這個小孩子就夭折了。〔註 78〕朱熹所說的，大概是指這類情況。天下之理無窮無盡，天下之事也無窮無盡，不可根據自己的見聞，拘泥於某一個方面來理解。

〔註 76〕　淨空法師譯，《紀曉嵐寫的因果故事》（臺南：淨宗學會，2004 年），頁 276。
〔註 77〕　《閱微草堂筆記》卷十八〈姑妄聽之四〉，頁 317。
〔註 78〕　《由閱微草堂筆記淺談——凡夫心與菩薩行》，頁 181。

輪迴之說，鑿然有之。恒蘭臺之叔父，生數歲，即自言前身爲城
西萬壽寺僧。從未一至其地，取筆粗畫其殿廊門徑，莊嚴陳設，
花樹行列。往驗之，一一相合。然平生不肯至此寺，不知何意。
此眞輪迴也。朱子所謂輪迴雖有，乃是生氣未盡，偶然與生氣湊
合者，亦實有之。余崔莊佃戶商龍之子，甫死，即生於鄰家。未
彌月，能言。元旦父母偶出，獨此兒在襁褓。有同村人叩門云：「賀
新歲。」兒識其語音，遽應曰：「是某丈耶？父母俱出，房門未鎖，
請入室小憩可也。」聞者駭笑。然不久夭逝。朱子所云，殆指此
類矣。天下之理無窮，天下之事亦無窮，未可據其所見，執一端
論之。〔註79〕

有位張某，年輕時在州縣衙當幕僚，攢下的財產估計足夠養活自己，就閒住
在家，以養花種竹自娛。他偶然外出幾天，妻子卻突然病死，來不及訣別，
心中常若有所失。一天晚上，妻子出現在燈下，倆人悲喜交集，相互擁抱。
妻子說：「被拘到陰間後，因有小罪過，等待處置，所以延誤到今天。如今結
案，可以進入輪迴。因爲離托生時間還要幾年，感念你的懷念之情，向陰間
官員請求來看望你。這也是因我們前生緣分還未盡呀！」於是兩人在一起，
就如同活著時一般。從此，他的妻子常常來，親熱柔順的情意比以前更加濃
烈，但一句也不問家務事，也不大過問兒女的事，還說：「人世喧囂複雜，亡
魂能夠離開人世這個苦海，不想再聽人世的事情。」有一晚，她提前幾刻鐘
來到。張某和她說話，她也不肯多回答，只是說：「過一會兒你就會明白。」
不久，又有一個妻子掀開門簾進來，和先進來的妻子一模一樣，只是衣服裝
飾不同。後來的妻子看見先來的妻子，就大驚退後。先來的妻子罵道：「淫鬼
假冒別人的相貌媚惑人，神明不會饒你！」後到的妻子狼狽地逃出門去。這
個妻子才拉著張某的手哭泣，張某還恍恍惚惚，不知道怎麼回事。他妻子說：
「凡是餓鬼，大多假借名字去尋求食物，淫鬼大多變化形象去迷惑誘人。世
間那些好聽話，往往不是眞的。這個鬼本來是西市妓女，趁你思念我的機會，
鑽著空擋就趁虛而入，以盜取你的陽氣。正好有別的鬼告訴我，我就向土地
神投訴，來爲你驅逐淫鬼，眼下她大概正挨鞭子了！」張某問妻子現在何處。
她說：「和你本來有下一生的緣份，因爲我侍奉公婆時，表面盡情盡禮，卻心
懷埋怨，公婆有病時，雖然不希望他們死去，但也未迫切祈求他們健康。這

些皆爲神明記錄在案，把我降爲你的侍妾。又因懷私心挑撥你，以致你們兄弟不睦，因此再降爲你的通房丫頭。我要等在你後面二十多年才能投胎轉世，現在還在墳墓之間遊蕩穿梭。」張某想拉妻子同床，她說：「陰陽是兩個世界，這樣做怕犯陰間法律，來生會滿足你的願望。」她嗚咽幾聲不見了。當時張某父母已經去世，只有哥哥和他分居。就到哥哥那說這件事，兩人又恢復像以前一樣兄友弟恭了。

> 董秋原言，有張某者，少游州縣幕，中年度足自贍，即閒居以蒔花種竹自娛。偶外出數日，其婦暴卒。不及臨訣，心恒悵悵如有失。一夕，燈下形見，悲喜相持，婦曰：「自被攝後，有小罪過待發遣，遂羈絆至今。今幸勘結，得入輪迴，以距期尚數載，感君憶念，祈於冥官，來視君，亦夙緣之未盡也。」遂相繾綣如平生。自此人定恒來，雞鳴輒去。嫵婉之意有加，然不一語及家事，亦不甚問兒女。曰：「人世囂雜，泉下人得離苦海，不欲聞之矣。」一夕，先數刻至，與語不甚答，曰：「少遲，君自悟耳。」俄又一婦褰簾入，形容無二，惟衣飾差別。見前婦驚卻。前婦叱曰：「淫鬼假形媚人，神明不汝容也！」後婦狼狽出門去。此婦乃握張泣。張惝恍莫知所爲。婦曰：「凡餓鬼多托名以求食，淫鬼多假形以行媚，世間靈語，往往非眞。此鬼本西市娼女，乘君思憶，投隙而來，以盜君之陽氣。適有他鬼告我，故投訴社公，來爲君軀除。彼此時諒已受笞矣。」問：「今在何所？」曰：「與君本有再世緣，因奉事翁姑，外執禮而心怨望，遇有疾病，雖不冀幸其死，亦不迫切求其生。爲神道所錄，降爲君妾。又因懷挾私憤，以語激君，致君兄弟不甚睦，再降爲媵婢。須後公二十餘年生，今尚浮游墟墓間也。」張牽引入幃。曰：「幽明路隔，恐於陰譴，來生會了此願耳。」嗚咽數聲而滅。時張父母已故，惟兄別居，乃詣兄具述其事，友愛如初焉。〔註80〕

善有善報，惡有惡報是永恆不變的眞理。萬事萬物一切原如此，善惡有時今生報，有時來世報，有時死後報，有限有形的短暫生命，一念就能定下人的一生，終究在輪迴之中消減自己的罪孽或累積福報，作出明確選擇。

〔註80〕《閱微草堂筆記》卷二十三〈灤陽續錄五〉，頁371。

第三節　輪迴因果──轉生他類

　　交河老儒汲潤礎，雍正十三年（1735 年）參加鄉試。一天晚上走到石門橋，想投宿客店。但客店已經住滿旅客，只有一間小屋，因窗臨馬槽沒人願住，及潤礎只好將就著住進去。夜裡，群馬踢跳，難以入睡，忽然聽到馬的說話聲。及潤礎平常愛看雜書，記得宋人小說一類書中有堰下牛語之事，知道並非鬼魅，於是屏息聽下去。其中一馬說：「現在才知道忍受饑餓的苦楚，生前欺騙隱匿的草料錢，如今又在哪裡呢？」另一馬說：「我們馬輩多是由養馬的人轉生的，死後才明白，生前絲毫不知，太可悲了！」眾馬一聽，都傷心地嗚咽起來。一馬說：「冥間的判決也不很公平，為什麼王五就能轉生為狗呢？」一馬回答說：「冥間鬼卒曾經說過，他的一妻二女都很淫亂放蕩，把他的錢全偷去給老相好，所以可抵他一半罪孽。」一馬插言說：「確是這樣，罪有輕重，薑七轉生成豬身，受宰殺之罪，豈不比我們當馬更苦！」及潤礎忽然輕聲咳了一下，馬語立即停止，寂靜無聲。以後，及潤礎經常用此事以告戒養馬的人。

　　　　紀曉嵐徵引大量志怪小說，其目的之一就是為他所記載的奇聞軼事
　　　　找一些真實可靠的論據，以增強《閱微草堂筆記》的真實性，進一
　　　　步闡明是直筆實錄。對於許多普通人難以接受的奇人異士，紀曉嵐
　　　　認為只要合乎情理，便是真實可信的。〔註81〕

馬開口說話已是奇聞，但紀曉嵐以宋人小說中有堰下牛語之事為證，牛能言，自然馬說話也不足為奇，馬群談論因果轉生、罪有輕重之事，合情合理，所以此事既可資考證，又可增廣見聞，且可寓勸戒，因此真實可信。〔註82〕

　　　　交河老儒汲潤礎，雍正乙卯鄉試。晚至石門橋，客舍皆滿。唯一小
　　　　屋，窗臨馬櫃，無肯居者，姑解裝焉。群馬跳踉，夜不得寐。人靜
　　　　後，忽聞馬語。汲愛觀雜書，先記宋人說部中有堰下牛語事，知非
　　　　鬼魅，屏息聽之。一馬曰：「今日方知忍饑之苦，生前所欺隱草豆錢，
　　　　意在何處。」一馬曰：「我輩多由圉人轉生，死者方知，生者不悟，
　　　　可為太息。」眾馬皆嗚咽。一馬曰：「冥判亦不甚公，王五何以得為
　　　　犬？」一馬曰：「冥卒曾言之，渠一妻二女並淫濫，盡盜其錢與所歡，

〔註81〕王穎撰，《乾隆文治與紀曉嵐志怪創作》（鄭州：中州古籍出版社，2008 年）
　　　　　第三章，頁 243。
〔註82〕同上。

當罪之半矣。」一馬曰：「信然，罪有輕重，姜七墮豕，身受屠割，
更我輩不若也。」汲忽輕嗽，語遂寂。汲恒舉以戒圉人。〔註83〕

曹化淳（1589～1662年），字如，號止虛子，武清王慶坨（今屬天津市）人，明代崇禎朝宦官。生於萬曆十七年（1589年）年12月初四，家境寒微，十二歲淨身入宮，接受良好教育，詩文書畫無一不精，深受司禮監太監王安賞識。後入信王府陪侍五皇孫朱由檢，極受寵信。1628年朱由檢繼帝位，是為崇禎帝，曹化淳雖身前有榮華富貴，但身後魂魄承受萬世罵名，因其先是背叛崇禎皇帝，打開北京城門迎闖王李自成，後又再降滿清。〔註84〕紀曉嵐先外祖母說，曹化淳死的時候，他家用玉帶作為殉葬品。過了幾年，他的墓前常常出現一條白蛇，再後來他的墓被大水沖毀，棺槨腐壞。改葬那天，隨他下葬的奇珍異寶都在，唯獨缺少那條玉帶。於是回憶起那條白蛇，身體有節節花紋，還真像那條玉帶形狀，難道說是曹公公凶悍陰鷙的魂魄，借玉帶幻化而生？

> 先外祖母言，曹化淳死，其家以前明玉帶殉。越數年，墓前恒見一
> 白蛇。後墓為水齧，棺壞朽。改葬之日，他珍物俱在，視玉帶則亡
> 矣。蛇身節節有紋，尚似帶形，豈其悍鷙之魄，托玉而化歟？〔註85〕

有人走夜路，看見有位裝束像公差模樣的人，牽著一名披枷帶鎖的囚犯坐在樹下。這走夜路的人也就坐在大樹底下休息。那囚犯不住地流淚哭泣，公差模樣的人被他哭得不耐煩，不斷鞭打他。這個行路人看了於心不忍，從旁勸阻。那個公差白了他一眼說：「你知道他是個窮凶惡極且狡詐的人嗎？他生前專門挑撥離間，陰謀傾軋，被他坑害的人，不下數百人！因此，陰曹判他七世皆托生為豬，要反覆受屠宰之苦，我是奉命押他去投胎的。像這樣的惡棍，你竟還可憐他？」此人聽了這話，嚇得渾身打顫，那兩個鬼也已經不見了。紀曉嵐雖未加論述，但也藉里胥之口點出可憐之人必有可恨之處，不值得憐憫。

> 毛公又言，有人夜行，遇一人狀似里胥，鎖繫一囚，坐樹下。因
> 並坐暫息。囚啜泣不已，里胥鞭之，此人意不忍，從旁勸止。里
> 胥曰：「此搆點之魁，生平所播弄傾軋者，不啻數百。冥司判七世

〔註83〕《閱微草堂筆記》卷一〈灤陽消夏錄一〉，頁12。
〔註84〕嚴文儒注譯，《新譯閱微草堂筆記》（臺北：三民書局，2013年），頁104。
〔註85〕《閱微草堂筆記》卷二〈灤陽消夏錄二〉，頁20。

受豕身，吾押之往生也。君何憫焉？」此人悚然而起，二鬼亦一
時滅跡。〔註86〕

　　康熙六十年（1721年），辛彤甫先生在紀曉嵐家學館裏寫了一首記異詩，
這詩是這樣寫的：「六道誰言事杳冥，人羊轉轂迅無停。三弦彈出邊關調，親
見青驢側耳聽。」當初，鄉里有個貨郎，拖欠紀曉嵐先祖很多錢，沒還卻說
了許多負心話，但紀曉嵐先祖由於性情豁達，一笑置之。有天中午，先祖睡
起後，對紀曉嵐的父親說：「眞是奇怪，我剛才夢中碰到那個死了很久的貨郎，
這是爲什麼呢？」過不久，馬夫來報說馬生下一頭青驢。眾人就說：「肯定是
貨郎來償還以前的欠帳了。」先祖說：「欠我帳的人很多，爲什麼只有他來償
還呢？並且那貨郎亦欠了其他人許多債，又爲何單單只歸還給我呢？萬事都
有巧合，你們不要亂說，以免讓他的子孫聽了蒙受恥辱。」然而，每當馬夫
開玩笑，用那貨郎的名字來叫那青驢時，它就會仰起頭，露出一副生氣的樣
子；每當有人對青驢吟唱邊關曲調時，它卻聳起耳朵傾聽，正好那個貨郎生
前就好彈三弦，吟唱邊關曲調。

> 初里人某貨郎，逋先祖多金不償，且出負心語。先祖性豁達，一笑
> 而已。一日午睡起，謂姚安公曰：「某貨郎死已久，頃忽夢之，何也？」
> 俄圉人報馬生一青驢，咸曰：「某貨郎償夙逋也。」先祖曰：「負我
> 償者多矣，何獨某貨郎來償？某貨郎負人亦多矣，何獨來償我？事
> 有偶合，勿神其說，使人子孫蒙恥也。」然圉人每戲呼某貨郎，轉
> 昂首作怒狀。平生好彈三弦，唱邊關調，或對之作此曲，輒聳耳以
> 聽云。〔註87〕

文安縣王氏家的姨母，是紀曉嵐母親張太夫人的第五個妹妹。這位姨母說：
她沒有出嫁之前，有一天坐在渡帆樓上觀賞遠景。遠遠地看到河邊停著一條
船，有位官宦人家的中年婦女，伏在船窗上痛哭，圍觀者密密麻麻像堵牆。
姨母打發一位奶媽，從後門出去探個究竟。奶媽回來向王氏姨母稟告說，那
船上哭泣的中年婦女是某知府的夫人。她剛才在船中睡午覺，夢見她死去的
女兒被人捆綁去屠宰，呼號之聲淒慘悲切，一下子把她驚醒。夢醒之後，悲
切之聲猶在耳際，似乎來自鄰船。這位知府夫人派一個丫環去查看，發現那
裡剛剛宰完一頭小豬，瀉血盆還放在那，血還沒有流盡。這位知府夫人在夢

〔註86〕《閱微草堂筆記》卷二〈灤陽消夏錄二〉，頁29。
〔註87〕《閱微草堂筆記》卷八〈如是我聞二〉，頁110。

中看見死去的女兒被用麻繩捆住腳，用紅帶子捆住手。命小丫環再去看個究竟，果然如知府夫人夢中所見。知府夫人聽了悲痛欲絕，便花了雙倍的價錢把那頭被宰的小豬買來埋葬。據那位知府的僕人們私下裡議論，小姐十六歲便夭折。她生前極柔和溫順，只是特別愛吃雞肉，幾乎是每餐必備，一頓沒有雞，便不動筷子。每年為她佐餐而被宰殺的雞至少有七八百隻。這大概是她殺業過重的果報吧！

> 文安王氏姨母，先太夫人第五妹也。言未嫁時，坐度帆樓中，遙見河畔停一船，有宦家中年婦，伏窗而哭，觀者如堵。乳媼啓後戶往視，言是某知府夫人，畫寢船中，夢其亡女為人執縛宰割，呼號慘切，悸而寤，聲猶在耳，似出鄰船，遣婢尋視，則方屠一豚子，瀉血於盎，未竟也。夢中見女縛足以繩，縛手以紅帶，復視其前足，信然，益悲愴欲絕，乃倍價贖而瘞之。其僮僕私言，此女十六而歿，存日極柔婉，惟嗜食雞，每飯必具，或不具則不舉著，每歲恒割雞七八百，蓋殺業云。〔註88〕

宋代人詠蟹詩說：「水清詎免雙螯黑，秋老難逃一背紅。」以借喻貪婪必定垮臺。不過別的動物入菜，不過是刀下一死而已，唯有螃蟹則被活活地放在鍋裡，慢慢蒸死。從剛開鍋到蒸熟，最快也得幾刻鐘。所遭受痛苦慘烈真是求死不得。紀曉嵐認為若不是罪孽深重，不會投生成為螃蟹。傳說趙宏變任直隸巡撫時（當時直隸還沒有設總督）。一天夜裡，夢見家中幾十個已經死去的僮僕媼婢，在階下跪一圈，都叩頭喊饒命。說他們活著時受豢養之恩，卻互結朋黨，蒙蔽主人。時間一長，這種朋黨關係牽枝拖蔓，根深蒂固，已成牢不可破的局面。即便稍有敗露，也眾口一詞，巧妙地加以解脫，即使主人心中知道是怎麼回事，也無可奈何。之後又暗中作梗，假使不能合他們的意，則一件事也辦不成。因為這些罪惡，他們便投生為水族，使生生世世受蒸煮之苦。明天主人膳食中的螃蟹，就是他們的後身，因此請求寬宥。趙宏變本來就仁慈，天亮後，他把夢告訴了廚師，叫他把螃蟹扔到水裡放生，並為這些螃蟹設道場超度他們。當時，正值秋蟹肥美之際，供給巡撫的螃蟹尤其好。奴僕們都偷偷笑著說：「這老頭子狡猾，編出這一套來嚇唬人，我們哪能受騙上當？」於是，他們就像春秋時子產的手下一樣，把螃蟹都煮來吃了，然後報告主人說放掉了。他們又私吞給亡靈做道場超度的錢，回報說已做完

〔註88〕《閱微草堂筆記》卷九〈如是我聞三〉，頁132。

道場。趙宏變始終被蒙在鼓裡。這些奴僕們作奸,當然是他們的本性。那數十個已死的奴僕媼婢,欺騙主人成習,因果報應恰恰害了自己。〔註89〕「請君入甕」自作自受,就是這個意思吧!

> 相傳趙公宏變官直隸巡撫時(時直隸尚未設總督。),一夜,夢家中已死僮僕媼婢數十人,環跪階下,皆叩額乞命,曰:「奴輩生受豢養恩,而互結朋黨,蒙蔽主人,久而枝蔓牽纏,根柢生固,成牢不可破之局。即稍有敗露,亦眾口一音,巧爲解結,使心知之而無如何。又久而陰相掣肘,使不如眾人之意,則不能行一事。坐是罪惡,墮入水族,使世世懼湯鑊之苦。明日主人供膳蟹,即奴輩後身,乞見赦宥。」公故仁慈,天曙,以夢告司庖,飭舉蟹投水,且爲禮懺作功德。時霜蟹肥美,使宅所供,尤精選膏腴。奴輩皆竊笑曰:「老翁狡獪,造此語怖人耶!吾輩豈受汝紿者?」竟效校人之烹,而以已放告;又乾沒其功德錢,而以佛事已畢告。趙公竟終不知也。此輩作奸,固其常態;要亦此數十僮僕婢媼者,留此錮習,適以自戕。請君入甕,此之謂歟。〔註90〕

沈老婆子說,她們村裡有個名叫趙三的人,這人和他母親都在郭家做傭人。他母親死後一年多,一天晚上,趙三躺在床上,似睡非睡,似夢非夢,聽見他母親對他說:「明天下大雪,牆頭底下,有一凍死的老母雞,主人要賞給你,你千萬別吃。我活著的時候,曾偷過主人三百錢,閻王爺便判我轉世爲母雞來還他的債。如今,我下的蛋已經夠還清這筆錢的數目,我也該去了。」第二天,果然一老母雞凍死在牆角下,主人便賞給趙三。趙三不肯吃,暗自流著眼淚把牠埋了。主人非常奇怪,再三追問他爲什麼不吃,趙三無奈才說出實情。〔註91〕由此可見,世上那些供御騎的驢馬,那些受人宰割的豬羊,皆必有前因,只是人們不知道罷了。而那些奸滑凶狠,明搶暗竊的人,將來也必招致惡果,只是一般人沒去多想這些罷了。

> 沈媼言,里有趙三者,與母俱傭於郭氏。母歿後年餘,一夕,似夢非夢,聞母語曰:「明日大雪,牆頭當凍死一雞。主人必與爾,爾慎勿食。我嘗盜主人三百錢,冥司判爲雞以償,今生卵足數而去也。」

〔註89〕 嚴文儒注譯,《新譯閱微草堂筆記》(臺北:三民書局,2013年),頁1528。
〔註90〕 《閱微草堂筆記》卷十五〈姑妄聽之一〉,頁265。
〔註91〕 淨空法師譯,《紀曉嵐寫的因果故事》(臺南:淨宗學會,2004年),頁262。

次日，果如所言。趙三不肯食，泣而埋之。反覆窮詰，始吐其實。

此數年內事也。然則世之供車騎受刲煮者，必有前因焉，人不知耳。

此輩之狡黠攘竊者，亦必有後果焉，人不思耳。〔註92〕

　　內閣學士汪曉園先生說，有位老和尚路過屠宰場，忽淚流滿臉，非常哀傷。人們覺得奇怪，有人便去勸慰，並詢問他為何如此？老和尚說：「說來話長啊！我能記得前兩世的事。我的一世托生為人，長大就當屠戶，活到三十多歲就死了。亡魂被幾個鬼卒捆綁去，閻羅王斥責我從事屠殺罪業深重，便令鬼卒把我押赴轉輪王那去接受惡報。當時，我就感覺恍惚迷離，像喝醉酒，只覺得全身熱得不可忍受，一會兒又忽然感到清涼，轉眼間，便已降生在豬圈裡。斷奶之後，我發現人給我們餵養的飼料很髒，看飼料就覺得噁心；怎奈饑腸轆轆，餓火翻燒，五臟六腑像要焦裂，不得已也得勉強吃下去。後來，我漸漸能通曉豬語，經常和同類們聊天，牠們當中，能記得許多前生的事，只是沒法向人類訴說。牠們都知道總有一天要被宰殺，所以，平時常常發出呻吟，那是說到辛酸處，在為將來發愁啊！牠們的眼角和睫毛上常常掛著淚花，那是為自己不幸的命運悲泣啊！牠們樣子呆癡，體態笨重。到了夏天酷熱難熬，只有把身體泡浸在爛泥水坑裡，才感覺好受些，但這樣的條件卻也不可多得。牠們的皮毛稀疏而堅硬，到了冬天極不耐寒。所以，當牠們看見狗和羊那一身柔軟溫和的毛皮，羨慕其簡直像是獸類中的神仙了。等到長夠重量，就要被送去宰殺。在被抓捕的時候，心裡明知道難免一死，還是拼命蹦跳躲閃，以希求暫緩片刻。終於被抓住後，人們用腳狠勁地踩住頭部，拽過四隻蹄肘用繩子捆綁起來，那繩子勒緊得幾乎已快到骨頭上，痛得像刀割一般。接著，就把我們裝載在車上或船上，互相積壓重疊，只覺肋骨欲斷，百脈湧塞，肚子像要裂開。有時候，用一根竹棍，把我們的四蹄朝天地抬著走，那滋味比官府裡給犯人上三木夾還難受！到屠宰場，就一下子被扔到地上。這一摔，心脾移位，肝腸欲碎，痛苦難言。有的當天就被宰殺，有的被綁著扔在那裡好幾天，更難忍受。整天眼看著刀俎在左，湯鍋在右，不知哪一天輪到自己？不知那種痛楚是怎樣的程度？整日提心吊膽，渾身上下只能觫觫顫抖。再想到自己這肥胖的軀體，不知將要被分割成多少塊，做誰家餐桌上的美味佳餚，又不免悽慘欲絕。等輪到自身被殺戮的時候，屠夫一拉拽，便嚇得頭昏眼花，四肢攤軟，只覺得一顆心在胸中左右震盪，神魂如從頭頂

〔註92〕　《閱微草堂筆記》卷十六〈姑妄聽之二〉，頁267。

上飛出又落回來。刀光在面前閃躍，哪敢正眼視之，只好閉上眼睛等死。屠夫先用尖刀把喉嚨割斷，然後搖撼擺撥，把血瀉到盆中。那一霎時的痛苦沒法用語言表達，眞是求生不能、求死不得，只能悲聲長嚎而已。血放完，一刀捅在心坎上，痛得轉不過氣來，才停止嗥叫。漸漸恍惚迷離，如醉如夢，又和剛轉輪托生時的情形差不多。等到清醒時，發現自己又是轉化爲人形。閻王老爺念我前生還做些善業，允許我仍然托生爲人，就是現在的我。剛才，我看見這頭豬身受屠戮之苦，不由得聯想起我前生的那一番苦難遭遇，又想到這位屠夫來生也不免受同樣的屠戮之苦，這三種情感交縈於心，淚水竟不知不覺地自眼眶中泉湧而出。」在場的屠夫聽老和尚一番話，立刻把屠刀扔到地上，改行賣菜去。

> 汪閣學曉園言，有一老僧過屠市，泫然流涕。或訝之。曰：「其說長矣。吾能記兩世事。吾初世爲屠人，年三十餘死，魂爲數人執縛去。冥官責以殺業至重，押赴轉輪受惡報。覺恍惚迷離，如醉如夢，惟惱熱不可忍；忽似清涼，則已在豕欄矣。斷乳後見食不潔，心知其穢，然饑火燔燒，五臟皆如焦裂，不得已食之。後漸通豬語，時與同類相問訊，能記前身者頗多，特不能與人言耳。大抵皆自知當屠割。其時作呻吟聲者，愁也；目睫往往有濕痕者，自悲也。軀幹癡重，夏極苦熱，惟汩沒泥水中少可，然不常得。毛疏而勁，冬極苦寒，視犬羊軟毳厚氈，有如仙獸。遇捕執時，自知不免，姑跳踉奔避，冀緩須史。追得後，蹴踏頭項，拗捩蹄肘，繩勒四足深至骨，痛若刀劙。或載以舟車，則重疊相壓，肋如欲折，百脈湧塞，腹如欲裂。或貫以竿而扛之，更痛甚三木矣。至屠市，提擲於地，心脾皆震動欲碎。或即日死，或縛至數日，彌難忍受。時見刀俎在左，湯鑊在右，不知著我身時，作何痛楚，輒簌簌戰慄不止。又時自顧己身，念將來不知磔裂分散，作誰家杯中羹，悽慘欲絕。比受戮時，屠人一牽拽，即惶怖昏瞀，四體皆軟，覺心如左右震蕩，魂如自頂飛出，又復落下。見刀光晃耀，不敢正視，惟瞑目以待剚刖。屠人先剚刃於喉，搖撼擺撥，瀉血盆盎中。其苦非口所能道，求死不得，惟有長號。血盡始刺心，大痛，遂不能作聲，漸恍惚迷離，如醉如夢，如初轉生時。良久稍醒，自視已爲人形矣。冥官以夙生尚有善業，仍許爲人，是爲今身。頃見此豬，哀其荼毒，因念昔受此荼毒

時，又惜此持刀人將來亦必受此荼毒，三念交縈，故不知涕淚之何
從也。」屠人聞之，遽擲刀於地，竟改業為賣菜傭。〔註93〕

有個屠夫剛死，鄰村就有一家的母豬生一頭豬仔。鄰村距離屠夫家有四五里，
這頭小豬稍大後，經常跑到屠夫家裡來躺臥，怎麼驅逐就是不走。豬主人趕
來把它捉回去，可轉眼之間又跑到屠夫家裡來。這樣反復多次，豬的主人只
好用鐵鏈把牠鎖起來。人們都猜疑這頭小豬大概是那屠夫轉世的。還有一個
屠夫離世，過一年之後，他的妻子即將改嫁。「君生日日說恩情，君死又隨人
去了」，〔註94〕穿上彩服剛要登上迎親的船。忽然，有一頭公豬追來，圓睜怒
目，橫衝直撞向她撲來，一口撕裂她的彩裙，又咬傷她的腿。眾人急忙救護，
一起把這頭豬擠落河裡，船才得於鼓棹離岸而去。那頭豬從水中竭力掙扎爬
上來，仍沿岸追逐好長一段路。多虧趕上順風，那迎親船揚帆疾駛。公豬實
在追逐不上，才懊喪而回。人們也猜疑這頭公豬是那個屠夫轉世，是在惱恨
妻子琵琶別抱！這也可以作為屠夫轉世為豬的旁證。李匯川又說，有位屠夫
剛剛殺死一頭豬，他那懷孕的妻子便生下一個女嬰。這女嬰一出生就像豬一
樣號叫。沒過三四天，這個女嬰就死了。這也可以證實豬轉世為人。〔註95〕
紀曉嵐認為這些情況，大概就是朱熹先生所謂死後生氣未盡，偶然與新出生
者的生氣相湊合的一種現象吧！朱熹先生所說是另據一理，若以佛家生死輪
迴的理論來解釋，那又另當別論了。

> 曉園說此事時，李匯川亦舉二事曰：「有屠人死，其鄰村人家生一豬，
> 距屠人家四五里。此豬恒至屠人家中臥，驅逐不去。其主人捉去仍
> 自來，繫以鎖乃已。疑為屠人後身也。又一屠人死，越一載餘，其
> 妻將嫁。方彩服登舟，忽一豬突至，怒目眈眈，遂裂婦裙，齧其脛。
> 眾急救護，共擠豬落水，始得鼓棹行。豬自水躍出，仍沿岸急追，
> 適風利揚帆去，豬乃懊喪自歸。亦疑屠人後身，怒其妻之琵琶別抱
> 也。此可為屠人作豬之旁證。」又言：「有屠人殺豬甫死，適其妻有
> 孕，即生一女，落蓐即作豬號聲，號三四日死。此亦可證豬還為人。」
> 余謂此即朱子所謂生氣未盡，與生氣偶然湊合者，別自一理，又不
> 以輪迴論也。〔註96〕

〔註93〕《閱微草堂筆記》卷二十一〈灤陽續錄三〉，頁353。
〔註94〕《由閱微草堂筆記淺談——凡夫心與菩薩行》，頁255。
〔註95〕淨空法師譯，《紀曉嵐寫的因果故事》（臺南：淨宗學會，2004年），頁314。
〔註96〕《閱微草堂筆記》卷二十一〈灤陽續錄三〉，頁354。

　　有的動物是我們視若珍寶的寵物，有的動物是我們理所當然的食物，在這個網路世代，上網搜尋很容易看到許多科學家透過催眠等研究途徑，闡述人轉生為動物，或動物轉生為人的案例，相對於《閱微草堂筆記》的故事，不變的是勸善意念。

第三章　有益於勸懲之果報關係

第一節　果報在身──善因善果

　　「種善因得樂果，造惡因得苦果」，這些道理聖人說得詳細，無奈普羅大眾視為迷信，往往因循苟且背善向惡。因為從宏觀角度看到現在的人，有些善人的命運坎坷淒苦，而有些為惡的人卻能享有多福多壽。看到現世所受的種種果報都不一樣，於是就會說：「善惡不見得會有報應，因果之理不足以探信。」但世間沒有活到好幾百歲的人，上天也有未能立即了結的案子；世上純善或純惡的人少，時而為善、時而為惡的最為普遍。念頭會轉變，報應也會隨之斟酌。有的報在自己身上，有的報在子孫；有的報在現世，有的報在來世。報應的大小快慢，雖然經常會有變化遷移，但卻絲毫都不會產生錯誤。

　　獻縣的齊大是一個很厲害的強盜，但他從來不做姦淫別人妻女的事情。有一次，這群強盜在搶劫一富人家時，見被劫人家的女人很美麗，有幾名強盜便持刀威脅，意欲強姦。當時，齊大正在房頂上瞭望，聞聽婦人呼號，立即從房上一躍而下，提刀衝入屋中，他目光炯炯地厲聲怒叱：「誰家沒有妻子女兒，你這樣做，真是喪盡天良。你們誰敢這樣幹，有他沒有我！」他露出要和大家決鬥的樣子，目光就像饑餓的老虎那樣，令人不敢直視，在這緊急關頭，這群強盜懾于他的威力，只好放過那名婦人。後來，這群強盜全部被官府逮捕，都遭誅殺。惟有齊大漏網。實際上他當時就躲在一個馬槽下面。據搜捕的官兵說他們在那裏搜查了很多遍，只見槽下放著一捆腐朽的竹竿，

積滿塵土，竟然沒有發現齊大的身影！〔註1〕盜亦有道故事到此收尾，想必那齊大後來想必始終沒有落網，笑傲江湖去。盜蹠說過盜亦有道，智，聖，勇，義，仁五種美德一樣不能少，偷竊之前，判斷情況以決定是否可以下手，爲智；能猜出房屋財物的所在，爲聖；行動之時，一馬當先，身先士卒，爲勇；盜完之後，最後一個離開，爲義；把所盜財物公平分給手下，爲仁。故事中沒說齊大是否具備這五種職業道德，但知道他畢竟還有做人的基本原則底線。有原則的人可能是壞人，但終究應該不會壞到哪裡去，如果世上必須要有強盜，倒寧願如齊大一般。

> 齊大，獻縣劇盜也，嘗與眾行劫，一盜見其婦美，逼污之。刃脅不
> 從，反接其手縛於凳，已褫下衣，呼兩盜左右挾其足矣。齊大方看
> 莊（盜語，謂屋上瞭望以防救者爲看莊。），聞婦呼號，自屋脊躍下，
> 挺刃突入，曰：「誰敢如是，吾不與俱生！」洶洶欲鬥，目光如餓虎。
> 間不容髮之頃，竟賴以免。後群盜並就縛駢誅，惟齊大終不能弋獲。
> 群盜云：「官來捕時，齊大實伏馬槽下。」兵役皆云：「往來搜數過，
> 惟見槽下朽竹一束，約十餘竿，積塵污穢，似棄置多年者。」〔註2〕

獻縣有位不知叫什麼的史某人，他爲人不拘小節而且豁達正直，對小人小事不屑一顧。有一次，他從賭場回來，看見一村民夫妻孩子相抱大哭。村民的鄰居說：「因爲他欠債，所以賣妻子償還。他們夫妻平時關係很好，孩子又沒有斷奶，就這麼扔下走了，所以很傷心。」史某問欠了多少債，鄰居說三十兩銀子，史某又問妻子賣多少錢，鄰居說賣五十兩銀子給人做妾，史某問可以贖回嗎？鄰居說：「賣身契剛寫好，錢還未付，怎不能贖？」史某當即拿出剛從賭場贏的七十兩銀子交給村民，說：「三十兩給他還債，四十兩用來謀生，不要再賣妻子了。」村民夫婦感激不盡，殺雞留他喝酒，酒至三巡，村民抱了孩子出去，並向妻子使眼色，暗示她陪史某一夜作爲報答。妻子點頭，隨即言談不正經。史某嚴肅地說：「史某當了半輩子強盜，半輩子捕吏，殺人不眨眼。但要說趁人之危，姦污婦女，史某絕計不幹！」史某吃喝完畢，一言不發揚長而去。之後，史某住的村子夜裏失火，當時剛剛秋收完，家家屋前屋後都堆滿了柴草，轉眼間四面烈火，火光沖天。史某心想出不了屋了，只有與妻子兒女呆坐等死。恍惚間，聽見屋上遠遠地喊道：「東嶽神有火急文

〔註1〕淨空法師譯，《紀曉嵐寫的因果故事》（臺南：淨宗學會，2004年），頁366。
〔註2〕《閱微草堂筆記》卷三〈灤陽消夏錄三〉，頁39。

書到，史某一家除名免死！」接著一聲轟響，後牆倒塌了一半。史某左手拉著妻子，右手抱著兒子，一躍而出，好像有人在身後推他出來似的。火滅後，全村人共燒死九人。鄰里都合掌祝福他說：「昨天還笑你傻，不料七十兩銀子竟買了三條人命！」紀曉嵐認為，史某得到司命神的保佑，其中贈金之功占了十分之四，而拒絕女色之功則是十分之六。

> 獻縣史某，佚其名。為人不拘小節，而落落有直氣，視齷齪者蔑如也。偶從博場歸，見村民夫婦子母相抱泣。其鄰人曰：「為欠豪家債，鬻婦以償。夫婦故相得，子又未離乳，當棄之去，故悲耳。」史問：「所欠幾何？」曰：「三十金。」「所鬻幾何？」曰：「五十金與人為妾。」問：「可贖乎？」曰：「券甫成，金尚未付，何不可贖？」即出博場所得七十金授之，曰：「三十金償債，四十金持以謀生，勿再鬻也。」夫婦德史甚，烹雞留飲。酒酣，夫抱兒出，以目示婦，意令薦枕以報。婦領之。語稍狎，史正色曰：「史某半世為盜，半世為捕役，殺人曾不貶眼。若危急中污人婦女，則實不能為。」飲啖訖，掉臂逕去，不更一言。半月後，所居村夜火。時秋穫方畢，家家屋上屋下柴草皆滿，茅簷秫籬，斯須四面皆烈燄，度不能出，與妻子瞑坐待死。恍惚聞屋上遙呼曰：「東嶽有急牒，史某一家並除名。」割然有聲，後壁半圮。乃左挈妻右抱子，一躍而出，若有翼之者。火熄後，計一村之中，蒸死者九。鄰里皆合掌曰：「昨尚竊笑汝癡，不意七十金乃贖三命。」余謂此事見佑於司命，捐金之功十之四，拒色之功十之六。〔註3〕

有一年夏夜農夫陳四看守瓜田，遠遠看見柳樹蔭底下有幾個人影晃來晃去，懷疑有人偷瓜，便躺下來裝睡，暗聽動靜。其中一人說：「不知陳四睡了沒有？」另一人搭腔說：「陳四要不了幾天就得跟咱們一塊兒走了，有啥好怕的？昨天我在土地廟裡值班，看見城隍拘捕他的公文都送下來了。」又一人說：「看來你還不知道吧？東嶽神君已給陳四延長壽數了！」眾人問：「這是怎麼回事？」那人說：「某家丟了兩千文錢，主人把一個婢女打了好幾百鞭子，婢女還是拒不承認偷了錢。主人便把婢女的父親找來嚴加訓斥。婢女的父親非常氣憤，說：『生了這不爭氣的女兒，不如沒有。如果真是她偷錢，我就拿繩子勒死她。』那婢女說：『我承認是個死，不承認也是死，不如一死了之。』

〔註3〕《閱微草堂筆記》卷三〈灤陽消夏錄三〉，頁45。

說罷，呼天搶地號哭。陳四的母親見這個婢女無辜蒙冤，非常可憐。便悄悄地典當自己的幾件衣物，換來兩千文錢，拿來還給主人說：『我這老婆子一時糊塗，見錢眼開，偷拿了你兩千錢。我以爲你有那麼多錢財，未必就能發覺。誰想到卻連累了這無辜的丫頭，我心裡既惶恐又慚愧。這些錢一文未用，特冒死來向你自首，免得結下來生的冤債。我這老婆子從今也沒臉再在你這兒待下去，你就把我辭退吧！』那婢女因而倖免一死。土地爺爲嘉獎陳母不惜自辱以救人的美德，特地向城隍爺報告，城隍爺爲之感動，便將報告轉呈東嶽神君。東嶽神君查檢冊籍，發現這老婆子命中注定『老年喪子，凍餓而死』。只因她有這不惜自辱救人的功德，改判她兒子陳四借來生壽於今生，以贍養老母頤養天年。這批示在你昨天下班後才轉到，所以你還不知道呢！」陳四對母親因偷錢被辭退一事耿耿於懷。聽了小鬼們的一番談論，心中豁然開朗，從此對老母親更加敬愛。過了九年，陳四的母親壽終正寢。喪事辦完不久，陳四也無病而逝。對比爲富不仁的主人，〔註4〕陳四的母親放棄自己的名聲及財務的德性，讓人感佩：

> 農夫陳四，夏夜在團焦守瓜田，遙見老柳樹下隱隱有數人影，疑盜瓜者，假寐聽之。中一人曰：「不知陳四已睡未？」又一人曰：「陳四不過數日，即來從我輩游，何畏之有？昨上直土神祠，見城隍牒矣。」又一人曰：「君不知耶？陳四延壽矣。」眾問何故，曰：「某家失錢二千文，其婢鞭數百，未承。婢之父亦憤曰：『生女如是，不如無。倘果盜，吾必縊殺之。』婢曰：『是不承死，承亦死也。』呼天泣，陳四之母憐之，陰典衣得錢二千，捧還主人曰：『老婦昏憒，一時見利取此錢，意謂主人積錢多，未必遽算出。不料累此婢，心實惶愧。錢尚未用，謹冒死自首，免結來世冤。老婦亦無顏居此，請從此辭。』婢因得免。土神嘉其不辭自污以救人，達城隍，城隍達東嶽。東嶽檢籍，此婦當老而喪子，凍餓死。以是功德，判陳四借來生之壽，於今生俾養其母。爾昨下直，未知也。」陳四方竊憤母以盜錢見逐，至是乃釋然。後九年母死，葬事畢，無疾而逝。〔註5〕

乾隆三十六年（1771年）紀曉嵐從烏魯木齊回來時，到達巴里坤的時候，

〔註4〕《由閱微草堂筆記淺談——凡夫心與菩薩行》，頁99。
〔註5〕《閱微草堂筆記》卷四〈灤陽消夏錄四〉，頁49。

老僕人咸寧在大霧中伏在馬鞍上睡著了，脫隊離開大夥，沿著野馬的足跡，誤入亂山中迷路。他自己覺得肯定是會死在山裡了，偶然間他在山崖上面看見一具躺在地上的屍體，大概是流亡的人在逃亡路中被凍死的。這屍體背上紮了個布袋，裡面裝有乾糧，咸寧就用來充饑，並且拜跪著禱告說：「我埋了你的屍骨，你若在天有靈，就引導我的馬如何前行。」於是，他把屍體放到岩石洞中，用一些亂石緊緊封閉。茫茫然的聽憑馬走，走了十多里，忽然發現了出路。出了山，就是哈密的境地。哈密有個遊擊官徐某，是紀曉嵐在烏魯木齊的老相識，因此咸寧就投宿他府上等紀曉嵐。紀曉嵐遲了兩天才到，相見時有一種恍若隔世的感覺。紀曉嵐認為這件事不知是鬼果真有靈，或是神因他的一念善心，保佑他出山來，還是偶然碰巧僥倖得以出山。〔註6〕徐某倒是認為寧願把這件事歸功於鬼神，以鼓勵那些掩埋寒骨的人。畢竟傳統有「入土為安」的觀念。

> 辛卯春，余自烏魯木齊歸。至巴里坤，老僕咸寧，據鞍睡大霧中，與眾相失。誤循野馬蹄跡入亂山中，迷不得出，自分必死。偶見崖下伏屍，蓋流人逃竄凍死者，背束布橐有餱糧。寧藉以充饑，因拜祝曰：「我埋君骨，君有靈，其導我馬行。」乃移屍巖竇中。遇亂石緊窒。惘惘信馬行，越十餘里，忽得路。出山，則哈密境矣。哈密游擊徐君，在烏魯木齊舊相識，因投其署以待余。余遲兩日始至，相見如隔世。此不知鬼果有靈，導之以出，或神以一念之善，佑之使出，抑偶然僥倖而得出？徐君曰：「吾寧歸功於鬼神，為掩骴埋骼者勸也。」〔註7〕

有時候以為按情理來說必定沒有的事，事情竟居然發生，但探究也是有一定的道理，只是執著情理的人過於拘泥罷了。紀曉嵐紀錄獻縣兩件事。一件是韓守立的妻子俞氏，侍奉祖姑盡孝。乾隆二十五年（1760年），祖婆婆眼睛失明，俞氏千方百計地為她醫治、祈禱，都未見效。有個奸點的人欺哄她，說割自己的肉點燈，祈神保佑就可速癒。俞氏不知這人在欺哄她，就真的割肉燃燈。過了十多天，祖婆婆的眼睛居然復明。受欺哄是愚蠢的，然而正由於愚笨顯真誠，因為真誠鬼神才被感動。這是沒有道理的事，卻又有道理的發生了。另一件事就是乞丐王希聖，雙足蜷曲不能伸直，以股代替腳，以肘

〔註6〕嚴文儒注譯，《新譯閱微草堂筆記》（臺北：三民書局，2013年），頁486。
〔註7〕《閱微草堂筆記》卷六〈灤陽消夏錄六〉，頁83。

撑地而行。一天，他在路上拾得別人丟失的二百兩銀子，便把錢袋藏在乾草中，坐等丟錢的人。一會兒，商家主人張際飛倉皇地找來，叩問王希聖。王希聖聽他說的錢數符合，便將錢如數還給了他。張際飛要把銀子分給他一半，王希聖不收。張際飛請他到家中想奉養他終老。王希聖說：「我身體殘廢，是上天的懲罰。若違背天意吃閒飯，將有大禍。」說完毅然離去。後來他困倦躺臥在斐聖公祠下，忽有一醉酒之人踹他一腳痛不可忍。那人離開後，他的腿已能伸直，從此就能行走了。王希聖到乾隆二十四（1759 年）年死去。張際飛過去是紀曉嵐先祖的門客，紀曉嵐見過他，他自述此事很詳細。王希聖做善事應受好報，卻安身知命不受人報，所以神靈代爲報答他，這事情豈不是看似無理卻又很有道理嗎？戈濤（1725～1784 年）字芥舟，號遵園，直隸獻縣人，著有《坳堂詩集》十卷，及《坳堂雜著》、《畿輔通志》、《戈氏族譜》、《獻縣誌》等，曾在縣誌中記載了這兩件事，學家責備他記載怪事。紀曉嵐認爲芥舟修的縣誌，惟有乩仙聯句及王生亡子二條記載，是他不肯割愛的。全書體例謹嚴，具史學家筆法。書中記載這兩件事，足見出匹夫匹婦的行爲足以感動神明。這可用來激發善心，砥礪薄情的俗風，不似小說家胡編亂造。漢代建安年間，河間太守劉照的妻子贈太守「葳蕤鎖」的故事，記錄在《錄異傳》，據《太平廣記》卷三一六引〈劉照〉載：

> 劉照，建安中，爲河間太守，婦亡，後太守至，夜夢見一婦人往就之，後又遺一雙鎖，太守不能名，婦曰：「此葳蕤鎖也。以金縷相連，屈申在人，實珍物。吾方當去，故以相別，慎無告人！」後二十日，照遣兒迎喪，守乃悟云云，兒見鎖感動，不能自勝。〔註8〕

晉武帝時，河間女子開棺復活的事，載於《搜神記》：

> 晉武帝世，河間郡有男女私悅，許相配適。尋而男從軍，積年不歸。女家更欲適之。女不願行，父母逼之，不得已而去。尋病死。其男戍還，問女所在。其傢具說之。乃至家，欲哭之盡哀，而不勝其情。遂發家開棺，女即蘇活，因負還家。將養數日，平復如初。後夫聞，乃往求之。其人不還，曰：「卿婦已死，天下豈聞死人可復活耶？此天賜我，非卿婦也。」於是相訟。郡縣不能決，以讞廷尉。秘書郎王導奏：「以精誠之至，感於天地，故死而更生。此非常事，不得以

〔註 8〕 李昉等編，《太平廣記》（臺南：平平出版社，1975 年）第四卷〈卷三一六〉，頁 52。

　　常禮斷之。請還開冢者。」〔註9〕

這是個富有浪漫主義色彩的愛情喜劇。新婚燕爾的年輕夫婦被迫離散，男子從軍，女子被逼改嫁不久病死。男子回來後痛哭不已，挖冢開棺，女子復活，但是她的後夫卻不肯放她，於是到衙門打官司，廷尉認爲這是精誠所至，才使女子死而復生，於是把她判給原來的丈夫。男女間眞摯的愛情感天動地，使人死而復活。上兩件事都是獻縣發生的事，紀曉嵐沒刪除這些文字，因爲天地之大無奇不有，幽明之理凡人難以理解，世上有許多無法以常理推論的事，不用勉強解釋，也不必全盤否定，公道自在人心：

　　獻縣近歲有二事，一爲韓守立妻俞氏，事祖姑至孝。乾隆庚辰，祖姑失明，百計醫禱，皆無驗。有黠者給以刲肉燃燈，祈神佑，則可速癒，婦不知其給也，竟刲肉燃之。越十餘日，祖姑目竟復明。夫受給亦愚矣，然惟愚故誠，惟誠故鬼神爲之格，此無理而有至理也。一爲丐者王希聖，足雙攣，以股代足，以肘撐之行。一日，於路得遺金二百，移曩匿草間，坐守以待覓者。俄商家主人張際飛，倉皇尋至，叩之，語相符，舉以還之。際飛請分取，不受。延至家，議養贍終其身。希聖曰：「吾形殘廢，天所罰也。違天坐食，將必有大咎。」毅然竟去。後因臥斐聖公祠下（斐聖公不知何時人，志乘亦不能詳。土人云，祈雨時有驗。）忽有醉人曳其足，痛不可忍，醉人去後，足已伸矣，由是遂能行，至乾隆己卯乃卒。際飛，故先祖門客，余猶及見，自述此事甚詳。蓋希聖爲善宜受報，而以命自安，不受人報，故神代報也。非似無理而亦有至理乎？戈芥舟前輩嘗載此二事於縣誌。講學家頗病其語怪，余謂芥舟此志，惟乩仙聯句及王生殤子二條，偶不割愛耳。全書皆體例謹嚴，具有史法，其載此二事，正以見匹夫匹婦，足感神明，用以激發善心，砥礪薄俗，非以小說家言濫登輿記也。漢建安中，河間太守劉照妻，葳蕤鎖事，載《錄異傳》；晉武帝時，河間女子剖棺再活事，載《搜神記》，皆獻邑故實，何嘗不刪薙其文哉？〔註10〕

　　有王某、曾某二人友好。王羨曾妻，趁著曾某被強盜誣告爲由，暗中賄

〔註9〕　干寶原著，《搜神記》（臺北：五南圖書公司，1997年）卷十五〈河間郡男女〉，頁498。

〔註10〕《閱微草堂筆記》卷七〈如是我聞一〉，頁104。

賂牢裡獄吏把他弄死。王正謀求媒人說合，忽然自己感到後悔，就放棄原計畫，打算作功德來解冤仇。但覺得佛法無邊，於是他迎請曾的父母妻子到家中十分周到地奉養。就這樣過了幾年，耗費大半家產。曾的父母一直覺得不能安心，要想把媳婦嫁給王。王竭力推辭，奉養更加周到。又過了幾年，曾的母親病了，王又衣不解帶侍奉湯藥，曾的母親臨死時說：「長久承受厚恩，來世用什麼來報答呢？」王叩頭流血並具體陳述實情，懇求曾母到陰間見到曾的時候代爲解釋。曾母慷慨答應。曾父也親手寫一封信放入曾母的袖子裡說：「死後見到兒子，把這個交給他。若他再有怨，九泉之下就別相見了！」後來王替曾母勞心勞力的辦喪禮，在墓穴旁打盹，耳邊忽然聽到很大的聲音說：「你我的冤仇已解，但你忘了有個女兒嗎？」一驚而醒，於是就把女兒許配給曾的兒子。後來王竟然得到善終。〔註11〕紀曉嵐認爲對於必不能解的冤仇，而用不能不解開的情意來感化，眞是一個狡詐的人啊！但是像如此冤仇還得以解開，就沒有不能解開的冤仇了，這也足以用來勸勉那些勇於悔罪的人了：

> 先叔儀南公言，有王某曾某，素相善。王豔曾之婦，乘曾爲盜所誣引，陰賄吏斃於獄。方營求媒妁，意忽自悔，遂報其謀。擬爲作功德解冤，既而念佛法有無未可知，乃迎曾父母妻子於家，奉養備至，如是者數年。耗其家貲之半，曾父母意不自安，欲以婦歸王，王固辭，奉養益謹。又數年，曾母病，王侍湯藥，衣不解帶，曾母臨歿曰：「久蒙厚恩，來世何以爲報乎？」王乃叩首流血，具陳其實，乞冥府見曾爲解釋。母慨諾，曾父亦作手書一札，納曾母袖中曰：「死果見兒，以此付之，如再修怨，黃泉下無相見也。」後王爲曾母營葬，督工勞倦，假寐壙側，忽聞耳畔大聲曰：「冤則解矣，爾有一女，忘之乎！」惕然而寤。遂以女許嫁其子，後竟得善終。以必不可解之冤，而感以不能不解之情，眞狡點人哉！然如是之冤有可解，知無不可解之冤矣。亦足爲悔罪者勸也。〔註12〕

紀曉嵐家原有一莊園座落在滄州以南的上河涯，賣給別人。那莊園裡，舊有「水明樓」五間，憑樓而望，可以俯瞰衛河，看舟帆點點來往於護欄下。這「水明樓」和紀曉嵐外祖父張雪峰家的「度帆樓」一樣，都是登高遠眺的

〔註11〕 《由閱微草堂筆記淺談——凡夫心與菩薩行》，頁401。
〔註12〕 《閱微草堂筆記》卷八〈如是我聞二〉，頁105。

好去處。其先祖母張太夫人，每到夏季便來這莊上居住以避暑乘涼。紀曉嵐等後輩子孫便輪番侍候、陪伴著她老人家。一天，紀曉嵐在「水明樓」上推窗南望，只見有男女數十人登上一條渡船，船已經解開纜繩，行將啓程。突然，船上一人奮力揮拳，將一位老者擊落在岸邊的淺水中。老者的衣鞋全濕了。他掙扎著坐起來，憤怒地指著船上人破口大罵。這時候，船已經離岸。當時正當大雨之後，衛河水突然暴漲，洪波直瀉，洶湧有聲。就在這時候，有一艘運糧船張滿雙帆順流而下，恰似離弦之箭，直向那渡船撞去。渡船當下被撞個粉碎，船上數十人全部落水，無一倖免於難。只有那沒有上船的老者倖存性命。這時候，他才轉怒為喜，不住口地合掌念佛。老者說：「我昨天聽說我的一位族弟為了二十兩銀子，就要把自家的童養媳賣給別人去做小老婆，據說今天就要立下字據，我於心不忍，趕緊把我的幾畝薄田押給別人，弄到二十兩銀子，好把那女孩子贖回來。」眾人聽了，無不稱讚都說：「這一拳準是神明使那小子打的。」於是眾人急忙張羅其他渡船，將老者送過河去。當時，紀曉嵐剛滿十歲。只聽人講這位老者是趙家莊人，可惜那時沒有問清他的姓名。這是雍正十一年（1733 年）的事。

> 余有莊在滄州南，曰上河涯，今鬻之矣。舊有水明樓五楹，下瞰衛河，帆檣來往欄楯下，與外祖雪峰張公家度帆樓，皆游眺佳處。先祖母太夫人夏月每居是納涼，諸孫更番隨侍焉。一日，余推窗南望，見男婦數十人登一渡船，纜已解。一人忽奮拳擊一叟落近岸淺水中，衣履皆濡。方坐起憤詈，船已鼓棹去。時衛河暴漲，洪波直瀉，洶湧有聲。一糧艘張雙帆順流來，急如激箭，觸渡船，碎如柿。數十人並沒，惟此叟存。乃轉怒為喜，合掌誦佛號。問其何適，曰：「昨聞有族弟得二十金，鬻童養媳為人妾，以今日成券，急質田得金如其數，齎之往贖耳。」眾同聲曰：「此一擊，神所使也。」促換渡船送之過。時余方十歲，但聞為趙家莊人，惜未問其名姓。此雍正癸丑事。〔註13〕

琴師錢生曾在裘文達公家作清客，紀曉嵐和他很熟悉，但忘記問他的姓名籍貫，錢生說家鄉有個人，家庭十分貧苦，他做雇工所得的錢糧，都交給他那守寡的嫂嫂，嫂嫂竟得以守節到去世。有一天，他在燈下搓麻線，看見窗縫裏有個人臉，像銅錢般那樣小，雙眼炯炯有神向屋裡看著。他連忙伸手抓進

〔註13〕《閱微草堂筆記》卷十一〈槐西雜志一〉，頁 169。

來，原來是一個玉雕孩兒，長約四寸多，製作精巧，長久埋在泥土中的斑紋十分明顯。鄉下偏僻沒有地方可以出售，只在當鋪當得四千銅錢。當鋪把玉雕孩兒放在木箱子內，過一天後就不見了，當鋪很怕這個人來贖取。這個人聽說遺失的事就說：「這玉雕孩兒本來就是稀奇東西，我偶然間抓到，怎能以此再來威脅人家賠償金呢！」他就把事情經過講出來，把當票還給當鋪。當鋪很感激他，便經常請他來做工，加倍給他工錢，且逢年過節經常周濟他，他家中竟也變得不愁溫飽。裘文達公說：「這是上天對他友愛的報答。不然的話，玉雕孩兒在他家時為什麼沒不見，要到當鋪才失去呢！至於歸還當票更是難得，是他的品德所產生的必然行為。世界上還沒有刻薄奸狡卻友愛兄弟的人，也沒有友愛兄弟卻又刻薄奸狡的人。」

> 琴工錢生（錢生嘗客裘文達公家，日相狎習，而忘問名字鄉里。）言，其鄉有人家酷貧，傭作所得，悉以與其寡嫂，嫂竟以節終。一日，在燭下拈紵線，見窗隙一人面，其小如錢，目炯炯內視。急探手攫得之，乃一玉孩，長四寸許，製作工巧，土蝕斑然。鄉僻無售者，僅於質庫得錢四千。質庫置櫝中，越日失去，深懼其來贖。此人聞之，曰：「此本怪物，吾偶攫得，豈可復脅取人財？」具述本末，還其質券。質庫感之，常呼令傭作，倍酬其值，且歲時周恤之，竟以小康。裘文達公曰：「此天以報其友愛也。不然，何在其家不化去，到質庫始失哉？至慨還質券，尤人情所難，然此人之緒餘耳。世未有鍥薄奸黠而友於兄弟者，亦未有友於兄弟而鍥薄奸黠者也。」〔註14〕

　　山西汾陽有個叫崔崇岏的人，以販賣蠶絲為業。一年，他在經營中虧損了十幾兩銀子，他的合夥中就偶爾有人流露怨言。崔崇岏對此萬分委曲，便用利刀剖腹，致使腸子流出來幾寸長，眼看就要斷氣。他的股東主人趁他未死急忙把當地的官員和他的妻子找來，焦急地問他：「有什麼冤就當著眾人的面說吧！」崔崇岏說：「我這人笨，不會做買賣，以致虧損主人的資本。我著實為此感到愧疚，所以就不想活了。我尋死和旁人毫無關係。請把我運回老家，別因為命案連累別人。」股東主人聽崔崇岏這番話非常感動，便捐贈數十兩銀子，作為他的喪葬費和安家費。崔崇岏只剩氣息厭厭，一息尚存而已，一位江湖醫生來把崔崇岏的腸子收進肚裡，擺擺位置後縫合傷口敷上藥。過

〔註14〕《閱微草堂筆記》卷十二〈槐西雜志二〉，頁195。

些日子，傷處便結痂癒合，竟奇蹟似活下來，雖說活下來，但之後的生活更加貧困悽慘。萬般無奈，只得把妻子改嫁出去。後來當年和他一起販賣蠶絲的人可憐他，紛紛把蠶絲贈送給他，使他能靠拈線自給自足。生活漸漸地富裕起來他才又娶妻生子。到了乾隆三十八至三十九（1773～1774）年間，他因病去世，終年七十歲。他的鄉親劉炳爲他作傳。官署中有人轉呈侍御史，侍御史抄錄予紀曉嵐撮錄其要，要說做買賣虧本是常有的事。爲十幾兩銀子就自殺，崔崇屼未免太輕生了。〔註15〕但從他本身操行上來說，他在做買賣中本沒有存絲毫私心，可是人們流言蜚語，卻造成他似有貪汙侵吞跡象。他心裡委屈卻無法自白，只有以死明志。可見他平生是很珍惜愛護自己名聲的人。他在瀕臨死亡的時刻，還能當眾告明地方官，又殷切囑咐妻子，使家屬在他死後不去打官司，他的用心就愈加顯得忠厚。他當死又沒死，這應該說是有天道在維護。紀曉嵐自述此事看起來怪異，琢磨起來卻也不奇怪。

> 崔崇屼，汾陽人，以賣絲爲業，往來於上谷、雲中有年矣。一歲，
> 折閱十餘金，其曹偶有怨言。崇屼恚憤，以刀自剖其腹，腸出數寸，
> 氣垂絕。主人及其未死，急呼里胥與其妻至，問：「有冤耶？」曰：
> 「吾拙於貿易，致虧主人資本。我實自愧，故不欲生，與人無預也。
> 其速移我返，毋以命案爲人累。」主人感之，贈數十金爲棺斂費。
> 奄奄待盡而已。有醫縫其腸納之腹中，敷藥結痂，竟以漸癒，惟遺
> 矢從刀傷處出，穀道閉矣。後貧甚，至鬻其妻。舊共賣絲者憐之，
> 各贈以絲，俾撚線自給。漸以小康，復娶妻生子。至乾隆癸巳甲午
> 間，年七十乃終。其鄉人劉炳爲作傳。曹受之侍御錄以示余，因撮
> 其大略。夫販鬻喪資，常事也。以十餘金而自戕，崇屼可謂輕生矣。
> 然其本志，則以本無毫髮私，而其跡有似於乾沒，心不能白，以死
> 自明，其平生之自好可知也。瀕死之頃，對眾告明里胥，使官府無
> 可疑，切囑其妻，使眷屬無可訟，用心不尤忠厚歟？當死不死，有
> 天道焉，事似異而非異也。〔註16〕

烏魯木齊的千總柴有倫說，從前征討霍集占時，他率領兵卒搜山，在珠爾土斯山谷中遇到強盜，張弓射中一人，傷者帶著箭跑了，剩下七八個人也四處竄逃。兵卒奪了強盜的馬匹和行帳，又看見樹上綁著一個回族婦女，左

〔註15〕淨空法師譯，《紀曉嵐寫的因果故事》（臺南：淨宗學會，2004 年），頁 238。
〔註16〕《閱微草堂筆記》卷十三〈槐西雜志三〉，頁 204。

臂和左邊大腿上的肉已經被割下來吃掉，傷能見骨。她呻吟的聲音像蟲鳴鳥叫那麼微弱，看見有倫，幾次伸出她的脖子，又作叩頭的動作。有倫明白她一心求死，便出刀插進她的心臟。那婦女瞪著眼睛發出一聲長叫後便死。後來有倫又經過這個地方，河水暴漲不敢過河，便暫時休息待河水減退。突有股旋風在馬前來回捲起，且走且停，好像在引導他。有倫明白是回族婦女的鬼魂，就騎馬跟著，竟得從淺的地方渡河。

> 烏魯木齊千總柴有倫言，昔征霍集占時，率卒搜山。於珠爾土斯深谷中遇瑪哈沁，射中其一，負矢奔去。餘七八人亦四竄。奪得其馬及行帳。樹上縛一回婦，左臂左股已臠食見骨，嗷嗷作蟲鳥鳴。見有倫，屢引其頸，又作叩顙狀。有倫知其求速死，劃刀貫其心。瞠目長號而絕。後有倫復經其地，水暴漲不敢涉，姑憩息以待減退。有旋風來往馬前，忽行忽止，若相引者。有倫悟爲回婦之鬼，乘騎從之，竟得淺處以渡。〔註17〕

獻縣的刑房官吏王瑾，最初任職時接受賄賂，要開脫一件殺人罪案。剛沾濕筆要起草文書，桌上的紙忽然飛到屋頂上，旋轉飛舞就是不飄落下來。從此他再也不敢貪贓枉法，並舉這件事情告戒他的部下並不隱諱。後來，他一生不愁溫飽，高壽善終。

> 獻縣刑房吏王瑾，初作吏時，受賄，欲出一殺人罪。方濡筆起草，紙忽飛著承塵上，旋舞不下。自是不敢枉法取錢，恒舉以戒其曹，偶不自諱也。後一生溫飽，以老壽終。〔註18〕……

有個行爲惡劣的青年，一次患寒症，在昏昏沉沉之中魂已出竅，他的魂魄徘徊悵惘不知何去何從，猶豫間，看見路上有人便隨著同行。不覺竟到陰曹地府。他碰上一位冥官，恰好生前是他的老鄉。這位冥官便細心地爲他查生死簿，皺著眉頭對這惡少說：「平時經常虐待父母，犯忤逆不孝的大罪，根據冥司條律，你當被判下沸湯地獄。不過你陽壽未盡，先回去，壽終再來受報。」惡少恐惶，跪在地上磕頭如搗蒜，求這位老鄉幫助想個解脫辦法。那冥官卻連連搖頭說：「你犯的罪業太重，莫說我這芝麻大的冥官解救不了，就是大慈大悲的釋迦牟尼佛，恐怕也無能爲力！」惡少頓時放聲大哭，不斷磕頭懇求不已。冥官沉思良久說：「有位老禪師講經，向眾僧提出個問題：『老

〔註17〕《閱微草堂筆記》卷十三〈槐西雜志三〉，頁213。
〔註18〕《閱微草堂筆記》卷十三〈槐西雜志三〉，頁214。

虎的脖子下繫了個鈴鐺，請問誰能把它解下來？』眾僧難解時，忽有一小沙
彌朗聲說道：『何不讓繫鈴的人去解？』這就叫『解鈴還須繫鈴人』。你往常
忤逆父母，如今只有去向父母懺悔怨罪，痛改前非也許能有免罪的希望！」
惡少又顧慮自己罪業深重，恐非一時能懺悔得盡。冥官笑道：「有個姓王的屠
夫，他半輩子殺無數豬羊畜生，後來忽然想起殺生罪孽深重，來世冤愆難償，
便放下屠刀，一心修道，終於修成正果，立地成佛！」冥官說罷，便派遣一
名鬼卒將他送回陽間。他霍然驚醒，出了一身汗，病也全好了。從此，他洗
心革面，努力從善，盡心孝養父母，而他的父母也從厭惡他轉為疼愛他。此
人活了七十多歲才壽終正寢。雖然不知道他是否免除地獄之苦，但是從他能
得到這麼高的壽數看來，冥司似乎已經容許他的誠心懺悔。〔註 19〕

> 一惡少，感寒疾，昏憒中魂已出舍，悵悵無所適。見有人來往，隨
> 之同行，不覺至冥司。遇一吏，其故人也。為檢籍良久，蹙額曰：
> 「君多忤父母，於法當付鑊湯獄。今壽尚未終，可且返，壽終再來
> 受報可也。」惡少惶怖，叩首求解脫，吏搖首曰：「此罪至重，微
> 我難解脫，即釋迦牟尼亦無能為力也。」惡少泣涕求不已。吏沉思
> 曰：「有一故事君知乎？一禪師登座，問：『虎領下鈴，何人能解？』
> 眾未及對。一沙彌曰：『何不令繫鈴人解？』得罪父母，還向父母
> 懺悔，或希冀可免乎？」少年慮罪業深重，非一時所可懺悔。吏笑
> 曰：「又有一故事，君不聞殺豬王屠，放下屠刀，立地成佛乎？」
> 遣一鬼送之歸。霍然遂癒。自是洗心滌慮，轉為父母所愛憐。後年
> 七十餘乃終。雖不知其果免地獄否，然觀其得壽如是，似已許懺悔
> 矣。〔註 20〕

主人好心有好報，先幫高斗之父尋醫問藥，後又助其安葬亡父，施恩於高斗，
高斗感恩圖報，在主人家危難之際奮勇擊退強盜救了主人家的女兒，娶得美
嬌娘，皆大歡喜，高斗自身經歷也應驗了好心有好報的真理。赤心救主，不
怕風險，高斗的故事引得紀曉嵐的無盡感慨，高斗的義勇，得到了最好的結
果。〔註 21〕

> 霍養仲言，雍正初，東光有農家，粗具中人產。一夕，有劫盜不甚

〔註 19〕　《由閱微草堂筆記淺談──凡夫心與菩薩行》，頁 408。
〔註 20〕　《閱微草堂筆記》卷十四〈槐西雜志四〉，頁 234。
〔註 21〕　嚴文儒注譯，《新譯閱微草堂筆記》（臺北：三民書局，2013 年），頁 1501。

搜財物，惟就衾中曳其女，掖入後圃，仰縛曲項老樹上。蓋其意本不在劫也。女哭詈。客作高斗睡圃中，聞之躍起，挺刃出與鬥，盜盡披靡。女以免。女恚憤泣涕，不語不食；父母寬譬，終不解。窮詰再三，始出一語曰：「我身裸露，可令高斗見乎？」父母喻意，竟以妻斗。此與楚鍾建事適相類。然斗始願不及此。徒以其父病，主為醫藥；及死為棺斂，葬以隟地，而招其母司炊煮，故感激出死力耳。〔註22〕

李秀升說，山西有戶財主，主人已上了年紀，膝下只有一子。不幸兒子、兒媳雙雙染上肺病，眼看著沒救了，老夫妻倆真是憂心如焚。沒多久，那兒媳先死。主人立即提出為兒子納妾，他的老伴吃驚地問：「兒子已經病到了這步田地，你還要為他娶妾，這不是催他快死嗎？」主人說：「我知道兒子的病是好不了了。可是，在他出生前，我曾為後嗣的事去靈隱寺求過神佛，回來後，夢見南海大士對我說：『你本該絕後，因為你捐過銀兩賑濟災民，救活了上千人，所以，特地賜給一個孫子，為你養老送終。』現在，如不趁著他還沒死，為他納個妾，孫子從何來呢？」於是很快的納了個妾。沒過三、四個月，主人的兒子死了，那妾果然懷了遺腹子，主人家也就有後嗣。黃山谷詩中有：「能與貧人共年穀，必有明月生蚌胎。」紀曉嵐認定此話果然是真實不虛。〔註23〕

> 李秀升言，山西有富室，老惟一子。子病瘵，子婦亦病瘵，勢皆不救，父母甚憂之。子婦先卒，其父乃趣為子納妾。其母駭曰：「是病至此，不速之死乎？」其父曰：「吾固知其必不起，然未生是子以前，吾嘗祈嗣於靈隱，夢大士言汝本無後，以捐金助賑活千人，特予一孫送汝老。不趁其未死，早為納妾，孫自何來乎？」促成其事。不三四月而子卒，遺腹果生一子，竟延其祀。〔註24〕

行善與作惡的報應，就像是影子緊緊地跟隨著形體，永遠都不會分離。善惡是以人心來說，報應是就天理而言。形體端正，影子就會端正；形體歪斜，影子也會歪斜，總是不會有太多偏差。

〔註22〕《閱微草堂筆記》卷十五〈姑妄聽之一〉，頁260。

〔註23〕《由閱微草堂筆記淺談——凡夫心與菩薩行》，頁498。

〔註24〕《閱微草堂筆記》卷十八〈姑妄聽之四〉，頁323。

第二節 果報在身——惡有惡報

俗語說：「善惡到頭終有報，只爭來早與來遲。」所以，不要只是談論目前，而應該觀察究竟，善惡果報哪裡不是如影隨形呢？紀曉嵐記載了無賴呂四的故事即証明天理昭然，河北滄州城南，有一條名叫上河的小江，江邊住著一個叫呂四的無賴。呂四為人兇橫，無所不為，蠻不講理，鄉親鄰居見他如見到虎狼一般。一天將晚，呂四召集一班惡少在村邊乘涼，此時隱隱能聽到雷聲，看來就快下雨了。遠處有個婦人躲入河邊的古廟中，看來是來避雨的。呂四指指古廟道：「我剛才見一個花姑娘進去了，哥幾個去嘗嘗鮮？」說話間，天空陰雲密布，宛如黑夜。呂四引著一班惡少躡手躡腳偷入廟中，廟外雷雨交加。呂四找準婦人的位置，從背後掩住了她的口鼻，其餘惡少一哄而上，轉瞬間，婦人已是衣不遮體。此時，一道閃電落下，呂四驚呼道：「娘子！」待定睛一看，果真是其剛過門的糟糠之妻。呂四大窘，仰天一聲大吼，背著妻子衝出廟門，正欲將背上之人丟進上河。妻大叫：「呂四！你真是沒良心。你想姦淫人家媳婦，卻弄得別人欺負到我頭上，這個綠帽子可是你自己要戴的。現在，你不知羞恥，倒要來殺我？」呂四一時語塞，背負著妻子瘋跑回家。雨後，村民知道此事，都笑話呂四這叫「偷雞不成反失把米。」有好事者故意到呂四家門口問他究竟怎麼回事，呂四羞愧難當，無話可答，一時想不開，竟自己投河自盡。原來事情是這樣的，呂四媳婦回娘家探親，說好一月後回來，不料娘家突然發生火災，只好提前回家。呂四自然不知，因而造成這次災難。後來，呂四託夢給老婆說：「我罪孽深重，應當永遠墮入地獄，只因我生前對母親還能盡孝道，判官讓我投生為蛇。妳馬上會有第二個丈夫，記住好好待妳的公婆。因為在陰間，不孝是一項大罪，到時候是要下油鍋的。」等過了些時候，呂四妻再嫁，突然看見房上有一條赤練蛇，搖頭晃腦，似是不願離去。妻想起那個夢，於是問道：「你可是我那個死鬼丈夫？別等了，你聽，門外的四抬大轎都來了，我馬上就不是呂氏了。你的話我記住了，保重啊！」蛇聽了，在梁上蹦跳了幾下，迅速離去。〔註25〕

自作孽，不可活。呂四作惡多端，最終既害了妻子，又葬送自己性命。〔註26〕罪犯邪淫，最後選擇畏罪自殺，雖是逃避現實的作法，但也知其良心未泯，加上他生前仍能盡到孝道的本分，才能免墮地獄的果報。但這也不表

〔註25〕《由閱微草堂筆記淺談——凡夫心與菩薩行》，頁186。
〔註26〕嚴文儒注譯，《新譯閱微草堂筆記》（臺北：三民書局，2013年），頁13。

示是由於盡孝道的功抵消掉了犯邪淫的過，而是呂四雖然平常對外仗勢欺人、爲非作歹，對待家人卻還不錯。他做了壞事，自當受報，但因其良心未泯，且有悔改向善之心，才能獲得轉世爲蛇的較輕的業報。但因果不爽，該受報的還是要受報；然而，懺悔改過的力量不可輕忽：

> 滄州城南上河涯，有無賴呂四，凶橫無所不爲，人畏如狼虎。一日薄暮，與諸惡少村外納涼，忽隱隱聞雷聲，風雨且至。遙見似一少婦，避入河干古廟中。呂語諸惡少曰：「彼可淫也。」時已入夜，陰雲黯黑，呂突入，掩其口，眾共褫衣相媟。俄雷光穿牖，見狀貌似是其妻，急釋手問之，果不謬。呂大恚，欲提妻擲河中，妻大號曰：「汝欲淫人，致人淫我，天理昭然，汝尚欲殺我耶？」呂語塞，急覓衣褲，已隨風入河流矣。旁皇無計，乃自負裸婦歸。雲散月明，滿村嘩笑，爭前問狀。呂無可置對，竟自投於河。蓋其妻歸寧，約一月方歸。不虞母家遘回祿，無屋可棲，乃先期返。呂不知而遘此難。後妻夢呂來曰：「我業重，當永墮泥犁。緣生前事母尚盡孝，冥官檢籍得受蛇身，今往生矣。汝後夫不久至。善視新姑嫜，陰律不孝罪至重，毋自蹈冥司湯鑊也。」至妻再醮日，屋角有赤練蛇，垂首下視，意似眷眷。妻憶前夢，方舉首問之，俄聞門外鼓樂聲。蛇於屋上跳擲數回，奮然去。〔註27〕

紀曉嵐紀錄一個善罵（音讀ㄌㄧˋ）者爛舌的故事，藉此勸誡世人少責罵。說文解字：「詈，罵也。」

> 余一侍姬，平生不嘗出詈語。自云親見其祖母善詈，後了無疾病，
> 忽舌爛至喉，飲食言語皆不能，宛轉數日而死。〔註28〕

紀曉嵐認爲，爲人處事不應妄動邪念，邪念一起，必遭天譴，有個書生動了邪淫之念，紀曉嵐藉和尚之口爲之惋惜：司命之神記錄在案，雖無大的懲罰，但是恐怕於前程有妨礙。這個書生後來果然命運很坎坷，晚年才得到一個訓導的位子，最後竟然窮困潦倒而死：

> 有僧游交河蘇吏部次公家，善幻術，出奇不窮，云與呂道士同師。嘗摶泥爲豕，咒之漸蠕動，再咒之忽作聲，再咒之躍而起矣。因付庖屠以供客，味不甚美。食訖，客皆作嘔逆，所吐皆泥也。有一士

〔註27〕《閱微草堂筆記》卷一〈灤陽消夏錄一〉，頁5。
〔註28〕《閱微草堂筆記》卷一〈灤陽消夏錄一〉，頁13。

因雨留同宿，密叩僧曰：「《太平廣記》載術士咒片瓦授人，劃壁立
開，可潛至人閨閣中。師術能及此否？」曰：「此不難。」拾片瓦
咒良久，曰：「持此可往，但勿語，語則術散矣。」士試之，壁果
開，至一處，見所慕方卸妝就寢，守僧戒不敢語，遽掩扉登榻狎昵，
婦亦歡洽倦而酣睡。忽開目，則眠妻榻上也。方互相疑詰，僧登門
數之曰：「呂道士一念之差，已受雷誅，君更累我耶？小術戲君，
幸不傷盛德，後更無萌此念。」既而太息曰：「此一念，司命已錄
之，雖無大譴，恐於祿籍有妨耳。」士果蹭蹬，晚得一訓導，竟終
於寒氈。〔註29〕

景城南邊有座破寺廟，附近無人住，只有一個和尚帶著兩個弟子管理寺廟，
料理香火，但兩弟子都像村裏的庸人一樣蠢，見香客也不行禮，但他們卻十
分狡詐。偷偷買來松脂，碾成粉末，夜裏用紙卷起點著，撒向空中，於是火
光四射，見火的人都來詢問，而師徒三人卻佯裝酣睡，都說不知道。又暗地
買來唱戲的佛衣，扮作菩薩、羅漢，在月夜或站在屋脊上，或躲在寺門樹下。
看過的人來問他們見過沒有，也說沒看見。有人把所見告訴他們，三師徒便
合掌說：「佛在西天，來這破廟作甚？官方正追查白蓮教，我們與你無怨無仇，
何必造謠？」人們從此更加認為是佛菩薩現身，所以捐獻的人越來越多。當
寺廟日趨破落，而和尚又不肯整修。他們說：「這兒的人愛捕風捉影，若再加
整修，這些人更有藉口了。」十多年後，師徒三人漸漸致富。不料卻招來了
強盜，打死了師徒三人，搶走了所有的錢財而去。後來官府檢視剩餘下來的
箱子，發現了松脂、戲裝等物，這才揭發和尚們的陰謀。這是明代崇禎年間
的事。紀曉嵐的高祖厚齋公說：「這幾個和尚表面老實，實際騙人手法也夠巧
妙。但他們卻因騙財害了自己。若說他們蠢，也未嘗不可。」知人知面不知
心，和尚的境遇即是禍由自招寫照：

景城南有破寺，四無居人，唯一僧攜二弟子司香火，皆蠢蠢如村傭，
見人不能為禮。然譎詐殊甚，陰市松脂，煉為末，夜以紙卷燃火撒
空中，焰光四射，望見趨問，則師弟鍵戶酣寢，皆曰不知。又陰市
戲場佛衣，作菩薩羅漢形，月夜或立屋脊，或隱映寺門樹下，望見
趨問，亦云無睹。或舉所見語之，則合掌曰：「佛在西天，到此破落
寺院何為？官司方禁白蓮教，與公無仇，何必造此語禍我？」人益

> 信為佛示現，檀施日多。然寺日頹敝，不肯葺一瓦一椽。曰：「此方
> 人喜作蜚語，每言此事多妖異。再一莊嚴，惑眾者益藉口矣。」積
> 十餘年漸致富。忽盜瞰其室，師弟並拷死，罄其貲去。官檢所遺囊
> 篋，得松脂戲衣之類，始悟其奸。此前明崇禎末事。〔註30〕

與現在的貪官一樣，古代的貪官也多好色，據〈灤陽消夏錄三〉記載，
紀曉嵐任職兵部時，「有一吏嘗為狐所媚，尪瘦骨立。乞張真人符治之」。沒
想到這個狐狸精曾經受到過他的再生恩，是來報答他的，目的是攝取他的精
氣，讓他因病而死，也算善終。所謂牡丹花下死，做鬼也風流。否則依據他
的貪賄之罪，「非理取財，當嬰刑戮」，非得落個死無全屍，此吏應該金盆洗
手，痛改前非，但他病癒後，不思悔改，我行我素，「後果以盜用印信，私收
馬稅伏誅」。因貪污落了個身首異處的可悲下場。這位貪吏貪財好色，耗財逐
色，罪惡深重，其結局只有伏誅了。在大興文字獄、思想禁錮嚴重的清代，
文人只能用鬼神世界反諷現實。紀曉嵐借鬼神寓言，針砭時弊；借鬼神之口，
窺測官場相攘相軋的內幕，是承繼儒家為政以德的思想，也是希望借助倫理
道德重新修整腐敗的吏治。但傳統社會崇尚道德自律、法制理性缺乏的政治
文化，正是造成了官場黑暗和腐敗的傳統政治缺陷。唯有建立完善的廉政法
律體系和監督制約機制才是古今遏制官場腐敗的關鍵所在。

> 余官兵部時，有一吏嘗為狐所媚，尪瘦骨立。乞張真人符治之。忽
> 聞簷際人語曰：「君為吏，非理取財，當嬰刑戮。我凤生曾受君再生
> 恩，故以豔色蠱惑，攝君精氣，欲君以瘵疾善終。今被驅遣，是君
> 業重不可救也。宜努力積善，尚冀萬一挽回耳。」自是病癒。然竟
> 不悛改，後果以盜用印信，私收馬稅伏誅。堂吏有知其事者，後為
> 余述之云。〔註31〕

高川有一個乞丐，與母親妻子同住在一間破廟中，麥收季節，乞丐到田裏撿
麥穗，囑咐妻子磨成麵給老母親吃，妻子背著丈夫把好麵藏起來，用粗麵和
餿水做成餅給婆婆吃。一天晚上，雷雨交加，黑暗中妻子突然一聲慘叫，乞
丐忙起來看時，只見一條巨蛇自妻子口中鑽入，妻子已氣絕身死。紀曉嵐的
侍姬之母沈媼曾親見那條蛇的尾部足有兩尺長，垂在婦人的胸前。

> 侍姬之母沈媼，言高川有丐者，與母妻居一破廟中。丐夏月拾麥斗

〔註30〕《閱微草堂筆記》卷三〈灤陽消夏錄三〉，頁 32。
〔註31〕《閱微草堂筆記》卷三〈灤陽消夏錄三〉，頁 42。

餘，囑妻磨麵以供母。妻匿其好麵，以粗麵泄穢水，作餅與母食。
是夕，大雷雨，黑暗中，妻忽嗷然一聲，丐起視之，則有巨蛇自口
入，齧其心死矣。丐曳而埋之。沈媼親見蛇尾垂其胸臆間，長二尺
餘云。〔註32〕

　　張福是杜林鎮人，以擔貨販賣為業。一天，同鄉富豪爭路，富豪指揮僕
人把他推落石橋下。當時河川結冰，稜角就像鋒利的刀，張福頭破血流奄奄
一息。里長原懷恨富豪，立刻報官府。官府垂涎富豪的錢財，官司辦得很急。
張福暗中讓他的母親對富豪說：「您償了我的命，對我有什麼好處？如果能夠
替我供養老母幼子，那麼趁我還沒斷氣，我到官府去說自己是失足落橋的。」
富豪答應了。張福略微通識文字，還能夠忍痛自己書寫狀紙。張福生前寫的
供詞確鑿，官吏也無可奈何。但張福死了之後，富豪竟背信棄義。他的母親
多次到官府控告，終於因為張福生前寫的供詞有憑有據，所以始終不能沉冤
得雪。後來富豪乘醉夜行，因為馬顛簸從橋上墜落而死。人們都說：「這是富
豪背棄張福的報應了。」紀曉嵐的父親姚安公說：「審理案件是多麼困難啊！
尤其事關人命。有頂替兇犯的甘心替人去死，有行賄講和的甘心出賣親近的
人，倉促間不容易詢問。至於被殺的人親手寫的供狀，說不是這個人所殺，
這即使是虞舜時司法官皋陶來辦案，也不能定他的罪。倘若不是背棄約言不
兌現，以致遭到鬼的誅殺，那麼等同出錢而免罪！訴訟的情狀變化萬端，有
什麼怪事不會發生呢？主掌刑法的，難道僅僅依據常理就可輕率地判決嗎？」

　　張福，杜林鎮人也，以負販為業。一日，與里豪爭路，豪揮撲推墮
　石橋下。時河冰方結，觚稜如鋒刃，顱骨破裂，僅奄奄存一息。里
　胥故嗛豪，遽聞於官，官利其財，獄頗急。福陰遣母謂豪曰：「君償
　我命，與我何益？能為我養老母幼子，則乘我未絕，我到官言失足
　墮橋下。」豪諾之。福粗知字義，尚能忍痛自書狀，生供鑿鑿，官
　吏無如何也。福死之後，豪竟負約。其母屢控於官，終以生供有據，
　不能直。豪後乘醉夜行，亦馬蹶墮橋死。皆曰：「是負福之報矣。」
　先姚安公曰：「甚哉！治獄之難也，而命案尤難。有頂兇者，甘為人
　代死；有賄和者，甘鬻其所親。斯已猝不易詰矣。至於被殺之人，
　手書供狀，云非是人之所殺，此雖皋陶聽之，不能入其罪也。倘非
　負約不償，致遭鬼殛，則竟以財免矣。訟情萬變，何所不有？司刑

〔註32〕《閱微草堂筆記》卷四〈灤陽消夏錄四〉，頁55。

者可據理率斷哉！」〔註33〕

紀曉嵐的表叔王碧伯死了妻子，有陰陽家推算出某日夜裡子時（11 點到1 點）王碧伯妻子的鬼魂會回家一趟。這時，全家人都必須出門迴避。到了子時，一名盜賊打扮成煞神的樣子，翻牆進屋，剛把藏物的小箱子打開，撈到簪子耳環首飾，恰巧另一名盜賊也扮成煞神潛進，漸漸接近還嗚嗚的學著鬼叫，先進到屋裡的盜賊心中害怕，慌慌張張想逃，兩人在庭院相遇，彼此都把對方當做眞的煞神。猙獰的面目、怪異的衣飾，嚇得劇烈心跳、魂魄出竅。頓時，面對面昏倒在地。天亮以後，一家人哭哭啼啼回家，見到庭院裡昏倒兩人，仔細一看，大爲驚嚇；再細看，才知道是兩個賊人。於是灌下薑湯使他們蘇醒。隨即將扮成煞神的兩個盜賊捆縛押送官府。一路上，圍觀的人群見到盜賊的這般模樣，簡直把大家都樂壞了。

民間喪事，各地習俗不同做法各異。人死以後，有些人不相信有鬼魂之說，但是，由於長年的習俗，代代相傳，往往有一些好事者，茶餘飯後把陰陽家玩弄的一套把戲，編撰種種鬼神故事，說得活龍活現。特別是有的人，故意結合地方上的一些史料，指名道姓，說明地點、時間，煞有其事就好像自己親身經歷一樣，天花亂墜使人毛骨悚然，與此相反，也有一些人，專好揭穿喪事中一些鬼神邪說，同樣編制一些針對性的故事，以譏諷挖苦的手法，在笑聲中，剝開虛假的裝神弄鬼把戲，以詼諧態度消除種種神秘和恐懼，有破除迷信的效果。回煞，以科學眼光看來原是無中生有的事情。多數人沒有見到過返家的親人魂魄，更沒有發現過所謂的煞神。紀曉嵐在灤陽消夏時節，把聽來的回煞故事記錄下來，編入筆記，以盜賊扮成煞神，乘機偷竊，不僅一人，卻是兩位；彼此相遇，僞煞神嚇昏僞煞神，押送到官府，還在光天化日之下遊街，笑壞沿街觀眾。雖然在紀曉嵐筆下充斥著滿天神佛、魑魅魍魎，但煞神一說「究不知其如何也」。

> 表叔王碧伯妻喪，術者言某日子刻回煞，全家皆避出。有盜僞爲煞神，逾垣入，方開篋攫簪珥，適一盜又僞爲煞神來，鬼聲嗚嗚漸近。前盜皇遽避出，相遇於庭。彼此以爲眞煞神，皆悸而失魂，對仆於地。黎明家人哭入，突見之，大駭，諦視乃知爲盜，以薑湯灌蘇，即以鬼裝縛送官。沿路聚觀，莫不絕倒。據此一事，回煞之說當妄矣。然回煞形跡，余實屢目睹之。鬼神茫昧，究不知

〔註33〕《閱微草堂筆記》卷五〈灤陽消夏錄五〉，頁 60。

其如何也。〔註34〕

紀曉嵐的先四叔栗甫公，一天前往河城訪友。途中見一人騎馬向東北而行，突然被柳枝絆住掛下馬來，眾人跑過去圍觀，已經沒了意識。又過了一頓飯的時間，一個婦女哭喊著走來，說：「婆婆生病，沒錢買藥，我徒步走了一天一夜，向娘家借了一點衣服首飾，打算換錢為婆婆買藥。不料被個騎馬的賊人搶走了。」眾人領她去看墮馬的人，當時墮馬的人已經甦醒。婦人呼喊說：「正是這個人。」包袱就丟在路邊，人們問騎馬人包袱中衣物首飾的數目，騎馬人回答不出來；婦人所說的數目與包袱裡的數字完全一致。騎馬人不得不低頭承認搶劫之罪。眾人認為白晝搶劫，罪該絞死，便要將其捆起來送往官府。騎馬人叩頭求饒，表示願把懷中的幾十金送給婦人，用來贖罪。婦人因婆婆病危，也不願到公堂打官司，於是接受了騎馬人的金錢，放他走了。紀曉嵐的叔父說：「因果報應的迅速，沒有比這件事更神速的了！每一想到這事，就覺得隨時隨地都有鬼神。」

> 先四叔父栗甫公，一日，往河城探友，見一騎飛馳向東北，突掛柳
> 枝而墮。眾趨視之，氣絕矣。食頃，一婦號泣來，曰：「姑病無藥餌，
> 步行一晝夜，向母家借得衣飾數事，不料為騎馬賊所奪。」眾引視
> 墮馬者，時已復甦。婦呼曰：「正是人也！」其袱擲於道旁。問袱中
> 衣飾之數，墮馬者不能答。婦所言，啟視一一合。墮馬者乃伏罪。
> 眾以白晝劫奪，罪當縲首，將執送官，墮馬者叩首乞命，願以懷中
> 數十金，予婦自贖。婦以姑病危急，亦不願涉訟庭，乃取其金而縱
> 之去。〔註35〕

齊舜庭，就是紀曉嵐前述的獻縣大盜齊大的族人。此人剽悍兇狠，能用繩子拴住刀柄，殺傷兩三丈以外的人，他的黨羽送給他一個封號叫「飛刀」。齊舜庭有個鄰居叫張七，舜庭像對待奴隸一般欺侮他。他強迫張七把相鄰的房子賣給他，以擴充他的馬棚。並且指使他的黨羽威脅恐嚇張七說：「你若不趕快搬家，即將大禍臨頭！」張七不得已，只得帶領妻女倉皇出走。他茫茫然不知何處為棲身之所，來到神廟裡，對神禱告說：「小的不幸，被強盜逼得無路可走。現在我把手杖敬立在你面前，請給我指引一條生路吧！」他一鬆手，手杖就倒向東北方。於是他帶領妻女幾經流離輾轉，來到天津。張七把

〔註34〕《閱微草堂筆記》卷五〈灤陽消夏錄五〉，頁66。
〔註35〕《閱微草堂筆記》卷六〈灤陽消夏錄六〉，頁82。

女兒嫁給一個青年並助其煮鹽。小夫妻勤儉持家，生活自給自足。三、四年之後，齊舜庭搶劫官餉的案子被揭發，官府發兵圍捕他。在一個風雨之夜，他乘機逃脫追捕。慌亂中，想起他的黨羽有在天津經商行船的，就打算去投奔他們。若萬不得已，就乘船出海逃亡。於是，他白日潛藏，夜裡趕路，一路上偷摘瓜果充饑，幸虧沒有人認出他來。這天晚上，齊舜庭又饑又渴。他在海灘附近徘徊，遠遠看見一戶人家亮著燈火。他走去試著敲了幾下門，有個少婦出來對他凝視片刻，忽然大喊道：「快來人哪！齊舜庭在這兒！」當時，輯拿齊舜庭的公文已經到了天津，早就立下賞金四處搜捕他。官兵們聞聲四面圍來，飛刀此時手無寸鐵，只能俯首就擒。這喊叫的少婦，就是張七的女兒。如果齊舜庭當初不迫逐張七，張七一家就不會來到天津，那麼齊舜庭經過喬裝打扮之後，恐怕就不會有人認出他來。這裡距海口僅僅幾里之遙，用不了多長時間，他就可以登船揚帆出海了，遠走高飛逃之夭夭，終究爲自己當年迫害鄰人種下的因嘗被捕之果。

> 齊舜庭，前所記劇盜齊大之族也，最剽悍。能以繩繫刀柄，擲傷人於兩三丈外，其黨號之曰「飛刀」。其鄰曰張七，舜庭故奴視之，強售其住屋廣馬廄，且使其黨恐之曰：「不速遷，禍立至矣！」張不得已，攜妻女倉皇出，莫知所適。乃詣神祠禱曰：「小人不幸爲劇盜逼，窮迫無路。敬植杖神前，視所向而往。」杖仆向東北，乃迤邐行乞至天津。以女嫁灶丁，助之曬鹽，粗能自給。三四載後，舜庭劫餉事發，官兵圍捕，黑夜乘風雨脫免。念其黨有在商舶者，將投之泛海去。晝伏夜行，竊瓜果爲糧，幸無覺者。一夕，饑渴交迫，遙望一燈熒然，試叩門。一少婦凝視久之，忽呼曰：「齊舜庭在此！」蓋追緝之牒，已急遞至天津，立賞格募捕矣。眾丁聞聲畢集，舜庭手無寸刃，乃弭首就擒。少婦即張七之女也。使不迫逐七至是，則舜庭已變服，人無識者。地距海口僅數里，竟揚帆去矣。〔註36〕

紀曉嵐記述描寫已婚婦女，藉由丈夫寄回家的錢財去私通少男，以滿足己身的慾望。文末紀曉嵐直言「唯存一醜婦，淫瘡遍體而已。人謂其不擁厚貲，此婦萬無墮節理。豈非天道哉！」婦人因不守節操，飽受毒瘡遍體之苦，足證其受到因果報應。這類作品，在《閱微草堂筆記》約有數則，除紀曉嵐著重貞潔對女子的重要用心可見之外，也告誡人們不正當的情感抒發，將會衍

〔註36〕 同上。

生種種問題：

> 河間一婦性佚蕩，然貌至陋。日靚妝倚門，人無顧者。後其夫隨高
> 葉飛官天長，甚見委任，豪奪巧取，歲以多金寄歸。婦藉其財，以
> 招誘少年，門遂如市。迨葉飛獲譴，其夫遁歸，則囊篋全空，器物
> 斥賣亦略盡，唯存一醜婦，淫瘡遍體而已。人謂其不擁厚貲，此婦
> 萬無墮節理。豈非天道哉！〔註37〕

太常寺卿史松濤說起初擔任戶部主事時，住在安南營，同一寡婦相鄰。
一天晚上，盜賊進入寡婦家，在牆壁上鑿穿洞，忽然大聲呼叫道：「有鬼！」
狼狽地跳過牆頭而去。至今仍不知賊見到什麼。難道神也哀憐她的孤獨無依，
暗中佑助她嗎？又戈東長前輩有一天吃完飯，坐在階下賞菊。忽然聽到有人
大聲呼叫：「有賊！」它的聲音悲咽，就像牛在甕中鳴叫，全家驚異，仔細一
聽，是由廊屋下的爐坑傳來。趕緊叫來巡邏的人，打開一看是疲困的一個餓
夫，抬頭長跪，說自己前兩天乘暗私自闖入，伏藏在坑裡，企圖趁夜出來盜
竊。不料二更微雨，夫人下令搬兩甕醃菜放在坑板，於是不能出來。還希望
雨停天晴能搬走，竟然兩天不搬，饑餓不能忍耐。乾脆自己出聲來被抓，罪
不過遭棒打；不出來，則最後要成為餓鬼。所以就大聲呼叫了。紀曉嵐認為
這事情極奇，事實上為情理所必然。記錄下來，也足令人莞爾一笑。

> 史太常松濤言，初官戶部主事時，居安南營，與一孀婦鄰。一夕，
> 盜入孀婦家，穴壁已穿矣。忽大呼曰：「有鬼！」狼狽越牆去，迄不
> 知其所見為何。豈神亦哀其煢獨，陰相之歟？又戈東長前輩一日飯
> 罷，坐階下看菊，忽聞大呼曰：「有賊！」其聲暗嗚，如牛鳴盎中，
> 舉家駭異。俄連呼不已，諦聽，乃在廡下爐坑內。急邀邏者來啟視，
> 則闇然一餓夫，昂首長跪。自言前兩夕乘纍闖入，伏匿此坑，冀夜
> 深出竊。不虞二更微雨，夫人命移醃韲兩甕，置坑板上，遂不能出。
> 尚冀雨霽移下，乃兩日不移，饑不可忍，自思出而被執，罪不過杖，
> 不出則終為餓鬼，故反作聲自呼耳…錄之亦足資一粲也。〔註38〕

一家大業大的官宦之子，一些無賴假裝與他親近，引誘他到青樓遊玩，喝酒
賭博、迷戀歌舞無所不做，沒幾年，官宦之子竟窮得斷了炊煙，最後因貧困
餓死。臨終前他對妻子說：「我被人蠱惑到此地步，定到地府去控告。」過了

〔註37〕《閱微草堂筆記》卷六〈灤陽消夏錄六〉，頁84。
〔註38〕《閱微草堂筆記》卷七〈如是我聞一〉，頁92。

半年，他托夢給妻子說：「我敗訴了。冥官說妖童娼女，原本就是不知廉恥的人，靠聲色求生，以媚惑他人獲取錢財，似虎豹吃人一般。然而，人不入山中，虎豹焉能吃人？船不航行在海中，鯨怎麼能吞掉它。自己走到那個地步，他們有什麼過錯？只是那些狐群狗黨，如設陷阱等待野獸，不等到野獸上鉤是不會罷手的；又如懸餌釣魚，魚不上鉤是不善罷甘休的。因此陽間有明確的刑律，陰間有諸多的輪迴報應，這些人是逃不過去的。」又聽說有一個書生親近狐女，病重而死。家人在清明時上墳，看見一個少婦在墳上澆酒祭奠，焚燒紙錢，趴在墳上痛哭。妻子認出是狐女，遠遠地罵道：「死妖害人，雷要劈你，你還假慈悲！」狐女整整衣服緩緩答道：「凡是我們狐女追求男子，都是為了陽氣；如果殺人過多，天理不容。男人追求女子，是為了情感，耽於色而過度，以致丟掉性命。這正如夫妻相互愛悅而得病夭折，都是自己造成的。鬼神是不會追究他們無節制的。你又何必責備我？」紀曉嵐認為這兩件事足以相互闡發。

> 一宦家子，資巨萬。諸無賴僞相親昵，誘之冶游，飲博歌舞。不數載，炊煙竟絕，顦顇以終。病革時語其妻曰：「吾為人蠱惑，以至此，必訟諸地下。」越半載，見夢於妻曰：「訟不勝也。冥官謂妖童娼女，本捐棄廉恥，藉聲色以養生。其媚人取財，如虎豹之食人，鯨鯢之吞舟也。然人不入山，虎豹焉能食；舟不航海，鯨鯢焉能吞？汝自就彼，彼何尤焉？惟淫朋狎客，如設井以待獸，不入不止；懸餌釣魚，不得不休，是宜陽有明刑，陰有業報耳。」又聞有書生昵一狐女，病瘵死，家人清明上塚，見少婦奠酒焚楮錢，伏哭甚哀。其妻識是狐女，遙罵曰：「死魅害人，雷行且誅，汝尚假慈悲耶？」狐女襝衽徐對曰：「凡我輩女求男者，是為採補，殺人過多，天理不容也；男求女者，是為情感，耽玩過度，以致傷生。正如夫婦相悅，成疾夭折，事由自取。鬼神不追理其衽席也，姊何責耶？」此二事足相發明也。〔註39〕

　　董曲江說陵縣有一位寡婦，在一個夏天的夜晚，有盜賊撬開窗戶竄入她的居室，乘她熟睡將她姦污。她醒來驚慌呼叫，但賊已經逃跑。這寡婦悲憤交加，不久就病死了。竟不知是何人所為。過了四年多，村裡有個名叫李十的人忽遭雷殛而死。有位老婦人合掌念佛道：「阿彌陀佛！總算老天有眼！這

寡婦大仇得報。當年我聽見她的呼喊聲，親眼瞧見李十從她家院跳牆出來，我怕他的凶狠所以一直不敢說出眞相！」

> 董曲江言，陵縣一嫠婦，夏夜爲盜撬窗入，乘夜睡污之，醒而驚呼，
> 則逸矣。憤恚病卒，竟不得賊之主名。越四載餘，忽村民李十雷震
> 死。一婦合掌誦佛曰：「某婦之冤雪矣。當其呼救之時，吾親見李十
> 躍牆出，畏其悍而不敢言也。」〔註40〕

天道消長，無法完全估量。善惡報應，有時應驗，有時不應驗，有時立即應驗，有時慢慢應驗，也有時顯示出巧妙的應驗。紀曉嵐在烏魯木齊時，吉木薩報告，犯人劉允成因欠債過多，被迫上吊自殺。紀曉嵐下令銷除他的名籍，看見原來案卷中有注語道：「爲重利盤剝，逼死人命事。」故事雖簡約，但有明確的人物、時間及地點，辭微義顯，蘊含作者褒貶之義。

> 余在烏魯木齊時，吉木薩報遣犯劉允成，爲逋負過多，迫而自縊。
> 余飭吏銷除其名籍，見原案注語云：「爲重利盤剝，逼死人命事。」
> 〔註41〕

紀曉嵐在烏魯木齊的時候，聽驍騎校薩音綽克圖說件事，一天，天將濛濛亮，有幾隻烏鴉呱呱亂叫。薩音綽克圖忌惡這種叫聲不吉利，便搭箭向它們射去。烏鴉怪叫，從一頭牛背上飛掠而去。牛受驚嚇狂奔。薩音綽克圖忙帶幾個士兵去追趕。牛跑進一個山坳，遇見兩個正在耕地的農夫，牛將其中一農夫撞倒。士兵們把他扶起來，所幸傷勢不重，只是腳拐了一下難行。聽農夫說他家距此不遠，士兵們就攙扶他回家。進了這位農夫家，還未坐定，就聽一個小孩連聲呼叫有賊！士兵急忙追捕，認出是遣送邊疆服刑的潛逃犯韓雲。韓雲潛逃後到處流竄，此時正感饑餓，爲偷瓜吃而被捕獲。假如烏鴉不是大清早就啼叫，薩音綽克圖就不會去射它們。薩音綽克圖不射，牛就不會被烏鴉怪叫聲驚跑。牛不驚跑，就不會撞倒農夫。農夫不被牛觸傷，士兵們就不會送他回家。士兵不來到農夫家，只憑一個小孩見人盜瓜，勢必不能捉住韓雲。只因輾轉相引，才使韓雲被捕伏誅。紀曉嵐認爲可見烏鴉之聒噪聲，莫不是有鬼神憑藉示警，那韓雲本是一位作惡多端的強盜，他在被遣送邊疆之前，曾作過多起劫殺案。〔註42〕足見因果報應：

〔註40〕《閱微草堂筆記》卷八〈如是我聞二〉，頁106。
〔註41〕《閱微草堂筆記》卷八〈如是我聞二〉，頁110。
〔註42〕淨空法師譯，《紀曉嵐寫的因果故事》（臺南：淨宗學會，2004年），頁197。

余在烏魯木齊日，驍騎校薩音綽克圖言，曩守江山口卡倫，一日
將曙，有烏啞啞對戶啼，惡其不吉，引骹矢射之，嗷然有聲，掠
乳牛背上過。牛駭而奔，呼數卒急追。入一山坳，遇耕者二人，
觸一人仆，扶視無大傷，惟足跛難行，問其家不遠，共舁送歸。
入室坐未定，聞小兒連呼有賊，同出助捕，則逃遣犯韓雲，方逾
垣盜食其瓜，因共執焉。使烏不對戶啼，則薩音綽克圖不射；薩
音綽克圖不射，則牛不驚逸；牛不驚逸，則不觸人仆；不觸人仆，
則數卒不至其家；徒一小兒見人盜瓜，其勢必不能縶縛。乃輾轉
相引，終使受縶伏誅。此烏之來，豈非有物憑之哉？蓋雲本劇寇，
所劫殺者多矣。〔註43〕

　　有個很會儲蓄財物且性情十分吝嗇的人。他的妹妹家非常貧窮，一年要
過年了，家裡已沒有米煮飯。不得已，妹妹只好冒著嚴寒風雪，走幾十里路
回娘家求援。她求哥哥借她一些錢讓她家度過年關，等明年春天丈夫的私塾
開館，收學費就拿來還。但是哥哥一再說自己有困難，沒有多餘的財物來幫
助她，狠心拒絕妹妹的要求。他們的母親在旁於心不忍，哭著幫女兒向兒子
求情，也沒法說動。母親只好把自己身上戴的髮簪耳環交給女兒帶回去，希
望能當到一些錢好買米糧過年。就在妹妹回去的晚上，有盜賊侵進哥哥家裡
盜竊，哥哥想到之前對妹妹一毛不拔而實際上被盜走的東西卻那麼多，怕引
人非議，啞巴吃黃蓮不敢告官府追捕，又過了半年，盜賊在別縣作案被捕，
審案時供出曾竊取哥哥家，有財物還存著尚未處理。官府就來公文要哥哥家
去認領，哥哥還是怕人非議，不敢去認領。但是他的妻子捨不得那麼多的財
物被沒收，暗中派兒子去領。這件事就這樣傳開。哥哥感到羞愧，有半年的
時間閉門不見客。紀曉嵐認爲母子親愛是天性，手足相處是至情。竟然因爲
吝嗇的緣故把親人當陌生人，不去關懷疼惜，甚至在風雪交加的年關也不願
伸出援手，這樣的事實在令人扼腕。不料盜賊很快就找上門把財物搜刮一空，
讓人爲之稱快。而失去財物不敢報官不敢讓人知道，被通知去認領財物也不
敢去領，這是令人再稱快的事。至於最心痛慚愧的是：不想讓人知道他儲藏
那麼多財物卻對妹妹無情無義的事被揭發出來，竟然被自己的妻子間接戳
破，讓他顏面掃地，成爲被譏諷的對象，久久不敢見人，這又是令人不勝快
意的事。天地間的事有時是不可思議地巧妙安排，應該不是偶然或恰巧發生，

──────────────

〔註43〕《閱微草堂筆記》卷十〈如是我聞四〉，頁141。

然人非聖賢，孰能無過？「順境不足喜，逆境不足憂」，〔註44〕懺悔己過，修正自己的行為，避免再犯相同錯誤。

> 香畹又言，一孝廉頗善儲蓄，而性嗇。其妹家至貧，時逼除夕，炊煙不舉，冒風雪徒步數十里，乞貸三五金，期明春以其夫館穀償，堅以窘辭。其母涕泣助請，辭如故。母脫簪珥付之去，孝廉如弗聞也。是夕，有盜穴壁入，罄所有去，迫於公論，弗敢告官捕。越半載，盜在他縣敗，供曾竊孝廉家，其物猶存十之七，移牒來問，又迫於公論，弗敢認。其婦惜財不能忍，因遣子往認焉。孝廉內愧，避弗見客者半載。夫母子天性，兄妹至情，以嗇之故，人如陌路，此真聞之扼腕矣。乃盜遽乘之，使人一快；失而弗敢言，得而弗敢取，又使人再快；至於椎心茹痛，自匿其瑕，復敗於其婦，瑕終莫匿，更使人不勝其快。顛倒播弄，如是之巧，謂非若或使之哉？然能愧不見客，吾猶取其足為善，充此一愧，雖以孝友聞，可也。〔註45〕

甲與乙有怨仇，甲妻不知道。甲死後，妻子要再嫁，乙用重金迎娶她。三天後，夫妻一起去見兄嫂，回來時繞道到甲墓前。乙對著耕地的、送飯的，拍著妻子的肩說：「甲，還認得你妻子嗎？」妻子怨憤，想撞樹而死。大家正在拉她，忽然旋風捲起，塵沙迷眼，乙夫婦倆都昏過去。扶回來後，他們時而迷糊，時而清醒，竟然終身不癒。紀曉嵐外祖父家的老僕張才，為其至親，親眼看到此事。有理而去報冤，聖人不會禁止，但過分，則是聖人所不能容忍的。《素問》中說：「過分就有害。」《家語》說：「過滿就會傾覆。」乙過分至極，過滿到極點，落到如斯境地，也是理所當然。

> 甲與乙有隙，甲婦弗知也。甲死，婦議嫁，乙厚幣娶焉。三朝後，共往謁兄嫂，歸而迂道至甲墓，對諸耕者、饁者拍婦肩呼曰：「某甲識汝婦否耶？」婦恚，欲觸樹。眾方牽挽，忽旋颷颯然，塵沙眯目，則夫婦已並似失魂矣。扶回後，倏迷倏醒，竟終身不瘳。外祖家老僕張才，其至戚也，親目睹之。夫以直報怨，聖人弗禁，然已甚則聖人所不為。《素問》曰：「亢則害。」《家語》曰：「滿則覆。」乙亢極滿極矣，其及也固宜。〔註46〕

〔註44〕　《由閱微草堂筆記淺談——凡夫心與菩薩行》，頁375。

〔註45〕　《閱微草堂筆記》卷十〈如是我聞四〉，頁146。

〔註46〕　《閱微草堂筆記》卷十〈如是我聞四〉，頁153。

紀曉嵐的侄孫紀樹森說，山西有個人把家產都託付給弟弟，自己出外經商。
他旅居在外，娶妻生子。過十多年，妻子因病去世，商人帶著兒子返回老家。
他的弟弟害怕他討還資產，就誣告說哥哥帶回來的孩子是抱養的，不能繼承
父業。兄弟倆爲此鬧得不可開交，只得告到官府。縣令是個昏庸的官，他沒
有仔細審問商人，而依據傳統的滴血法來試。幸好父子相合，縣令便賞商人
的弟弟一頓板子，商人的弟弟不相信滴血認親，即與自己的兒子滴血相驗，
果然，他與兒子的血不相合。於是以此做證據，說縣令的判斷是不足爲憑。
鄉里人都厭惡他貪婪，沒人性，便向官府作證說：「他媳婦以前跟某人相好，
那兒子根本不是他的，自然血不合。」眾口鑠金，罪證確鑿，拘來其妻的相
好一審，對方也低頭認罪。商人的弟弟羞愧無地自容，竟休了妻子、趕走兒
子，自己也棄家逃走，連自己的家產，也一同歸予他的哥哥。〔註47〕聽說此
事的人無不稱快。古人陳業滴血辨認兄長骸骨的故事，見於《汝南先賢傳》。
可見，從漢朝以來，就有用滴血辨認血緣關係的作法。紀曉嵐聽一位老吏說：
「親骨肉的血必能相合，這是在就一般情況而言。如果在冬天，把驗血的容
器放在冰雪上，凍得使它極涼；或者在夏天，用鹽醋擦拭容器，使容器有酸
醋的味道，那麼所滴的血一接觸容器，就會馬上凝結，即使是骨肉至親的血，
也不會相合。所以用滴血驗親法，並不能斷得完全正確。」但是這位縣令，
假如不使用滴血法，那麼商人的弟弟就不會上訴，而他妻子紅杏出牆一事就
不會公諸於世。這大概就是神靈指使，讓那個橫行鄉里的弟弟自取其辱。因
此不可完全歸責那縣令。

> 從孫樹森言，晉人有以資產托其弟而行商於外者，客中納婦，生一
> 子，越十餘年，婦病卒，乃攜子歸。弟恐其索還資產也，誣其子抱
> 養異姓，不得承父業，糾紛不決，竟鳴於官。官故憒憒，不牒其商
> 所問其贗，而依古法滴血試，幸血相合，乃笞逐其弟。弟殊不信滴
> 血事，自有一子，刺血驗之果不合，遂執以上訴。謂縣令所斷不足
> 據。鄉人惡其貪媚，無人理。僉曰：「其婦夙與其私昵，子非其子，
> 血宜不合。」眾口分明，具有徵驗，卒證實姦狀，拘婦所歡鞫之，
> 亦俯首引伏。弟愧不自容，竟出婦逐子，竄身逃去，資產反盡歸其
> 兄，聞者快之。按陳業滴血，見《汝南先賢傳》，則自漢已有此說。
> 然余聞諸老吏曰：「骨肉滴血必相合，論其常也；或冬月以器置冰雪

〔註47〕《由閱微草堂筆記淺談──凡夫心與菩薩行》，頁326。

上，凍使極冷，或夏月以鹽醋拭器，使有酸鹹之味，則所滴之血，
入器即凝，雖至親亦不合，故滴血不足成信讞。」然此令不刺血，
則商之弟不上訴，商之弟不上訴，則其婦之野合生子，亦無從而敗。
此殆若或使之，未可全咎此令之泥古矣。〔註48〕

　　紀曉嵐的先祖母張太夫人說，滄州有個人逼迫寡居的弟媳改嫁，並把兩
個姪女賣進妓院，鄉親們對此都憤憤不平。忽一日，此人懷揣不義之財，買
下滿滿一船綠豆，直下天津去販賣。傍晚，船泊於河邊，他坐在船舷邊洗腳。
忽然，西岸邊一艘運鹽船纜繩中斷，那鹽船突然橫掃而過，兩船船舷相切，
此人自膝蓋以下如被刀削，雙腿骨肉粉碎，他呼天喊地叫了幾天後才死去。
紀曉嵐先外祖父張雪峰家有個僕人聽了這件事後，忙來向主人報告，並且說：
「某甲遭到如此慘禍，真是件怪事！」雪峰公卻慢條斯理地說：「這事並不怪。
依我看，他若是不落得這個下場，那才是怪事呢！」這該是雍正二到三年（1724
～1725年）間發生的事。

　　又先太夫人言，滄州人有逼嫁其弟婦而鬻兩姪女於青樓者，里人皆
不平。一日，腰金販綠豆泛巨舟詣天津，晚泊河干，坐船舷濯足。
忽西岸一鹽舟纜索中斷，橫掃而過，兩舷相切，自膝以下，筋骨糜
碎如割截，號呼數日乃死。先外祖一僕聞之，急奔告曰：「某甲得如
是慘禍，真大怪事！」先外祖徐曰：「此事不怪。若竟不如此，反是
怪事。」此雍正甲辰、乙巳間事。〔註49〕

　　紀曉嵐的先師汪文端先生說，有個人想謀害他的對頭，又苦於沒有好計策。
有個狡猾而詭譎的人察言觀色，看出了他這份心思，就暗暗拿了一包毒藥獻
給他，並對他說這種藥入腹即死，而且死時的情狀，與病死的人沒有兩樣，
就是採取蒸骨驗屍的方法，也與病死的人沒有區別。那人聽了非常高興，把
藥收下，並設酒席款待這位獻藥的人。獻藥的人回家之後，當天夜裡就死了。
原來這是預謀的人先用他所獻的毒藥讓他吞食，藉以殺人滅口。汪先生因歎
息說：「獻藥的人，想提供殺人的方法取媚於人，結果自己先被殺了。而那個
用毒藥的人，先殺人滅口，但他的陰謀終究還是暴露。世上紛紛擾擾，要聰
明、使詭計，究竟能有什麼用呢？」紀曉嵐的前輩張樊川先生當時也在坐，
就接著說了另一個故事。有個人喜歡玩弄少年，他看上一個官宦人家的少年，

〔註48〕《閱微草堂筆記》卷十一〈槐西雜志一〉，頁162。
〔註49〕《閱微草堂筆記》卷十一〈槐西雜志一〉，頁169。

苦於沒有得手的機會。就暗中與他心愛的小老婆商量，托一位媒婆把那少年勾引出來，教他到一處別墅中約會，然後借機抓住他，加以迫脅進而玷污。到了約定的時間，那人打聽到那位少年已經到別墅，他急忙起身飛跑前往，當他經過一座板橋時，突然失足掉落板橋下的荷塘裡，差點沒命。他拚命掙扎呼救，等到眾人把他救起後，那宦家少年早已逃得無影無蹤，他的小老婆卻是衣衫不整，鬢亂釵橫。原來那少年果然生得英俊秀美，他的小老婆一見到這少年情不自禁。後來這位吃了啞巴虧的老公，藉故把他的小老婆連同她的隨身婢女逐出家門。那位婢女離開主人後，才稍稍把主人的醜聞洩露出來。〔註50〕所以說，使用陰謀詭計害人，大概最爲鬼神所忌諱。

> 先師汪文端公言，有欲謀害異黨者，苦無善計。有黠者密偵知之，陰裹藥以獻曰：「此藥入腹即死。然死時情狀，與病卒無異，雖蒸骨驗之，亦與病卒無異也。」其人大喜，留之飲。歸，則以是夕卒矣。蓋先以其藥餌之爲滅口計矣。公因太息曰：「獻藥者殺人以媚人，而先自殺也。用其藥者，先殺人以滅口，而口終不可滅也。紛紛機械何爲乎？」張樊川前輩時在坐，因言：「有好孌童者，悅一宦家子。度無可得理，陰屬所愛姬托媒嫗招之，約會於別墅，將執而脅污焉。屆期，聞已至，疾往掩捕，突失足墮荷塘板橋下，幾於滅頂。喧呼掖出，則宦家子已遁，姬已鬢亂釵橫矣。蓋是子美秀甚，姬亦悅之故也。後無故開閣放此姬，婢嫗乃稍泄其事。陰謀者鬼神所忌，殆不虛矣。」〔註51〕

某位侍郎的夫人死了，蓋棺後正陳設供品祭祀時，忽有一白鴿從外面飛進帷幕裡，找了半天都找不到。正忙亂之時，濃煙從棺木中竄出，把房屋連同屋樑木架片刻間燒光。紀曉嵐聽聞這位夫人活著的時候，對待下人極爲嚴苛，凡是買來的婢女，簽下契約進她家門後，一定讓婢女跪下，先告誡一番長篇道理，說是教導；教導後，脫下婢女的衣服反綁雙手，再打上一百鞭，說是試刑。如果轉身躲避，或是哀叫，就打得更重。一直打到不能說話不能動彈，像打木頭、石頭一樣發出「格格」的聲響，說這樣表示知道害怕，才開始供使喚。安州陳宗伯的夫人，是紀曉嵐母親的姨母，曾經到過她家，常說她們家的奴僕們列隊進出，即使是大將練兵也沒那般整齊。紀曉嵐常去一

〔註50〕淨空法師譯，《紀曉嵐寫的因果故事》（臺南：淨宗學會，2004年），頁224。
〔註51〕《閱微草堂筆記》卷十一〈槐西雜志一〉，頁170。

個長輩親戚家，進到他家內室，看到門的左右懸掛二條鞭子，鞭穗上都有血跡，手柄則光滑得可以照見人影。聽說他每天睡覺前把婢女一個個綁在凳子上，再蓋上被子，以防她們逃走或自殺。後來他死的時候，兩邊大腿發膿潰爛到骨頭都露出來，就像是被鞭打的痕跡一樣。

> 某侍郎夫人卒，蓋棺以後，方陳祭祀。忽一白鴿飛入幃，尋視無睹。
> 俄擾間，煙燄自棺中湧出，連薨累棟，頃刻並焚。聞其生時，御下
> 嚴，凡買女奴，成券入門後，必引使長跪，先告戒數百語，謂之教
> 導；教導後，即褫衣反接，撻百鞭，謂之試刑。或轉側，或呼號，
> 撻彌甚。撻至不言不動，格格然如擊木石，始謂之知畏，然後驅使。
> 安州陳宗伯夫人，先太夫人姨也，曾至其家，常曰：「其僮僕婢媼，
> 行列進退，雖大將練兵，無如是之整齊也。」又余常至一親串家，
> 丈人行也，入其內室，見門左右懸二鞭，穗皆有血跡，柄皆光澤可
> 鑒。聞其每將就寢，諸婢一一縛於凳，然後覆之以衾，防其私遁或
> 自戕也。後死時，兩股疽潰露骨，一若杖痕。〔註52〕

新泰縣有一位書生，到省城參加鄉試。在距離濟南還有半天路程的時候，和幾個朋友在天沒亮時就上路。黑暗中有兩頭驢跟著，時而在前時而在後，他們也沒在意。等到天濛濛亮時，這才看出騎驢的是兩個女人。再仔細一看，一個是老太太，大約五六十歲的樣子，長得又胖又黑；另一個則是少婦，年約二十左右，身材、樣貌都很不錯。書生不斷地打量她。她忽然回頭大聲問道：「是表哥嗎？」書生一聽，愕然不知該怎樣回答。少婦說：「我就是某某家的表妹，因我們家法規定，表兄妹不能見面，所以你不認得我。我卻曾經隔著門簾偷偷見過你，所以能認得你。」書生想起原是有個表妹嫁到濟南。於是兩個人就慢慢聊起來。書生問：「清早趕路去哪兒？」少婦回答說：「昨天和你妹夫到舅母家去探問她的病情，本來打算當天就趕回來。可舅母家碰上件打官司的事，央求你妹夫到京城去周旋，就沒能在當天來回。我今早回來是為他收拾行裝的。」少婦說話時眉目傳情，神態嫵媚動人，還流露出早在十幾歲時就對書生一見鍾情的意思。書生有點動心。等走到岔路口時，少婦邀請書生到家吃頓飯。書生高興地答應，就和一起趕路的人約定，晚上在某個地方等他。但他們一直等到報曉的鐘聲敲響也不見書生前來。第二天還是沒消息。後來他們又到那天分別的地方，沿著岔路尋找，發現他騎的那頭

〔註52〕《閱微草堂筆記》卷十二〈槐西雜志二〉，頁188。

驢還在田野中，驢鞍都沒卸下來。又找遍了村子的各個地方，竟無人認得那兩個女人。於是又打聽到書生的表妹家，而他表妹早就死去半年多了。那個書生到底是被鬼所迷惑？被妖怪給吃掉呢？還是讓盜賊誘拐了？都不得而知。至於書生從此毫無音訊。這件事，實足以讓那些輕薄的青年男子引以爲戒。

> 朱導江言，新泰一書生，赴省鄉試。去濟南尚半日程，與數友乘涼早行。黑暗中有二驢追逐行，互相先後，不以爲意也。稍辨色後，知爲二婦人。既而審視，乃一嫗，年約五六十，肥而黑；一少婦，年約二十，甚有姿首。書生頻目之。少婦忽回顧失聲曰：「是幾兄耶？」生錯愕不知所對。少婦曰：「我即某氏表妹也。我家法中，表兄妹不相見，故兄不識妹，妹則嘗於簾隙窺兄，故相識也。」書生憶原有表妹嫁濟南，因相款語。問：「早行何適？」曰：「昨與妹婿往問舅母疾，本擬即日返，舅母有訟事，浼妹婿入京，不能即歸；妹早歸爲治裝也。」流目送盼，情態嫣然，且微露十餘歲時一見相悅意。書生心微動。至路歧，邀至家具一飯。欣然從之，約同行者晚在某所候至。鐘動不來。次日，亦無耗。往昨別處，循歧路尋之，得其驢於野田中，鞍尚未解。遍物色村落間，絕無知此二婦者。再詢，訪得其表妹家，則表妹歿已半年餘。其爲鬼所惑、怪所啖，抑或爲盜所誘，均不可知。而此人遂長已矣。此亦足爲少年佻薄者戒也。〔註53〕

奴僕宋遇娶妻三次。第一個妻子，自結婚起就沒有同床，後來分開。第二個妻子生雙胞胎。他嫌帶孩子麻煩，奶水不足，於是找藥使妻子絕育。他誤信一個王老婆子的話，把磨刀石搗成粉末讓她服下。結果石粉集結在腸胃死去。後來宋遇得重病，口中喃喃像和人爭辯。稍有甦醒，便悄悄對第三個妻子說：「我休第一個妻子時，我父母已接受別人的聘禮，約定好迎娶的日子，妻子還不知。我在前一晚引誘她和她同房。她以爲我回心轉意，很高興地和我親熱。到五更天時，我和她還抱在一起睡覺。等到鼓樂聲響起，迎親隊伍來到，第一個妻子才悔恨不已地被接走了。然而媒人已告訴她的後夫，她未曾與男人同房過，我母親和哥哥也都這麼說。到了人家證明她不是處女，遭到懷疑和謾罵，終憂鬱而死。第二個妻子本來不肯服磨石粉，我痛打她逼她

〔註53〕《閱微草堂筆記》卷十二〈槐西雜志二〉，頁190。

吞咽。死後害怕她變爲惡鬼報復，又花錢買通巫婆作法斷絕災禍。現在我恍恍惚惚又見到她們，必死無疑。」不久他果然死了。還有個奴僕叫王成，性情怪僻。他正與妻子調情嬉笑，忽然又責令她趴下受鞭打。打完仍然與她嬉笑；或正在鞭打時，忽然摟起她嬉笑，隨後又說要補幾鞭子，仍然責令她趴下挨打。大概一天一夜中，他喜怒無常能反覆數次。妻子怕他像怕老虎般，他高興時不敢不強顏歡笑；發怒時不敢不逆來順受。一天，她哭著告訴紀曉嵐的先太夫人。先太夫人叫王成來問是怎麼回事，王成跪著說：「奴才自己也不知道，不由自主。只是忽然覺得她可愛，忽然又覺得她可恨。」先太夫人說：「這從人情上說毫無道理，這大概就是佛門所說的上輩子結下的怨恨吧！」她擔心他妻子輕生，就把他們打發走了。後來聽說王成病死，他妻子竟穿上紅衣裳。紀曉嵐認爲夫爲妻綱是天經地義。然而，丈夫尊貴畢竟不如皇帝，親近畢竟不如父親，所以妻字又解釋作齊，有與丈夫平等之義。因此，夫妻相處都應該在情理上說得過去。宋遇第二個妻子是誤殺，罪過是太暴戾。他的第一個妻子既然已被休而受聘於人，則恩義已不存在，更不當視作夫妻，這同誘姦他人的未婚妻一樣，終於使她鬱鬱而死。她來要求償命自是有理。王成殘酷暴虐，然而並未致妻子於死地。丈夫死後她不穿孝服，反而穿上紅衣裳，這是悖倫理亂綱常。她受虐待也就不值得憐憫了。紀曉嵐對宋遇的見解適用於現今社會，但對於王成妻子的評論，在當今女權意識高漲及講究兩性平等的現代社會，應該難免輿論撻伐的窘境。

> 奴子宋遇，凡三娶。第一妻，自合巹即不同榻，後竟仳離。第二妻，子必擧生，惡其提攜之煩，乳哺之不足，乃求藥使斷產：誤信一王媼言，春礐石爲末服之，石結聚腸胃死。後遇病革時，口喃喃如與人辯，稍蘇，私語其第三妻曰：「吾出初妻時，吾父母已受人聘，約日迎娶。妻尚未知。吾先一夕引與狎，妻以爲意轉，欣然相就，五更尚擁被共眠。鼓吹已至，妻恨恨去，然媒氏早以未嘗同寢告後夫，吾母兄亦皆云爾。及至彼，非完璧，大遭疑詬，竟鬱鬱卒。繼妻本不肯服石，吾痛捶使咽盡，歿後懼爲厲，又賄巫斬祱。今並恍惚見之，吾必不起矣。」已而果然。又奴子王成，性乖僻，方與妻嬉笑，忽叱使伏受鞭，鞭已，仍與嬉笑。或方鞭時，忽引起與嬉笑，既而曰：「可補鞭矣。」仍叱使伏受鞭。大抵一日夜中，喜怒反覆者數次。妻畏之如虎。喜時不敢不強歡，怒時不敢不順受也。一日，泣訴先

太夫人，呼成問故，成跪啓曰：「奴不自知，亦不自由，但忽覺其可
愛，忽覺其可憎耳。」先太夫人曰：「此無人理，殆佛氏所謂夙冤耶？」
慮其妻或輕生，並遣之去。後聞成病死，其妻竟著紅衫。夫夫爲妻
綱，天之經也。然尊究不及君，親究不及父，故妻又訓齊，有敵體
之義焉。則其相與，宜各得情理之平。宋遇第二妻，誤戕也，罪止
太悍。其第一妻，既已被出而受聘，則恩義已絕，不當更以夫婦論，
直誘污他人未婚妻耳。因而致死，其取償也宜矣。王成酷暴，然未
致婦於死也，一日居其室，則一日爲所天。戕不制服，反而從吉，
其悖理亂常也。其受虐固無足憫焉。〔註54〕

　　紀曉嵐的舅父安介然先生說，他曾隨高陽劉伯絲先生到瑞州做官，有一
天，聽說城西土地廟裡，有一個泥塑鬼像忽然傾倒，還有一個衣著面貌與泥
鬼相同的青面赤髮鬼，被壓在泥像下。眾人趕到仔細一看，被壓在下的青面
赤髮鬼，竟是村裡一個青年裝扮的，已經被砸斷脊椎死去。眾人驚駭異常不
知是何緣故。沒多久，一位知道內情的人透露說：「那個青年的鄰居家有位少
婦，生得十分美貌，他曾挑逗人家，被罵了一頓。這天，少婦回娘家，青年
推估她回來時，一定會路過土地廟，又見土地廟離住戶較遠，就裝成惡鬼藏
在泥像後面，準備等少婦來時，突然撲上去，乘她驚恐昏倒之際圖謀不軌。
沒想到被神明懲治了。」這位青年的內弟，事前知道這個陰謀，開始不敢說
出來，等事情平定以後，才漸漸吐露實情。介然先生又說：一個狂徒和一個
蕩婦，在河間文廟前碰上了，二人相互調情，毫無顧忌。忽然，他們被飛來
的瓦塊打得頭破血流，可始終不知那瓦塊來自何方。紀曉嵐認爲聖人的道德
與天地等同，佛道二教，必須借助於靈異的顯現，才能使人相信，必須有神
靈護法，方顯尊嚴，然而鬼神懲惡扶弱，是理所當然的。如果一定要把朱錦
考中會元，說成是因爲前生修了文廟的緣故，那麼把聖人也看得太渺小了；
但是，如果一定要說高牆之內的文廟沒有神靈護衛，恐怕又是儒生的迂腐之
見。

舅氏安公介然言，曩隨高陽劉伯絲先生官瑞州，聞城西土神祠，有
一泥鬼忽仆地，又一青面黑髮鬼，衣裝面貌與泥鬼相同，壓於其下。
視之，則里中少年某，僞爲鬼狀也，已斷脊死矣。眾相駭怪，莫明
其故，久而有知其事者曰：「某鄰婦少艾，挑之，爲所詈。婦是日往

〔註54〕《閱微草堂筆記》卷十三〈槐西雜志三〉，頁203。

　　母家，度必夜歸過祠前，祠去人稍遠，乃僞爲鬼狀伏像後，待其至而突掩之，將乘其驚怖昏仆，以圖一逞。不虞神之見譴也。」蓋其婦弟預是謀，初不敢告人，事定後，乃稍稍泄之云。介然公又言，有狂童蕩婦相遇於河間文廟前，調謔無所避忌，忽飛瓦破其腦，莫知所自來也。夫聖人道德侔乎天地，豈如二氏之教，必假靈異而始信，必待護法而始尊哉？然神鬼攝呵，則理所應有。必謂朱錦作會元由於前世修文廟，視聖人太小矣；必謂數仞宮牆竟無靈衛，是又儒者之迂也。〔註55〕

死亡並非一切的終點，儘管肉體已不存在，但其靈魂卻能轉換成另一種生命形式繼續生存下去，攝屍復生的遊士，攝取新亡的女子來爲他謀利，最後終「因夢神責以惡貫將滿，當伏天誅，故懺悔以求免，竟不能也。」爲滿足私欲而做出天理難容的事，遭天譴是理所當然。雖然，遊士因夢見神靈斥責而到廟宇去懺悔，但惡貫滿盈的他早已爲天道不容。

　　蔣心餘言，有客赴人游湖約，至則畫船簫鼓，紅裙而侑酒者，諦視乃其婦也。去家二千里，不知何流落到此，懼爲辱，噤不敢言。婦乃若不相識，無恐怖意，亦無慚愧意。調絲度曲，引袖飛觴，恬如也。惟聲音不相似。又婦笑好掩口，此妓不然，亦不相似。而右腕紅痣如粟顆，乃復宛然。大惑不解，草草終筵，將治裝爲歸計。俄得家書，婦半載前死矣。疑爲見鬼，亦不復深求。所親見其意態殊常，密詰再三，始知其故。咸以爲貌偶同也。後聞一遊士來往吳越間，不事干謁，不通交遊，亦無所經營貿易，惟攜姬媵數軰閉門居。或時出一二人，屬媒媼賣之而已。以爲販鬻婦女者，無與人事，莫或過問也。一日，意甚匆遽，急買舟欲赴天目山，求高行僧作道場。僧以其疏語掩抑支離，不知何事，又有「本是佛傳，當求佛佑，仰藉慈雲之庇，庶寬雷部之刑」語。疑有別故，還其襯施，謝遣之。至中途，果殛於雷。後從者微泄其事，曰：「此人從一紅衣番僧受異術，能持咒攝取新斂女子屍，又攝取妖狐淫鬼，附其屍以生，即以自侍。再有新者，即以舊者轉售人，獲利無算。因夢神責以惡貫將滿，當伏天誅，故懺悔以求免，竟不能也。」疑此客之婦，即爲此人所攝矣。理藩院尚書留公亦言，紅教喇嘛有攝召婦女術，故黃教

斥以爲魔云。〔註56〕

御史佛倫公，是紀曉嵐父親姚安公的老朋友。他說有個富人家僱了個奴僕，因爲遊手好閒不務正業，遭主人辭退。不料他對主人懷恨在心，便製造種種流言蜚語，誣陷主人家庭生活淫亂，男女亂倫。且說得繪聲繪色，有憑有據似的。謠言一下子就傳開了。這家主人對此也有耳聞，但無法鉗住這奴才的嘴巴，又不能跟這樣的小人去爭辯。婦女們只好燒香磕頭求神靈來制止、澄清這種謠言。有一天，這奴才正和他的狐群狗黨坐在茶館指手劃腳，胡說八道，四座客人正聽得入神，忽然，這奴才一聲怪叫，撲在桌上死了。找不出他死亡的原因，只好以痰厥報官。官府出錢把他草草收殮掩埋。可憐棺薄土淺，竟被一群野狗扒開，吃得個血肉狼藉，只剩下幾根骨頭。人們才明白這是他負心的報應。佛公天性平和，使人容易接近。但他不喜歡聽人議論別人的過失。凡僮僕婢媼，有在他面前說以前主人的過錯，他都安排盤纏打發他們離去。這是有鑒於那個奴才的教訓。他老人家曾對紀曉嵐說：「宋朝有個名叫黨進的人聽人說評書，說書人正頭頭是道地評論當年韓信如何如何。黨進當即把說書的人喝斥趕走。有人問黨進爲什麼把說書的人趕走？黨進說：『此人在我面前說韓信，他在韓信面前必然也會說我，這類話豈可聽信！』千古以來，人們都笑黨進傻得可愛。卻不知這正是他聰明的地方。那些只喜歡聽人在自己面前說韓信，卻沒有想到別人在韓信面前也會說自己，這才是眞正的大傻瓜！」〔註57〕這的確也是一種遠見卓識的高論。

> 御史佛公倫，姚安公老友也，言貴家一傭奴，以遊蕩爲主人所逐。
> 銜恨次骨，乃造作蜚語，誣主人帷薄不修，縷述其下烝上報狀，言
> 之鑿鑿，一時傳佈。主人亦稍聞之，然無以箝其口，又無從而與辯，
> 婦女輩惟爇香吁神而已。一日，奴與其黨坐茶肆，方抵掌縱談，四
> 座聳聽，忽噭然一聲，已仆於几上死。無由檢驗，以痰厥具報。官
> 爲斂埋。棺薄土淺，竟爲群犬掊食，殘骸狼藉。始知爲負心之報矣。
> 佛公天性和易，不喜聞人過。凡僮僕婢媼有言舊主之失者，必善遣
> 使去，鑒此奴也。嘗語昀曰：「宋黨進聞平話說韓信（優人演說故實，
> 謂之平話。《永樂大典》所載，尚數十部。），即行斥逐。或請其故，
> 曰：『對我說韓信，必對韓信亦說我，是烏可聽？』千古笑其憒憒，

〔註56〕《閱微草堂筆記》卷十五〈姑妄聽之一〉，頁263。
〔註57〕淨空法師譯，《紀曉嵐寫的因果故事》（臺南：淨宗學會，2004年），頁269。

不知實絕大聰明。彼但喜對我說韓信，不思對韓信說我者，乃真憒
憒耳。」真通人之論也。〔註58〕

紀曉嵐家的老僕盧泰說，他有個堂舅，在一個月明之夜坐在院裡的棗樹下乘
涼，忽見鄰居的女兒從院牆上探出半截身子，伸出手向他要棗吃。這位堂舅
打了幾十個棗子，送給她。鄰女稱今天剛回到娘家來，兄嫂到地裡看瓜去，
父母也已經睡下。說完，用手指了指牆下的梯子，遞個眼色，然後隱去。這
位堂舅會意，蹬著梯子爬上牆頭。他估計牆那邊肯定會有板凳之類的蹬踏物，
就伸腳去踩，結果一腳踩空，掉進了屎坑子。鄰女的父兄聽到聲音，忙跑出
來看，於是他挨了一頓臭揍。幸虧街坊鄰居為他求情，才算完事。其實，那
天鄰女根本沒回娘家，他這才知道是被鬼魅捉弄了。紀曉嵐記錄過一個騎牛
女子的故事，那個農家子先去挑逗人家，才遭到戲弄；而這位堂舅並沒有先
去招惹誰，卻也遭到戲弄，真可以說是飛來橫禍。然而，假使人家招惹他，
他不動心，鬼魅也就無從下手。所以到底還是他咎由自取。

> 老僕盧泰言，其舅氏某月夜坐院中棗樹下，見鄰女在牆上露半身，
> 向之索棗。撲數十枚與之。女言：「今日始歸寧，兄嫂皆往守瓜，父
> 母已睡。」因以手指牆下梯，斜盼而去。其舅會意，躡梯而登。料
> 女甫下，必有几凳在牆內，伸足試踏，乃踏空墮溷中。女父兄聞聲
> 趨視，大受箠楚。眾為哀懇，乃免。然鄰女是日實未歸，方知為魅
> 所戲也。前所記騎牛婦，尚農家子先挑之，此則無因而至，可云無
> 妄之災。然使招之不往，魅亦何所施其技？仍謂之自取可矣！〔註59〕

藉權力逞利者，在紀曉嵐筆下無所遁形，勾勒出惡吏仗勢玩控鄉民婦女的卑
劣行徑，卻聰明反被聰明誤反遭設計，惡吏藉勢藉端想玩弄人妻，人妻反以
一妓代替自己，再使這惡吏在陰差陽錯下於自己的長官前報錄自己的陰謀，
作繭自縛大快人心：

> 王梅序言，交河有為盜誣引者，鄉民樸愿，無以自明，以賂求援於
> 縣吏。吏聞盜之誣引，由私調其婦致為所毆，意其婦必美，卻賂，
> 而微示以意曰：「此事秘密，須其婦潛身自來，乃可授方略。」居間
> 者以告鄉民。鄉民憚死失志，呼婦母至獄，私語以故。母告婦，哺
> 然不應也。越兩三日，吏家有人夜扣門。啟視，則一丐婦，布帕裹

〔註58〕《閱微草堂筆記》卷十六〈姑妄聽之二〉，頁274。
〔註59〕《閱微草堂筆記》卷十六〈姑妄聽之二〉，頁275。

首，衣百結破衫，闖然入。問之不答，且行且解衫與帕，則鮮妝華服豔婦也。驚問所自，紅潮暈頰，俯首無言，惟袖出片紙。就所持燈視之，「某人妻」三字而已。吏喜過望，引入內室，故問其來意。婦掩淚曰：「不喻君語，何以夜來？既已來此，不必問矣，惟祈母失信耳。」吏發洪誓，遂相嬿婉。潛留數日，大爲婦所蠱惑，神志顚倒，惟恐不得當婦意。婦暫辭去，言村中日日受侮，難於久住，如城中近君租數楹，便可托庇廡，免無賴凌藉，亦可朝夕相往來。吏益喜，竟百計白其冤。獄解之後，遇鄉民，意甚索漠。以爲狎昵其婦，愧相見也。後因事到鄉，詣其家，亦拒不見。知其相絕，乃大恨。會有挾妓誘博者訟於官，官斷妓押歸原籍。吏視之，鄉民婦也。就與語。婦言苦爲夫禁制，愧相負，相憶殊深，今幸相逢，乞念舊時數日歡，免杖免解。吏又惑之。因告官曰：「妓所供乃母家籍，實縣民某妻，宜究其夫。」蓋覬覦慫慂官賣，自買之也。遣拘鄉民，鄉民攜妻至，乃別一人。問鄉里皆云不僞，問吏：「何以誣鄉民？」吏不能對，第曰：「風聞。」問：「聞之何人？」則嚅無語。呼妓問之，妓乃言：「吏初欲挾污鄉民妻，妻念從則失身不從則夫死，值妓新來，乃盡脫簪珥賂妓冒名往，故與吏狎識。今當受杖，適與相逢，因仍誣托鄉民妻，冀脫棰楚，不虞其又有他謀，致兩敗也。」官覆勘鄉民，果被誣。姑念其計出救死，又出於其妻，釋不究，而嚴懲此吏焉。〔註60〕

交河畔的泊鎮有個王某，善於搏擊，外號叫王飛腿。一天晚上，偶爾經過墓地廢墟間，見十多個小孩在路中間嬉戲，大約都是四五歲。喝斥叫他們讓開，小孩像沒聽見一樣，惱怒地掌摑其中一個，眾小孩雜亂咒罵。王更加惱怒，用腳踢他們。眾小孩一起湧上，各拿磚瓦攻擊他的腳踝，敏捷如同猿猴，防著左邊右邊來，抵禦前面後面到，盤旋支撐著，最後跌倒在地。頭和眼睛也被打傷，爬起又屢屢跌倒，到了深夜，完全沒有力氣動。第二天，家人尋找到救他回家，兩隻腳青一塊紫一塊，躺了半個月才能起身。小孩大概是狐狸精吧！以王的能力，平時敵擋幾十個壯漢，都揮灑自如。可遇到這些小孩，就一敗塗地。《淮南子》引用《堯誡》說：「戰戰兢兢，要一天比一天小心，人們不在大山上跌跤卻在小土堆上摔跤。」《左傳》說：「蜂蠆雖小卻

〔註60〕《閱微草堂筆記》卷十八〈姑妄聽之四〉，頁308。

有毒。」爲人的確該小心謹愼，謹小愼微！

交河泊鎮有王某，善技擊，所謂王飛骽者是也（骽俗作腿，相沿已
久，然非正字也。）。一夕，偶過墟墓間，見十餘小兒當路戲，約皆
四五歲。叱使避如不聞，怒摑其一，群兒共噪詈。王愈怒，蹴以足。
群兒坌湧，各持磚瓦擊其髁，捷若猿猱。執之不得，拒左則右來，
禦前則後至，盤旋撐拄，竟以顚隕；頭目亦被傷。屢起屢仆，至於
夜半，竟無氣以動。次日，家人覓之歸。兩足靑紫，臥半月乃能起。
小兒蓋狐也。以王之力，平時敵數十壯夫，尚揮霍自如；而遇此小
魅，乃一敗塗地。《淮南子》引堯誡曰：「戰戰慄慄，日愼一日；人
莫躓於山，而躓於垤。」《左傳》曰：「蜂薑有毒。」信夫！〔註61〕

有一館吏久不得志。後來經過排論資歷，才推舉他到京城候補。因長期
沒有被授以實職，以致生活困頓可憐。有位上司同情他，姑且差他到某縣做
個典史。此人到任之後，竟然倚仗這點兒職權作威作福，欺壓百姓，傾軋同
僚。不久，他終於因爲某件事被革職。侍讀學士邵二雲先生偶然提到這件事，
不禁又使他想起另一個故事。他說，在他家鄉有個人夜間讀書，忽聽得窗櫺
上嚓嚓作響。細看，窗戶紙被撕開一個小洞，有一雙如瓜子殼大的小手正掰
開撕裂的窗紙，接著，一個小人從窗戶眼跳了進來。這小人身上穿著一件花
衣服，腳穿一雙紅鞋子，頭上梳著雙髻，眉清目秀，體態輕盈。身高只有二
寸左右。他跳到書案上，便舉起硯邊的毛筆，在案上旋轉騰躍，手舞足蹈，
似乎十分威風自得。一會兒躍上書籍，一會兒跳上硯台，致使衣帶沾滿了墨
汁，書籍文稿都被他弄污。這位讀書人起初很驚訝，坐在那裡看了一會兒，
發現這小人並沒有什麼能耐，就一把將他抓了起來。那小人怪叫一聲就捲縮
在他手裡，嘴裡呦呦叫，聲音像蟲鳴似的，像是在哀告求饒。這讀書人越看
越覺得這小人可恨，便把他放在油燈上焚燒，屋裡立刻散發出如燒枯柳木的
氣味，但也沒有發生其它什麼變異。這小木怪剛修煉成形，並沒有什麼能爲，
竟敢這麼放肆地侮弄人，結果導致自己遭殃。這豈不是和那個剛當了幾天典
史就作威作福的人成一丘之貉，落得一樣的下場！紀曉嵐認爲這個故事不知
是否實有其事？或許是邵二雲先生隨意杜撰的。然而，聽了這個故事，也足
以使那些小人得志、空腹高心、得意忘形的人引以爲戒！

一館吏議敘得經歷，需次會城，久不得差遣，困頓殊甚。上官有憐

〔註61〕《閱微草堂筆記》卷十八〈姑妄聽之四〉，頁320。

之者，權令署典史。乃大作威福，復以氣燄軼同僚，緣是以他事落
職。邵二雲學士偶話及此，因言其鄉有人方夜讀，聞窗櫺有聲，諦
視之，紙裂一罅，有兩小手擘之。大纔如瓜子，即有一小人躍而入，
彩衣紅履，頭作雙髻，眉目如畫，高僅二寸餘。掣案頭筆舉而旋舞，
往來騰踏於硯上，拖帶墨瀋，書卷俱污。此人初甚錯愕，坐觀良久，
覺似無他技，乃舉手撲之。嗷然就執，踡跼掌握之中。音呦呦如蟲
鳥，似言乞命。此人恨甚，遽於燈上燒殺之，滿室作枯柳木氣，迄
無他變。煉形甫成，毫無幻術，而肆然侮人以取禍，其此吏之類歟？
此不知實有其事，抑二雲所戲造，然聞之亦足以戒也。〔註62〕

言行端莊，舉止得體是做人本分，紀曉嵐紀錄一個年輕人因行爲輕浮，遭狐
仙戲弄的故事，狐仙小懲大誡，警惕世人應規規矩矩守分際。雖只是個寓言
故事，卻也值得記取教訓，紀曉嵐的用心正在此。〔註63〕

李南澗言，其鄰縣一生，故家子也。少年挑達，頗漁獵男色。一日，
自親串家飲歸，距城稍遠，雲陰路黑，度不及入，微雪又簌簌下。
方躊躇間，見十許步外有燈光，遣僕往視，則茅屋數間，四無居人，
屋中惟一童一嫗。問：「有棲止處否？」嫗曰：「子久出外，惟一孫
與我住此。尚有空屋兩間，不嫌湫隘，可權宿也。」遂呼童繫二馬
樹上，而邀生入座。嫗言老病須早睡，囑童應客。童年約十四五，
衣履破敝，而眉目極姣好。試挑與言，自吹火煮茗不甚答。漸與諧
笑，微似解意。忽乘間悄語曰：「此地密邇祖母房，雪晴，當親至公
家乞賞也。」生大喜慰，解繡囊玉玦贈之。亦羞澀而受。軟語長久，
乃掩門持燈去。生與僕倚壁倦憩，不覺昏睡。比醒，則屋已不見，
乃坐人家墓柏下，狐裘貂冠，衣褲靴襪，俱已褫無寸縷矣。裸露雪
中，寒不可忍。二馬亦不知所在。幸僕衣未褫，乃脫其敝裘蔽上體，
蹩躠而歸，詭言遇盜。俄二馬識路自歸，已盡剪其尾鬣。衣冠則得
於溷中，並狼藉污穢。灼然非盜，無可置詞。僕始具泄其情狀。乃
知輕薄招侮，爲狐所戲也。〔註64〕

大多數的文士都玩世不恭，對妓女也是抱著輕薄玩賞的心態。小妓能夠隨機

〔註62〕《閱微草堂筆記》卷二十〈灤陽續錄二〉，頁336。
〔註63〕嚴文儒注譯，《新譯閱微草堂筆記》（臺北：三民書局，2013年），頁1928。
〔註64〕《閱微草堂筆記》卷二十〈灤陽續錄二〉，頁337。

應變，以自己是狐女來瞞騙這輕薄又醜態令人生厭之人，文士自命為風流，但若行為舉止是輕佻不正的，還是會遭人看輕。

> 同郡有富室子，形狀臃腫，步履蹣跚，又不修邊幅，垢膩恒滿面。然好游狹斜，遇婦女必注視。一日獨行，遇幼婦，風韻絕佳。時新雨泥濘，遽前調之，曰：「路滑如是，嫂莫要扶持否？」幼婦正色曰：「爾勿憒憒，我是狐女，平生惟拜月修形，從不作媚人採補事。爾自顧何物，乃敢作是言？行且禍爾。」遂掬沙屑灑其面。驚而卻步，忽墮溝中，努力踴出，幼婦已不知所往矣。自是心恒惴惴，慮其為祟，亦竟無患。數日後，友人邀飲，有新出小妓侑酒。諦視，即前幼婦也。疑似惶惑，罔知所措。強試問之，曰：「某日雨後，曾往東村乎？」妓漫應曰：「姊是日往東村視阿姨，吾未往也。姊與吾貌相似，公當相見耶？」語殊恍惚，竟莫決是怪是人，是一是二，乃托故逃席去。去後，妓述其事曰：「實憎其醜態，且懼行強暴，姑誑以偽詞，冀求解免。幸其自仆，遂匿於麥場積柴後。不虞其以為真也。」席中莫不絕倒。一客曰：「既入青樓，焉能擇客？彼故能千金買笑者也，盍挈爾詣彼乎？」遂偕之同往，具述妓翁姑，及夫名氏，其疑乃釋。（妓姊妹，即所謂大楊二楊者，當時名士多作《楊柳枝詞》，皆借寓其姓也。）妓復謝以：「小時固識君，昨喜見憐，故答以戲謔，何期反致唐突？深為歉仄，敢抱衾枕以自贖。」吐詞嫻雅，恣態橫生。遂大為所惑，留連數夕。召其夫至，計月給夜合之資。狎昵經年，竟殞於消渴。〔註65〕

郭大椿、郭雙桂、郭三槐是三兄弟。三槐年齡最小驕橫霸道，屢次侮辱兩位兄長，並為家中事到縣衙去控告兩位兄長。有次從縣衙回來的途中，他到一座廟裡休息，只見廟堂裏坐滿了穿黑袍的和尚，正在齊聲念經。那位施主雖身穿吉服，卻面容慘澹沮喪，當宣讀表示虔誠的禱文時，淚隨聲下。三槐上前叩問原因，一位和尚答道：「這位施主的兄長病危，他在叩請神佛為兄長祈福呢！」三槐聽罷，忽然發起顛狂，一邊頓足捶胸一邊喊道：「人家兄弟竟是這樣啊！」他反覆地重複這句話。眾人把他按住送回了家，他不吃不睡，仍是頓足捶胸，不斷重複那句話，一連鬧了兩三天。大椿、雙桂一向住在別處，聞訊趕來，拉著三槐的手說：「兄弟這是怎麼了？」三槐呆立半晌，突然

撲上去抱著兄長們說：「二位哥哥，你們總是這樣善良啊！」然後，他大哭數聲，竟就此斷氣了〔註66〕。人們說，是神明懲治了三槐，紀曉嵐認為其實不然。三槐是因心中慚愧而引咎自責，這就是聖賢所說的「改過」，佛家所說的「懺悔」。倘若他有志，田荊、薑被所作的孝悌之事，他一樣能辦到。神佛正巴不得他改惡從善，怎麼會去懲罰他呢？他一經傷悲立時殞命，是因為心中感動，天良激發，自覺無顏活在世上，所以一死了之，命歸黃泉，哪是神佛要了他的命？可惜的是，他知道有過錯，卻不知將功補過，僅僅意氣用事，一去不回。他沒有學問，因而不能依靠學識來自我解脫，沒有明師益友來開導他，也沒有賢妻來幫助規勸他，致使他不能惡始善終，以求彌補過失，這真是他的不幸啊！當年，紀曉嵐的田氏姐姐買一婢，原是妓女。此婢聽見有人譏笑鄰家婦人淫亂，驚訝地問：「難道不能這樣嗎？我還以為就該如此呢！」後來她嫁為農人之妻，終身保持貞潔。三槐的行為違背常理，就是因為他不明道理，所以，教育家中的子弟，應該先讓他們懂得義禮。

> 郭大椿、郭雙桂、郭三槐兄弟也。三槐屢侮其兄，且詣縣訟之。歸憩一寺，見緇袍滿座，梵唄競作。主人雖吉服而容色慘沮，宣疏通誠之時，淚隨聲下。叩之，寺僧曰：「某公之兄病危，為叩佛祈福也。」三槐癡立良久，忽發顛狂，頓足捶胸而呼曰：「人家兄弟如是耶？」如是一語，反覆不已。掖至家，不寢不食，仍頓足捶胸，誦此一語，兩三日不止。大椿、雙桂故別住，聞信俱來，持其手哭曰：「弟何至是？」三槐又癡立良久，突抱兩兄曰：「兄故如是耶！」長號數聲，一踴而絕。咸曰：「神殛之。」非也。三槐愧而自咎，此聖賢所謂改過，釋氏所謂懺悔也。苟充是志，雖田荊、姜被，均所能為。神方許之，安得殛之？其一慟立殞，直由感動於中，天良激發，自覺不可立於世，故一瞑不視，戢影黃泉。豈神之殢其魄哉？惜知過而不知補過，氣質用事，一往莫收；無學問以濟之，無明師益友以導之，無賢妻子以輔之，遂不能惡始美終，以圖晚蓋，是則其不幸焉耳。昔田氏姊買一小婢，倡家女也。聞人誚鄰婦淫亂，瞿然驚曰：「是不可為耶？」吾以為當如是也。後嫁為農家妻，終身貞潔。然則三槐悖理，正坐不知。故子弟當先使知禮。〔註67〕

〔註66〕 淨空法師譯，《紀曉嵐寫的因果故事》（臺南：淨宗學會，2004年），頁285。
〔註67〕 《閱微草堂筆記》卷二十〈灤陽續錄二〉，頁339。

　　翰林院修撰蔡季實有個僕人，機靈善於應變，季實很喜歡他。有一天，這個僕人的兩個幼子突然暴死，他的妻子也在家上吊。因為不知是什麼原因，只好埋葬了事。他家有個老媽子偷偷對人說：「他的妻子有外遇，想毒死丈夫，然後帶著孩子嫁人。她暗裏買來砒霜放在餅裡，等丈夫回來吃。不料竟被兩個孩子偷吃了，都被毒死了。他妻子悔恨不已，就自盡了。」這老媽子曾在夜裡躲在窗外偷聽，只聽到了密謀的大概意思，沒聽出姦夫是誰，也就無從查證。這個僕人不久也發病死去。僕人死去後，他的同伴私下議論說：「主人一味地信任他，他卻千方百計地騙主人。別的事不說，就說昨天，主人在四更天要去圓明園值班，他卻故意把駕車的騾子放跑。趕車人去追，好久沒有回來。眼看著要到四更天了，去別人家借車，肯定也來不及，主人便急忙叫他去雇車。他卻說風雨將至，沒有五千錢是雇不來人的。主人無奈只好答應。這豈不過分？他家遭大禍，也許是因為這些事。」〔註68〕季實聽了這些議論，說：「他真該死，我誤以為他是個很懂事理的人。」

> 　　蔡季實殿撰有一僕，京師長隨也。狡點善應對，季實頗喜之。忽一日，二幼子並暴卒，其妻亦自縊於家，莫測其故。姑斂之而已。其家有老嫗私語人曰：「是私有外遇，欲毒殺其夫，而後攜子以嫁。陰市砒製餅餌，待其夫歸。不虞二子竊食，竟並死。婦悔恨莫解，亦遂並死。」然嫗昏夜之中，窗外竊聽，僅粗聞秘謀之語，未辨所遇者為誰，亦無從究詰矣。其僕旋亦發病死。死後，其同儕竊議曰：「主人惟信彼，彼乃百計欺主人。他事毋論，即如昨日四鼓詣圓明園侍班，彼故縱駕車騾逸，御者追之復不返。更漏已促，叩門借車必不及，急使催倩。則曰：『風雨將來，非五千錢人不往。』主人無計，竟委曲從之。不太甚乎？奇禍或以是耶？」季實聞之曰：「是死晚矣，吾誤以為解事人也。」〔註69〕

以賣妻為由，實際上卻賣掉自己的妹妹，心存惡念終遭報應，最後妻子也跟人私奔了，上天冥冥中自有安排：

> 　　安公介然言，棣州有貧而鬻妻者，已受幣，而其妻逃。鬻者將訟，其人曰：「賣休買休，厥罪均，幣且歸官，君何利焉？今以妹償，是君失一再婚婦，而得一室女也，君何不利焉？」鬻者從之。或曰：「婦

〔註68〕《由閱微草堂筆記淺談——凡夫心與菩薩行》，頁368。
〔註69〕《閱微草堂筆記》卷二十〈灤陽續錄二〉，頁340。

逃以全貞也。」或曰：「是欲鬻其妹而畏人言，故委諸不得已也。」

既而其妻歸，復從人逃。皆曰：「天也。」〔註70〕

不能因為惡暫無惡報，而否定行善的價值。不能因為有少數因行惡而暫享欲樂的人，就否定人應心行善念的作為，並據此為自己的不當行為找藉口。心安理得才能長治久安，掩耳盜鈴非長久之道。

第三節　果報後嗣

古人說：「善有善報，惡有惡報，不是不報，時辰未到。」這類警句，便是因果觀念。科技愈發達，人心愈迷失；物質愈文明，心靈誘惑愈多，治安愈敗壞。如何才能挽救世道人心、減少犯罪、消災免難，乃至於如何才能國泰民安、風調雨順、天下太平，這些都是現代人關心與憂心的問題。然而，儘管有不少人關心與憂心，但對於世間亂象、天災人禍的解決，似乎還是束手無策，甚至每況愈下，問題愈趨嚴重。世人自求多福的結果，往往反效果成自求多禍。歸結其原因，是因為現代人過於迷信科學，對於善惡的標準、因果報應的道理，視為不科學的迷信，甚至誤解很深。這種反其道而行的結果，自然招致苦果。所謂福禍相倚，禍與福並沒有一定的門徑，都是人心所感召的。造作善惡之因，必得禍福的果，是取「有感必應，隨感隨應」之意，來彰顯天道善於回應的道理。講到聖賢的存心，不是為了祈福避禍才斷惡修善。

說到造化的道理，凡是積善必定福蔭子孫，積惡必定禍延子孫，這本來就不會有太多的誤差。自召就是自己招來，自作自受。天地並沒有私心，吉凶禍福是自己所招引的。然而人的念頭未動時，心地是清淨的，如同虛空，哪有善惡之別！只因動心起念，心之所向的若是好事就是善，所向的若是壞事就是惡。最初只不過是起了一個念頭、做了一件事情而已，後來日積月累，就有善人和惡人的區別。而招禍或得福，都是取決於起心動念之時，所以「禍福無門，惟人自召」就是警惕世人在起心動念時，要加緊提醒自己保持警覺，若有絲毫差錯，果報就會天差地別。遠報在兒孫後代，近報在自家己身，這些報應之所以非常明顯而不會有所差錯，是因為世人積累惡習、行為詭詐，傷害上天好生的慈心，違背祖宗保護的善意，於是導致子孫艱難、宗祀斷絕

〔註70〕《閱微草堂筆記》卷二十一〈灤陽續錄三〉，頁347。

的果報。有的人歸咎於命數，有的則推託給氣數已盡。然天地的大德就是賦予萬物生命，草木禽魚之類，上天還不忍心牠們受到滅絕，何況人是萬物之靈，怎麼忍心傷害他的子孫呢？所以人如果不是罪大惡極，子嗣是不會滅絕的。但是惡報如果沒有受完，則會連累到子孫，那也是永恆不變的事理。隋朝的楊素勸立煬帝，因此危害到隋朝皇室，他的兒子楊元感最後被煬帝所滅。唐朝的李勣勸立武則天為皇后，因此斷送了唐朝命脈，他的孫子徐敬業也被武后所殺。這就是禍及後嗣的例證。

　　《周禮・天官・瘍醫》：「掌腫瘍、潰瘍、金瘍、折瘍之祝藥，劀殺之齊。」後世指治瘡傷的外科醫生。紀曉嵐〈灤陽消夏錄一〉卷一記述，南皮有位專治瘡病的醫生，醫術很高明，不過這位瘡醫好暗用毒藥，向患者勒索錢財，經他手醫治的病人，如果不滿足他的要求，必定惡瘡發作，死於非命。由於他的毒術詭秘，其他醫生誰也不能解救病人。一天，他的兒子被雷電擊死。現在，南皮這位瘡醫還活在世上，已經沒人敢於請他看病。有人說瘡醫殺害了許多人，老天為什麼不殺他本人，卻殺了他兒子？豈不是懲罰不當？〔註71〕南皮瘍醫利用無人能解的高明醫術恐嚇取財，行為卑鄙可恥，應受天譴。然而，具有「主持正義、代天執法」象徵的雷公，震死無辜的惡人之子，難道就是正義公理嗎？此舉像法官不將死刑犯繩之以法，卻找死刑犯的兒子權當替死鬼，這種「禍延子孫的判法」有道理嗎？紀曉嵐認為這種理解並不正確，犯罪達不到極點，刑罰就加不到妻子兒女；作惡達不到頂端，禍殃就連累不到後世子孫。老天殺死他的兒子，正說明他罪大惡極，受到了禍延後嗣的最重懲罰：

> 南皮瘍醫某，藝頗精，然好陰用毒藥，勒索重貲，不屬所欲，則必死。蓋其術詭秘，他醫不能解也。一日，其子雷震死，今其人尚在，亦無敢延之者矣。或謂某殺人至多，天何不殛某身而殛其子，有侫罰焉。夫罪不至極，刑不及孥；惡不至極，殃不及世。殛其子，所以明禍延後嗣也。〔註72〕

　　明朝崇禎末年，河南、山東等省連年遭遇大旱，又被蝗災肆虐莊稼，穀物顆粒不收。災民們把草根、樹皮都吃盡了，接著就發展到人吃人的地步，連官府也沒法禁止。許多婦女、小孩往往被反綁了兩手，拉到集市上去出賣，

〔註71〕淨空法師譯，《紀曉嵐寫的因果故事》（臺南：淨宗學會，2004 年），頁 291。
〔註72〕《閱微草堂筆記》卷一〈灤陽消夏錄一〉，頁 13。

還起了個名稱,叫做「菜人」。屠戶們把這些「菜人」買了去,就像對待豬羊一樣,任意宰割。所謂「菜人」就是專門養育來當作食物的一種人種,中國歷史上,只要有饑荒就會有人吃人的現象發生。唐朝詩人白居易就寫過「是歲江南旱,衢州人食人」。北宋末年靖康之亂時,江淮之間民眾相食,一斗米要數十千錢,人肉的價錢比豬肉還便宜,一個少壯男子的屍體不過十五千(不如一斗米貴)。明末清初時的詩人屈大均曾有詩《菜人哀》,記載了此一悽慘的社會現象:夫婦年饑同餓死,不如妾向菜人市。得錢三千資夫歸,⋯⋯兩股先斷掛屠店,徐割股腴持作湯。不令命絕要鮮肉。片片看入饑人腹。⋯⋯紀曉嵐紀錄周氏的祖先剛從東昌府做生意回來,到一家餐館裡進午餐。店主人說:「肉暫時用完了,請你稍候,一會兒酒菜便齊。」這時候,周氏忽見有人把兩名年青的婦女,推拉向廚房。就聽店裡喊道:「客人已經久等了,還不先卸下一隻肘子來!」周氏聽了大驚,急忙跑入內去阻止。但是,為時已晚。只聽一聲慘叫,一個婦女的胳膊已被活生生地砍下,而人已倒在血泊中。另一個婦女嚇得週身顫抖,臉上一絲血色都沒有。她們見到了周氏,慘絕哀號不已,一個求快死,一個求救命。周氏看到後,既驚懼又痛惜,頓生憐憫惻隱之心,當即出資贖下了這兩名婦女。那名被砍掉胳膊的婦女流血滿地,看來已經沒有救活的希望了,周氏便請人刺其心臟令她速死。另一名婦女則帶回家中。適值周氏年長無子,便收她做了小老婆。一年之後,她果然為周氏生了個兒子。落生之後,發現這孩子右臂有一道明顯的紅線,宛然是那斷臂女子的托生。後來周氏傳了三代才絕嗣。有人說,周氏本來命中無子,這三代子嗣是因為他做了這件善事才傳下來的:

> 景城西偏,有數荒塚,將平矣。小時過之,老僕施祥指曰:「是即周某子孫,以一善延三世者也。蓋前明崇禎末,河南山東大旱蝗,草根木皮皆盡,乃以人為糧。官吏弗能禁,婦女幼孩,反接鬻於市,謂之菜人。屠者買去,如刲羊豕。周氏之祖,自東昌商販歸,至肆午餐,屠者曰:『肉盡,請少待。』俄見曳二女子入廚下,呼曰:『客待久,可先取一蹄來。』急出止之,聞長號一聲,則一女已生斷右臂,宛轉地上;一女戰慄無人色。見周,並哀呼,一求速死,一求救。周惻然心動,並出資贖之。一無生理,急刺其心死;一攜歸,因無子,納為妾,竟生一男,右臂有紅絲,自腋下繞肩胛,宛然斷臂女也。後傳三世乃絕。皆言周本無子,此三世

乃一善所延云。」〔註73〕

破壞他人的家庭，雖然未必是無心之過，已經是有損德義之事，破壞別人的婚姻者更甚。有了夫婦關係，而後才有父子關係，所以婚姻之道是人生大事。破壞婚姻有幾種方式，有的用盡各種方法毀謗，破壞於尚未結婚之前；有的多方阻撓，破壞於將要結婚之時；有的無事生非，破壞於已經結婚之後。豈知姻緣乃是上天註定，豈容人為破壞，那些被人為因素破壞的姻緣，也許不是真正的金玉良緣，然而分離或結合是由上天所定，但動心起念破壞它的則是人，這個造作惡業的人，自然會遭天意論處。紀曉嵐筆下，甲見乙的妻子漂亮，很喜愛，便告訴了丙。丙說：「她丈夫很粗魯，可以想法子。你若不吝惜錢，我可以為你辦這件事。」於是找了一個同邑的浪蕩子，用金錢買通了他，囑咐他：「你白天偷偷地藏到乙家裡，然後故意被乙發現。待被捉住後，你承認是想偷東西。大白天不是偷盜的時候，而且你的神情衣服也沒有偷盜的跡象，那麼必定懷疑有姦情，但你不要承認。等官府再次審問後再承認，按罪不過是戴枷吃板子。我會想辦法使這個案子不了了之，你不會吃苦的。」這個浪蕩子按丙吩咐的去做，最後果然不了了之。然而，乙竟把妻子休了。丙怕乙後悔，便教妻方家告乙，而丙又偷偷地賄賂證人等，使妻方敗訴。妻方惱恨，便把女兒又嫁了出去。乙也惱恨，聽任前妻嫁給了甲。甲花大價錢把乙妻買來當妾。丙又教浪蕩子反過來咬甲，揭發他的陰謀，而教甲花錢免災。算起來，丙前後獲得了千兩銀子。這時，丙聽說家廟舉行祭祀，便打算準備祭祀所需用具，打算去祈禱福壽。在這前一天晚上，廟祝夢見神說：「他準備了豐盛的儀禮祭祀我，錢從哪兒來的？明天他來，不要叫他入廟。不合禮儀的祭祀，鬼神尚且不接受，何況是不合道義的祭祀！」丙來到後，廟祝說了神的話，不讓他進廟。丙發怒不信。剛走到臺階，抬東西的人都摔倒了，準備的器具也都摔壞了。丙這才惶恐地回去。過了一年多，甲死了，那個浪蕩子因是同謀，所以時常來丙家，趁機誘拐他的女兒逃了。丙惱恨病死，丙妻帶著家產改嫁了。他女兒到了德州被人審出姦情，便由官府遣送回原籍，打了一頓板子後，由官府發落。當時丙的陰謀已敗露，乙痛恨極了，便賣了家產把丙女買了來，讓她陪自己三夜，又轉賣給別人。紀曉嵐以為有人說，丙死時，乙還沒有娶妻，丙妻便嫁他，不過是大快人心的說法。那個浪蕩子後來當了乞丐，丙女淪落為娼妓，倒是事實：

〔註73〕《閱微草堂筆記》卷二〈灤陽消夏錄二〉，頁22。

甲見乙婦而豔之，語於丙。丙曰：「其夫粗悍，可圖也。如不吝揮
金，吾能爲君了此事。」乃擇邑子冶蕩者，餌以金而囑之曰：「爾
白晝潛匿乙家，而故使乙聞，待就執，則自承欲盜。白晝，非盜
時，爾容貌衣服無盜狀，必疑姦，勿承也。官再鞫而後承，罪不
過枷杖，當設策使不竟其獄，無所苦也。」邑子如所教，獄果不
竟，然乙竟出其婦。丙慮其悔，教婦家訟乙，又陰賂證佐使不勝，
乃恚而別嫁其女。乙亦決絕聽其嫁。甲重價買爲妾，丙又教邑子
反噬甲，發其陰謀，而教甲賂息。計前後乾沒千金矣。適聞家廟
社會，力修供具賽神，將以祈福。先一夕，廟祝夢神曰：「某金自
何來，乃盛儀以享我？明日來，愼勿令入廟。非禮之祀，鬼神且
不受，況非義之祀乎？」丙至，廟祝以神語拒之，怒弗信，甫至
階，舁者顛蹶，供具悉毀，乃悚然返。後歲餘，甲死。邑子以同
謀之故，時往來丙家，因誘其女逃去，丙亦氣結死。婦攜貲改適。
女至德州，人詰得姦狀，牒送回籍，杖而官賣。時丙奸已露，乙
憾甚，乃鬻產贖得女，使薦枕三夕，而轉售於人。或曰丙死時，
乙尚未娶，丙婦因嫁焉。此故爲快心之談，無是事也。邑子後爲
丐，女流落爲娼，固實有之。〔註74〕

用強迫的方式取得，或以強力向人索取，強取豪奪，用狡詐的計謀來侵
佔，或以權勢公然強取，自己分內所不應該得到的，卻一定要得到，就叫做
強占；要別人非得供給自己，就叫做巧取；自己向他人乞討要求，就叫做求；
使用狡詐的計謀暗中取得，就叫做侵占；使用權勢公然強取，就叫做豪奪。
用這些手段所得來的不義之物，自然無福消受，將來必定會連命中本來就有
的也一併失去陪葬。吳惠叔說：他的鄉里有個大戶，僅育有一獨子，病得很
嚴重。名醫葉天士診斷之後說：「從脈象上顯現鬼證，這不是吃藥所能治得了
的。」於是便請上方山道士開壇祈禱。到了半夜，陰風颯颯，壇上的燭火都
變成了暗綠色。道士橫劍閉目，好像看見了什麼，說：「妖魅作怪，我能祛除。
至於宿世恩怨，雖然有解救的辦法，但能否解救，關鍵還在於本人。如關係
到人倫綱紀，而違犯了天條，即便是拜奏籙章，也無法上達於天庭。這個病
的起因是：你的父親遺留了你的一個幼弟，而你的哥哥遺留下了兩個孤苦無
依的侄兒，你蠶食鯨吞他們的財產，幾乎一點不剩；又把這孤苦伶丁的孩子，

視作路人。以至於他們饑寒飽暖，無處去說，疾病痛苦，任他們呼號。你的
父親在九泉之下非常心疼，告到陰曹地府。陰官下文，捉你的兒子來抵償冤
情。我雖然有法力，但只能給人驅祛鬼神，而不能爲兒子驅趕父親。」不久，
這位大戶的兒子果然病重死去了。此後一輩子無子嗣，最後，竟然把侄子立
爲後嗣。

> 吳惠叔言，其鄉有巨室，惟一子，嬰疾甚劇。葉天士診之曰：「脈現
> 鬼證，非藥石所能療也。」乃請上方山道士建醮。至半夜，陰風颯
> 然，壇上燭光俱黯碧，道士橫劍瞑目，若有所睹。既而拂衣竟出，
> 曰：「妖魅爲厲，吾法能袪。至夙世冤愆，雖有解釋之法，其肯否解
> 釋，仍在本人。若倫紀所關，事干天律，雖綠章拜奏，亦不能上達
> 神霄。此祟乃汝父遺一幼弟。汝兄遺二孤姪，汝蠶食鯨吞幾無餘瀝，
> 又煢煢孩稚視若路人，至饑飽寒溫，無可告語，疾痛疴癢，任其呼
> 號。汝父茹痛九泉，訴於地府，冥官給牒，俾取汝子以償冤。吾雖
> 有術，只能爲人袪鬼，不能爲子驅父也。」果其子不久即逝，後終
> 無子。竟以姪爲嗣。〔註75〕

看見他人姿色美麗，就生起淫慾心，萬惡淫爲首，暴虐貪財殺生等惡業
顯而易見，無需贅述，可以清楚用文字言語表明；但是淫慾的罪惡隱密深奧，
是言語文字難以說清講明的，只能從最初的一個心念來喚醒癡迷的人，因爲
人之於美色，當眼睛看見時，這個心念一動，思慕貪求的念頭就會堅固地糾
結在內心深處，而難以解開。這種念頭一萌生，不用等待身體力行，就已經
有違天理而陷入人慾掙扎，紀曉嵐用王蘭洲的故事警示人們在見色起心之
時，不可不從內心源頭及早自我理清禁止斷絕，應當在一動心起念時，立刻
快刀斬亂麻，不可以有絲毫猶豫，若是稍微有一時認識不清、看不破斬不斷，
不能斬釘截鐵，那麼惡念瞬間就會滋長、蔓延開來，阻止惡念，讚揚善行。
大凡人們所作的惡事，並不是天性如此，只是因循苟且，混亂錯雜以致無法
挽救。有的明知故犯，有的不知而誤爲，當推論行爲之形成時，已經造成彌
天大錯；追究其開始，只是因爲一念之差。然而靜心體會，每個人都具有天
理良知，當開始走錯路，惡念開始萌生時，應該苦口婆心地提醒，竭力來阻
止。即使不幸已經造了大惡，如果能夠至誠地予以感化、遏制，善心未必不
存，即時回改以除罪業。紀曉嵐紀錄王蘭洲曾經在乘船途中買了一個童子，

〔註75〕《閱微草堂筆記》卷六〈灤陽消夏錄六〉，頁77。

年約十三四歲，很是俊秀文雅，也略知字義。童子說是父親死了，家境敗落；同母親、兄長投奔親戚不遇，想搭船回到南邊去。因行李當光賣完，所以賣身作路費。同他談話，羞澀得像新媳婦，本來已經感到奇怪了。等到就寢，童子竟然脫光衣服躺著。王蘭洲本意買童子來供使喚，沒有別的念頭；但是如今他溫順地主動親近，自己也就控制不住了。事後，童子伏在枕頭上暗暗哭泣，王就問他：「你不願意嗎？」答：「不願意。」問：「不願意為什麼先來親近我？」答：「我的父親在世時，所養的幾個小奴僕，沒有不在枕席上侍候的。有剛來羞愧拒絕的，就加以鞭打，說：『想想買你做什麼？糊塗到這樣！知道奴僕服侍主人，本分應當這樣，不這樣就應當受鞭打。』所以不敢不自己獻身。」王急忙起身推開枕頭說：「可怕啊！」連忙叫船夫鼓動船槳，連夜追上他的母親兄長，把童子還給他們，並且贈送了五十兩銀子。王心裡還不能安寧，又在憫忠寺禮拜佛像懺悔，夢見伽藍神對他說：「你犯了過錯在頃刻之間就改正了，陰司還沒有登記上簿冊，可以不必褻瀆佛祖了。」

> 王蘭洲嘗於舟次買一童，年十三四，甚秀雅，亦粗知字義。云父歿，家中落，與母兄投親不遇，附舟南還，行李典賣盡，故鬻身為道路費。與之語，羞澀如新婦，固已怪之。比就寢，竟弛服橫陳，王本買供使令，無他念，然宛轉相就，亦意不自持。已而，童伏枕暗泣。問：「汝不願乎？」曰：「不願。」問：「不願何以先就我？」曰：「吾父在時，所畜小奴數人，無不薦枕席，有初來愧拒者，輒加鞭笞曰：『思買汝何為，憒憒乃爾。知奴事主人，分當如是，不如是，則當箠楚。』故不敢不自獻也。」王蹶然推枕曰：「可畏哉。」急呼舟人鼓楫。一夜，追及其母兄，以童還之，且贈以五十金。意不自安，復於憫忠寺禮佛懺悔，夢伽藍語曰：「汝作過改過在頃刻間，冥司尚未注籍，可無庸瀆世尊也。」〔註76〕

莆田的林生霈說：福建有一個縣令，罷官以後，住在客舍裡。夜裡有一群強盜破門而入。一個老婦吃驚呼救，被刀砍中腦袋撲倒地上，僅僅沒有人敢出來相救。巷子裡有巡邏的人，一向不滿意縣令的所作所為，也袖手旁觀。強盜於是肆意地搜索劫掠。他的幼子年紀約莫十四、五歲，用錦被蒙了頭躺著，強盜扯取被子，見他美麗如同女子，便想行非禮之事。中刀的老婦突然一躍而起，奪取強盜的刀，逕自背著這個孩子奪門而出，追趕老婦的人都為其所

傷，於是，強盜只捆紮裝載所搶劫的財物離去。縣令感到非常奇怪，老婦已經六十歲，向來沒有聽說她有搏鬥的技能，為什麼如此勇猛？急忙前往尋找看望，老婦卻挺身站立，大聲說道：「我是某都某甲，曾經蒙受您的再生之恩。死後在土神祠當差，聽說您被搶劫，特地來看看。做官所得的錢財，是您用刑罰逼索得來的，陰司判決裝入強盜的口袋，我不敢救助。至於侵犯到了公子，則強盜的罪應當誅殺，所以附在這個老婦身上同他們戰鬥，您努力行善吧，我離去了。」於是昏昏然就像酒醉睡著了。救醒過來問她，糊糊塗塗並不記得。原來，這個縣令以往在碰到窮人和窮人訴訟，剖析處斷也相當明白公正，所以今日得到了善報。

> 莆田林生霈言，閩中一縣令，罷官居館舍。夜有盜破扉而入，一媼驚呼，刃中腦仆地。僮僕莫能出，有邏者素弗善所為，亦坐視，盜遂肆意搜掠。其幼子年十四五，以錦衾蒙首臥，盜掣取衾，見姣麗如好女，嘻笑撫摩，似欲為無禮。中刃媼突然躍起，奪取盜刀，遂負是子奪門去，追者皆被傷，乃僅捆載所劫去。縣令怪媼已六旬，素不聞其能技擊，何勇鷙乃爾。急往尋視，則媼挺立大言曰：「我某都某甲也，曾蒙公再生恩，歿後執役土神祠，聞公被劫，特來視。宦貲是公刑求所得，冥官判飽盜橐，我不敢救。至侵及公子，則盜罪當誅，故附此媼與之戰。公努力為善，我去矣！」遂昏昏如醉臥，救蘇問之，懵然不憶。蓋此令遇貧人與貧人訟，剖斷亦甚公明，故幸食其報云。〔註77〕

蕭寧的王太夫人，是紀曉嵐父親姚安公的姨母。她說鄉裡有一寡婦，和婆婆一起撫育自己七八歲的獨子。這個寡婦長得很漂亮，所以一直有媒婆來說媒，勸她改嫁，始終不肯。有一天，她兒子患了水痘，情況很危險，就去請一個醫生來診治。這個醫生叫相鄰的老婦偷偷告訴寡婦：「這個病，我能治好，但是需要寡婦和我睡上一晚，不然我不去。」寡婦和婆婆都非常憤怒。然而兒子快要病死了，為了保住性命，她和婆婆商量一晚，最後不得已答應。想不到的是，由於延誤診治時間，兒子沒有救活。寡婦又悔又恨，上吊自盡。鄉民都以為是因為喪子才自殺，沒有懷疑其他原因。婆婆覺得丟臉，也一直隱瞞這個原因。過了一段時間，這個醫生突然就死了，之後沒多久，他的兒子也死了。他的家發生了大火，全部燒成灰燼。醫生的老婆沒辦法，流落到

〔註77〕《閱微草堂筆記》卷七〈如是我聞一〉，頁103。

青樓，做了妓女。妓女碰到一個相好，偶爾說起這件事情，才眞相大白。醫德淪喪、邪淫惡報以致家破人亡：

> 肅寧王太夫人，姚安公姨母也，言其鄉有嫠婦，與老姑撫孤子，七八歲矣。婦故有色，媒妁屢至，不肯嫁。會子患痘甚危，延某醫診視，某醫與鄰媼密語曰：「是證吾能治，然非婦薦枕，決不往。」婦與姑皆怒誶。既而病將殆，婦姑皆牽於溺愛，私議者徹夜，竟飲泣曲從。不意施治已遲，迄不能救。婦悔恨投繯殞。人但以爲痛子之故，不疑有他。姑亦深諱其事，不敢顯言。俄而醫死，俄而其子亦死，室弗戒於火，不遺寸縷，其婦流落入青樓，乃偶以告所歡云。〔註78〕

東光人霍從占說：有個富戶人家的女兒，在五六歲的時候，晚間出門看戲，不幸被人拐騙到遠處賣了。過了五六年，拐賣她的人案發敗露，供認當年曾用藥迷了這個女孩，才將她拐賣。當地官府發公文到女孩家鄉詢問，她的父母才把她認領回來。回家之後，她的家人察看她的身上，只見鞭抽的傷痕、杖打的傷痕、剪刀刺的傷痕、錐子扎的傷痕、烙鐵烙的傷痕、沸水燙的傷痕、指甲抓的傷痕、牙齒咬的傷痕，可謂遍體鱗傷，交錯刻畫。她母親心如刀割，抱著她哭了好幾天。每當提起她女兒的慘狀，她都哭得淚濕衣裳。這位被拐賣的女孩說，她被賣給那戶人家的女主人，殘暴到沒有一點人性。那時候，她年紀小，面對那個凶神惡煞，不知如何是好，整天戰戰兢兢地等死而已。後來漸漸長大，更加忍受不了這種虐待的苦楚，就想自殺一死了之。有一天夜裡，夢見一位老人對她說：「你不要自尋短見，你只要再經受烙兩次，打一百鞭子，你的業報就滿了。」果然有一天，她又被綁在樹上受鞭撻，剛打滿一百，縣裡官差就手持文書趕到，把她解救了。原來，這位女孩的母親對待家裡的奴婢也是極其殘酷的。奴婢們站在她面前，無不渾身顫抖，沒有一個身上不帶傷痕。她只要回頭一瞥，奴婢們便個個嚇得面無人色。所以神靈就顯示虐婢之報應在她自己女兒身上。但她竟然怙惡不悛，不思改悔。後來她脖子上生了惡瘡，終於毒發身亡。她的子孫也從此衰敗下來。霍從占又說：有位官宦人家的夫人，每當她的婢女犯了過錯，她並不加於鞭撻，而是命她們脫去褲子，裸露著身子躺在地上。她說，這就像漢代的劉寬用蒲鞭打屬下吏役一樣，只是爲了顯示一下對被罰者的屈辱而已。後來這位官夫人得了癲

〔註78〕《閱微草堂筆記》卷八〈如是我聞二〉，頁113。

癲病，看護她的人稍有疏忽，她就脫光自己的衣服跳起舞來。〔註79〕

> 東光霍從占言，一富室女，五六歲時，因夜出觀劇，為人所掠賣。
> 越五六年，掠賣者事敗，供曾以藥迷此女。移檄來問，始得歸。
> 歸時視其肌膚，鞭痕、杖痕、剪痕、錐痕、烙痕、燙痕、爪痕、
> 齒痕，遍體如刻畫，其母抱之泣數日。每言及，輒沾襟。先是女
> 自言主母酷暴無人理，幼時不知所為，戰慄待死而已。年漸長，
> 不勝其楚。思自裁，夜夢老人曰：「爾勿短見。再烙兩次，鞭一百，
> 業報滿矣。」果一日，縛樹受鞭，甫及百，而縣吏持符到。蓋其
> 母御婢極殘忍，凡縠觫而侍立者，鮮不帶血痕；回眸一視，則左
> 右無人色。故神示報於其女也。然竟不悛改，後疽發於項死，子
> 孫今亦式微。從占又云，一宦家婦遇婢女有過，不加鞭筈，但褫
> 下衣使露體伏地，自云如蒲鞭之示辱也。後患顛癇，每防守稍疏，
> 輒裸而舞蹈云。〔註80〕

獻縣的捕快樊長帶人去逮捕一個大盜。大盜逃脫了，於是把他的妻子抓
到了官府。手下人抱著盜妻調戲，她害怕挨打，不敢動彈，只是低頭哭泣，
她的衣帶已被鬆開了。這時樊長突然看見，生氣地訓斥道：「誰家沒有妻女？
誰能保證妻女不會遭難落入他人之手？你敢這樣，我現在就上告官長！」同
伴害怕，方才住手。當時是雍正四年（1726 年）七月十七日戌刻。樊長的女
兒這天正嫁到農家，晚上被強盜劫走了，被反綁著剝去了衣服，眼看就要遭
人污辱，也被一個強盜嚴屬制止了。那件事發生在子時，中間僅僅隔了一個
時辰。第二天，樊長聽到了這個消息，仰面看天，舌頭驚訝得縮不回去，怔
怔地連一句話也說不出來。〔註81〕

> 獻縣捕役樊長，與其侶捕一劇盜。盜跳免，縶其婦於官店（捕役拷
> 盜之所，謂官店，實是私居也。）其侶擁之調謔，婦畏筈楚，噤不
> 敢動，惟俯首飲泣。已緩結矣，長突見之，怒曰：「誰無婦女？誰能
> 保婦女不遭難落人手？汝敢如是，吾此刻即鳴官！」其侶惕而止。
> 時雍正四年七月十七日戌刻也。長女嫁為農家婦，是夜為盜所劫，
> 已褫衣反縛，垂欲受污，亦為一盜呵而止。實在子刻，中間僅僅隔

〔註79〕淨空法師譯，《紀曉嵐寫的因果故事》（臺南：淨宗學會，2004 年），頁 194。
〔註80〕《閱微草堂筆記》卷九〈如是我聞三〉，頁 137。
〔註81〕淨空法師譯，《紀曉嵐寫的因果故事》（臺南：淨宗學會，2004 年），頁 218。

　　一亥刻耳。次日，長聞報，仰面視天，舌橋不能下也。〔註82〕

紀曉嵐的先曾祖潤生公在襄陽的時候，曾見過一位僧人，據說，他曾經做過惠登相的幕客。這位僧人述當年流寇的事，講得鉅細靡遺。聽者都搖頭歎息說：「這是上天安排的劫數，難於避免。」可是，這位僧人卻不以爲然，他說：「依貧僧之見，這種劫數完全是由人自己造成的，上天是不會無緣無故降災難給人們的。明朝末年所發生的殺戮、姦淫、搶掠的慘狀，即使唐朝末年黃巢造反流血三千里也爲之遜色。推究業因，由明朝中葉以後，官吏個個貪婪暴虐，紳士橫行霸道。民間的風氣也隨之變得奸滑毒狠、狡詐虛僞，品行惡劣，無所不至。所以，從下層講，在老百姓心裡埋伏下無窮的怨恨，從上界講，也激起了天神的憤怒。積累了一百多年的怨憤之氣，一旦暴發出來，又有誰能阻止得了。再就貧僧的所見所聞，那些在動亂中受禍最慘重的，往往都是平時窮凶極惡的人。這能說是『劫數』嗎？記得以前我在賊寇中，有一回，賊寇逮住了一個官宦子弟，他們喝令他跪在營帳前，然後擁抱官宦子弟的妻妾飲酒作樂，問他道：『你敢發怒嗎？』世宦子弟向上磕頭說：『不敢。』又問他：『你願意侍候我們嗎？』他又忙回答說：『願意。』於是，給他鬆了綁，讓他在一旁斟酒侍候著。這個場面，使許多旁觀的人爲之歎息不已。當時有一位被俘的老頭兒說：『今天我才知道因果報應是這樣的分明啊！』原來，這個世宦之家，從他爺爺那一輩起，就經常調戲、玩弄僕人的妻子。僕人要是稍有不滿，必然遭到一頓毒打，然後把僕人綁在槐樹上，讓他看著自己的妻子被主人摟著睡覺。這只不過是豪紳暴行的一端，其它的罪惡就不難類推了。」僧人說這番話的時候，剛好有位豪紳也在座，聽了之後心裡很不滿，便說：「世界上大魚吞小魚，猛禽吃弱鳥，爲什麼天神不發怒，惟獨對於人一有惡行，天神就動怒呢？」那僧人很不屑地扭過頭說：「鳥魚是禽獸，難道人也跟禽獸一樣嗎？」豪紳無言答對，氣憤地拂袖而去。第二天，那豪紳糾集了一幫門客，到僧人掛單的寺裡去尋釁，想要折辱那位僧人。不料該僧已經打包離去。只見壁上寫了二十個字，道：「你也不必言，我也不必說，樓下寂無人，樓上有明月。」這可能是譏刺那豪紳的陰私。後來，這位豪紳也落得家破人亡，斷子絕孫。氣數注定或純屬巧合難下定論，不過禍由自召無庸置疑：

　　先曾祖潤生公，嘗於襄陽見一僧，本惠登相之幕客也，述流寇事頗

悉，相與歎劫數難移。僧曰：「以我言之，劫數人所為，非天所為也。明之末年，殺戮淫掠之慘，黃巢流血三千里不足道矣。由其中葉以後，官吏率貪虐，紳士率暴橫，民俗亦率奸盜詐偽，無所不至。是以下伏怨毒，上干神怒，積百年冤憤之氣，而發之一朝。以我所見聞，其受禍最酷者，皆其稔惡最甚者也。是可曰天數耶？昔在賊中，見其縛一世家子跪於帳前，而擁其妻妾飲酒，問：『敢怒乎？』曰：『不敢。』問：『願受役乎？』曰：『願。』則釋縛使行酒於側。觀者或太息不忍。一老翁陷賊者曰：『吾今乃始知因果。是其祖嘗調僕婦，僕有違言，捶而縛之槐，使旁觀與婦臥也。即是一端，可類推矣。』」座有豪者曰：「巨魚吞細魚，鷙鳥搏群鳥，神弗怒也，何獨於人而怒之？」僧掉頭曰：「彼魚鳥耳，人魚鳥也耶？」豪者拂衣起。明日，邀客游所寓寺，欲挫辱之，已打包去，壁上大書二十字曰：「爾亦不必言，我亦不必說。樓下寂無人，樓上有明月。」疑刺豪者之陰事也。後豪者卒覆其宗。〔註83〕

有一個官吏，總是接受賄賂，舞弄文筆，也一生都沒有遇到禍患，但死後他的三個女兒都淪為娼妓。他的第二個女兒因事被判決挨刑杖，執行的伍長私下對手下人說：「這是某師傅的女兒（當地風俗稱縣吏為師傅），下手要輕點。」此女挨完刑杖，對鴇母說：「要不是我的父親曾經作過官吏，我今天就要危險了。」紀曉嵐歎息的認為：要是她父親沒作過官吏，她今天本來還不會挨到刑杖的啊！

……又一吏恒得賄舞文，亦一生無禍，然歿後三女皆為娼。其次女事發當杖，伍伯夙戒其徒曰：「此某師傅女（土俗呼吏曰師傅。），宜從輕。」女受杖訖，語鴇母曰：「微我父曾為吏，我今日其殆矣。」嗟乎！烏知其父不為吏，今日原不受杖哉！〔註84〕

招眾聚賭的頭子，古時候叫做囊家，在李肇的《國史補》裏有記載，可見唐代已經有這類人了。至於收養妓女，晚上供人取樂，分取她們所得的錢，在明代以前還沒有這種事。因為那時家裏有家妓、官府設官妓的原故。教坊廢除之後，這種風氣就開始盛行，成了惡霸流氓謀利的來源，成了笨漢癡人的陷阱。法律上雖然明令禁止，但始終不能挖斷這種事情的根。不過，利字旁

〔註83〕《閱微草堂筆記》卷十一〈槐西雜志一〉，頁164。
〔註84〕《閱微草堂筆記》卷十三〈槐西雜志三〉，頁214。

邊是一把刀，貪財的人最後還是害了自己。紀曉嵐曾見到做這個行業的人，煙花女子就在自己家庭，於是他的子孫受到誘惑，不能像阮籍醉眠一樣無所沾染。他的兩個兒子都生了性病，傳染全家，病勢嚴重拖延，終於斷絕了後嗣。這家人死後就像古時楚國若敖氏的鬼一樣，沒有後代祭祀，只好挨餓了。若敖：指春秋時楚國的若敖氏。若敖氏的鬼將因滅宗而無人祭祀。比喻沒有後代，無人祭祀。《左傳・宣公四年》：「鬼猶求食，若敖氏之鬼不其餒而。」〔註85〕

> 招聚博塞，古謂之囊家，見李肇《國史補》，是自唐已然矣。至藏蓄粉黛，以分夜合之資，則明以前無是事。家有家妓，官有官妓故也。教坊既廢，此風乃熾，遂爲豪猾之利源，而駔儈之陷阱。律雖明禁，終不能斷其根株。然利旁倚刀，貪還自賊。余嘗見操此業者，花嬌柳軃，近在家庭，遂不能使其子孫皆醉眠之阮籍。兩兒皆染淫毒，延及一門，癘疾纏綿，因絕嗣續。若敖氏之鬼，竟至餒而。〔註86〕

宛平縣的陳鶴齡，名永年。他本爲富戶，但後來漸趨沒落了。其弟陳永泰，死在他之前。弟媳因此而請求分家，陳鶴齡不得已，只好同意了。弟媳對他說：「大哥，您是個男子，可以多方經營，創立家業。我一個寡婦家的，兒女又小，求您把三分之二的家產分給我吧。」親戚們得知此事，都說不可行。但陳鶴齡說：「弟妹說得是，還是聽她的吧！」弟媳得寸進尺，又藉口自己是寡婦，不便出去徵收欠租，提出將全部家產分做兩份，以多年來別人的借券連同所欠利息作爲一份，分給陳鶴齡，而其他財物則歸她所有。陳鶴齡雖感到委屈，但也順從了弟媳的意思。後來，他拿著那些借券，並沒有追回欠租，陳鶴齡也因此陷於極端貧困之中。這件事發生在乾隆五十一年（1786年）〔註87〕。在陳家的先輩中，還沒有過名登科榜的人，這一年，陳鶴齡的三兒子，竟然在鄉試時中了舉。紀曉嵐的同年李步玉同陳鶴齡住得很近，發榜那天，他感歎道：「天道終究不負善人！」即便自己一貧如洗，所謂積善之家必有餘慶，〔註88〕老天有眼，終究不負善人：

> 宛平陳鶴齡，名永年，本富室，後稍落。其弟永泰，先亡。弟婦求

〔註85〕 楊伯峻著，《春秋左傳注》修訂本（臺北：洪葉文化，1993 年）卷七〈宣公〉，頁 680。
〔註86〕 《閱微草堂筆記》卷十三〈槐西雜志三〉，頁 224。
〔註87〕 淨空法師譯，《紀曉嵐寫的因果故事》（臺南：淨宗學會，2004 年），頁 282。
〔註88〕 《由閱微草堂筆記淺談——凡夫心與菩薩行》，頁 306。

析著，不得已從之。弟婦又曰：「兄公男子能經理，我一孀婦，子女又幼，乞與產三分之二。」親族皆曰不可。鶴齡曰：「弟婦言是，當從之。」弟婦又以孤寡不能徵逋負，欲以貲財當二分，而己積年未償借券，並利息計算，當鶴齡之一分。亦曲從之。後借券皆索取無著，鶴齡遂大貧。此乾隆丙午事也。陳氏先無登科者，是年，鶴齡之子三立，竟舉於鄉。放榜之日，余同年李步玉居與相近，聞之喟然曰：「天道固終不負人。」〔註89〕

因果業報有時未必能眼見為憑，老儒劉泰宇愛惜聲譽，遭受不白之冤心有怨氣，生前無以自明，鬱鬱而終，死前見不到侮蔑自己的楊甲遭受報應，然天理昭昭終有報，楊甲的孩子承受了父親的口業，熟之內情的人都不勝唏噓，無不為之嘆息：〔註90〕

老儒劉泰宇，名定光，以舌耕為活。有浙江醫者某，攜一幼子流寓，二人甚相得，因卜鄰。子亦韶秀，禮泰宇為師。醫者別無親屬，瀕死托孤於泰宇。泰宇視之如子。適寒冬，夜與共被。有楊甲為泰宇所不禮，因造謗曰：「泰宇以故人之子為孌童。」泰宇憤恚，問此子知尚有一叔，為糧艘旗丁掌書算，因攜至滄州河干，借小屋以居；見浙江糧艘，一一遙呼，問有某先生否。數日，竟得之，乃付以姪。其叔泣曰：「夜夢兄云，姪當歸，故日日獨坐舵樓望。兄又云：『楊某之事，吾得直於神矣。』則不知所云也。」泰宇亦不明言，悒悒自歸。迂儒拘謹，恒念此事無以自明，因鬱結發病死。燈前月下，楊恒見其怒目視。楊故獷悍，不以為意。數載亦死。妻別嫁，遺一子，亦韶秀。有宦室輕薄子，誘為孌童，招搖過市，見者皆太息。〔註91〕

因緣改變，果報也會轉變。佛法認為「命運」是可以改造的，改造命運的關鍵在「心」。所謂「命由心造」、「相隨心轉」、「相由心生」、「心隨念轉」。莊子逍遙遊篇：

惠子謂莊子曰：吾有大樹，人謂之樗。其大本擁腫而不中繩墨，其小枝卷曲而不中規矩，立之塗，匠者不顧。今子之言，大而無用，

〔註89〕《閱微草堂筆記》卷十九〈灤陽續錄一〉，頁330。
〔註90〕淨空法師譯，《紀曉嵐寫的因果故事》（臺南：淨宗學會，2004年），頁322。
〔註91〕《閱微草堂筆記》卷二十三〈灤陽續錄五〉，頁370。

> 眾所同去也。莊子曰：子獨不見狸狌乎？卑身而伏，以候敖者；東
> 西跳樑，不辟高下；中於機辟死於罔罟。今夫斄牛，其大若垂天之
> 雲。此能為大矣，而不能執鼠。今子有大樹，患其無用，何不樹之
> 於無何有之鄉，廣莫之野，彷徨乎無為其側，逍遙乎寢臥其下。物
> 無害者，無所可用，安所困苦哉！〔註92〕

惠施對莊子說：「有一棵樗樹，它的主幹上長了很多樹瘤，它的樹枝也是凹凸
扭曲，完全不合乎繩墨規矩。它雖然長在路邊，可是從來沒有木匠會去理它。」
莊子說：「現在你擔心這棵樹大而無用，不如把它種在空曠的郊外，你就可以
很悠閒的在樹底下盤桓休息，自得其樂。這棵樹既然不能做為材料，就不會
有人來砍伐它，把它種在無人之境，它也不會妨礙到別人，這還有什麼好操
心的呢？」樗樹因為枝幹盤結扭曲，不能做為材料，所以不會被砍伐，這「無
用之用」正是大用！〔註93〕外物篇裡另一例子：

> 惠子謂莊子曰：『子言無用。』莊子曰：『知無用而始可與言用矣。
> 天地非不廣且大也，人之所用容足耳。然則廁足而墊之至黃泉，人
> 尚有用乎？』惠子曰：『無用。』莊子曰：『然則無用之為用也亦明
> 矣。』〔註94〕

惠子對莊子說：「你的言論中，怎麼淨說些無用的呢。」莊子說：「你能察覺
出我所說的是無用的，那我才可以和你談談有用的。譬如，地不能說它不是
又廣又大，而人所用的卻只有立足之地而已。但如果只把立足之地墊住，而
其他的地方都挖掉直到黃泉，那麼人的立足之地還有用處嗎？」惠子說：「無
用。」莊子說：「所以對於無用的用處，你也就很清楚了。」

　　我們用什麼樣的觀點去看待我們週遭的事物呢？我們若主觀的認定它
「無用」，可是，當它不存在的時候，我們又如何能確知它是否的確「無用」
呢？莊子提供一個嶄新的思考方向。倘使人人都有了一個物用的成心。那麼
世界上必然多了許多紛爭。也許從你的角度來看，這件事物「是」有用的；
而從他的角度來看，這件事物「非」有用的；此二則故事是在解釋老子第九
章之：「持而盈之，不如其已。揣而銳之，不可常保。」之真意。是在說明處
事恣意妄為、自大驕矜、會利用權勢居高位的人，容易跌倒，錢財夠用就好，

〔註92〕郭慶藩著，《莊子集釋》（臺北：河洛圖書出版社，1980年），頁39。

〔註93〕蔡志忠原著，《莊子說》（臺北：明日工作室，2003年），頁22。

〔註94〕郭慶藩著，《莊子集釋》（臺北：河洛圖書出版社，1980年），頁390。

見好就收，不要貪慕不義之財，而不知適可而止。為人不要鋒芒太露，以權勢壓榨百姓，雖會出眾，但不能常在，於失勢後，就會被清算，囂張的日子不會比落魄的日子來的長久之意。而莊子為闡明其真意，寫了上兩則故事，將其解釋的淋漓盡致，為世人借鏡。老莊之理論主張既已來當人，要能於複雜之社會中生存，就必須修道，才能明哲保身並可免除禍患，知道回去本原地之路，才不會像迷途羔羊，找不到歸鄉之路。故有修道，心靈才能幻化，又可庇蔭子孫。現今之世人就如同惠子，重視功利主義，世人整天忙著賺錢或有心的在爭名、利，一切向錢看，以能賺得到錢，看的到的有形利益才算有用，修道是在積德，為無形財富，但看不到，賺不到錢，則算是無用，認為莊子講的話大而無用，但莊子則以修道為看不到的，雖然無用，但實則為大用，比喻追逐財富，雖然富可敵國，如仍不知止，連腳所踩的土地也要一併挖掉也要賺，最後把身體搞壞，人死了，所賺來之土地錢財還有用嗎？來比喻賺不義之財之下場，認為追逐財富是無用的，莊子才說：知無用而始可與言用矣，那麼無用的用處也就很清楚了。看看不可一世之達官顯貴、民意代表、紅頂商人，當其當紅時，權勢如日中天，收巨額賄款、政治商業化，商業政治化，權貴、財團聯合治國、炒股、炒地、炒房，昧著良心，都市計劃想要怎麼變就怎麼變，要徵收多少土地就徵多少土地，官商椿腳聯手炒地皮，炒高房價，使人望樓興嘆，買不起房子，你抗議你的，我依然故我，他們無動於衷，又滿口仁義道德，當東窗事發時，或遭判下獄，或逃亡國外，死於異鄉，不但無法庇蔭子孫，反而使子孫蒙羞。

　　《道德經》第七十九章結尾說：「天道無親，常與善人」，意思是說天道不分親疏，對芸芸眾生是一視同仁，但行善向善是符合天道的，所以天道總是與善人同在，常眷顧、幫助善良的人，使其做事有如神助。古人相信因果，重義輕利，在他人需要的時候幫助他人，用慈悲心對待所有事物，其後果然善願得償，福德廣大。善人天佑，也是因為其盛德所致。古人云：「積善有善報，積惡有惡報。積善之家必有餘慶，作惡之家必有餘殃」。累積善行的人家，必有多餘的吉慶留給後代；累積惡行的人家，必有多餘的災殃留給後代。臣子殺害他的國君，兒子殺害他的父親，這些事情並非短暫的時間就一蹴可幾的，而是長期逐步發展的結果，只是由於沒有及早認清事實罷了。《易·文言》以「積善之家，必有餘慶；積不善之家，必有餘殃」來詮釋〈坤卦·初六〉之「履霜，堅冰至」爻辭，表明不管人們行善或是作惡，其吉凶後果全由自

己日積月累的行爲所鑄成。全句著重在一個「積」字，類似佛家「因果報應」以及儒家「積德累仁」的觀點。既稱「餘慶」、「餘殃」，便表示在己身一代之慶殃之外，尚會延及子孫；而個人的不努力與遭逢的乖舛逆境，並無法歸咎於先人的「積不善」，畢竟那僅是「餘慶」與「餘殃」，先修身後齊家，人各有命，各安天命，自己的人生主導權還是掌握在自己手中，要對自己的人生負責！

第四節　孝義果報

　　《論語・學而第一》子曰：「弟子入則孝，出則弟，謹而信，泛愛眾，而親仁。行有餘力，則以學文。」〔註95〕至聖先師孔子認爲：「弟子在父母跟前要孝順，在外面要順從師長，言行要謹愼守信，要廣泛的愛護眾人，親近有仁德的人。這樣躬行實踐之後，還有餘力的話，就再去學習文化知識。」所謂孝，《說文解字》解釋：「孝，善事父母也。從老者；從子，子承老也。」「孝」的古字，上面爲一老人，下面爲一小孩。像孩子用頭捧襯托著老人手輔助行走。用扶持老人行走之形，以表「孝」意。孝乃德之本，在家唯孝，在外爲忠，對友能親，對眾能仁，對萬物能慈愛。父母兒女親情是一種天性，輪迴之中恩恩怨怨，欠債要還，受恩要報。唯有知恩圖報、盡忠盡孝方能功德圓滿。父母是生命之根本，給予人身，父母之恩巍巍乎如高山不知其遠，浩浩乎如大海不知其深，何以回報？唯孝以報。

　　千百年來，感人孝行，動人義舉，是這片承載孝義土地的人文基因，歷朝歷代的孝行義舉如春風化雨般深植民心：行孝仗義、有容乃大成爲文人雅士追逐的節操精神。以虞舜爲例，有關孝道的闡揚，最早可見於《尚書》之堯典篇〔註96〕，其中記載虞舜因孝悌德行感化了父母與弟弟，贏得帝堯的賞識，而將帝位禪讓給他。

　　　　帝曰：「咨！四岳。朕在位七十載，汝能庸命，巽朕位。」岳曰：「否
　　　　德忝帝位。」曰：「明明揚側陋。」師錫帝曰：「有鰥在下，曰虞舜。」
　　　　帝曰：「俞！予聞，如何？」岳曰：「瞽子，父頑，母嚚，象傲：克

〔註95〕謝冰瑩等編譯，《新譯四書讀本》（臺北：三民書局，2002年）《論語・學而第一》，頁70。

〔註96〕吳璵註譯，《新譯尚書讀本》（臺北：三民書局，1989年）《虞夏書・堯典》，頁9。

諧，以孝烝烝，乂不格姦。」帝曰：「我其試哉！」女于時，觀厥刑
于二女。釐降二女于嬀汭，嬪于虞。帝曰：「欽哉！」慎徽五典，五
典克從；納于百揆，百揆時敘；賓于四門，四門穆穆；納于大麓，
烈風雷雨弗迷。帝曰：「格汝舜！詢事考言，乃言底可績，三載，汝
陟帝位。」舜讓于德，弗嗣。〔註97〕

舜帝姓姚，名重華，黃帝之第五代孫，生於西元前 2293 年，卒於西元前 2184
年。生母早亡，父親瞽叟，又娶了後母，生性陰險狠毒，視虞舜爲眼中釘，
百般虐待，時常設計加害虞舜，但虞舜天性純孝，從無怨言，未敢忤逆，孝
順如常，因而感動上蒼，每當受後母設計陷害之時，均蒙上天星宿暗中相助，
得以化險爲夷。虞舜因孝感動天，鳥象助耕，很快的傳遍全國，堯帝得悉虞
舜能化惡爲善、化險爲夷，及孝友寬恕之偉大精神，遂於西元前 2233 年將帝
位禪讓虞舜。虞舜因孝心獲得堯帝的信任，不但將娥皇、女英兩位女兒許配
給他爲妻，且由堯帝禪讓做了天子。虞舜因孝義獲得諸侯的支持，全國民眾
的一致愛戴與擁護，使國家呈現一片安寧與祥和的氣象。

今日經濟飛躍成長，社會日進繁榮，著重物質上之享受，忽略倫理觀念，
以致社會道德觀日漸敗壞，呈現出「逆倫」與「亂倫」的反常現象，甚至有
子女使喚父母如下人，父母畏懼子女如主人。尤甚者；毆親、弒親等「忤逆
不孝」之背天逆理的惡行新聞屢見不顯。百善孝爲先，忠門出孝子，講究孝
道社會才能和諧發展，家和萬事興，孝是一切的基礎，以孝爲本方有道德理
智之建樹，提倡孝道淨化社會、淨化人心很有價值。孝道乃一切德行之根本，
如樹木之根固，則枝葉茂盛；如泉源之深，則水流長；如地基固，則不畏颱
風，地震搖撼。孝道之培養，能發揮人類善良天性，清除暴戾，導致祥和。
孝道之實踐，可構成一個祥和的家庭，可構成一個和樂的社會，也可構成一
個繁榮的國家。孝道的延伸，能不忘本源，追念遠祖，尊重生命的起源。在
「以孝事天」；尊天爲父，敬地爲母，尊重自然，才能繼起宇宙眞理之生命意
義。治事者，首重孝。以孝齊家，則家必和，以孝治村，則萬事興。眾民淳
淳，行至孝，尚義舉，是以慈孝盛，仁義彰，百善皆俱也。

《閱微草堂筆記》中亦記載許多孝行義舉的故事，如〈灤陽消夏錄二〉
乾隆四十五年（1780 年），京城發生大火，燒毀盡百餘屋，唯有一間破屋在火

〔註97〕吳璵註譯，《新譯尚書讀本》（臺北：三民書局，1989 年）《虞夏書·堯典》，
頁 11。

海中保存下來，儼然獨存，〔註98〕紀曉嵐認爲是居住其中的守寡媳婦守著生病的婆婆未曾離去，這即是所謂「孝弟之至」所致：

> 乾隆庚子，京師楊梅竹斜街，火所毀殆百楹。有破屋，巋然獨存。四面頹垣，齊如界畫，乃寡媳守病姑不去也。此所謂孝弟之至，通於神明。〔註99〕

〈灤陽消夏錄三〉所記郭六，當屬清代最卑賤的底層婦女，一般都是默默無聞終了一生。如像這樣的村姑農婦，基本上就沒有正式的姓名。正是因爲女性社會地位不高，所以講故事的人就分辨不清楚她究竟是叫什麼，只相傳呼爲郭六云爾。紀曉嵐強調了郭六身上存在的氣節與孝道的枷鎖。使郭六一角既矛盾又充滿悲劇色彩。郭六自身的形象，除了原文中提到的節孝之外，其消極方面也是極其明顯的。丈夫無力養家，郭六無一怨懟苦語，鄰里無一相助、被迫倚門賣笑，無一怨言恨語，丈夫歸來，把新婦、公婆交托後自盡，無一自誇自矜語，她似乎過於逆來順受，缺乏反抗性，成了傳統禮教的犧牲品，但是，也可以從中體會她身上顯示出來的自主自立的獨立精神。在古代女性形象中，獨立精神確是十分可貴。袁枚《子不語》續卷五也記錄了郭六的故事：

> 郭六者，淮鎮農家婦也，不知其夫姓氏。雍正甲辰、乙巳間，歲大饑，其夫度不得活，出而乞食於四方。……是本貞婦，以我二人，故至此也。我兒身爲男子，不能養我二人而委一少婦，途人知其心矣！是誰之過而絕之耶？此我家事，官不必與聞也。」語訖而目瞑。〔註100〕

爲人妻、爲人媳做到郭六如此份上，眞可謂驚天動地，僞道之流甚至會認爲驚世駭俗。郭六可算是世所罕見的大義無私、襟懷坦蕩的奇女子！她重情重義，爲了孝義不惜犧牲自己的名節乃至生命；她敢作敢爲，義無反顧地去做認爲該做的事情，不怕對人明言自己要賣身。她用一死來證明自己的不貞實出無奈，證明自己是把貞節看得比生命更重的靈魂清白的高潔女子。郭六的身上確實有些很可貴的東西，值得今人學習。紀曉嵐記述先祖寵予公說：「節和孝同樣重要。但節和孝又不能兩全，這事的是是非非，只有聖賢才能判斷，

〔註98〕淨空法師譯，《紀曉嵐寫的因果故事》（臺南：淨宗學會，2004年），頁277。

〔註99〕《閱微草堂筆記》卷二〈灤陽消夏錄二〉，頁27。

〔註100〕袁枚作，《子不語》（上海：上海古籍出版社，2012年）續卷五。

我不敢發表什麼意見。」

郭六，淮鎮農家婦，不知其夫氏郭，父氏郭也。相傳呼爲郭六云爾。雍正甲辰乙巳間，歲大饑，其夫度不得活，出而乞食於四方。瀕行，對之稽顙曰：「父母皆老病，吾以累汝矣。」婦故有姿，里少年瞰其乏食，以金錢挑之，皆不應。惟以女工養翁姑，既而必不能贍，則集鄰里叩首曰：「我夫以父母托我，今力竭矣，不別作計，當俱死。鄰里能助我，則乞助我；不能助我，則我且賣花，毋笑我（俚語以婦女倚門爲賣花）。」鄰里趑趄囁嚅，徐散去。乃慟哭白翁姑，公然與諸蕩子游，陰蓄夜合之資。又置一女子，然防閑甚嚴，不使外人覿其面。或曰是將邀重價，亦不辯也。越三載餘，其夫歸。寒溫甫畢，即與見翁姑，曰：「父母並在，今還汝。」又引所置女，見其夫曰：「我身已污，不能忍恥再對汝，已爲汝別娶一婦，今亦付汝。」夫駭愕未答，則曰：「且爲汝辦餐。」已往廚下自剄矣。縣令來驗，目炯炯不瞑。縣令判葬於祖墳，而不祔夫墓。曰：「不祔墓，宜絕於夫也；葬於祖墳，明其未絕於翁姑也。」目仍不瞑。其翁姑哀號曰：「是本貞婦，以我二人故至此也。子不能養父母，反絕代養父母者耶？況身爲男子不能養，避而委一少婦，途人知其心矣。是誰之過而絕之耶？此我家事，官不必與聞也！」語訖而目瞑。時邑人議論頗不一，先祖寵予公曰：「節孝並重也。」節孝不能兩全也，此一事非聖賢不能斷，吾不敢置一詞也。〔註101〕

即使是一般平民百姓、販夫走卒，紀曉嵐也記錄其感人事蹟：轎夫田某的孝行孝感動天亦感動人，船能平安到達對岸，是有神靈相助，這是上天對孝子的幫助；船夫也是一個相信天道，虔誠信神之人，他知道神靈非常看重孝順的美德，內在慈悲心自然而然流露，〔註102〕孝子爲孝勇闖的行爲定能倖免於難，所以才敢於驚濤駭浪中渡孝子過江，而且船夫之行爲也是一個順天應人的助人之舉：

先太夫人言，滄州有轎夫田某，母患胲將殆，聞景和鎮一醫有奇藥，相距百餘里。昧爽狂奔去，薄暮已狂奔歸，氣息僅屬。然是夕衛河

〔註101〕《閱微草堂筆記》卷三〈灤陽消夏錄三〉，頁34。
〔註102〕《由閱微草堂筆記淺談——凡夫心與菩薩行》，頁294。

> 暴漲，舟不敢渡，乃仰天大號，淚隨聲下。眾雖哀之，而無如何。
>
> 忽一舟子解纜呼曰：「苟有神理，此人不溺！來，來，吾渡爾！」奮然鼓楫，橫衝白浪而行。一彈指頃，已抵東岸。觀者皆合掌誦佛號。
>
> 先姚安公曰：「此舟子信道之篤，過於儒者。」〔註103〕

孝道在傳統社會體系中佔有重要的地位，不僅反映了家庭親子關係的道德觀念，而且是傳統專制統治的思想基礎。紀曉嵐在《閱微草堂筆記》中，始終是孝道的宣傳者。不孝之子遭到的報應是嚴屬的。〈灤陽消夏錄四〉中有這樣的故事：太僕寺卿戈仙舟說：乾隆十三年（1748年），河間縣西門外的橋上，有一個人被雷震死。他的屍體仍端端正正地跪在橋上，並不倒地。手裡還舉著一個紙包，雷震之火也沒有把紙包燒燬。打開紙包一看，裡面居然全是砒霜，所有人都不知道這是怎麼一回事。不一會兒，他的妻子聞訊趕來，見到他這般死法，竟然不哭，且說：「早就知道你會落得如此下場。只怪老天爺對你的報應太遲了。」人們細問原由，他妻子說：「他經常辱罵自己年邁的老母。昨天又忽然產生邪惡的念頭，想買砒霜毒死自己的老母親。我苦苦地哭勸了他一夜，他還是不肯聽從。」所以才會遭天打雷劈。忽萌毒殺老母之心，便被雷擊。這是一則關乎人倫道德、善惡報應的故事，神道設教，懲罰惡人。雷神的懲處極爲迅速，〔註104〕萌惡念，市砒霜，立即受到嚴懲。

> 戈太僕仙舟言，乾隆戊辰，河間西門外橋上，雷震一人死，端跪不仆，手擎一紙裹，雷火弗蓺。驗之，皆砒霜，莫明其故。俄其妻聞信至，見之不哭，曰：「早知有此，恨其晚矣。是嘗詬誶老母，昨忽萌惡念，欲市砒霜毒母死，吾泣諫一夜，不從也。」〔註105〕

紀曉嵐認爲忠孝節義的人，死去後必定會封爲神靈。天道光明公正，有很多事情都可以證實這一點。因此，只能相信真的有這種事情。即使是由一個人編造出來的，眾人卻齊聲附和，也沒有什麼不可能的。《書經·泰誓》中說：「天視自我民視，天聽自我民聽」，意思是講：天之所見，就是民之所見；天之所聽，就是民之所聽。人們都認爲孝媳死後升格成神，那麼上天也必定認同她是神，這就是「天順人心」的道理。這樣說來，又何必要懷疑那個傳

〔註103〕《閱微草堂筆記》卷三〈灤陽消夏錄三〉，頁43。

〔註104〕魏曉虹，〈淺談《閱微草堂筆記》中的雷神〉，長春：《古籍整理研究學刊》第2期，2009年。

〔註105〕《閱微草堂筆記》卷四〈灤陽消夏錄四〉，頁47。

說是虛妄的呢？再者，自己沒有夢到的事，或者自己沒有見過的事，就否認有這事的存在，這種想法就太狹隘了。有什麼必要去懷疑這個傳聞的真實性呢？是不是傳說或神話，無關要緊。但是這種對父母的孝敬，才是令天地動容的。百姓中能把這件事情流傳下來，也足以說明孝敬父母得福報這種事情不是假的：

> 褚寺農家有婦姑同寢者，夜雨牆圮，泥土簌簌下。婦聞聲急起，以背負牆而疾呼姑醒，姑匍匐墮炕下，婦竟壓焉，其屍正當姑臥處。是真孝婦，以微賤無人聞於官，久而並佚其姓氏矣。相傳婦死之後，姑哭之慟。一日，鄰人告其姑曰：「夜夢汝婦，冠帔來曰，傳語我姑，無哭我。我以代死之故，今已為神矣。」鄉之父老皆曰：「吾夜所夢亦如是。」或曰：「婦果為神，何不示夢於其姑？此鄉鄰欲緩其慟，造是言也。」余謂忠孝節義，歿必為神。天道昭昭，歷有證驗，此事可以信其有。即曰一人造言，眾人附和，天視自我民視，天聽自我民聽。人心以為神，天亦必以為神矣，何必又疑其妄焉？〔註106〕

佃戶曹二的妻子兇暴蠻橫，動不動就厲聲斥責風雨，辱罵鬼神。鄰里之間，一言不合，就捲起袖子露出手臂，拿著兩根搗衣棒，奮力呼喊，上下跳躍，就像隻咆哮怒吼的母老虎。一天，她乘著陰雨出來偷竊麥子，突然風雷大作，巨大如鵝蛋的冰雹落下，不一會兒，她已經受傷倒地。忽然大風捲起一個栲栳落在她的面前，於是，就這麼靠著它得以不被冰雹給砸死。難道說天也怕她的蠻橫嗎？有人說：「她雖然兇暴乖張，卻善於侍奉她的婆婆。每次與人爭鬥，婆婆喝斥她，便馴服收斂了；即使婆婆打她耳光，她也跪著忍受。」孔子說：「孝道，是天經地義的。」以孝侍婆婆來解釋她遇難不死，其實是有原因的：

> 佃戶曹二婦悍甚，動輒訶詈風雨，詬誶鬼神。鄰鄉里閭，一語不合，即擅袖露臂，攜二搗衣杵，奮呼跳擲如雌虎。一日，乘陰雨出竊麥，忽風雷大作，巨電如鵝卵，已中傷仆地。忽風捲一五斗栲栳，墮其前，頂之得不死。豈天亦畏其橫戾？或曰：「是雖暴戾，而善事其姑。每與人計，姑叱之輒弭伏，姑批其頰，亦跪而受，然則遇難不死有由矣。孔子曰：『夫孝，天之經也，地之義也。』豈不然乎？」〔註107〕

〔註106〕《閱微草堂筆記》卷五〈灤陽消夏錄五〉，頁63。
〔註107〕《閱微草堂筆記》卷五〈灤陽消夏錄五〉，頁67。

自古以來，百善孝爲先。所以無論是兒子還是媳婦，都要無條件的服從父母、照顧父母。孝敬公婆的媳婦被稱爲「孝婦」，是受人尊敬的。紀曉嵐紀錄許多關於孝婦的故事，如〈如是我聞二〉個討飯行乞的婦女，她對婆婆特別孝順。有一次，她自己餓得跌倒在路旁，但她手裡討來的一碗飯卻捧得緊緊不肯撒手。她嘴裡還不停地叨念說：「婆婆還沒吃飯呢！」有人關切地過來幫助她，並詢問她一些情況。這位討飯的婦女說，當初她隨婆婆出來討飯，只是謹愼地跟隨在婆婆身後，聽從指揮而已。有一天晚上，她和婆婆蜷縮在一座古廟的廊下過夜。半夜裡，她聽見殿堂之上有人厲聲吼道：「你這混蛋！爲什麼不避開那位孝婦？害得她受了陰氣，發冷發熱，頭昏腦脹！」就聽另一個聲音辯解說：「當時我手裡拿著緊急檄文，慌裡慌張地沒看清是誰。」又聽前一位的聲音更加火冒三丈，罵道：「混蛋！凡是忠臣孝子，頭頂上都有幾尺神光照耀，難道你是瞎子，沒看見嗎？」接著聽到一頓鞭打聲和呼號聲，這樣鬧了好久才平靜下來。第二天，婆媳倆來到村裡，果然聽說有位農婦往田裡送飯的時候被旋風所襲，現在還頭痛不止。當人們談論起那位農婦時，都稱讚她的賢淑與孝道。這位討飯的婦女爲此深受感動，從那以後，侍奉婆婆更是唯恐有不周到的地方，〔註108〕因鬼神之說心存畏懼更加孝侍長輩，紀曉嵐避談儒家或佛教道義，潛移默化之筆法更植人心：

> 從兄旭升言，有丐婦甚孝其姑，嘗饑踣於路，而手一盂飯不肯釋，曰：「姑未食也。」自云初亦僅隨姑乞食，聽指揮而已。一日，同棲古廟，夜聞殿上厲聲曰：「爾何不避孝婦，使受陰氣發寒熱？」一人稱：「手捧急檄，倉卒未及睹。」又聞叱責曰：「忠臣孝子，頂上神光照數尺，爾豈盲耶？」俄聞鞭箠呼號聲，久之乃寂。次日至村中，果聞一婦餉田，爲旋風所撲，患頭痛。問其行事，果以孝稱。自是感動，事姑恒恐不至云。〔註109〕

「忠臣孝子，頂上神光照數尺。」鬼妖不敢侵犯，但紀曉嵐筆下諸多魑魅狐怪，間接批判當世正氣不足，純陽之氣衰竭，才會引來鬼怪狐妖等陰邪禍患之物，亂世之際，奸佞當道，忠義之士蒙受不白之冤、荼毒迫害，群魔亂舞，隱藏紀曉嵐對盛世的否定與悲嘆。

「忠孝節義」，四字的重要性是否按字面排序而定見仁見智，若說額魯特

〔註108〕淨空法師譯，《紀曉嵐寫的因果故事》（臺南：淨宗學會，2004 年），頁 165。
〔註109〕《閱微草堂筆記》卷八〈如是我聞二〉，頁 105。

女是孝婦而非節婦。那麼從何證明節與孝孰輕孰重呢？紀曉嵐記述這個故事的結尾，是論者惜其不貞，而不能不謂之孝，「此所謂質美而未學」，好似紀曉嵐是深爲惋惜的。惋惜什麼呢？惋惜額魯特女沒有做節婦。內閣學士永公之歎大有深意，贊其質美，哀其未學。質美是指額魯特女在丈夫死後，爲了能讓無依無靠的公公頤養天年而一再拒絕婚嫁，可謂至孝；未學則是指她未讀詩書，才會做出翁以壽終之後再嫁的不貞之事。暗指若能學詩書，懂禮義，必不會做出翁以壽終之後再嫁的不貞之事。永公之歎的重點應在未學二字上，質如此之美，再加之後天的學，必定明禮義，知廉恥，也就不會做出違背倫常之事了，那樣此婦也定是個既孝且貞的盡善盡美之人。暫且按下額魯特女不表，再看另一段文字，出自和紀曉嵐同一朝代的袁枚的《祭妹文》：

> 汝以一念之貞，遇人仳離，致孤危托落，雖命之所存，天實爲之；然而累汝至此者，未嘗非予之過也。予幼從先生授經，汝差肩而坐，愛聽古人節義事；一旦長成，遽躬蹈之。嗚呼！使汝不識《詩》、《書》，或未必艱貞若是。〔註110〕

此文是袁枚爲祭奠三妹素文而寫的。三妹素文與高家子弟指腹爲婚。後來高氏子頑劣無賴，高家的人請解除婚約，但素文受世俗傳統禮教的影響，不肯解除婚約。她婚後受盡虐待，不得已，與高家恩斷義絕，回居娘家。死時 40 歲。而《祭妹文》的可貴之處在於，袁枚已深刻地意識到造成三妹一生悲劇的根源就在於識《詩》、《書》，受世俗禮教的迫害。紀曉嵐文中的額魯特女因未學而能在後半生享受正常人的幸福生活，袁枚的三妹素文則因學詩書而致孤危凋零，可見學能醫愚也能毒人，盡信書不如無書，不可不慎。然多數傳統迂腐思想遺毒依舊認爲如果額魯特女能白首完貞，那麼更是可歌可泣的榜樣了：

> 有額魯特女，爲烏魯木齊民間婦，數年而寡。婦故有姿首，媒妁日叩其門，婦謝曰：「嫁則必嫁。然夫死無子，翁已老，我去將誰依？請待養翁事畢，然後議。」有欲入贅其家代養其翁者，婦又謝曰：「男子性情不可必，萬一與翁不相安，悔且無及。亦不可。」乃苦身操作，翁溫飽安樂，竟勝於有子時。越六七年，翁以壽終。營葬畢，始痛哭別墓，易彩服升車去。論者惜其不貞，而不能不謂之孝。內閣學士永公時鎮其地，聞之歎曰：「此所謂質美而未學。」〔註111〕

〔註110〕王季香等編，《古今文選》（高雄：麗文文化出版社，2011 年），頁 79。
〔註111〕《閱微草堂筆記》卷十〈如是我聞四〉，頁 143。

　　《景岳全書》：是明代傑出醫學家張景岳所著的醫書，內容豐富，囊括理論、本草、成方、臨床各科疾病。可學醫的人既然鑽研此書，理應精通醫術，為何紀曉嵐要用「誤延」二字，最難解的是醫生「投人參」後，患者就「立卒」了，提到人參，最容易想到的一句話：「性秉中和，不寒不燥，形狀似人，氣冠群草，能回肺中元氣於垂絕之鄉」。聞有老者垂危，僅存一絲鼻息，以野山參至於舌下，可以續命，短者數時，長者數日，更有服參重生之人，所以山參價格極為昂貴。然而這裡，紀曉嵐只用了兩字：「立卒」。許是想證明病情之嚴重，說盧邃早逝，母親痛哭，悲傷過度，發出盧邃喚母親的聲音。意思是盧邃孝敬母親，死而不忘牽掛摯愛的母親：

> 盧霽漁編修，患寒疾，誤延讀《景岳全書》者，投人參，立卒。太夫人悔焉，哭極慟，然每一發聲，輒聞板壁格格響，夜或繞牀呼阿母，灼然辨為霽漁聲。蓋不欲高年之過哀也。悲哉，死而猶不忘親乎？〔註112〕

王震升晚年失去了愛子，痛不欲生。一天夜裡，他偶爾路過兒子的墳墓，便徘徊留戀不忍離去。忽然，他看見兒子獨自坐在田隴盡頭，便急忙跑過去。亡魂也未避開他。王震升想握兒子的手，鬼魂便後退。他和兒子說話，兒子卻非常冷漠，仿佛不願聽下去的樣子。他感到奇怪，便問是怎麼回事。鬼魂嘲笑道：「父子之情，不過是宿緣，如今緣份已盡，你就是你，我就是我，又何必反復追問呢！」說完掉頭就走了。王震升從此不再悲痛念想兒子了。〔註113〕有人說：「如果西河的子夏能明白這個道理，也不會失明了。」晴湖說：「這是孝子的至情，做這樣的變幻，就是要斷絕父親對他的思念之情。這與晉人郗超讓人呈密信的用意一樣，但這不是按常理採用的方法。如果每人心中都存有這個念頭，那麼父子、兄弟、夫妻之間的情誼，都被看是作萍水相逢，人情義理豈不是越來越淡薄了！」

　　昔有西河子夏，因子死慟哭雙目失明，更有郗超臨死時，為了不讓父親郗愔傷心，便取一箱書信，對門生說：「本欲焚之，恐公年尊，必以傷潛為弊。我亡後，若大損眠食，可呈此箱。不爾，便燒之」(《晉書·郗超傳》)。郗超死後，郗愔果然哀悼成疾，門生便將書交給郗愔，郗愔一看，裡面寫的都是郗超與人密謀的事，郗愔大怒說：「小子死恨晚矣」(《晉書·郗超傳》)！從

〔註112〕《閱微草堂筆記》卷十〈如是我聞四〉，頁146。
〔註113〕《由閱微草堂筆記淺談──凡夫心與菩薩行》，頁228。

此不再哭泣。父慈子孝，慈父念子，無法自己，孝子愛親，自毀形象，以絕親痛，深切親情令人動容：

> 先兄晴湖言，有王震升者，暮年喪愛子，痛不欲生。一夜，偶過其墓，徘徊淒戀不能去。忽見其子獨坐隴頭，急趨就之，鬼亦不避。然欲握其手，輒引退；與之語，神意索漠，似不欲聞。怪問其故，鬼哂曰：「父子宿緣也。緣盡則爾為爾，我為我矣，何必更相問訊哉？」掉頭竟去。震升自此痛念頓消。客或曰：「使西河能知此義，當不喪明。」先兄曰：「此孝子至情，作此變幻，以絕其父之悲思，如郗超密札之意耳。非正理也。使人存此見，父子兄弟夫婦，均視如萍水之相逢，不日趨於薄哉！」〔註114〕

孝義者多福多壽多有福報，所謂福報，是指人之一生多能逢凶化吉、轉乖舛命運為平順；不僅是單單指一個案或運程而已，因為福報之於人，大者可稱於人生命程；小可到單一運程現象以及病禍等，可以有化轉之機。舉例而言，有人甚為忠厚篤實，周遭親友見其善良可欺，動輒設局誘騙拐怠，原意是要利用他，如有禍事推他承載，孰料他不但沒有受害，反而從事件中因禍得福，或得利。再者，亦有事到危急，眼看朝不保夕，卻在因緣際會之際得到貴人相助，轉危為安，或者種種機運扭轉，而使孝義者免於危難禍事。再者，病到危急，卻有貴人指引，或醫緣貴人助力，使其好轉化險為夷。諸如此類種善因得善果，皆可以稱之其人有福報。所以，福報在於人，有其先決條件，才能有所契機，即是其人必要忠厚篤實，善良淳樸，方是轉化關鍵。原因即是牽連果報業力成熟的緣機。首先孝義之人是篤信良善，當下即可少造業，亦即可以不惡惡相吸（如磁鐵原理），同理可證即為善善相引，那麼在人生運程上，可以多生助力致轉危為安。當然這期間還有一個最大的動力，那就是其人累世中有善福可以召引，要多行善，縱然累世未餘充裕之善福，但時猶未晚，當下即發心行善，至少可以斷除未來惡惡相引。萬事皆有因，絕非偶然，故無需羨慕他人有福報，有為者，亦若是。

> 從孫樹寶言，韓店史某，貧徹骨。父將歿，家惟存一青布袍，將以斂，其母曰：「家久不舉火，持此易米尚可多活月餘，何為委之土中乎？」史某不忍，卒以斂。此事人多知之。會有失銀釧者，大索不得。史某忽得於糞壤中。皆曰：「此天償汝衣，旌汝孝也。」失釧者

以錢六千贖之，恰符衣價。此近日事。或曰：「偶然也。」余曰：「如以爲偶，則王祥固不再得魚，孟宗固不再生筍也。幽明之感應，恒以一事示其機耳，汝烏乎知之！」〔註115〕

紀曉嵐不滿理學家苛刻不近人情的言論，往往加以抨擊，可看出紀曉嵐爲人處世講求寬容、與人爲善的態度，其思想脈絡也可見紀父影響之痕跡。在《槐西雜志》卷二中記載一位丐婦抱兒扶姑渡河時，姑不幸仆倒，丐婦棄兒救姑，姑雖獲救而兒已亡，最後姑與丐婦俱傷心而亡的事：

> 東光王莽河，即胡蘇河也。旱則涸，水則漲，每病涉焉。外舅馬公周籙言：「雍正末，有丐婦一手抱兒，一手扶病姑，涉此水。至中流，姑蹶而仆。婦棄兒於水，努力負姑出。姑大詬曰：『我七十老嫗，死何害！張氏數世，待此兒延香火，爾胡棄兒以拯我？斬祖宗之祀者爾也！』婦泣不敢語，長跪而已。越兩日，姑竟以哭孫不食死。婦嗚咽不成聲，癡坐數日，亦立槁。不知其何許人，但於其姑詈婦時，知爲姓張耳。」有著論者，謂兒與姑較，則姑重；姑與祖宗較，則祖宗重。使婦或有夫，或尚有兄弟，則棄兒是；既兩世窮嫠，止一線之孤子，則姑所責者是。婦雖死有餘悔焉。姚安公曰：「講學家責人無已時。夫急流洶湧，少縱即逝，此豈能深思長計時哉？勢不兩全，棄兒救姑，此天理之正，而人心之所安也。使姑死而兒存，終身寧不耿耿耶？不又有責以愛兒棄姑者耶？且兒方提抱，育不育未可知。使姑死而兒又不育，悔更何如耶？此婦所爲，超出恒情已萬萬。不幸而其姑自殞，以死殉之，其亦可哀矣。猶沾沾焉而動其喙，以爲精義之學，毋乃白骨銜冤，黃泉齎恨乎？孫復作《春秋尊王發微》，二百四十年內，有貶無襃；胡致堂作《讀史管見》，三代以下無完人。辨則辨矣，非吾之所欲聞也。」〔註116〕

面對這樣的人間悲劇，「有著論者」尚議論著丐婦當救誰捨誰，結論竟是「婦雖死有餘愧焉」，全然不見「如得其情，則哀矜而勿喜」那種以同理心與憐憫心給予諒解包容並支持的儒者風範，是何等冷血無情的表現。也難怪紀父要爲之抱不平，認爲「此婦所爲，超出恒情已萬萬，不幸而其姑自殞，以死殉之，其亦可哀矣！」而議論者猶如孫復、胡寅論人的「有貶無襃」、「三代以

〔註115〕《閱微草堂筆記》卷十一〈槐西雜志一〉，頁174。
〔註116〕《閱微草堂筆記》卷十二〈槐西雜志二〉，頁191。

下無完人」，多加責難，自「以爲是精義之學」，而沾沾自喜，理學家苛刻不近人情的形象，卻也在此表露無遺。

「替死鬼」、「捉交替」的說法，在道教、中國民間信仰中，枉死的鬼魂，爲了能再投胎轉世，必須找一個頂替自己的人，並使之身亡，稱爲「替身」。如袁枚小說《續子不語》：李生夜讀，家臨水次，聞鬼語：「明日某來渡水。此，我替身也。」至次日果有人來渡。李力阻之，其人不渡而去。夜，鬼來，責之曰：「與汝何事？而使我不得替身？」李問：「汝等輪回，必須替身何也？」〔註117〕……在傳統社會中，婆婆虐待媳婦的傳言時有所聞，紀曉嵐記述了一位媳婦遭受婆婆迫害自縊身亡，但拒絕婆婆自縊替代自己的故事，即便如紀曉嵐的寬容圓滑，也加以讚揚，尤見傳統禮教荼毒之深：

> 戈荔田言，有婦爲姑所虐，自縊死。其室因廢不居，用以貯雜物。後其翁納一妾，更悍於姑，翁又愛而陰助之；家人喜其遇敵也，又陰助之。姑窘迫無計，亦羞而自縊；家無隙所，乃潛詣是室。甫啓鑰，見婦披髮吐舌當户立。姑故剛悍，了不畏，但語曰：「爾勿爲厲，吾今還爾命。」婦不答，遽前撲之。陰風颯然，倏已昏仆。俄家人尋視，扶救得蘇，自道所見。眾相勸慰，得不死。夜夢其婦曰：「姑死我當得代；然子婦無仇姑理，尤無以姑爲代理，是以拒姑返。幽室沈淪，凄苦萬狀，姑慎勿蹈此轍也。」姑哭而醒，愧悔不自容；乃大集僧徒，爲作道場七日。戈傅齋曰：「此婦此念，自足生天，可無煩追薦也。」此言良允。然傅齋、荔田俱不肯道其姓氏，余有嗛焉。〔註118〕

《孝經》中國古代儒家的倫理學著作。傳說是孔子自作，但南宋時已有人懷疑是出於後人穿鑿附會。紀曉嵐在《四庫全書總目》中指出，該書是孔子「七十子之徒之遺言」，成書於秦漢之際。該書以孝爲中心，比較集中地闡發了儒家的倫理思想。它肯定「孝」是上天所定的規範，「夫孝，天之經也，地之義也，人之行也」。書中指出，孝是諸德之本，「人之行，莫大於孝」，國君可以用孝治理國家，臣民能夠用孝立身理家，保持爵祿。《孝經》在中國倫理思想中，首次將孝親與忠君聯繫起來，認爲「忠」是「孝」的發展和擴大，並把「孝」的社會作用絕對化、神秘化，認爲「孝悌之至」就能夠「通於神

〔註117〕袁枚作，《續子不語》，（臺北：師大出版中心，2013年），卷三，頁37。
〔註118〕《閱微草堂筆記》卷十二〈槐西雜志二〉，頁194。

明，光於四海，無所不通」。孝悌之道，若果做到了極致的程度，就可以與天地鬼神相通，天人成了一體，互爲感應，「孝弟之通神明」是紀曉嵐也深深認同的論點：

> 族姪竹汀言，有農家婦少寡，矢志不嫁，養姑撫子有年矣。一日，華服少年從牆缺窺伺，以爲過客誤入，詈之去。次日復來。念近村無此少年，土人亦無此華服，心知是魅，持梃驅逐。乃復拋擲磚石，損壞器物。自是日日來，登牆自道相悅意。婦無計，哭訴於社公祠，亦無驗。越七八日，白晝晦冥，雷擊裂村南一古墓，魅乃絕。不知是狐是鬼也。以妖媚人，已干天律，況媚及柏舟之婦，其受殛也固宜。顧必遲久而後應，豈天人一理，事關殊死，亦待奏請而後刑，由社公輾轉上聞，稍稽時日乎？然匹婦一哭，遽達天聽，亦足見孝弟之通神明矣。〔註119〕

紀曉嵐紀錄兩位節孝女子的事蹟，范衡洲的姪女尙未成婚，卻爲未婚夫守節自盡，曾太守的女兒，爲了救母親命喪火海，紀曉嵐認爲奇異的見聞容易被記住，平常事易忘，也許是常理吧！一位爲節而死，一位因孝而亡，〔註120〕記下她們的姓氏，希望不致於泯滅她們的事蹟：

> 范衡洲（山陰人，名家相，甲戌進士，官柳州府知府。）之姪女，未婚殉節，吞金環不死，卒自投於河。曾太守（嘉祥人，曾子裔也，偶忘其名字。）之女以救母並焚死。其事跡始末，當時皆了了知之。今四十餘年，不能舉其詳矣。奇聞易記，庸行易忘，固事理之常歟？附存姓氏，冀不泯幽光。〔註121〕

有個姓齊的人，因犯了罪，被罰前往黑龍江戍守邊關，已經死在那裡幾年了。他的兒子長大後，想把父親的遺骨遷回老家，可家境貧寒，不能如願，爲此，他終日憂愁。一天，他偶然得到了幾升豆子，於是計上心來。把豆子研成細末，用水摶成丸，外面掛了一層赭石色，看上去像是藥丸。然後，他帶著假藥丸，謊稱賣藥的奔赴黑龍江，一路上，就靠騙幾文錢糊口。可也怪了，沿途凡吃了他的藥的，即便是重病也會立即痊癒。於是人們爭相轉告，使他的藥賣出了好價格，終於，他靠著賣藥的錢到達了戍地，找到了父親的

〔註119〕《閱微草堂筆記》卷十四〈槐西雜志四〉，頁237。

〔註120〕嚴文儒注譯，《新譯閱微草堂筆記》（臺北：三民書局，2013年），頁1495。

〔註121〕《閱微草堂筆記》卷十五〈姑妄聽之一〉，頁259。

遺骨，用一個匣子裝好，然後背著匣子踏上歸程。歸途中，他在叢林裡碰上了三個強盜，慌忙之中，丟棄了錢財，只背著骨匣奔跑。強盜以爲匣子裡裝有寶物，就追上去抓住了他。等打開匣子見到骨骸，感到十分奇怪，就問他是怎麼回事。他哭著把事情經過說了一遍。強盜聽了後，深受感動，不僅退回他的財物，還贈了他一些銀錢。他急忙拜謝。忽然，一個強盜頓足大哭道：「這人如此孱弱，尚能歷盡艱辛，到千里之外尋找父親的遺骨。我這個堂堂男子漢，自命英雄豪傑，反而做不到啊！諸位保重。我也要到甘肅去收父親的遺骨了。」說完，他揮了揮手，奔西方而去。他的同夥呼喊他，請他回家與妻子告別，他連頭也沒回，這是被孝子的行爲深深感動的結果啊！紀曉嵐的紀錄中孝行不僅感天動地，連萬惡的強盜都能受其感化：

> 余十一二歲時，聞從叔燦若公言，里有齊某者，以罪戍黑龍江，歿數年矣。其子稍長，欲歸其骨，而貧不能往，恒慽然如抱深憂。一日，偶得豆數升，乃屑以爲末，水摶成丸，衣以赭土，詐爲賣藥者以往，姑以給取數文錢供口食耳。乃沿途買其藥者，雖危症亦立癒，轉相告語。頗得善價，竟藉是達戍所，得父骨，以籃負歸。歸途於窩集遇三盜，急棄其資斧，負籃奔。盜追及，開籃見骨，怪問其故。涕泣陳述。共憫而釋之，轉贈以金。方拜謝間，一盜忽擗踊大慟曰：「此人孱弱如是，尚數千里外求父骨。我堂堂丈夫，自命豪傑，顧乃不能耶？諸君好住，吾今往肅州矣！」語訖，揮手西行。其徒呼使別妻子，終不反顧。蓋所感者深矣！惜人往風微，無傳於世。余作《灤陽消夏錄》諸書，亦竟忘之。癸丑三月三日，宿海淀直廬，偶然憶及，因錄以補志乘之遺。儻亦潛德未彰，幽靈不泯，有以默啓余衷乎？〔註122〕

有個寡婦，撫養著一個兒子，已經十五、六歲了。一天，見一個老頭帶著個女兒，又冷又餓，精疲力盡，再也走不動了。老頭說願意把女兒送給人作童養媳。那女孩長得端端正正，老寡婦用一千文錢作聘禮，雙方寫好婚約，那老頭住了一晚便走了。女孩雖瘦弱，而善於料理家務，打水舂米樣樣都能幹，針線活又好，寡婦家靠她過上了小康生活。她侍候婆婆十分盡心，凡是婆婆想的事情，她總是不待吩付就做了。她照料婆婆的飲食起居，也十分周到，一夜往往要起來三、四次。遇上婆婆生病，她便天天守護在床頭，十天

〔註122〕《閱微草堂筆記》卷十六〈姑妄聽之二〉，頁267。

半月不闔眼。婆婆對她比對自己的兒子還喜歡。婆婆病死後，她拿出幾十兩銀子給丈夫，讓丈夫買棺材做壽衣。丈夫問她錢是從哪裡來的，她低頭猶豫了好久，才說：「實話告訴你，我是一隻躲避雷擊的狐狸。凡是狐將受到雷擊，只有品德高尚、地位顯赫的人才能庇護它們避免，然而，一時間很難遇到這樣的人，遇到了他們，周圍又往往有鬼神保護著，不能靠近。除此之外，只有早早行善，積下功德，也可以避免，然而行善積德不容易，積點小小的善德也不足以度過大的劫難。因此，我變爲你的妻子，勤勤懇懇侍候婆婆。現在靠婆婆的庇佑，我得以免遭上天的懲罰，所以要隆重地厚葬婆婆，來報答她的恩情，你還要懷疑什麼呢？」她的丈夫本是個膽小怕事的人，聽了這話，又驚又怕，竟不敢再與她住在一起，她只好哭著離去。以後每逢祭祀掃墓的日期，婆婆墳上必定先有人燒過紙錢澆過酒，懷疑也是狐女做的。

　　紀曉嵐認爲這狐女只是善於利用人來逃避死亡，並不是真心愛戴婆婆。然而，儘管是有個人目的而做這些事，仍然得到了神靈的寬恕，可見孝道確實是最重要的品德：

> 周密庵言，其族有孀婦，撫一子十五六矣。偶見老父攜幼女，饑寒困憊，踣不能行，言願與人爲養媳。女故端麗，孀婦以千錢聘之。手書婚帖，留一宿而去。女雖屬弱，而善操作，井臼皆能任，又工鍼黹，家藉以小康。事姑先意承志，無所不至：飲食起居，皆經營周至，一夜往往三四起。遇疾病，日侍榻旁，經旬月，目不交睫。姑愛之乃過於子。姑病卒，出數十金與其夫使治棺衾。夫詰所自來，女低回良久，曰：「實告君，我狐之避雷劫者也。凡狐遇雷劫，惟德重祿重者，庇之可免。然猝不易逢，逢之又皆爲鬼神所呵護，猝不能近。此外惟早修善業，亦可以免。然善業不易修，修小善業亦不足度大劫。因化身爲君婦，黽勉事姑。今藉姑之庇，得免天刑，故厚營葬禮以申報，君何疑焉？」子故屬弱，聞之驚怖，竟不敢同居。女乃泣涕別去。後遇祭掃之期，其姑墓上必先有焚楮酹酒跡，疑亦女所爲也。是特巧於逭死，非真有愛於其姑。然有爲爲之，猶邀神福，信孝爲德之至矣。〔註123〕

普通的人念佛，因爲心思雜亂，自然難與神佛相應，必須心心唸唸，努力收攝散亂心以摶清明，忠臣孝子那種純厚的存心，能夠感動天地神靈，一旦唸

〔註123〕《閱微草堂筆記》卷十六〈姑妄聽之二〉，頁272。

佛的話，這句佛號也會隨著忠臣孝子的誠心直達三界，所以這種功能效用與誦經及拜懺相等。〔註124〕一位孝順的媳婦，唸佛必定能獲得神靈感應，必定能化解累世冤結，必定能夠超度冤魂脫離苦去。事親至孝，孝心無價：

> 李村有農家婦，每早晚出餼，輒見女子隨左右，問同行者則不見，意大恐怖。後乃漸隨至家。然恒在院中，或在牆隅，不入寢室。婦逼視，即卻走；婦返，即仍前。知爲冤對，因遙問之。女子曰：「汝前生與我皆貴家妾，汝妒我寵，以奸盜誣我，致幽死。今來取償。詎汝今生事姑孝，恒爲善神所護，我不能近，故日日相隨。揆度事勢，萬萬無可相報理，汝倘作道場度我，我得轉輪，即亦解冤矣。」婦辭以貧，女子曰：「汝貧非虛語，能發念誦佛號萬聲，亦可度我。」問：「此安得能度鬼？」曰：「常人誦佛號，佛不聞也，特念念如對佛，自攝此心而已。若忠臣孝子，誠感神明，一誦佛號，則聲聞三界，故其力與經懺等。汝是孝婦，知必應也。」婦如所說，發念持誦，每誦一聲，則見女子一拜，至滿萬聲，女子不見矣。此事故老時說之。知篤志事親，勝信心禮佛。〔註125〕

兄長友愛弟弟，弟弟尊敬兄長。兄弟之間血脈相連，是人生最難得的緣分。在父母眼裡，兄弟原本都是一體，假使稍有不和，父母心裡就會難過。所以父母看到兄弟友愛，內心自然快樂。兄弟又稱爲手足，彼此要互相照顧，哪有手足相互爭奪的呢？應該時時體念是同一個父母所生，本是一體，至親骨肉是不能分開的。明白了這個道理，當兄弟之間發生爭執時，自然就不忍心再爭吵下去了；對於小財小利，自然也能夠看得比較輕。《論語‧學而第一》：「孝弟也者，其爲仁之本與！」〔註126〕紀曉嵐的故事生動地顯示了孝與悌之間的緊密聯繫。仿佛是檢驗有無仁愛之心的一面鏡子：

> 又聞窪東有劉某者，母愛其幼弟，劉愛弟更甚於母。弟嬰痼疾，母憂之，廢寢食。劉經營療治，至鬻其子供醫藥，嘗語妻曰：「弟不救，則母可慮，母寧我死耳！」妻感之，鬻及袇衣，無怨言。弟病篤，劉夫婦晝夜泣守。有丐者夜棲土神祠，聞鬼語曰：「劉某夫婦輪守其

〔註124〕《由閱微草堂筆記淺談——凡夫心與菩薩行》，頁385。

〔註125〕《閱微草堂筆記》卷十六〈姑妄聽之二〉，頁280。

〔註126〕謝冰瑩等編譯，《新譯四書讀本》（臺北：三民書局，2002年）《論語‧學而第一》，頁68。

弟，神光照爍，猝不能入，有違冥限，奈何？」土神曰：「兵家聲東而擊西，汝知之乎？」次日，其母灶下卒中惡。夫婦奔視，母蘇而弟已絕矣。蓋鬼以計取之也。後夫婦並年八十餘乃卒。奴子劉琪之女，嫁於窪東，言聞諸故老曰：「劉自奉母以外，諸事蠢蠢如一牛。有告以某忤其母者，劉掉頭曰：『世寧有是人？人寧有是事？汝毋造言！』其癡多類此，傳以爲笑。」不知乃天性純摰，直以盡孝爲自然，故有是疑耳！〔註127〕

紀曉嵐紀錄許多狐女的故事，呈現眾多狐女面貌，和前面卷十六〈姑妄聽之二〉所記敍的狐女大致相同。不過前一狐女是有目的地供養婆婆，所以僅僅免於天誅。這個狐女不是有所求而侍候公婆，所以得以修煉成仙。侍奉長輩眞心誠意心存恭敬，必結善緣，得善報：

族姪竹汀言，文安有傭工古北口外者，久無音問。其父母值歲荒，亦就食口外，且覓子。亦久無音問。後乃有人見之泰山下，言：「昔至密雲東北，日已暮，風雲並作。遙見山谷有燈光，漫往投止。至則土屋數楹，圍以秫籬。有老嫗應門，問其里貫，入以告。又遣問姓名年歲，並問：『曾有子出口否？子何名？年幾何歲？』具以實對。忽有女子整衣出，延入上坐，拜而侍立，促老嫗督婢治酒肴，意甚親暱。莫測其由，起而固詰。則失聲伏地曰：『兒不敢欺翁姑，兒狐女也。嘗與翁姑之子爲夫婦，本出相悅，無相媚意。不虞其愛戀過度，竟以瘵亡。心恒愧悔，故誓不別適，依其墓以居。今無意與翁姑遇，幸勿他往，兒尚能養翁姑。』初甚駭怖，既而見其意眞切，相持涕泣，留共居。狐女奉事無不至，轉勝於有子，如是六七年。狐女忽遣老嫗市一棺，且具鍤畚。怪問其故。欣然曰：『翁姑宜賀兒。兒奉事翁姑，自追念逝者，聊盡寸心耳。不期感動土神，聞於岳帝。岳帝憫之，許不待丹成，解形證果。今以遺蛻合窆，表同穴意也。』引至側室，果一黑狐臥榻上，毛光如漆：舉之輕如葉，扣之乃作金石聲。信其眞仙矣。葬事畢，又啓曰：『今隸碧霞元君爲女官，當往泰山，請共往。』故相偕至此，僦屋與土人雜居。狐女惟不使人見形，其供養仍如初也。」後不知其所終。此與前所記狐女略相近。然彼有所爲而爲，故僅得逭誅；此無所爲而爲，故竟能成道。天上

無不忠不孝之神仙，斯言諒哉。〔註128〕

紀曉嵐藉城隍之口點出：「愚忠愚孝之人，大多不計較成敗得失。他們與命運抗爭，實在是自討苦吃，這種人固然不少；然而由於精誠所至，鬼神也不能奪去他性命的人，偶而也會出現一兩位這種情況，與強魂拒捕是完全不同的。孝婦的特例應該稟報嶽帝，再行定奪，千萬不要匆匆忙忙地派屬鬼去強行拘捕其魂魄。」故事中城隍的話說完之後，就再也沒有聲音了。後來，那位孝婦魂魄是否被拘捕不得而知。然而，從這件事情，也許足以證明「人定勝天」，人是能夠通過主觀努力改變天命：

> 竹汀又言，有夜宿城隍廟廊者，聞殿中鬼語曰：「奉牒拘某婦。某婦戀其病姑，不肯死，念念固詰，神不離舍，不能攝取，奈何？」城隍曰：「愚忠愚孝，多不計成敗。與命數爭，徒自苦者，固不少；精誠之至，鬼神所不能奪者，挽回一二，間亦有之。與強魂捍拒，其事迥殊，此宜申岳帝取進止，毋遽以屬鬼往也。」語訖，遂寂。後不知究竟能攝否。然足知人定勝天，確有是理矣。〔註129〕

乾隆四十九年（1784年），山東濟南常常鬧火災。這一年四月末，南門內的西橫街又發生了大火，火勢自東而西。這條街巷路面狹窄，再加上風急火猛，很快就陷入了一片火海之中。有位張某，他家的三間草屋就座落在這條街巷的路北。當大火還沒撲來之前，他原可以帶領妻子兒女轉移到安全的處所，只因家中還安放著他母親的靈柩，火勢蔓延之際，他們還在籌措如何把靈柩移離火區。瞬息之間，大火逼近，其勢已不能逃出火海了。張某夫婦和他們的四個兒女抱著棺材大哭，誓死要以身為老母親殉葬。當時濟南巡撫的屬下撫標參將，正在現場指揮軍隊士兵救火。隱隱約約聽到街北有哭聲，就命幾名標軍登上後巷屋頂尋聲救人。標軍找到張家六口人，便從房上垂下一根大繩子，讓他們繫住，好一一營救上來。張某夫婦卻大喊：「母親的靈柩在這兒，我們怎能棄而不顧？」那四個兒女也不肯上，哭喊道：「爸爸媽媽要殉身奶奶，我們也要陪同爸爸媽媽死在一塊兒。」猶豫之間，烈焰掩至，標軍們只好跳上鄰居的房屋，才得以脫身。當時人們都以為張家一家六口，連同那三間草屋，必定化為灰燼。眾人望著熊熊烈火，只有長歎而已。大火熄滅之後，人們巡視現場，意外地發現張家三間草屋依舊巍然獨存。原來，當火

〔註128〕《閱微草堂筆記》卷十七〈姑妄聽之三〉，頁286。
〔註129〕同上。

勢將要撲向張家時，忽然刮起一陣暴風，把火勢捲而向北，繞過張家屋後，
燒掉鄰居的一座倉庫，又轉而向西。這種現象，若非鬼神的呵護，哪有可能？
這個故事是乾隆五十八年（1793 年）七月，德州書院山長張慶源先生，把當
時的情形記錄下來寄給紀曉嵐。和紀曉嵐在《灤陽消夏錄》中記載某寡婦的
故事相類似。然而，能做到夫妻、子女六人齊心同德，誓死殉孝，實在是難
而又難了。常言說：「二人同心，其利斷金。」何況他們是父母子女六人同心
呢？《淮南子·覽冥訓》中記載齊國一位寡婦，因蒙冤受屈，不能自解，呼
天作證，頓時雷電下擊，景公之台損壞，爲她洗雪冤枉。何況張家六口皆是
至孝啊！精誠所至，必能感通天地神靈。即使命數有定，神鬼也不得不給予
挽回。這也是人定勝天的一例吧！這個故事聽來奇異，但說它順乎情理也是
可以的。紀曉嵐和張慶源先生並不相識，而張先生卻把此事記錄下來輾轉寄
給紀曉嵐，務必使它流傳：

> 乾隆甲辰，濟南多火災。四月杪，南門內西橫街又火，自東而西，
> 巷狹風猛，夾路皆烈燄。有張某者，草屋三楹在路北，火未及時，
> 原可挈妻孥出，以有母柩，籌所以移避。既勢不可出，夫婦與子女
> 四人抱棺悲號，誓以身殉。時撫標參將方督軍撲救，隱隱聞哭聲，
> 令標軍升後巷屋尋聲至所居，垂絙使縋出。張夫婦並呼曰：「母柩在
> 此，安可棄也？」其子女亦呼曰：「父母殉父母，我不當殉父母乎？」
> 亦不肯上。俄火及，標軍越屋避去，僅以身免。以爲闔門並燼爐，
> 遙望太息而已。乃火熄，巡視其屋，歸然獨存。蓋回飆忽作，火轉
> 而北，繞其屋後，焚鄰居一質庫，始復西也。非鬼神呵護，何以能
> 然？此事在癸丑七月，德州山長張君慶源錄以寄余，與余《灤陽消
> 夏錄》載孀婦事相類。而夫婦子女，齊心同願，則尤難之難。夫二
> 人同心，其利斷金，況六人乎？庶女一呼，雷霆下擊，況六人並純
> 孝乎？精誠之至，哀感三靈，雖有命數，亦不能不爲之挽回。人定
> 勝天，此亦其一。事雖異聞，即謂之常理可也。余於張君不相識，
> 而張君間關郵致，務使有傳，則張君之志趣可知矣。因爲點定字句，
> 錄之此編。〔註 130〕

君爲臣綱，父爲子綱，夫爲妻綱。人類以外，等級制度幾乎也存在其它
動物間，家庭也幾乎是所有動物群體的基本單位。千里尋父，四十年覓親，

〔註 130〕《閱微草堂筆記》卷十八〈姑妄聽之四〉，頁 320。

在今天來看，也並非太離奇。這種情感，不管是天生，抑或後天的灌輸，對
於一個社會來說，似乎沒有太大的壞處。子誠千里尋父，偶然相遇，父子團
圓。這故事的情節，又和《宋史》所載朱壽昌尋母的故事相類似。似乎皆有
神助，非人力所能及。只因精誠之至，故能感天地、動鬼神，說是人力所為
也合乎情理，當事人發願精進，感動上蒼，終究能順利達成目標：〔註131〕

> 寶坻王泗和，余姻家也。嘗示余《書艾孝子事》一篇，曰：「艾子
> 誠，寧河之艾鄰村人。父文仲，以木工自給。偶與人鬥，擊之踣，
> 誤以為死，懼而逃。雖其妻，莫知所往。第彷彿傳聞，似出山海
> 關爾。是時妻方娠，越兩月，始生子誠。文仲不知已有子。子誠
> 幼鞠於母，亦不知有父也。迨稍有知，乃問母父所在，母泣語以
> 故。子誠自是惘惘如有失。恒絮問其父之年齒狀貌，及先世之名
> 字，姻婭之姓氏里居。亦莫測其意，姑一一告之。比長，或欲妻
> 以女，子誠固辭曰：『烏有其父流離，而其子安處室家者？』始知
> 其有志於尋父，徒以孀母在堂，不欲遠離耳。然文仲久無音耗，
> 子誠又生未出里閭，天地茫茫，何從蹤跡？皆未信其果能往。子
> 誠亦未嘗議及斯事，惟力作以養母。越二十年，母以疾卒。營葬
> 畢，遂治裝裹糧赴遼東。有沮以存亡難定者，子誠泣然曰：『苟相
> 遇，生則共返，歿則負骨歸；苟不相遇，寧老死道路間，不生還
> 矣。』眾揮涕而送之。子誠出關後，念父避罪亡命，必潛蹤於僻
> 地。凡深山窮谷，險阻幽隱之處，無不物色。久而資斧既竭，行
> 乞以餬口。凡二十載，終無悔心。一日，於馬家城山中遇老父，
> 哀其窮餓，呼與語。詢得其故，為之感泣，引至家，款以酒食。
> 俄有梓人攜具入，計其年與父相等。子誠心動，諦審其貌，與母
> 所說略相似。因牽裙泣涕，具述其父出亡年月，且縷述家世及戚
> 黨，冀其或是。是人且駭且悲，似欲相認，而自疑在家未有子。
> 子誠具陳始末，乃噭然相持哭。蓋文仲輾轉逃避，乃至是地，已
> 閱四十餘年；又變姓名為王友義，故尋訪無跡。至是，始偶相遇
> 也。老父感其孝，為謀歸計。而文仲流落久，多逋負，滯不能行。
> 子誠乃踉蹌奔還，質田宅，貸親黨，得百金再往，竟奉以歸。歸
> 七年，以壽終。子誠得父之後，始娶妻。今有四子，皆勤儉能治

〔註131〕《由閱微草堂筆記淺談——凡夫心與菩薩行》，頁282。

生。昔文安王原尋親萬里之外，子孫至今爲望族。子誠事與相似，天殆將昌其家乎？子誠佃種余田，所居距余別業僅二里。余重其爲人，因就問其詳，而書其大略如右。俾學士大夫，知隴畝間有是人也。時癸丑重陽後二日。」案子誠求父多年，無心忽遇，與宋朱壽昌尋母事同，皆若有神助，非人力所能爲。然精誠之至，故哀感幽明，雖謂之人力亦可也。〔註132〕

如卷十九《灤陽續錄一》「司庖楊媼言」故事，敘述某甲婦爲撫孤而改嫁，延續故夫宗祀，終能與故夫合葬。紀曉嵐強調「程子謂餓死事小，失節事大，是誠千古之正理。然爲一身言之耳。此婦甘辱一身以延宗祀，所全者大，似又當別論矣」，試想紀曉嵐用意，似乎對當日社會執著「禮教」而忽略「人情」感到莫可奈何。甚至反映出清代對婦女失貞問題仍抱持以死明志，才能有善終的果報，可想見當日社會，對傳宗接代的重視。保守傳統禮教制度下，對女子守節守貞的看重，現今社會風氣開放下反覆思索一個問題：誰比較偉大？是爲延夫家子嗣，委身改嫁，扶養小孩長大的妻子；還是從故事開始就出現，一直隱藏到最後，看著自妻子改嫁、某乙的行徑，卻強忍不出聲的丈夫亡魂？究竟孰輕孰重？紀曉嵐筆下的結局是俗套的大圓滿，淡淡淒涼而皆大歡喜：

> 司庖楊媼言，其鄉某甲將死，囑其婦曰：「我生無餘貲，身後汝母子必凍餓。四世單傳，存此幼子。今與汝約，不拘何人，能爲我撫孤則嫁之，亦不限服制月日，食盡則行。」囑記，閉目不更言，惟呻吟待盡。越半日，乃絕。有某乙聞其有色，遣媒妁請如約。婦雖許婚，以尚足自活，不忍行。數月後，不能舉火，乃成禮。合巹之夜，已滅燭就枕，忽聞窗外歎息聲。婦識其謦欬，知爲故夫之魂，隔窗嗚咽語之曰：「君有遺言，非我私嫁。今夕之事，於勢不得不然，君何以爲祟？」魂亦嗚咽曰：「吾自來視兒，非來祟汝。因聞汝啜泣卸妝，念貧故使汝至於此，心脾悽動，不覺喟然耳。」某乙悚甚，急披衣起曰：「自今以往，所不視君子如子者，有如日。」靈語遂寂。後某乙耽玩豔妻，足不出戶。而婦恒惘惘如有失。某乙倍愛其子以媚之，乃稍稍笑語。七八載後，某乙病死，無子，亦別無親屬。婦據其貲，延師教子，竟得游泮。又爲

納婦，生兩孫。至婦年四十餘，忽夢故夫曰：「我自隨汝來，未曾離此。因吾子事事得所，汝雖日與彼狎昵，而念念不忘我，燈前月下，背人彈淚，我皆見之。故不欲稍露形聲，驚爾母子。今彼已轉輪，汝壽亦盡，餘情未斷，當隨我同歸也。」數日果微疾，以夢告其子，不肯服藥，荏苒遂卒。其子奉棺合葬於故夫，從其志也。程子謂餓死事小，失節事大，是誠千古之正理。然爲一身言之耳。此婦甘辱一身，以延宗祀，所全者大，似又當別論矣。楊媼能舉其姓氏里居，以碎璧歸趙，究非完美，隱而不書。憫其遇，悲其志，爲賢者諱也。又吾鄉有再醮故夫之三從表弟者，兩家所居，距一牛鳴地。嫁後，乃以親串禮回視其姑：三數日必一來問起居，且時有贍助。姑賴以活。歿後，出貲斂葬；歲恒遣人祀其墓。又京師一婦少寡，雖頗有姿首，而鍼黹烹飪，皆非所能。乃謀於翁姑，偽稱其女，鬻爲宦家妾，竟養翁姑終身。是皆墮節之婦，原不足稱，然不忘舊恩，亦足勵薄俗。〔註133〕

　　對父母要盡孝，子盡孝，乃是天理的常規，人倫根本。做子女的人不孝，那麼父母怎能期望子女？人倫所在，就像晚輩奉事長輩，平輩之間交朋友，處事接物，都應當遵循。百善孝爲先，要行善必先行孝，因爲對於恩重如山，生我育我的至親，如果都未能給予應有的回報，則縱有其他的什麼善行，事實上也大都無法完全抵償由不孝所產生的罪過，無論古今中外，任何一個成就偉大事業的人物，幾乎可說毫無例外的都是事親至孝，反之，一個對雙親忤逆不孝的人而能成就大事者，可說絕無僅有，孝是百善之先，爲人之本，孝爲百善之先，我們能長大成人，是由於父母的教養提攜，所以對父母應當存有恭敬孝順之心。父母是一個大恩田，供養父母有無量的福報、功德，修善培福就從身邊的人、從家庭開始做起。如果無法善待身旁的親人、恩人，又如何做好人、做好事呢？古人說：「樹欲靜而風不止，子欲養而親不待。」爲人子女者要及時把握盡孝的機會，以真誠恭敬之心報父母恩。欲端正社會風氣，整頓社會秩序，重建人類之倫理綱常，必先弘揚百善之源——孝道精神。從儒家道德的角度，引導眾生明瞭孝悌乃做人根本；從佛法因果的層面，教育眾生認識自己，承擔自己的良知，進而啓發知恩、感恩、報恩之心與本具慈憫的善性。

〔註133〕《閱微草堂筆記》卷十九〈灤陽續錄一〉，頁332。

第四章　因緣際會

第一節　復仇因果——現世復仇

　　離紀曉嵐家三四十里的地方，有一富戶。主人殘暴的對待自己家僕人，將僕人夫婦凌虐致死以後，霸佔了他們的女兒。其女一向聰明狡黠，善解人意。侍奉主人的膳食周全樣樣稱心。且對主人溫柔體貼，淫蕩狎昵打情罵俏。凡能博得他歡心的事情無所不做。人們都背後議論她忘記弒親之仇，主人受她迷惑，對她寵愛有加，程度甚至是到了言聽計從的地步。此女開始引導他追求豪華奢侈，把家產破費了十之七八。隨後又搬弄是非，離間骨肉關係，使一家人互相猜忌成為仇人。接著經常向他講述《水滸傳》宋江、柴進等人物故事，稱讚他們是英雄豪傑，慫恿他去交結盜賊。這富戶主人最後竟落得殺人償命下場。行刑這天，此女沒有去哭她的丈夫，而是暗備酒果到父母墓前進行祭祀，她對著父母墳說：「雙親經常托夢指責我，對我切齒怨恨，多次要打我。今天明白了嗎？」人們這才恍然大悟道她原來是為了蓄志報仇，〔註1〕說：「這個女人的行為，非但人不能測，就是鬼也未能窺破，心機眞深啊！然而，人們並不認為她陰險，《春秋》主張：原心定罪，推究本意，殺父之仇本來就是不共戴天的。」

　　在一般世俗眼光來看，該為父母報仇的女兒，不思父母之仇，而甘心侍候仇人，實屬不孝罪人。待到仇人在她的慫恿引誘下，犯下殺頭大罪，人們才解開疑團。但又怪她城府太深。對於女子爭議性的作為，紀曉嵐以「春秋

〔註1〕《由閱微草堂筆記淺談——凡夫心與菩薩行》，頁121。

「決獄」的方法引導讀者去思考。故事中，紀曉嵐提到《春秋》原心，即追究一個人的最初用心。傳統時代，《春秋》作爲儒家經典著作，被引入司法，稱「春秋決獄」，成爲一定歷史時期立法和司法的指導思想。評論一個人行爲的善惡，不瞭解其內心，就不能做出全面正確的判斷。對待一個案件，無論是民事還是刑事，要做出符合情理和法律的判決，光看行爲及其後果而不考慮行爲人的主觀動機，難免做出片面結論。正像這則故事中，爲了給父母報仇，女兒將復仇的動機隱藏起來，在行爲上，讓人絲毫也看不出來，尤其迷惑仇人，最終把仇人送上死路一途，爲父母報仇雪恨。如果仇人的犯罪結果與女子的教唆引誘等行爲分不開的話，女子就應背負不可推卸的責任。但是否追究女子的責任，不能只看行爲和結果，還要考慮她的動機。她之所以如此，完全在爲父母報仇的心理支配下進行的，因此在道德人情上，女子的行爲可以得到寬恕。所謂「原心」，是一種史家褒貶方式，欲下褒貶，便要先析是非，〔註2〕《閱微草堂筆記中》廣泛運用此方式分析是非曲直，傳達紀曉嵐的好惡情緒。

> 又去余家三四十里，有凌虐其僕夫婦死而納其女者。女故慧黠，經營其飲食服用，事事當意。又凡可博其歡者，冶蕩狎昵，無所不至。皆竊議其忘仇。蠱惑既深，惟其言是聽。女始則導之奢華，破其產十之七八。又讒間其骨肉，使門以內如寇仇。繼乃時說《水滸傳》宋江柴進等事，稱爲英雄，慫慂之交通盜賊，卒以殺人抵法。抵法之日，女不哭其夫，而陰攜卮酒，酧其父母墓曰：「父母恒夢中魘我，意恨恨似欲擊我，今知之否耶？」人始知其蓄志報復。曰：「此女所爲，非惟人不測，鬼亦不測也，機深哉！然而不以陰險論。《春秋》原心，本不共戴天者也。」〔註3〕

乾隆十五年（1750 年）間，官庫的玉器失竊，於是調查看守國家園林的人家，有個叫常明的人在接受審問時，突然變成孩童的聲音說：「玉器不是他偷的，人卻眞的是他殺的，我就是他所殺的那個人的魂魄。」審問的官吏嚇一大跳，將案子移送刑部。紀曉嵐的父親姚安公當時擔任江蘇司郎中，與余文儀等人一同審訊犯人。鬼魂說：「我名叫二格，十四歲，家住海淀，父親是李星望。前年元宵節，常明帶我去看花燈，夜深人靜時常明調戲我，我極力

〔註2〕《乾隆文治與紀曉嵐志怪創作》第四章，頁264。
〔註3〕《閱微草堂筆記》卷一〈灤陽消夏錄一〉，頁14。

抵抗，還說回家後要告訴父親，常明就用衣帶把我勒死，再把屍體埋在河岸下。父親懷疑常明把我藏起來，向巡城官控告常明，後來案子移送到刑部，因為沒有常明犯案的證據，官員們商議另行查緝真正的兇手。我的魂魄時常跟著常明，剛開始，距離他四、五尺，就覺得像火燒般炙熱，無法再靠近。後來熱度稍為減弱，漸漸能靠近到二、三尺，再來能靠近到一尺左右，昨天則一點兒都不覺得熱，才能附在他身上。」鬼魂又說第一次審訊時，他也跟著到了刑部，他所指的那個門，是刑部的廣西司。後來依照他所說的日期，果然找到原先的案卷。問他屍體在那裡，鬼魂說埋在河邊第幾棵柳樹邊，果然也在那裡挖到了屍體，屍體還沒有腐壞。官府找他的父親來認屍，他的父親痛哭著說：「是我的兒子啊！」這件事雖然很玄奇，然而鬼魂說的各項事實卻都得到驗證，而且審訊時，叫常明的名字，就像忽然從夢中醒來一般，用常明的聲音說話；叫二格的名字，就忽然像昏沉酒醉一般，用二格的聲音說話。兩種身分來來回回辯論好幾次，常明才伏首認罪。二格父子聊了一些瑣碎家事，事事分明，案子再無可疑之處，官員就以實情上報長官，並依法判處常明罪刑。判決下達那天，鬼魂很高興，原本賣糕點為生的他，忽然大叫了一聲：「賣糕！」二格的父親哭著說：「好久沒有聽見這聲音了，這聲音跟他活著時一模一樣啊！」父親問：「兒子要去哪？」二格說：「我也不知道，但我要走了。」後來再訊問常明時，常明就不再用二格的聲音說話了。

　　被受害人二格的冤魂附體，常明以二格的語氣交代了自己被常明殺害的經過。審判官按照二格靈魂的指引，將罪證一一搜羅，從而使殺人案真相大白。這看似戲劇性的一幕，真實地記錄在《閱微草堂筆記》中，而且，這一案件還是紀曉嵐的父親姚安公紀容舒親自審理的。細細琢磨，這起殺人案件的偵破並不足以為奇，因為，「冤魂」陳述的常明殺人過程，事實清楚，層次分明，聽起來符合事情的本來面目，不像鬼魂妄語。紀曉嵐所以這樣描繪，是避諱他的父親在辦案中的一些做法，比如嚴刑拷打逼供之類。事實上，在紀曉嵐生活的清代，證據的收集手段是無法科學或先進的。口供在案件中可稱得上是最重要的證據之一，特別是在刑事案件的訴訟中，口供更佔有重要的地位。大部分刑事案件，口供是必不可少的證據，沒有口供自白，就不能對被告人定罪。由此就很好理解紀曉嵐在這則故事中的用心，用意把姚安公等人審理盜竊案件而意外破獲一起殺人案，藉以交代罪行。在一定程度上，這是紀曉嵐對他的父親姚安公審案的一種避諱，許是擔心人們對姚安公審案

使用刑訊逼供有所詬病。

> 乾隆庚午，官庫失玉器，勘諸苑戶，苑戶常明對簿時，忽作童子聲
> 曰：「玉器非所竊，人則眞所殺，我即所殺之魂也。」問官大駭，移
> 送刑部。姚安公時爲江蘇司郎中，與余公文儀等同鞫之，魂曰：「我
> 名二格，年十四，家在海淀，父曰李星望。前歲上元，常明引我觀
> 燈歸，夜深人寂，常明戲調我，我方力拒，且言歸當訴諸父，常明
> 遂以衣帶勒我死，埋河岸下。父疑常明匿我，控諸巡城，送刑部，
> 以事無左證，議別緝眞凶。我魂恒隨常明行，但相去四五尺，即覺
> 熾如烈燄，不得近。後熱稍減，漸近至二三尺，又漸近至尺許。昨
> 乃都不覺熱，始得附之。」又言：「初訊時，魂亦隨之刑部，指其門，
> 乃廣西司。」按所言月日，果檢得舊案。問其屍，云在河岸第幾柳
> 樹旁，掘之亦得，尚未壞。呼其父使辨識，長慟曰：「吾兒也。」以
> 事雖幻杳，而證驗皆眞，且訊問時呼常明名，則忽似夢醒，作常明
> 語：呼二格名，則忽似昏醉，作二格語。互辯數四，始款伏。又父
> 子絮語家事，一一分明，獄無可疑，乃以實狀上聞。論如律。命下
> 之日，魂喜甚，本賣糕爲活，忽高唱賣糕一聲，父泣曰：「久不聞此，
> 宛然生時聲也。」問兒當何往，曰：「吾亦不知，且去耳。」自是再
> 問常明，不復作二格語矣。〔註4〕

明代崇禎末年，孟村有夥強盜肆意的搶奪別人的財物。強盜看見一個女子長
得漂亮，就把她連同她的父母也一起抓去。女子拒受玷污，強盜就把她的父
母捆綁起來，施加炮烙之刑。父母悲慘地呼號，叫女兒順從強盜。女子要求
先放了父母，才肯依從。強盜看出這名女子是在矇騙自己，就堅持必先依從，
然後才能釋放她的父母。那女子奮力撲上去，狠狠地打了強盜幾個巴掌。強
盜殺死了一家三人，把屍體拋棄在野地裏。後來，強盜與官軍打仗，強盜的
馬到了女子的屍體旁，忽然驚恐跳躍，不肯前行，終於連人帶馬陷進泥潭而
被官軍捉住。這是死去的女子顯靈，做鬼也不放過害自己的強盜，可惜她的
名字已無從查考了。

有人說起這件事，認爲沒有出嫁的女子，應聽從父母的話。父母叫她依
從強盜，她卻爲了自己的名聲，而坐視父母遭受酷刑，這女子似乎過於殘忍。
還有的人說，父母的話也要看對不對，依從強盜不能與許配人家相提並論。

〔註4〕《閱微草堂筆記》卷二〈灤陽消夏錄二〉，頁 19。

難道父母叫女兒去當妓女，女兒就去當嗎？這麼說來女子的行為似乎情有可原。紀曉嵐的父親姚安公說：「這事兒與郭六的事兒正好相反，都有說得過去的理由，但心裏實在拿不准誰對誰錯。不吃有毒的馬肝，不能說不知道馬肝的滋味。」其實，做父母的迫於強盜的淫威，順從了強盜的意願，要女兒做她不願意做的事情，這件事情本身就不對了，事後人們還怨怪他的女兒做的不對。整個事情被人們不辨善惡的觀念弄反了。固然強盜該殺，他們殺人越貨，無惡不作，姦淫婦女。但從這件輪回報應的事情上來看，做人講氣節即不可以在強權、強敵、困境等面前，喪失了自己做人的骨氣和名節；和郭六的故事將孝推到極端一樣，這一回，文中的孟村弱女子則是將節推到極致，以至於紀曉嵐只好將兩種完全相反的意見並列其後。

> 明崇禎末，孟村有巨盜肆掠。見一女有色，並其父母繫之。女不受污，則縛其父母加炮烙。父母並呼號慘切，命女從賊。女請縱父母去，乃肯從。賊知其紿己，必先使受污而後釋。女遂奮擲批賊頰，與父母俱死，棄屍於野。後賊與官兵格鬥，馬至屍側，辟易不肯前，遂陷淖就擒。女亦有靈矣。惜其名氏不可考。論是事者，或謂：「女子在室，從父母之命者也。父母命之從賊矣，成一己之名，坐視父母之慘酷，女似過忍。」或謂：「命有治亂，從賊不可與許嫁比。父母命為娼，亦為娼乎？女似無罪。」先姚安公曰：「此事與郭六正相反，均有理可執，而於心終不敢確信。不食馬肝，未為不知味也。」〔註5〕

羅某人與賈某人比鄰而居，羅家富賈家貧。羅某人想兼併賈家的住宅，卻極力壓低房價。賈某想賣給別人，羅某又暗中阻撓。時間久了，賈家的生活更加窘迫窮困，不得已只好以低價賣給羅某。羅某加以經營改造，使之煥燃一新。落成那天，羅某大擺盛宴，祭祀鬼神。當他剛點燃紙錢，忽然刮起一陣狂風，把那紙錢捲到房梁之上，一剎那時，濃煙烈炎驟然而起，火星煙塵崩落如雨。頃刻間，新修繕的房屋燒得寸椽無存，就連羅某的舊住宅也一齊燒燬。當烈火剛起的時候，在場的人們爭相撲救。羅某卻拍著自己的胸膛阻止說：「不用救了！剛才我在火光之中，恍惚看見賈某已過世的父親，是他懷著怨恨在報復，救也徒勞無功。我現在也後悔莫及！」羅某旋即把賈某請來，願意送給他二十畝良田作為對賈家的補償，並立下契約。從此羅某改惡從善，

〔註5〕《閱微草堂筆記》卷三〈灤陽消夏錄三〉，頁35。

竟得以長壽善終。懺悔盜業，以壽考終：〔註6〕

> 羅與賈比屋而居，羅富賈貧。羅欲並賈宅，而勒其值。以售他人，
> 羅又阻撓之。久而益窘，不得已減值售羅。羅經營改造，土木一新。
> 落成之日，盛筵祭神。紙錢甫燃，忽狂風捲起，著樑上，烈燄驟發，
> 煙煤迸散如雨落。彈指間，寸椽不遺，並其舊廬燼焉。方火起時，
> 眾手交救，羅拊膺止之，曰：「頃火光中，吾恍惚見賈之亡父，是其
> 怨毒之所為，救無益也。吾悔無及矣。」急呼賈子至，以腴田二十
> 畝，書券贈之。自是改行從善，竟以壽考終。〔註7〕

慶雲、鹽山之間，有個人在夜間經過墳墓，被群狐攔住去路，剝光衣服，反
捆起來，倒懸在樹梢上。天亮以後，人們才發現，於是搬來梯子，將他解救
下來。人們發現他背上書寫著「繩還繩」三個大字，沒人知道其中之意。過
了許久，這人才悟出自己二十年前曾捕捉一狐，當時也是倒懸起來，所以才
遭今日報復。胡厚庵先生在模仿李西涯新樂府的詩中，有一篇名叫《繩還繩》：
「斜柯三丈不可登，誰躡其杪如猱升。諦而視之兒倒繃，背題三字繩還繩。
問何以故心懍騰，恍然忽省蹶然興。束縛阿紫當年曾，舊事過眼如風燈。誰
期狹路遭其朋，吁嗟乎，人妖異路炭與冰，爾胡肆暴先侵陵？使銜怨毒伺隙
乘，吁嗟乎，無為禍首茲可懲。」說的就是這事。

> 慶雲鹽山間，有夜過墟墓者，為群狐所遮，裸體反接，倒懸樹杪，
> 天曉人始見之，撥梯解下，視背上大書三字曰：「繩還繩」。莫喻其
> 意。久乃悟二十年前，曾捕一狐倒懸之，今修怨也。〔註8〕

鄉官宋某，號稱「東鄉太歲」，他因垂涎鄰家孩子秀麗，便千方百計引誘成奸。
這事被孩子的父親察覺，便逼迫孩子自盡。這事很隱密無人知曉。一天晚上，
宋某夢見被抓到冥府，據說是被那孩子控訴。宋某分辯：「我本是出於憐愛，
沒有加害之意。你的死是你父親所致，實在我意料之外。」孩子說：「你不引
誘我，我怎會被淫？我不被淫，又怎會招致死亡？推究禍首，不是你又是誰？」
宋某又辯解：「引誘是由我而起，可你順從呀。回眸一笑，縱身相投的是誰？
本來就不是我強迫，按理難以歸咎於我。」陰官怒叱道：「幼子無知，才陷入
你的圈套。就像釣魚充作佳饌，怎能反怪罪魚？」於是拍案大呼，宋某驚醒。

〔註6〕《由閱微草堂筆記淺談——凡夫心與菩薩行》，頁 403。
〔註7〕《閱微草堂筆記》卷五〈灤陽消夏錄五〉，頁 63。
〔註8〕《閱微草堂筆記》卷七〈如是我聞一〉，頁 98。

後來，有官因受賄被罷，宋某也被牽連。他自知報應將至，禍患難料，便把夢境告知親友。待判刑，卻未被重判。他以爲夢不足爲憑，等到他服三年刑被釋，那鄰家老翁因怨恨其污辱兒子，已趁他妻子獨自在家時，用重金作誘餌，讓她做出對夫不忠的事。宋某怕人閒言碎語，竟慚愧上吊自殺。可見前次的災禍倖免，則可能是留待以後再報，以示所作所爲必有報應，眞是如影隨形：

> 里胥宋某，所謂東鄉太歲者也。愛鄰童秀麗，百計誘與狎，爲童父所覺，迫童自縊。其事隱密竟無人知。一夕，夢被拘至冥府，云爲童所訴。宋辯曰：「本出相憐，無相害意。死由爾父，實出不虞。」童言：「爾不誘我，何緣受淫？我不受淫，何緣得死？推原禍本，非爾其誰？」宋又辯曰：「誘雖由我，從則由爾。回眸一笑，縱體相從者誰乎？本未強干，理難歸過。」冥官怒叱曰：「稚子無知，陷爾機井。餌魚充饌，乃反罪魚耶？」拍案一呼，懍然驚悟。後官以賄敗，宋名麗案中，禍且不測。自知業報，因以夢備告所親。逮及獄成，乃僅擬城旦，竊謂夢境無憑也。比三載釋歸，則鄰叟恨子之被污，乘其婦獨居，餌以重幣，己見金夫，不有躬矣。宋畏人多言，竟慚而自縊。然則前之倖免，豈非留以有待示所作所受，如影隨形哉？〔註9〕

　　萬事萬物有因有果，所以一旦各種因緣成熟，就會產生果報。有個官府差役的頭目擅長賭博，贏別人的錢就好像探囊取物，如同不持兵器的搶劫。他和下屬同黨勾結，在賭場上暗示授意，狡詐多端，配合得就像指揮自己的手臂手指，就像呼吸相通。那些頭腦稍笨的有錢人，就像魚兒吞食誘餌，野雞遇上獵人用來誘引的雞。這樣近十年，他積累了巨萬資金，於是派兒子去長蘆做買賣，當商人。他的兒子也很狡猾，十分淫蕩貪色。有個曾墮入他們的圈套而家破的人，對他們恨之入骨，於是請求和他一同前去，而暗地裡帶他去妓院，滿眼舞衫歌扇，令他沉溺其中不想歸家，資財竟耗費了十分之九。他的父親稍稍聽到些傳聞，親自去查看，事情已經不可收拾。人們評論說，這事雖然是人謀，但也有天意。報仇的人動這個念頭，大概是神的啓發吧？不然，爲什麼他以前那麼傻，而後來那麼精呢？一個人擅長賭博贏他人錢財，如同囊中取物般容易，卻因其子好女色而終究將贏來的錢投注於玩妓而消耗

〔註9〕《閱微草堂筆記》卷八〈如是我聞二〉，頁114。

殆盡。由此意蘊，每件事物所呈現的結果必有其原因可循，文中這個擅賭之人，雖贏他人的錢，卻因好色仍將錢財幾近耗盡，只要是種下相當因緣的種子，自然會得到相當的果報，上天會在適當時機給予懲誡，所以說因果報應，不是不報，是時候未到。

> 胥魁有善博者，取人財猶探物於囊，猶不持兵而劫奪也。其徒黨密相羽翼，意喻色授，機械百出，猶臂指之相使，猶呼吸之相通也。駔豎多財者，則猶魚吞餌，猶雉遇媒耳。如是近十年，彙金巨萬，俾其子賈於長蘆，規什一之利。子亦狡黠，然冶蕩好漁色。有墮其術而破家者，銜之次骨。乃乞與偕往，而陰導之為北里游，舞衫歌扇，耽志忘歸，耗其貲十之九。胥魁微有所聞，自往檢校，已不可收拾矣。論者謂：「事雖人謀，亦有天道。仇者之動此念，殆神啓其心歟？不然，何前愚而後智也？」〔註10〕

紀曉嵐記錄惡少欺凌狐女而遭到狐女報復的故事：〔註11〕一群惡少，無事生非殘忍對待、逼迫戲弄狐女，這些惡棍遭到殺女焚屋的報復不值得同情，紀曉嵐評價只是「狐不擾人，人乃擾狐」，相對於惡少對女性的污辱與欺凌已是輕判。

> 法南野又說一事，曰：「里有惡少數人，聞某氏荒塚有狐，能化形媚人。夜攜罝罟穴口，果掩得二牝狐。防其變幻，急以錐刺其髀，貫之以索，操刃脅之曰：『爾果能化形為人，為我輩行酒，則貸爾命。否則立磔爾！』二狐嗥叫跳擲，如不解者。惡少怒，刺殺其一，其一乃人語曰：『我無衣履，及化形為人，成何狀耶？』又以刃擬頸，乃宛轉成一好女子，裸無寸縷。眾大喜，迭肆無禮，復擁使侑觴，而始終挈索不釋手。狐妮妮軟語，祈求解索。甫一脫手，已瞥然逝。歸未到門，遙見火光，則數家皆焦土，殺狐者一女焚焉。知狐之相報也。狐不擾人，人乃擾狐，『多行不義』，其及也宜哉！」〔註12〕

季廉夫說：鍾光豫太守在江甯做官時，有兩位幕僚，是表兄弟。一個掌管編號登記，一個掌管公文收發，經常同床而睡。一天晚上，一個人已經睡下，另一個還在燈下看書，突然，發現書桌邊坐著一個穿紅衣的女人。他害怕極

〔註10〕 《閱微草堂筆記》卷九〈如是我聞三〉，頁129。
〔註11〕 嚴文儒注譯，《新譯閱微草堂筆記》（臺北：三民書局，2013年），頁1076。
〔註12〕 《閱微草堂筆記》卷十二〈槐西雜志二〉，頁187。

了，連忙把睡著的人喊醒。睡著的人驚醒後，揉著眼睛察看發現並非女人，
而是一個奇形怪狀的鬼。那鬼衝上前來就打，兩人都昏倒在地。第二天，眾
人見他們不開房門，都感到奇怪，就破門查看，發現第一個看見鬼的人已經
死了；後來看見的人也只剩下一口氣，經過服藥治療才活過來。醒過來的人，
就把昨夜的情況講述一番，紀曉嵐覺得鬼魂無緣無故去騷擾人，這是可能會
有的事；說到現出原形來追討索命，那就不會是無緣無故而來的。官府的幕
僚賓客，雖然自身不是官，卻掌握官的權力。在行文之間，動輒關係到人的
生死，所以，在官府行善較易，作惡也容易。這件事一定是有冤魂前來報復，
才有這樣大的變故。只是不知道因為什麼事罷了。

> 廉夫又言，鍾太守光豫，官江寧時，有幕友二人，表兄弟也，一司
> 號籍，一司批發，恒在一室同榻寢。一夕，一人先睡，一人猶秉燭。
> 忽見案旁一紅衣女子坐，駭極，呼其一醒。拭目驚視，則非女子，
> 乃奇形鬼也。直前相搏，二人並昏仆。次日，眾怪門不啓，破扉入，
> 視其先見者已死，後見者氣息僅屬，灌治得活。乃具述夜來狀。鬼
> 無故擾人，事或有之：至現形索命，則未有無故而來者。幕府賓佐，
> 非官而操官之權，筆墨之間，動關生死，為善易，為惡亦易。是必
> 冤譴相尋，乃有斯變。第不知所緣何事耳。〔註13〕

　　有位富家子弟病危，死後又甦醒對家裡人說：「剛才我的靈魂已經到了陰
曹地府。只因我曾經出錢救過兩條人命，但曾經強奪民女。如今那兩個被我
救活的人在陰司遞狀保我，而民女的父親卻在閻王面前哭訴，請求將我治罪。
所以這案子尚未作最後判決，就暫且放我回來。」過了兩天，這富家子又死
而復甦，對家裡人說：「這回我可死定了。剛才我又到陰司，據冥官說：『強
奪民女雖罪大惡極，救人活命卻也是大善，善惡可相抵。』但閻王爺說：『如
果救某人的命，所奪的民女剛好又是他的女兒，還可以抵消。現在他所奪的
是這個人的女兒，而被救活的卻是那個人的性命。以救活他人的恩德，來補
償這人女兒被奪的冤仇，這怎麼說得通？我認為救人的大善與害人的大惡既
然不能完全抵消，不如冥司不給予刑賞，讓他們來生有恩報恩，有怨報怨就
此了結。』」紀曉嵐認為按歐州人的論述，一般不論佛教輪迴之說，而是採取
天堂地獄的說法。他們主張善惡不能互相抵消。然而若一定說善惡不能相抵，
這斷絕了惡人向善的路。只能大方向論善惡應可抵消，但恩怨不能相抵。就

〔註13〕《閱微草堂筆記》卷十三〈槐西雜志三〉，頁213。

是人們平常所說的冤有頭、債有主，必須由本人清算。又一般的善惡可以抵
消，若大善大惡則另當別論。曹操用重金贖回遠嫁匈奴的蔡文姬歸漢，不能
不算是義舉，但怎麼能抵消他篡位弒君的罪惡呢？至於人在來世中，恩怨雙
方未必相遇。即使相遇，恩怨也未必相等。所以，要待因緣際會，必經數世
之後才能了結。

> 有富室子病危，絕而復甦，謂家人曰：「吾魂至冥司矣。吾嘗捐金活
> 二命，又嘗強奪某女也。今活命者在冥司具狀保，而女之父亦訴牒
> 喧辯，尚未決，吾且歸也。」越二日，又絕而復甦曰：「吾不濟矣。
> 冥吏謂奪女大惡，活命大善，可相抵；冥王謂活人之命，而復奪其
> 女，許抵可也。今所奪者此人之女，而所活者彼人之命。彼人活命
> 之德報，此人奪女之仇以何解之乎？既善業本重，未可全銷，莫若
> 冥司不刑賞，注來生恩自報恩，怨自報怨可也。」語訖而絕。歐羅
> 巴書不取釋氏輪迴之說，而取其天堂地獄，亦謂善惡不相抵，是絕
> 惡人爲善之路也。大抵善惡可抵，而恩怨不可抵，所謂冤家債主，
> 須得本人是也。尋常善惡可抵，大善大惡不可抵。曹操贖蔡文姬，
> 不得不謂之義舉，豈足抵篡弒之罪乎（曹操雖未篡，然以周文王自
> 比，其志則篡也。特畏公議耳。）？〔註14〕

張某和瞿某，小時候是同學，成年亦爲好朋友。後來，瞿某與人打官司，張
某收人家的錢，探出了瞿某的秘密，洩露給瞿某的仇家。瞿某因此而大受其
辱，陷於窘境。瞿某聽說張某從中搗鬼，對他恨之入骨。但因張某事情辦得
機密，未抓到他的把柄，所以瞿某表面上仍與他維持關係。不久，張某突然
死了，瞿某千方百計娶來張某的媳婦。雖然事事依禮而行，但平時談話，瞿
某對她仍以嫂相稱。張某的媳婦爲人質樸，以爲新夫出於憐愛，與她往來戲
謔，所以並不介意。一天，瞿某與她一同進餐，忽然喊著自己的名字說：「瞿
某，你太過分了！我固然是負心之人，但我的媳婦已經歸你，這完全可以補
償我的過失，你爲什麼還要稱她爲嫂呢？女人死了丈夫轉嫁他人是常事，男
人娶再嫁之婦也是常事。我既然已經死了，就不能禁止我的媳婦嫁人，當然
也不能禁止你娶她。我已經失掉了朋友的義氣，也無權責備你娶朋友的媳婦。
現在是你不把她當成媳婦對待，仍帶著我的姓稱她爲張大嫂，所以，你不是
娶我的媳婦，而是姦淫我的妻子。對姦淫我妻子的人，我自有生殺大權。」

〔註14〕《閱微草堂筆記》卷十三〈槐西雜志三〉，頁216。

瞿某就此顛狂，過沒幾天就死了。紀曉嵐的觀點著重於如果用直截了當的方法進行報復，聖人也不好禁止。張某的行動，固然表現小人的處世態度，但還不能算是不共戴天的仇敵。瞿某用計謀娶張某的媳婦，報復的手段已經過份；可是又把這女人當做賣淫的妓女，玷污張家名聲，真是過份。怎麼能怪張某的魂靈如此憤激呢！由張瞿二人的故事不僅得見因果復仇，也能了解當時社會風氣再嫁或另娶皆為平常之事。

> 張某、瞿某，幼年同學，長相善也。瞿與人訟，張受金，刺得其陰謀，泄於其敵。瞿大受窘辱，銜之次骨。然事密無左證，外則未相絕也。俄張死，瞿百計娶得其婦。雖事事成禮，而家庭共語，則仍呼曰張幾嫂。婦故樸願，以為相憐相戲，亦不較也。一日，與婦對食，忽躍起自呼其名曰：「瞿某爾何太甚耶？我誠負心，我婦歸汝，足償矣。爾必仍呼嫂，何也？婦再嫁常事，娶再嫁婦亦常事，我既死不能禁婦嫁，即不能禁汝娶也。我已失朋友義，亦不能責汝娶朋友婦也。今爾不以為婦，仍繫我姓呼為嫂，是爾非娶我婦，乃淫我婦也。淫我婦者，我得而誅之矣！」竟顛狂數日死。夫以直報怨，聖人不禁。張固小人之常態，非不共之仇也。計娶其婦，報之已甚矣。而又視若倚門婦，玷其家聲，是已甚之中又已甚焉！何怪其憤激為屬哉？〔註15〕

據中書舍人伊松林說，趙延洪性情耿直，嫉惡如仇，常常當面斥責人，無所顧忌。他一次看見鄰居女人和一個年輕人說話，便馬上告訴女人的丈夫。丈夫暗中監視發現了姦情，便在兩人幽會時將兩人都殺了，然後帶著人頭去官府自首。官府依法不予追究。過了半年，趙延洪忽然發瘋自打嘴巴，以鄰居那個女人的口吻向他索命，他竟咬斷舌頭死了。紀曉嵐認定淫蕩的女人行為不檢點，自然有罪。不過只有她的親屬有權干預，只有她的丈夫才有權殺她。她並非亂臣賊子，人人得而誅之。況且她所失去的是她一人的名聲貞節，所玷污的是她一家的門戶。她也不是那種大奸大惡、弱肉強食、專橫暴虐、使人蒙冤而不能雪，惹起人們公憤的人。根據隱惡揚善，為人遮蓋醜事，宣揚美德的原則，把她的事張揚出去，已經有傷大德。倘若她因此而死，難免歸罪於張揚的人，何況直接告訴她的丈夫，這是什麼意思？豈不是故意刺激他，使他非殺掉她不可嗎？女子的鬼魂來索命不是完全沒有一點理由了。事

〔註15〕《閱微草堂筆記》卷十四〈槐西雜志四〉，頁233。

情過了半年才來索命，說明她請示過神。這就是說她奉命執行天的懲罰。可見以揭人隱私爲正直，確實不符合忠厚的要求，也非爲自己造福的行爲。

> 伊松林舍人言，有趙延洪者，性亢直，嫉惡至嚴，每面責人過，無所避忌。偶見鄰婦與少年語，遽告其夫。夫偵之有跡，因伺其私會駢斬之，攜首鳴官，官已依律勿論矣。越半載，趙忽發狂自撾，作鄰婦語，與索命，竟齧斷其舌死。夫蕩婦逾閑，誠爲有罪。然惟其親屬得執之，惟其夫得殺之，非亂臣賊子人人得而誅者也。且所失者一身之名節，所玷者一家之門戶，亦非神奸巨蠹，弱肉強食，虐燄橫煽，沉冤莫雪，使人人公憤者也。律以隱惡揚善之義，即轉語他人，已傷盛德。倘伯仁由我而死，尚不免罪有所歸；況直告其夫，是誠何意，豈非激以必殺哉？遊魂爲厲，固不爲無詞。〔註16〕

有個大官帶著家屬，乘著連在一起的船去赴任，傍晚停泊在大江中。不久又一艘大船來停泊在一起，那船艙門口掛著燈籠，桅杆上飄著旗幟，也像是一艘官員乘坐的船。太陽快要落山時，那船艙中跳出二十幾個人，都拿著刀跳上大官家的船，把所有婦女都驅趕到艙外。那船上有個穿戴華麗的女子，隔著窗戶指著一個少婦說：「這個就是。」那些盜賊於是一擁而上，把這個少婦拖了過去。一個強盜大聲說道：「我就是你們家某婢女的父親，你女兒殘酷虐待我的女兒，用鞭抽用火燙，簡直沒人性。幸虧她逃出來遇到我，沒被你們追捕到。我恨你入骨，今天是來報仇的。」說完，他們扯起帆船，順水駛去，轉眼間不見蹤影。官府沒有線索追捕，大官一直找不到自己的女兒，〔註17〕但情狀是可以想像得到的。貧窮到賣女兒的人，還能有何作爲？沒想到他可以做強盜；婢女受到殘酷毒打，她還能怎麼樣？沒想到她的父親做強盜來報仇。這就是人們常說的，蜜蜂蠍子雖小，也有毒刺螫人！又李受公說，有個人對待婢女十分殘忍，偶爾因爲一點小過失，就把一個婢女鎖在空房中，使她凍餓而死。然而，身上沒有傷痕，她的父親告狀不贏，反被鞭打。他冤憤之極，晚上跳牆進入主人家，將主人母女倆一齊殺死。官府全國通緝多年，也沒有抓住。這又是不做強盜也能報仇之例。又說京城某戶人家失火，夫婦子女全部燒死，也是他家眾多婢女怨恨之極而做的事。因爲沒有明顯證據，也無法追究。這又是不必父親，自己也能報仇之例。紀曉嵐有個

〔註16〕《閱微草堂筆記》卷十六〈姑妄聽之二〉，頁274。
〔註17〕《由閱微草堂筆記淺談──凡夫心與菩薩行》，頁350。

親戚，鞭打婢女小妾時，還嬉笑如同兒戲，有時甚至給活活打死。一天晚上，有一股黑氣像車輪一樣，從屋簷上落下，然後像風一樣地旋轉，還發出「啾啾」的聲音，一直飄進臥室，最後散掉了。第二天，紀曉嵐那親戚脖子上便長了一個癰疽，開始只有粟米粒那麼大，漸漸向四面潰爛，最後頭與脖子一齊爛掉，就像用刀斬斷的一樣。這是活著不能報仇，做鬼也要復仇的例子。人都愛自己的兒女，誰不跟自己一樣？那些剛強的，銜冤忍痛，積壓在心底，無處申訴於是鋌而走險報仇，這是很自然的事情。那些弱小的橫遭毒害，懷恨而死，他們的悲哀必然感動神靈，神一定會替他們作主。因此，那些虐待婢女的，縱沒遭到人為的禍患，也必定會遭到天神的懲罰，也是自然而然。

　　紀曉嵐記述主虐奴的故事尤多，隱約透露在乾隆治世下，帝制絕對極權，皇帝為天下唯一共主，舉世無論尊卑皆為其奴。皇權可肆無忌憚凌辱文士，結果自然朝野萎靡。中國傳統講究君臣之禮，君臣互為主客關係，大臣有尊嚴的受到君主禮遇，到了清朝，君臣卻成為主奴關係，臣下對君上自稱奴才，行跪拜禮，君主無視士大夫氣節，〔註18〕所謂「不有人禍，必有天刑」，正是紀曉嵐不滿君主虐待臣下的強烈呼應，即是「人所不能報，鬼亦報之矣。」

> 周景垣前輩言，有巨室眷屬，連艫之任，晚泊大江中。俄一大艦來同泊，門燈檣幟，亦官舫也。日欲沒時，艙中二十餘人，露刃躍過，盡驅婦女出艙外。有靚妝女子隔窗指一小婦曰：「此即是矣。」群盜應聲曳之去。一盜大呼曰：「我即爾家某婢父！爾女酷虐我女，鞭箠炮烙無人理，幸逃出遇我。爾追捕未獲。銜冤次骨，今來復仇也！」言訖，揚帆順流去，斯須滅影。緝尋無跡，女竟不知其所終。然情狀可想矣。夫貧至鬻女，豈復有所能為？而不慮其能為盜也；婢受慘毒，豈復能報，而不慮其父能為盜也。此所謂蜂蠆有毒歟！又李受公言，有御婢殘忍者，偶以小過閉空房，凍餓死。然無傷痕，其父訟不得直，反受笞。冤憤莫釋，夜逾垣入，並其母女手刃之。緝捕多年，竟終漏網，是不為盜亦能報矣。又言京師某家火，夫婦子女並焚，亦群婢怨毒之所為。事無顯證，遂無可追求。是不必有父，亦自能報矣。余有親串，鞭笞婢妾，嬉笑如兒戲，間有死者。一夕，有黑氣如車輪，自簷墮下，旋轉如風，啾啾然有聲，直入內室而隱。次日，疽發於項如粟顆，漸以四潰，首斷如斬。是人所不能報，鬼

〔註18〕《乾隆文治與紀曉嵐志怪創作》，第四章，頁309。

亦報之矣。……不有人禍，必有天刑，固亦理之自然耳。〔註19〕

有狐狸住在人家空屋裡，和屋主談話聊天，互贈禮物，平安無事，像是相好的鄰居。有一天，狐狸告訴屋主人說：「別院空房裡有個多年的吊死鬼，因你近來拆了那房，鬼沒地方呆，就跑來和我爭屋子，他經常做出兇狠的樣子嚇唬小孩，這已經很可惡了，卻又作祟，害得小孩患冷熱病，我實在無法忍讓。某道觀的道士能治鬼，你最好去求他，爲你除去這個害人鬼。」屋主人果然去求道士，帶一道符回來，把它在院子裡燒了。一會兒，暴風驟起，轟隆隆的聲音像在打雷。他正在驚愕時，只聽見瓦屋上咯咯亂響，好像有幾十人在上面奔走踐踏。屋頂上有聲音叫道：「我的提議太差了，後悔莫及，剛才神將下來，把鬼綁走了。我也被趕了出去。今天來跟你告別。」如果忍不下一時的怒氣，急於報復，沒有不兩敗俱傷的，看看狐狸的結果，就能作爲一面很明亮的鏡子。紀曉嵐姑母的長子呂家表兄（忘了名字）也說過，有人害怕狐狸作祟，就請來術士鎮治，狐狸被趕跑了，而術士卻不停地勒索錢財，並時常作法派遣木人紙虎之類的東西到這人家裡騷擾。送些財物給他，讓你安寧幾天。過了十天半月他又會變著法子勒索。他的爲害反而超過狐狸。於是這人只得帶著家人到京城躲避，才得以擺脫術士的糾纏。急於求勝而求助於小人，沒有不被反咬一口的，上面的事例就是一個有力的證明。《閱微草堂筆記》不像前人的志怪作品，只管講自己的故事，只把關於狐類的事蹟簡單或較爲生動地介紹給讀者受眾，讓人聊以娛情。紀曉嵐敘述狐故事則加入了大量自己的議論或引用他人的評論，目的多在勸世。如姑妄聽之中記道，紀曉嵐敘述兩個道理相同的小故事，他在講清了事情的來龍去脈前因後果後，在故事的結尾加以自己的議論：「蓋不忍其憤，急於一逞，未有不兩敗俱傷者。」及「銳於求勝，借助小人，未有不遭反噬者，此亦一徵矣。」這兩則小故事講述同一個道理，而紀曉嵐則能夠將類似素材整合在一起，深入淺出地借狐鬼之手道明一個大道理，這些處世之道不僅僅表達了他的個人觀點，最重要的是它們起到了育人的醒世作用，使得故事蘊藉深邃，便也達成紀曉嵐著述的最終目的：挽救世風日下的社會。

戴東原言，有狐居人家空屋中，與主人通言語，致饋遺，或互假器物，相安若比鄰。一日，狐告主人曰：「君別院空屋，有縊鬼多年矣。君近拆是屋，鬼無所棲，乃來與我爭屋。時時現惡狀，恐怖小

〔註19〕《閱微草堂筆記》卷十七〈姑妄聽之三〉，頁293。

兒女，已自可憎，又作祟使患寒熱，尤不堪忍。某觀道士能劾鬼，
君盍求之除此害。」主人果求得一符，焚於院中。俄暴風驟起，聲
轟然如雷霆。方駭愕間，聞屋瓦格格亂鳴，如數十人奔走踐踏者，
屋上呼曰：「吾計大左，悔不及！頃神將下擊，鬼縛而吾亦被驅，
今別君去矣！」蓋不忍其憤，急於一逞，未有不兩敗俱傷者。觀於
此狐，可爲炯鑒。又呂氏表兄言（忘其名字，先姑之長子也。），
有人患狐祟，延術士禁咒。狐去而術士需索無厭，時遣木人紙虎之
類至其家擾人，賂之，暫止。越旬日復然，其祟更甚於狐。攜家至
京師避之，乃免。〔註20〕

　　盲人劉君瑞曾經說，有一個盲人年紀大約三十多，常年往來衛河旁碼頭，
遇船舶停靠在碼頭上必問，裡面有叫殷桐的人嗎？又必然解釋說：「是夏殷的
殷字，梧桐樹的桐字。」有曾經和他同宿的人說，他在夢中說的夢話也就是
這兩個字，要是問他自己的姓名，則十天半月就一變，不報自己的眞名。對
於這樣一個瞎子大家時間一長就沒有興趣再細問了。就這樣過了十餘年，碼
頭上的人和行船的人大都認識他了，有時正當他要詢問時，人們就大聲對他
說：「這船上沒有叫殷桐的，去別處找去吧。」一天，有一艘運糧船停泊在河
道上，這個瞎子照例站在岸上詢問，有一個人站起來跳上岸，說：「原來是你，
殷桐在這裡，你能奈我何？」瞎子如餓虎般狂吼，撲上去抱住殷桐的脖子，
張口咬住他的鼻子，鮮血淋漓灑的滿地都是，眾人上前拆解，二人卻牢牢抱
在一起根本分不開，竟然一齊掉入河中，隨流飄走。後來在天妃宮（天妃宮，
就是媽祖廟，是歷代船工、海員、旅客、商人和漁民共同信奉的神祇）前打
撈起了他們的屍體，一般淹死的人屍體不會順流漂出河流入海口，凡是在河
中打撈不到的屍體，到天妃宮前必然浮出，這二人死的慘烈，殷桐用拳頭把
瞎子的左邊脅骨全捶斷，但瞎子始終不放手，緊緊抱住殷桐，十指全部插進
他的後背，深入寸餘。殷桐的臉頰和顴骨上的肉，幾乎都被瞎子全部咬下，
人們始終不知道他們究竟有何冤仇，懷疑必然是父母冤仇。以沒有眼睛的瞎
子，要找到一個有眼睛的仇人，那幾乎是一定找不到的。以虛弱的身體去和
強橫的人搏鬥，不敵對手也幾乎是肯定的。他的仇恨與伍子胥跟楚平王的仇
相比，是更加難以報仇雪恨的。可是他竟然能夠十餘年堅持信念不放棄，最
後竟然殺死仇人生吃了仇人的肉，這難道不是精誠所至金石爲開嗎？天地也

〔註20〕《閱微草堂筆記》卷十八〈姑妄聽之四〉，頁305。

不能違背他的意志啊！

> 瘖者劉君瑞言，一瘖者，年三十餘，恒往來衛河旁。遇泊舟者必問：
> 「此有殷桐乎？」又必中之曰：「夏殷之殷，梧桐之桐也。」有與
> 之同宿者，其夢中囈語，亦惟此二字。問其姓名，則旬日必一變，
> 亦無深詰之者。如是十餘年，人多識之。或逢其欲問，輒呼曰：「此
> 無殷桐，別覓可也。」一日，糧艘泊河干，瘖者問如初。一人挺身
> 上岸，曰：「是爾耶？殷桐在此，爾何能爲？」瘖者狂吼如虓虎，
> 撲抱其頸，口齧其鼻，血淋漓滿地。眾拆解，牢不可開。竟共墮河
> 中，隨流而沒。後得屍於天妃宮前（海口不受屍，凡河中求屍不得，
> 至天妃宮前必浮出。）桐捶其左脅骨盡斷，終不釋手；十指摳桐肩
> 背，深入寸餘。兩顴兩頰，齧肉幾盡。迄不知其何仇，疑必父母之
> 冤也。〔註21〕

紀曉嵐藉賈公霖言，以旁觀敘事角度描寫某商人調戲狐友之妻後，爲狐
所報復之經過，文士飲酒後有端正不阿的酒品，卻也有文士貪杯中物而有脫
序荒誕的行爲出現，藉酒裝瘋，色膽包天的人，遭到狐精的報復也是無話可
說。文中的狐精對於自己妻子被調戲，倒也沉得住氣，並無當場動怒，免於
一場尷尬，由此可見狐精的沉穩與洞悉人性，對於酒醉色迷的人不予計較，
等待時機再一併算之，狐精的作法實在高明。這樣以其人之道還其人之身，
不僅使這個調戲妻子之人嚐到皮肉之痛，被他人誤會成小偷的窘況，恐怕他
也想像不到，這是因酒而自取其辱。

> 賈公霖言，有貿易來往於樊屯者，與一狐友。狐每邀之至所居，房
> 舍一如人家，但出門後，回顧則不見耳。一夕，飲狐家，婦出行酒，
> 色甚妍麗。此人醉後心蕩，戲捫其腕。婦目狐，狐側睨笑曰：「弟
> 乃欲作陳平耶？」亦殊不怒，笑謔如平時。此人歸後，一日，忽家
> 中客作控一驢送其婦來，云：「得急信，君暴中風，故借驢倉皇連
> 夜至。」此人大駭，以爲同伴相戲也。旅舍無地容眷屬，呼客作送
> 歸，客作已自去。距家不一日程，時甫辰巳，乃自控送婦。中途，
> 遇少年與婦摩肩過，手觸婦足。婦怒詈少年，惟笑謝，語涉輕薄。
> 此人憤與相搏，致驢驚逸入歧路。蜀秫方茂，斯須不見。此人捨少
> 年追婦，尋蹄跡行一二里。驢陷淖中，婦則不知所往矣。野田連陌，

〔註21〕《閱微草堂筆記》卷十八〈姑妄聽之四〉，頁312。

四無人蹤，徹夜奔馳。彷徨至曉，姑騎驢且返，再商覓婦。未及數
里，聞路旁大呼，曰：「賊得矣！」則鄰村驢昨夜被竊，方四出緝
捕也。眾相執縛，大受箠楚。賴遇素識，多方辯說始得免。懊喪至
家，則紡車琤然，婦方引線。問以昨事，茫然不知。始悟婦與客作
及少年，皆狐所幻，惟驢爲真耳。狐之報復慘矣，然釁則此人自啓
也。〔註22〕

　　楊雨亭說，萊州深山裡有一個牧童牧羊爲生，每天都要丟失一二隻，被
主人多次懲罰痛打。於是牧童特別留意的觀察，看到二條大蛇從山的縫隙裡
鑽出來，把羊吸進肚子裡吞下吃掉。蛇粗細如同大甕，不敢和他對抗。牧童
非常恨這些蛇，就和他的爸爸商量，在山的縫隙裡佈置了犁刀。果然有一條
蛇在那裡肚子裂開。害怕另一條蛇報復，不敢再次到這塊地方放牧。過了一
段時間偷偷去看，毫無蛇的痕跡，估計蛇大概是遷徙到其他地方去了。過了
半年後，牧童貪戀那塊地方水草比其他地方豐盛，重新趕羊到那裡放牧。沒
過三天，牧童就被蛇吞掉了。應該是蛇故意藏匿起來，誘騙牧童來放牧。牧
童的爸爸一向有心計，表面不去搜索，偷偷的求助於軍官，在深草中藏了一
門火砲，爸爸時不時的偷偷去觀察。過了兩個月多，見到石頭上有蜿蜒爬行
的痕跡。就帶上火藥，連夜埋伏在石頭旁。大蛇果然爬下石頭，到河裡喝水，
發出籔籔的聲音。爸爸一發火炮把蛇打的粉碎。爸爸回到家後，忽然發狂，
打自己耳光說：「你用計殺我丈夫，我用計殺你子，應是剛剛對等。我已經深
藏不出，你卻又千方百計的要殺我，我白白枉死。今日定不會放過你。」過
了幾天爸爸也死了。諺語說：「比力氣分不出大小，一定一起倒地。比酒量分
不出高低，一定一起喝醉。」這話雖然小，也可以解釋大事。

　　楊雨亭言，萊州深山，有童子牧羊，日恒亡一二，大爲主人撲責。
留意偵之，乃二大蛇從山罅出，吸之吞食。其巨如甕，莫敢攖也。
童子恨甚，乃謀於其父，設犁刀於山罅。果一蛇裂腹死。懼其偶之
報復，不敢復牧於是地。時往潛伺，寂無形跡，意其他徙矣。半載
以後，貪是地水草勝他處，乃驅羊往牧。牧未三日，而童子爲蛇吞
矣。蓋潛匿不出以誘童子之來也。童子之父有心計，陽不搜索，而
陰祈營弁藏一砲於深草中，時密往伺察。兩月以外，見石上有蜿蜒
痕，乃載燧夜伏其旁。蛇果下飲於澗，籔籔有聲，遂一發而糜碎焉。

〔註22〕《閱微草堂筆記》卷十八〈姑妄聽之四〉，頁317。

> 還家之後，忽發狂自摑曰：「汝計殺我夫，我計殺汝子，適相當也。
> 我已深藏不出，汝又百計以殺我，則我爲枉死矣。今必不捨汝！」
> 越數日而卒。俚諺有之曰：「角力不解，必同仆地；角飲不解，必同
> 沉醉。」斯言雖小，可以喻大矣。〔註23〕

有人有效學得驅鬼捉怪的法術，一戶人家遭狐狸做祟，請這個人去驅狐。他
準備好驅狐的工具，第二天就要去了。這時有一個平常就認識的老頭來到他
家對他說：「我是那個狐狸的朋友，現在狐狸聽說您要出手，心裡害怕，讓我
來求你。狐狸並沒有得罪你，你也與狐狸沒什麼仇。只不過是爲那人的酬金
而已。狐狸聽說他請你治狐的價格不過是二十四兩銀子。現在狐狸願意出十
倍的價格給您，您能不去嗎？」於是眞的就把錢拿出來。這人本性貪婪，就
收下了。第二天對請他的人說：「我的本事只能驅一般的狐狸，你們家的狐狸
是天狐，我驅除不了！」這人拿到酬金後很高興。可卻想既然狐狸有錢，就
想方設法把他們的錢變成我的錢。他把周圍的狐狸都招來，讓他們把錢獻出
來，否則就要對他們放法。狐狸們沒辦法，只好獻出金錢。這人得到甜頭，
不停向狐狸要錢，惹惱狐狸，就偷走他的符印，再迷附他。這人最後顚狂投
河而死。狐狸把被他勒索的錢財又都取回。這人眞該死，學了法術，就該做
學法者該做的事。無非就是驅鬼逐狐。驅鬼逐狐就是學法者的本份。尤其是
你拿人錢財自該與人消災。可是，卻反受狐狸賄賂，放棄自己的本職工作，
這已不應該。反過來，向行賄者不停勒索，這些行賄者豈會善罷甘休？

　　行賄者爲什麼要行賄？行賄的目的就是爲獲得更大的好處，當行賄的財
物超過了行賄所能獲得的利益，沒人會去行賄。除非是爲保命。可是狐狸不
只是爲保命，如果是爲了保命，當聽說有術士要來驅狐，完全可以避開了事。
不想停止做祟，就是想通過做祟來獲得比行賄付出的更大好處。當一次行賄
就能解決問題變成常態，其付出遠遠超過所得，自會向受賄者反噬。

> 槐亭又言，有學茅山法者，剋治鬼魅多有奇驗。有一家爲狐所祟，
> 請往驅除。整束法器，剋日將行。有素識老翁詣之，曰：「我久與狐
> 友。狐事急，乞我一言。狐非獲罪於先生，先生亦非有憾於狐也。
> 不過得其贄幣，故爲料理耳。狐聞事定之後，彼許饋廿四金，今願
> 十倍其數，納於先生。先生能止不行乎？」因出金置案上。此人故
> 貪惏，當即受之。次日，謝遣請者曰：「吾法能治凡狐耳。昨召將檢

〔註23〕《閱微草堂筆記》卷十九〈灤陽續錄一〉，頁333。

查，君家之祟乃天狐，非所能制也。」得金之後，竟殊自喜。因念
狐既多金，可以術取。遂考召四境之狐，脅以雷斧火獄，俾納賄焉。
徵索既頻，狐不勝擾，乃共計盜其符印。遂爲狐所憑附，顛狂號叫，
自投於河。群狐乃攝其金去，銖兩不存。〔註24〕

人在現實中受到冤屈，到了冥司得到合理的審判，陰間界域具有解決人世紛
爭、重新界定是非、伸張正義、懲罰凶悖豪霸的作用。〔註25〕人死雖爲鬼，
然人與鬼間的繫念之情、眷顧之心與未了心願，仍互相維繫繫絆著，鬼是因
人而存在。死後猶有情感與知覺及冥界的審判，也因著處處有鬼神鑒察，往
往牽動著人們的行爲規範。〔註26〕紀曉嵐筆下冥司儼然成爲正義的最後一道
防線，富人巧取豪奪人妻，迫使其夫自刎，其夫在陽世蒙受的屈辱冤枉，到
了陰間冥司申訴，使富人殞命獲得補償：

> 景州李露園言，燕齊間有富室失偶，見里人新婦而豔之。陰遣一媼，
> 稅屋與鄰，百計游說，厚賂其舅姑，使以不孝出其婦，約勿使其子
> 知。又別遣一媼與婦家素往來者，以厚賂游說其父母，僞送婦還。
> 舅姑亦僞作悔意，留之飯，已呼婦入室矣。俄彼此語相侵，仍互詬，
> 逐婦歸，亦不使婦知。於是買休賣休，與母家同謀之事，俱無跡可
> 尋矣。既而二媼詐爲媒，與兩家議婚，富室以憚其不孝辭，婦家又
> 以貧富非偶辭，於是謀取之計亦無跡可尋矣。遲之又久，復有親友
> 爲作合，仍委禽焉。其夫雖貧，然故士族，以迫於父母，無罪棄婦，
> 已怏怏成疾，猶冀破鏡再合：聞嫁有期，遂憤鬱死。死而其魂爲屬
> 於富室，合巹之夕，燈下見形，撓亂不使同衾枕。如是者數夜。改
> 卜其晝，婦又恚曰：「豈有故夫在旁，而與新夫如是者？又豈有三日
> 新婦，而白日閉門如是者？」大泣不從。無如之何，乃延術士劾治。
> 術士登壇焚符，指揮叱咤似有所睹，遽起謝去，曰：「吾能驅邪魅，
> 不能驅冤魂也。」延僧禮懺亦無驗。忽憶其人素頗孝，故出婦不敢
> 阻，乃再賂婦之舅姑，使諭遣其子。舅姑雖痛子，然利其金，姑共
> 來怒詈。鬼泣曰：「父母見逐，無復住理。且訟諸地下耳。」從此遂

〔註24〕《閱微草堂筆記》卷二十〈灤陽續錄二〉，頁341。
〔註25〕鄧代芬，〈《閱微草堂筆記》的陰間界域研究〉，雲林：雲林科技大學漢學資料
　　　　整理研究所碩士論文，2006年。
〔註26〕賴富娟，〈從《閱微草堂筆記》看紀昀的生命觀〉，台中：東海大學中國文學
　　　　系碩士論文，2011年。

絕。不半載，富室竟死。〔註27〕

《呂氏春秋》一書中說黎邱的鬼善於變幻人形，是真有這種事。紀曉嵐在烏魯木齊時，有個叫巴哈布的軍吏說，甘肅有個姓杜的老人，家境富裕，住在曠野之中，附近多有狐狸和獾子洞。那杜老頭討厭它們整夜嗥叫，便用火燻走他們。不久，他的家人看見裡屋裡坐一個杜翁，廳外又坐一個杜翁，凡是走動坐臥的地方，處處都有一個杜翁，幾乎有十多個。這些杜翁的相貌、聲音、服飾都完全一樣，管理指示家事也都一樣。全家人被攪得一塌糊塗，妻妾們也都閉門自守。妾說，杜翁的腰上有個繡囊，可以此辨認。仔細觀察，杜翁們都沒有。原來事先那繡囊已被盜走。有人教她們說：「夜裡杜翁肯定要回來睡覺，你們不讓他進屋轉頭就走的是杜翁；那些堅決要進屋的肯定就是妖。」結果晚上，杜翁們也未堅決進屋就寢。有個妓女，最爲杜翁寵愛，十天中常有三四天都住她那兒。她聽說此事上門說：「這些妖鬼有同夥，凡可以言傳，它們肯定先知道；凡可以通過物品加以驗證，它們肯定幻化出。倒不如叫真假杜翁們都到我家來，我本來是妓女無所顧忌。可以叫一個壯士拿著大斧頭站在我床邊，由我赤裸著和這些真假杜翁們挨個親熱。這中間，比如翻身曲伸、快慢進退及撫摩依偎等語言所不能傳達；耳目所不能聽到看到的，絲毫的異同我都感覺得到。這些差別是連杜翁自己也不知道的，妖狐決不能知道。我叫砍便趕緊用力砍，妖狐就露餡了。」人們依著她說的去做。一個杜翁掀開被子剛要上床，妓女大喊：「砍！」，大斧砍下，果然一隻狐狸腦破而死。又一個個杜翁稍稍有些遲疑，妓女喊：「砍！」這個假杜翁果然驚竄而去。到第三個杜翁，妓女摟著他高興地說：「這才是真的杜翁，其餘的杜翁都可殺掉。」於是人們刀杖齊舉，把假杜翁們打死大半，原來都是狐狸、獾子變的，那些逃走的從此再也不來。其實野獸在夜裡鳴叫，又礙了人什麼事呢？這杜翁卻要去掃蕩它們的洞穴，他被攪擾實際是自找。狐狸、獾子既然會變形，也不難找杜翁陳述，請求避免流離遷徙，卻非要興妖作怪，被打死也只是自找。紀曉嵐認爲如果說起計謀來，這些人和狐狸等，都還不如那個妓女。

《呂覽》稱黎邱之鬼，善幻人形。是誠有之。余在烏魯木齊，軍吏巴哈布曰，甘肅有杜翁者，饒於貲。所居故曠野，相近多狐獾穴。翁惡其終夜嗥呼，悉薰而驅之。俄而其家人見內室坐一翁，廳外又坐一翁，凡行坐之處，又處處有一翁來往，殆不下十餘。形狀聲音

〔註27〕《閱微草堂筆記》卷二十〈灤陽續錄二〉，頁344。

衣服如一，摒擋指揮家事，亦復如一。闔門大擾，妻妾皆閉門自守。
妾言：「翁腰有素囊可辨。」視之，無有。蓋先盜之矣。有教之者曰：
「至夜，必入寢。不納即返者翁也，堅欲入者即妖也。」已而皆不
納即返。又有教之者曰：「使坐於廳室，而舁器物以過，詐仆碎之。
嗟惜怒叱者翁也，漠然者即妖也。」已而皆嗟惜怒叱。喧呶一晝夜，
無如之何。有一妓，翁所昵也，十日恒三四宿其家。聞之，詣門曰：
「妖有黨羽，凡可以言傳者必先知，凡可以物驗者必幻化。盍使至
我家，我故樂籍，無所顧惜。使壯士執巨斧立榻旁，我裸而登榻，
以次交接。其間反側曲伸、疾徐進退與夫撫摩偎倚，口舌所不能傳、
耳目所不能到者，纖芥異同，我自意會。雖翁不自知，妖決不能知
也。我呼曰斲，即速斲，妖必敗矣。」眾從其言。一翁啟衾甫入，
妓呼曰：「斲！」斧落，果一狐，腦裂死。再一翁，稍趑趄，妓呼曰：
「斲！」果驚竄去。至第三翁，妓抱而喜曰：「真翁在此，餘並殺之
可也！」刀杖並舉，殲其大半，皆狐與獾也。其逃者遂不復再至。
禽獸夜鳴，何與人事？此翁必掃其穴，其擾實自取。狐獾既解化形，
何難見翁陳訴，求免播遷？遽逞妖惑，其死亦自取也。計其智數，
蓋均出此妓下矣。〔註28〕

　　有一個少婦不到二十歲就成了寡婦，她只有一個兒子，還不滿三四歲。
家窮的什麼也沒有，又少有親屬，於是打算再嫁。這寡婦長得漂亮，她一個
表親某甲暗中派一個老媽子和她說：「按照禮法，我不能娶你，但我想你想得
吃不下飯、睡不著覺，如果你能假託守節不嫁，暗和我相好，我每月給你錢
足夠養活你們母子。兩家雖然不在一條胡同裡住，但是屋後只隔著一道牆，
到時候搭上梯子來往，別人也不會知道。」寡婦讓這小子引誘，果然就在梯
子上往來出入，成他的姘婦。鄰居們一直懷疑，不知這一家孤兒寡母靠什麼
生活，但從來沒發現什麼疑點，就是這個寡婦的婆婆也看不出她有什麼破綻，
認為是兒媳手裡還有些積蓄，所以還能過日子。時間一長，某甲的一個奴婢
把這秘密給抖出來。當時她的兒子還小，於是就被打發到私塾去住宿。到十
七八歲時，兒子也聽到一些風言風語，常常哭著勸他母親。也可能時間長了，
寡婦和某甲真的產生很深的感情，聽不進兒子的勸告，反而故意讓兒子聽到
看到自己和某甲親熱調笑，打算堵住兒子的嘴。兒子氣極了，小夥子正是肝

火旺的時候，大白天拿一把刀闖進某甲家裡，從某甲的心窩捅進去，從後背扎出來，這一刀夠狠當場要了某甲命。兒子做完這事就向官府自首，自首時為保住他母親的名節，就說曾向某甲借過錢，某甲不借還出言侮辱，忍無可忍就把他殺了。官府一查，不是那麼回事，想方設法誘導他說出真情，暗示他如果他說真話，就不會被判故意殺人罪。可這小夥子不管怎麼誘導就是不改口，因為一改口可以保住自己的命，但保不住母親的名聲，他不改口，就一口咬定以前說的那理由。最後，以故意殺人罪被判抵命。鄉鄰們同情他，有很多熱心的人想給他立一塊碑，來對他進行表彰，就請一位叫朱梅崖的老先生撰寫碑文。前一天晚上，朱老先生夢見這位年輕人神色慘淡，一句話也不說拱手站在他面前。朱老先生從夢中醒來，一下子悟到，這碑文他是沒法寫了。如果不實事求是地寫，則年輕人不過是個殺人犯，有什麼可表彰的？如果實事求是地寫，則表彰了孝子的名，卻傷了孝子的心。這年輕人拼自己一條命，保住母親清譽，實情一寫，他這條命豈非白搭，他在九泉之下也不會安寧。於是朱老先生極力勸阻不要樹這塊碑。這天晚上，朱梅崖先生又夢見那位年輕人來，還是一言不發向他拜謝而去。紀曉嵐議論說：「這個年輕人，甘心捨棄自己的性命為父親血恥，又不張揚母親的過失而辱沒父親名聲，可以說善於處理人倫方面的變故。有的人說，這年輕人勇氣可嘉，但這一來又斷了宗嗣後代，令祖宗痛心，不如生了兒子之後再報仇。這就是道學家的腔調，對人這麼求全責備，我是不贊成此說法。」紀曉嵐的意思或許是：人與人是相對的，不能反躬自省，卻要強求他人守節，不免可笑；但若放到自身大節上說，則只知斤斤計較於報施，仍不免是侷限於一己的利害與情緒，若能把眼界放開，謀求更大的義理與福祉，才是更值得敬重的吧！

> 有嫠婦年未二十，惟一子，甫三四歲，家徒四壁，又鮮族屬，乃議嫁。婦色頗豔，其表戚某甲，密遣一嫗說之曰：「我於禮無娶汝理，然思汝至廢眠食。汝能托言守志，而私昵於我，每月給貲若干，足以贍母子。兩家雖各巷，後屋則僅隔一牆，梯而來往，人莫能窺也。」婦惑其言，遂出入如外婦。人疑婦何以自活，然無跡可見，姑以為尚有蓄積而已。久而某甲奴婢泄其事。其子幼，即遣就外塾宿。至十七八，亦稍聞謷言。每泣諫，婦不從，狎昵雜坐，反故使見聞，冀杜其口。子悲甚，遂白晝入某甲家，劃刃於心，出於背，而以「借貸不遂，遭其輕薄，怒激致殺」首於官。

官廉，得其情，百計開導，卒不吐實，竟以故殺論抵。鄉鄰哀之，好事者欲以片石表其墓，乞文於朱梅崖前輩。梅崖先一夕夢是子，容色慘沮，對而拱立。至是憬然曰：「是可毋作也。不書其實，則一凶徒耳，烏乎表？書其實，則彰孝子之名，適以傷孝子之心，非所以妥其靈也。」遂力阻罷其事。是夕，又夢其拜而去。是子也，甘殞其身以報父仇，復不彰母過以為父辱，可謂善處人倫之變矣。或曰：「斬其宗祀，祖宗恫焉。盍待生子而為之乎？」是則講學之家，責人無已，非余之所敢聞也。〔註29〕

貪小利而吃大虧的故事不勝枚舉，紀曉嵐還列舉了導致亡國的案例，以狐貍報復手段為引，諄諄告誡世人勿因小失大，勿貪圖安逸、以惡小而為之：

> 喀喇沁公丹公（號益亭，名丹巴多爾濟，姓烏梁汗氏，蒙古王孫也。）言，內廷都領侍蕭得祿，幼嘗給事其邸第。偶見一黑物如貓，臥樹下。戲擊以彈丸，其物甫一轉身，即如巨犬，再擊又一轉身，遂巨如驢，懼不敢復擊。物亦自去。俄而飛瓦擲磚，變怪陡作。知為狐魅，惴惴不自安。或教以繪象事之，其祟乃止。後忽於几上得錢數十，知為狐所酬，始試收之，秘不肯語。次日，增至百文。自是日有所增，漸至盈千。旋又改為銀一，重約一兩。亦日有所增，漸至一鋌五十兩。巨金不能密藏，遂為管領者所覺。疑盜諸官庫，搒掠訊問，幾不能自白。然後知為狐所陷也。夫飛土逐肉（「斷竹續竹，飛土逐肉」，《吳越春秋》載陳音所誦古歌，即彈弓之始也。），兒戲之常。主人知之，亦未必遽加深責：狐不能暢其志也。餌之以利，使盈其貪壑，觸彼禍羅，狐乃得適所願矣。此其設阱伏機，原為易見；徒以利之所在，遂令智昏。反以為我禮即虞，彼心故悅。委曲自解，致不覺墮其彀中。昔夫差貪勾踐之服事，卒敗於越；楚懷貪商於之六百，卒敗於秦；北宋貪滅遼之割地，卒敗於金；南宋貪伐金之助兵，卒敗於元。軍國大計，將相同謀，尚不免於受餌。況區區童稚，烏能出老魅之陰謀哉，其敗宜矣！又舉一近事曰，有刑曹某官之僕夫，睡中覺得舌舐其面。舉石擊之，踣而斃。燭視，乃一黑狐。剝之，腹中有一小人首，眉目宛然，蓋所煉嬰兒未成也。翌日，為主人御車歸。

〔註29〕《閱微草堂筆記》卷二十三〈灤陽續錄五〉，頁371。

狐憑附其身，舉凳擊主人，且厲聲陳其枉死狀。蓋欲報之而不能，欲假手主人以鞭笞泄其憤耳。此二狐同一復仇，余謂此狐之悍而直，勝彼狐之陰而險也。〔註30〕

紀曉嵐八歲時，聽保母丁媽說，某家有頭母牛，因瘸腿不能耕地，便賣給附近的屠戶。母牛生的牛犢剛斷奶，看見屠宰母牛，哞哞叫了好幾天。後來它見了這個屠夫便跑，奔跑不及，便趴在地上發抖，好像哀求饒命的樣子。屠夫並不在意還故意追它取樂，等牛犢長大極爲壯健，卻還像小時那麼怕屠夫。等角長到堅硬鋒利時，趁屠夫在凳子上側臥的時機，用角一下把屠夫的心臟給刺穿之後急忙跑了。屠夫的妻子狂呼捉牛，但眾人都同情牛爲母報仇，故意耽擱追牛。牛也跑的不知去向。〔註31〕當時丁媽的一個親戚殺人，遇大赦獲免。但這個親戚卻和被殺者的兒子住一個胡同裡。所以，丁媽就講這個故事來警告他，說這種仇恨不能掉以輕心。紀曉嵐卻認爲牛犢報仇的心情是可取的，當初它知道力氣勝不過對方，便故意藏起鋒芒，忍耐以求將來成功。不僅有孝道，而且十分聰明。黃帝在《巾機銘》說：「太陽到了正午是晾衣的好時候，拿起了刀就必須割。」說的是機不可失。《越絕書》中，子貢對越王說：「人有謀害別人的心思，又被別人知道，那就危險了。」說的是心機不能洩露。而《孫子》中說：「善於用兵的人，能像女孩子那樣安靜，也可以像逃跑的兔子那般敏捷。」這幾句話說得真是恰當。

> 余八歲時，聞保母丁媼言，某家有牸牛，跛不任耕，乃鬻諸比鄰屠肆。其犢甫離乳，視宰割其母，牟牟鳴數日。後見屠者即奔避，奔避不及，則伏地戰慄，若乞命狀。屠者或故逐之，以資笑噱，不以爲意也。犢漸長，甚壯健，畏屠者如初。及角既堅利，乃伺屠者側臥凳上，一觸而貫其心，遂馳去。屠者婦大號捕牛。眾憫其爲母復仇，故緩追，逸之，竟莫知所往。時丁媼之親串殺人，遇赦獲免，仍與其子同里閈。丁媼故竊舉是事爲之憂危，明仇不可狎也。余則取犢有復仇之心，知力弗勝，故匿其鋒，隱忍以求一當。非徒孝也，抑亦智焉。黃帝《巾机銘》曰（机是本字，校者或以爲破體俗書，改爲機字，反誤。）：「日中必慧（編按：《漢書·賈誼傳》引此句，作篲；《六韜》引此句，作彗，音義並同。），操刀必割。」言機之

〔註30〕 《閱微草堂筆記》卷二十三〈灤陽續錄五〉，頁375。
〔註31〕 《由閱微草堂筆記淺談——凡夫心與菩薩行》，頁348。

不可失也。《越絕書》子貢謂越王曰：「夫有謀人之心，使人知之者，
危也。」言機之不可泄也。孫子曰：「善用兵者，閉門如處女，出門
如脫兔。」斯言當矣。〔註32〕

紀曉嵐的舅舅安實齋先生說：「道學家都說世上沒鬼。鬼我沒看見過，倒是
聽過鬼語。雍正十年（1732 年），我參加鄉試，回來時住白溝河。是三間房，
我住西間，有一位南方書生住在東間。彼此打了招呼，於是買酒夜談。南
方書生說：『我和一個朋友是自小的交情。他家極窮，我時常接濟他。後來
他到京城參加會試，正好我在某大財主家當師爺，因同情他飄泊不定，便
邀請他同住。漸漸地他受到主人的賞識，於是又搜集我的家事，暗中編造
流言蜚語，排擠我，而占我的位置。如今我只好到山東去求人混口飯吃，
天下哪有這種沒有良心的人呢？』兩人正在相對感歎憤慨，忽然窗外有嗚
嗚的哭聲，哭聲延續許久，外面有人說道：『你還責備別人沒有良心？你家
中本有妻子，見我在門前買花粉，撒謊說沒結婚，騙我的父母，入贅我家。
你有沒有良心？我父母得病，先後去世。因為沒有別的親戚，你便佔據了
他們房子和財產，而他們的棺材、壽衣以及祭祀、葬禮等，你都草草了之，
好像死的是奴僕婢女一樣。你說你有良心嗎？你妻子搭乘糧船找上門，和
你大吵大罵，要馬上趕我走。後來得知這是我家，你的衣食都靠我，這才
暫時允許留下我。你花言巧語地把我降為妾；我只能苟安偷生，委曲求全。
你說你有良心嗎？你妻子占了我家房子，花費我家財產，又虐待使喚我，
叫我小名，動不動就讓我挨打。你反而幫她按著我的脖子、後背和手腳，
還喝叱我不准轉動。你說你有沒有良心？過了一年多，你把我的財產衣飾
都剝削光了，便把我賣給西北的商人。商人來看我的模樣時，我不肯出來，
你又痛打我，逼使我走投無路自盡。你說你有良心嗎？我死後你連一口棺
材也不給我，連點紙錢也不燒，還把我的衣服剝光，僅留下一短褲，然後
用蘆席一裹，埋在亂葬崗。你說你有沒有良心？我已上告神靈，今天來索
你的命，你還在責備別人沒有良心！』聲音極為淒慘，僮僕們也都聽見了。
南方人驚恐萬分，瑟縮著一句話也說不出來。突然，他一聲慘叫倒在地上。
我擔心受牽連，天不亮就出發了。不知後來怎麼樣，可能這南方人沒命了。」
紀曉嵐判斷這事因果清楚、證據確鑿。但不知學家聽了，又有何辯解？《閱
微草堂筆記》因屬筆記性質，故事的敘述者不一，因此其所呈現的陰間界

〔註32〕《閱微草堂筆記》卷二十四〈灤陽續錄六〉，頁 378。

域因敘述者的身分、學識、經歷、信仰不同，而有不同的想像，因此出現差異，並呈現出似乎互相矛盾的多元鬼神觀；此多元的鬼神觀，又正好反映了中國文化中儒釋道互相滲透的宗教觀。〔註33〕

> 舅氏實齋安公曰：「講學家例言無鬼。鬼吾未見，鬼語則吾親聞之。雍正壬子鄉試，返宿白溝河。屋三楹，余住西間，先一南士住東間。交相問訊，因沽酒夜談。南士稱：『與一友為總角交，其家酷貧，亦時周以錢粟。後北上公車，適余在某巨公家司筆墨，憫其飄泊，邀與同居，遂漸為主人所賞識。乃摭余家事，潛造蜚語，擠余出而據余館。今將托缽山東，天下豈有此無良人耶？』方相與太息，忽窗外嗚嗚有泣聲，良久語曰：『爾尚責人無良耶？爾家本有婦，見我在門前買花粉，詭言未娶，誑我父母，贅爾于家，爾無良否耶？我父母患疫，先後歿，別無親屬，爾據其宅，收其資，而棺衾祭葬俱草草，與死一奴婢同，爾無良否耶？爾婦附糧艘尋至，入門與爾相詬屬，即欲逐我，既而知原是我家，爾衣食於我，乃暫容留，爾巧說百端，降我為妾，我苟求寧靜，忍淚曲從，爾無良否耶？既據我宅，索我供給，又虐使我，呼我小名，動使伏地受杖，爾反代彼撳我項背，按我手足，叱我勿轉側，爾無良否耶？越年餘，我財產衣飾剝削並盡，乃鬻我於西商，來相我時，我不肯出，又痛捶我，致我途窮自盡，爾無良否耶？我歿後不與一柳棺，不與一紙錢，復褫我敝衣，僅存一褌，裹以蘆席，葬叢塚，爾無良否耶？吾訴於神明，今來取爾！爾尚責人無良耶！』其聲哀屬，僮僕並聞。南士驚怖瑟縮，莫措一詞，遽欻然仆地。余慮或牽涉，未曉即行，不知其後如何，諒無生理矣。」因果分明，了然有據，但不知講學家見之，又作何遁詞耳。〔註34〕

復仇是一種道德倫理方面的價值。在復仇過程中，報復者會產生一種罪惡的快感。有仇必報，是復仇者的心態。而被報復人會遭受到一定的傷害，亦有可能產生仇恨並反報復，陷入冤冤相報何時了的輪迴感嘆。

〔註33〕 鄧代芬，〈《閱微草堂筆記》的陰間界域研究〉，雲林：雲林科技大學漢學資料整理研究所碩士論文，2006年。

〔註34〕 《閱微草堂筆記》卷二十四〈灤陽續錄六〉，頁383。

第二節　復仇因果——輪迴復仇

有時候會聽到一些人說不相信輪迴，不相信輪迴現象，並不表示自己的層次高超，反而顯出自己的思慮膚淺。否定輪迴的存在，不是和別人為難，而是局限了自己的生命。沒有輪迴，就沒有過去，更沒有未來；沒有未來的人生，生命是何其的短暫無奈，前途是多麼的渺茫無寄！當人生遭遇重大困難的時候，有人往往會充滿期望地鼓勵自己。甚至犯人受刑時，也會拍拍胸脯豪邁地說：「二十年後還是好漢一條。」有了輪迴，人生還有迴轉的餘地；有了輪迴，未來的心願終有償盡的一天。

世間一切的現象都離開不了輪迴循環的道理，宇宙物理的運轉是輪迴，善惡六道的受生是輪迴，人生生死的變異也是輪迴。宇宙物理的自然變化，譬如春夏秋冬四季的更遞，過去、現在、未來三世的流轉，晝夜六時的交替，是一種時間的輪迴。東西南北方位的轉換，這裡、那裡、他方、此處的不同，是空間的輪迴。在此科學昌明的今日，還要來談「輪迴」，似乎有點不合時宜，因為一般人總以為「輪迴」這件事太迷信了，不是科學時代還能存在的東西了。這實在是似是而非的論調。他不知道科學之所以可貴，實在求實證——真，實證什麼？就是把事物的前因後果分折綜合後，有條理地記錄下來而已。因果兩字，不僅包括事物，即人生亦在其中。「積善之家，必有餘慶，積不善之家，必有餘殃。」這便是因果定律。不過世間也有行善一生，而遭橫死，作惡多端，竟得長生，這又如何說起呢？至此不能不談「輪迴」了。生而為人，必具心識與身體兩者，合心身而有種種活動，每一活動，必各有力用。活動便是因，力用便是果。世界上決無無因之果，也沒有無果之因。不過自造因以至結果，其時間長短不一，而身體壽煖有限。倘遇所造之因尚未結果，而其身先亡，則此已造之因勢必另找一個新的身體以結其必結之果。此新身體又有新活動，新活動必有新力用而另成一系統的新因新果。如是因果果因像車輪般旋轉不已，這便是「輪迴」。冤親債主，就是自己在上萬次輪迴中，結下惡緣、害過的仇家；今世自己有人身，但他們如作了幽靈，便會附在人體，一直潛藏，在另一空間影響人的意念、健康、人際關係和運氣；常人不會察覺。

康熙年間，獻縣有個叫胡維華的人，以燒香拜把子的方式聚眾造反，這些逆賊駐紮的地方，由大城縣、文安縣一路走來，距京城有三百多里；由青縣、靜海縣一帶走來，距天津有二百多里。胡維華打算兵分兩路，一路出其

不意沿大城、文安一線日夜兼程直搗北京；另一路沿青縣、靜海一線攻下天津，並搶掠海船，扼住海口伺機待命。如果北上一路得勢，天津一路也開赴北京。如果北上一路受挫，則折向天津，萬不得已則乘風破浪而去。他剛佈置計畫並任命僞官，還沒來得及行動，陰謀詭計便遭敗露。官軍急速集結圍剿，並用火攻。結果所有逆賊全部被誅殺，連同他們的家屬和未成年的孩子無一倖免。當初，胡維華之父在當地是位有錢人，平時還喜歡周濟窮人，也沒幹過什麼大奸大惡的事。他的鄰居有位老先生名叫張月坪。張先生有個女兒長得秀麗脫俗，堪稱國色天香。那胡維華之父一見此女，便爲之心醉。然而張月坪性情迂腐固執，絕不肯將女兒嫁給人做小老婆。因此胡維華之父就沒敢公然暴露他的這種企圖。由於張月坪家境清寒，胡維華之父就假意延請張月坪來做家庭教師。張月坪父母的靈柩寄葬在遼東，他常爲自己沒有能力移父母靈柩還鄉安葬而鬱鬱不樂。有一次閒談，張先生偶爾提起這件事，胡維華之父慷慨解囊，差人協助張先生把靈柩運回，並贈一塊墳地。時隔不久，張月坪的田裡發現一具屍體。而死者正是以往與張月坪有怨仇的人。官府以涉嫌謀殺立案，將張月坪逮捕入獄。胡維華之父又廣賄錢財，替張多方斡旋申辯，才使張月坪得無罪釋放。有一天，張月坪的妻子帶著女兒回娘家省親。因爲三個兒子還小，張月坪需回家看守門戶，與維華之父約定住幾天後就回來。待張歸家後，就在那天夜裡，胡維華之父便派遣黨羽，將張月坪家外門上鎖然後縱火，把張月坪父子四人活活燒死，第二天，胡維華之父佯裝震驚哀痛的樣子，假惺惺悼念。再一次慷慨解囊，爲張家父子料理後事。以後又時常周濟張氏母女。因此，張氏母女一直被蒙在鼓裡，且懷著感恩的心依附胡家生活。不久之後，不斷地有人來爲張月坪的女兒提親。張氏寡居，又出於對胡維華之父的信賴，女兒的婚事，必與胡家商量。胡維華之父每每從中作梗，使婚配不成。時間久了，胡維華之父漸漸露出欲娶張女爲妾的意圖。張妻感念胡家的恩惠，便想答應，而她女兒卻不願意。一天夜裡，女兒夢見父親對她說：「你要是不答應嫁給他，我恐怕永遠都無法實現我的願望！」於是女兒依從父教，嫁給胡維華的父親。過一年多，生下胡維華。不久張氏女因病去逝。胡維華長大成人後聚眾謀反，終使胡家遭到與當年張月坪家滅族絕嗣的相同命運。〔註35〕

　　康熙中，獻縣胡維華，以燒香聚眾謀不軌，所居由大城、文安一路

〔註35〕《由閱微草堂筆記淺談——凡夫心與菩薩行》，頁145。

行，去京師三百餘里；由青縣、靜海一路行，去天津二百餘里。維
華謀分兵爲二，其一出不意，並程抵京師；其一據天津，掠海舟。
利則天津之兵亦壯趨；不利則遁往天津，登舟泛海去。方部署偏官，
事已泄。官軍擒捕，圍而火攻之，鬉鬙不遺。初維華之父雄於貲，
喜周窮乏，亦未爲大惡。鄰村老儒張月坪有女豔麗，殆稱國色，見
而心醉。然月坪端方迂執，無與人爲妾理，乃延之教讀。月坪父母
柩在遼東，不得返，恒戚戚。偶言及，即捐金使扶歸，且贈以葬地；
月坪田內有橫屍，其仇也，官以謀殺勘，又爲百計申辯得釋。一日，
月坪妻攜女歸寧，三子並幼，月坪歸家守門户，約數日返。乃陰使
其黨，夜鍵户而焚其廬，父子四人並燼。陽爲驚悼，代營喪葬，且
時周其妻女，竟依以爲命。或有欲聘女者，妻必與謀，輒陰沮使不
就，久之漸露求女爲妾意。妻感其惠，欲許之，女初不願，夜夢其
父曰：「汝不往，吾終不暢吾志也。」女乃受命。歲餘生維華，女旋
病卒。維華竟覆其宗。〔註36〕

　　官員姦污僕人之妻，處罰不過取消俸祿而已。這是因爲主僕經常生活在
一起，難免親昵，關係曖昧難以判明是非。法律從細微深遠處著想，就是防
止產生誣陷或反咬一口的風氣。但是如果強逼姦污，陰曹的處罰就很重了，
紀曉嵐紀錄一個僕人內心的怨恨之氣，導致妻子生下美麗的女兒來復仇的故
事。戴遂堂先生說：「康熙末年，有一世家子要脅姦污了僕人之妻。僕人怨氣
鬱結，得了食不下嚥之病。當時，妻子已懷孕，僕人臨死前用手摸著妻子的
腹部說：『是男還是女？能爲我復仇嗎？』後來，妻子生一女兒，長大後聰明
又美麗，世家子納她爲妾，生一兒子。但世家子得了消渴病，不久就死了。
這個妾卻淫亂不已，終於搞到打官司的地步，大損世家名聲。十幾年中，世
家子的夫人身披素服，扶棺送葬，他的妾身著青衫，對簿公堂，這難道不是
怨憤積聚，而生出這麼一個女兒來報仇的嗎？」〔註37〕

職官姦僕婦，罪止奪俸。以家庭匿近，幽暗難明，律法深微，防誣
蔑反噬之漸也。然橫干強逼，陰譴實嚴。戴遂堂先生言：「康熙末，
有世家子挾污僕婦，僕氣結成噎膈。時婦已孕，僕臨歿以手摩其腹
曰：『男耶女耶？能爲我復仇耶？』後生一女，稍長，極慧豔。世家

〔註36〕《閱微草堂筆記》卷一〈灤陽消夏錄一〉，頁14。
〔註37〕《由閱微草堂筆記淺談——凡夫心與菩薩行》，頁437。

子又納為妾，生一子。文圉消渴，俄天天年。女帷薄不修，竟公庭
涉訟，大損家聲。十許年中，婦縞袂扶棺，女青衫對簿，先生皆目
見之，如相距數日耳。豈非怨毒所鍾，生此尤物以報哉？」〔註38〕

有個主人調戲僕人的妻子，這女人不答應。主人生氣地說：「你敢拒絕，我打
死你。」女人哭著告訴丈夫。丈夫喝醉憤怒地說：「你敢失節，我就用刀刺進
你的胸部。」她悲憤地說：「屈從或不屈從都是一死，不如先死的好。」終自
縊身亡，官府前來驗屍，屍體無傷，所說的話沒有實證，又死在丈夫身邊，
無法歸罪於誰，無法追究。然而，從此之後女人自殺的屋中，即便天氣晴朗，
也是陰森森地如薄霧飄浮；到了夜裡就發出聲響，如同撕扯布帛；燈前月下，
每每可見黑氣搖盪，像人影一樣，查詢起來則什麼也沒有。就這麼過了十幾
年，主人死後才停止了。主人沒死之前，白天黑夜派人環繞床前。遂堂先生
懷疑他看到了什麼。

> 遂堂先生又言：「有調其僕婦者，婦不答。主人怒曰：『敢再拒，捶
> 汝死！』泣告其夫。方沉醉，又怒曰：『敢失志，且劃刃汝胸！』婦
> 憤曰：『從不從皆死，無寧先死矣。』竟自縊。官來勘驗，屍無傷，
> 語無證，又死於夫側，無所歸咎，弗能究也。然自是所縊之室，雖
> 天氣晴明，亦陰陰如薄霧。夜輒有聲如裂帛，燈前月下，每見黑氣
> 搖漾如人影，跡之則無。如是十餘年，主人歿乃已。未歿以前，晝
> 夜使人環病榻，疑其有所見矣。」〔註39〕

被遣送到烏魯木齊的犯人劉剛驍健無比，他耐不得耕作的勞苦，伺機潛
逃。逃到根克忒，就要越過國境了。夜裡遇到一老叟說：「你是剛逃出來的嗎？
前面有卡倫（卡倫，是戍守瞭望的地方）瞭望哨所，恐怕逃不過去。不如暫
時藏在我屋裡，等黎明時耕種的人都出來，可以混雜其中逃脫。」劉剛聽從
他的建議。等到天剛亮，他覺得恍惚如夢醒，自己坐在老樹空心的樹幹裡。
再看老叟，也不是昨天的樣子；他細看，卻是他從前殺死、並棄屍深澗的那
個人。劉剛驚愕欲起身，巡邏士兵已趕到，他只好俯首就擒。按軍屯法規定，
犯人私逃，二十天之內自首者還可免於一死。劉剛就擒在第二十天的拂曉，
正介於兩者中間，屯田官想遷就讓他活命。劉敘述了適才所見所聞，自知難
免一死，願早日伏法。於是被送至轅門行刑。他在七、八年前殺了人，久久

〔註38〕《閱微草堂筆記》卷七〈如是我聞一〉，頁94。
〔註39〕同上。

未被發覺。而死者游魂作怪，「萬里迢迢」找劉剛復仇，〔註40〕終於在二萬里外索其性命，真是可怕啊！

> 烏魯木齊遣犯劉剛，驍健絕倫，不耐耕作，伺隙潛逃。至根克忒，
> 將出境矣。夜遇一叟，曰：「汝遁亡者耶？前有卡倫（卡倫，戍守瞭
> 望者，克之地也。），恐不得過，不如暫匿我室中，候黎明耕者畢出，
> 可雜其中以脫也。」剛從之。比稍辨色，覺恍如夢醒，身坐老樹腹
> 中，再視叟，亦非昨貌，諦審之，乃夙所手刃棄屍深澗者也。錯愕
> 欲起，邏騎已至，乃矦首就擒。軍屯法遣犯私逃，二十日內自歸者，
> 尚可貸死，剛就擒在二十日將曙，介在兩歧，屯官欲遷就活之，剛
> 自述所見，知必不免，願早伏法，乃送轅行刑。殺人於七八年前，
> 久無覺者，而遊魂爲厲，終索命於二萬里外，其可畏也哉！〔註41〕

乾隆三年（1738年）的夏天，獻縣修築城牆。數百名役夫拆下舊城牆垛口的磚，扔到城牆下。城牆下面的數百名役夫再用荊條筐把破磚運走。飯做好了就敲木梆子，招呼大家聚攏來，一起吃飯。在吃飯的時候，有個叫辛五的役夫說：「剛才運磚時，我忽然聽到有人在耳旁大聲說：『殺人償命，欠債還錢，你知道這件事嗎？』我回頭想看看是誰在說話，卻沒有看見什麼。這件事情真是很奇怪。」飯後大家又一起扔磚，磚頭像冰雹般落下來，有一塊磚正好打在辛五頭上，於是辛五的腦袋被砸破，當場死去了。大家驚慌失措地叫喊著，吵吵嚷嚷，整個工地一片混亂。但查來查去，竟然查不出扔磚的人是誰。案子沒法判斷，縣官只能判罰工頭出一萬文錢，把辛五裝了棺材埋掉。於是這才知道，辛五前生欠扔磚人的命，而工頭則欠辛五的錢，因果報應互相牽連，終於互相償還了。如果沒有鬼神事先通告一聲，人們會以爲這事純屬偶然吧！

> 乾隆戊午夏，獻縣修城。役夫數百拆故堞，破磚擲城下：城下役
> 夫數百，運以荊筐。炊熟，則鳴柝聚食。方聚食間，役夫辛五告
> 人曰：「頃運磚時，忽聞耳畔大聲曰：『殺人償命，欠債還錢！汝
> 知之乎！』回顧無所睹，殊可怪也。」俄而眾手合作，磚落如雹，
> 一磚適中辛五，腦裂死。驚呼擾攘，竟不得擊者主名。官司莫能
> 詰斷，令役夫之長出錢十千，棺斂而已。乃知辛五夙生負擊者命，

〔註40〕《由閱微草堂筆記淺談——凡夫心與菩薩行》，頁242。
〔註41〕《閱微草堂筆記》卷七〈如是我聞一〉，頁102。

> 役夫長夙生負辛五錢。因果牽纏,終相塡補,微鬼神先告,幾何
> 不以爲偶然耶?〔註42〕

　　佛家以爲一切事物現象都有它各自的因和緣,外力干涉不得,狐狸精隔
世之報的故事可見佛教思想的影響。〔註43〕濟甯有一個少年被狐精昵愛,每
夜都一同睡覺。到這少年長到二十多歲,仍然一夜也不空著,有人讓他留鬍
鬚。鬍鬚稍微長些,狐精就在他睡覺時給剃去,更給他塗脂抹粉。屢次用符
咒驅狐,都沒有作用。後來正乙眞人乘船路過濟寧,他寫信乞求眞人鎭治。
眞人往城隍那裏發去一公文,狐精便找眞人來訴說。看不到它的形狀,但旁
人都可以聽到它的話。狐狸說:「前生我是女子,這個少年是位僧人。有天
夜裏路過寺廟,被他劫持,關在窟室中,隱忍受汙長達十七年,鬱鬱而死。
我告到陰曹,陰曹判這個和尚在地獄受罪完後,來生還要償債。這時我因犯
其他罪投生爲狐狸,在山林中過了一百多年,未能和他相遇。現在我修煉成
形,正好和尚今世成爲這個少年,所以我來報仇。十七年滿之後我自己會離
開,不必別人驅趕。」眞人也無可奈何。後來,不知道期滿後這隻狐精走了
沒有。不過,根據狐狸的話,足以知道人負了債,即使隔了幾世也是要償還
的。

> 即墨楊槐亭前輦言,濟寧一童子,爲狐所昵,夜必同衾枕。至年二
> 十餘,猶無虛夕。或教之留鬚,鬚稍長輒睡中爲狐薙去,更爲傅脂
> 粉。屢以符籙驅遣,皆不能制。後正乙眞人舟過濟寧,投詞乞劾治,
> 眞人牒於城隍。狐乃詣眞人自訴,不睹其形,然旁人皆聞其語。自
> 言:「過去生中爲女子,此童爲僧,夜過寺門,被劫閉窟室中,隱忍
> 受辱者十七載,鬱鬱而終。訴於地下,主者判是僧地獄受罪畢,仍
> 來生償債,會我以他罪墮狐身,竄伏山林百餘年,未能相遇。今煉
> 形成道,適逢僧後身爲此童,因得相報,十七年滿,自當去,不煩
> 驅遣也。」眞人竟無如之何?後不知期滿果去否?然據其所言,足
> 知人有所負,雖隔數世猶償也。〔註44〕

一個老花匠因前世宿怨而遭到狐狸媚惑。有人說,這狐狸想迷這老頭,故意編
出一套說詞。但狐狸媚人一是貪圖美色,二是採補精氣。這麼個雞皮鶴髮的老

〔註42〕《閱微草堂筆記》卷九〈如是我聞三〉,頁122。
〔註43〕嚴文儒注譯,《新譯閱微草堂筆記》(臺北:三民書局,2013年),頁745。
〔註44〕《閱微草堂筆記》卷九〈如是我聞三〉,頁128。

頭有什麼美色？有什麼精氣可採補？可見不是貪圖美色。況且這老頭已到了拄
拐杖的年紀，還去做別人的男寵，對別人的污辱逆來順受，也不近情理。也許
他雖然是個老頭，但仍是女性，夙緣沒有泯滅，自然會投身那個少年，像是磁
石吸鐵，兩者很自然地湊在一起，這是很明顯的。也許狐狸說的不是謊話。由
此看來，人與人之間的怨仇纏繞糾結，變化萬端百轉千回，一直到三世之後還
沒了結。世人應當謹慎小心，不要結怨造下禍因啊。紀曉嵐的用意在警醒人們，
行事須謹慎，不要犯下因果，否則會幾世糾纏不清。〔註45〕

　　李蟠木言，其鄉有灌園叟，年六十餘矣。與客作數人同屋寢。忽
聞其啞啞作顫聲，又呢呢作媚語，呼之不應。一夕，燈未盡，見
其布衾蠕蠕掀簸，如有人交接者，問之亦不言。既而白晝或忽趨
僻處，或無故閉門，怪而覘之，輒有瓦石飛擊。人方知其為魅所
據。久之不能自諱，言初見一少年至園中，似曾相識，而不能記
憶；邀之坐，問所自來。少年言：「有一事告君，祈君勿拒。君四
世前與我為密友，後忽藉胥魁勢豪奪我田。我訴官，反遭笞，鬱
結以死。愬於冥官，主者以契交際末，當以歡喜解冤，判君為我
婦二十年。不意我以業重，遽墮狐身，尚有四年未了。比我煉形
成道，君已再入輪迴，轉生今世。前因雖昧，舊債難消；夙命牽
纏，遇於此地。業緣湊合，不能待君再墮女身，便乞相償，完此
因果。」我方駭怪，彼遽噓我以氣，惝惝然如醉如夢，已受其污。
自是日必一兩至，去後亦自悔恨。然來時又帖然意肯，竟自忘為
老翁，不知其何以故也。一夜，初聞狎昵聲，漸聞呻吟聲，漸聞
悄悄乞緩聲，漸聞切切求免聲；至雞鳴後，乃嗷然失聲。突樑上
大笑曰：「此足抵笞三十矣！」自是遂不至。後葺治草屋，見樑上
皆白粉所畫圈，十圈為一行，數之，得一千四百四十，正合四年
之日數。乃知為所記淫籌。計其來去，不滿四年，殆以一度抵一
日矣。或曰：「是狐欲媚此叟，故造斯言。」然狐之媚人，悅其色，
攝其精耳，雞皮鶴髮，有何色之可悅？有何精之可攝？其非相媚
也明甚。且以扶杖之年，講分桃之好，逆來順受，亦太不情。其
為身異性存，夙根未泯，自然相就，如磁引鍼，亦明甚。狐之所
云殆非虛語，然則怨毒糾結，變端百出，至三生之後而未已，其

〔註45〕嚴文儒注譯，《新譯閱微草堂筆記》（臺北：三民書局，2013年），頁1547。

亦慎勿造因哉！〔註46〕

有個打柴的人到山岡上打柴，疲倦了稍事休息。遠遠望見一人拿著幾件衣服，沿途丟棄。他不明白是何緣故。仔細觀察他，發現他走險路如走平路，速度很快，不是人能達到的。並且面色蒼白，暗淡無光，不像人樣，就懷疑他是妖怪。當他爬到一棵高樹上瞭望時，那人已不見了。樵夫沿著那人丟衣服的路往前走，拐彎後到山坳，只見一隻老虎躲在樹叢中。這才明白那人是個倀鬼，那些衣服是被害者的遺物。趕忙丟了柴，從山崗後面逃跑了。第二天，樵夫聽說某村某人在山坳被虎吃了。這條路不是人必經之路，他猜它是用衣做誘餌，引誘人來到這裡的。動物不會比人更聰明，人總是用誘餌捕獲獵物，現在動物竟然用誘餌吃人。難道是因爲人不聰明嗎？利欲擾亂了心智，所以人反倒不如動物聰明了。但這事一傳出來，獵人們找到衣服丟棄的地方，發現了虎窩，一起開槍，打死了三隻老虎。老虎也因其心智而招致滅頂之災。禍福輾轉生變互相變化，機巧變幻又怎會有窮盡呢？又有人說老虎最強暴但也最愚蠢，心計萬萬達不到這般高度。聽說倀鬼爲老虎所役使，必須找到替身才能投生。這樣，大概是倀鬼誘使別人代替自己，又引獵人捕殺老虎報仇。倀鬼是人變成的，考察一下人間世事，當然有這種事情，可惜老虎只知倀鬼幫助自己，卻不知也是它害了自己啊！

> 司爨王媼言，（即見醉鍾馗者。）有樵者，伐木山岡。力倦小憩，遙見一人持衣數襲，沿路棄之。不省其何故。諦視之，履險阻如坦途，其行甚速，非人可及；貌亦慘淡不似人。疑爲妖魅。登高樹瞰之，人已不見。由其棄衣之路，宛轉至山坳，則一虎伏焉。知人爲倀鬼，衣，所食者之遺也。急棄柴，自岡後遁。次日，聞某村某甲，於是地死於虎矣。路非人徑所必經，知其以衣爲餌，導之至是也。物莫靈於人，人恒以餌取物，今物乃以餌取人，豈人弗靈哉！利汩其靈，故智出物下耳。然是事一傳，獵者因循衣所在得虎窟，合銃群擊，殪其三焉。則虎又以智敗矣。輾轉倚伏，機械又安有窮歟！或又曰：「虎至悍而至愚，心計萬萬不到此。聞倀役於虎，必得代乃轉生，是殆倀誘人自代，因引人捕虎報冤也。」倀者人所化，揆諸人事，固亦有之。又惜虎知倀助己，不知即倀害己矣。〔註47〕

〔註46〕《閱微草堂筆記》卷十六〈姑妄聽之二〉，頁268。

〔註47〕《閱微草堂筆記》卷十七〈姑妄聽之三〉，頁288。

復仇是人的本能反應、自有保護機制，在歷史因緣下，儒家「以直報怨」的復仇觀自古深植人心，而乾嘉時代是清朝由盛轉衰的時期，吏治腐敗、貧富懸殊甚大，產生許多冤獄與備受壓迫的人民，長期處在失衡的情況，人民追求公平的復仇之心自然而起。〔註48〕然人生在世處處有輪迴，而因爲懷恨在心輪迴復仇，會讓人生逃不出黑暗的迴圈，由仇恨啓動的人生觀終將成爲悲劇。

第三節　警示預言

壹、藉夢警世

紀曉嵐家有個老僕叫魏哲，魏哲聽他父親講過一個故事，順治初年有位書生，他和妻子先後死去。又過三四年，妾也去世。他們的名字已無人說得清楚。有個人曾在書生家當長工。那天他外出遇雨，躲進東嶽廟裡避雨。天黑之後，雨依然綿綿不絕，他只好睡在東嶽廟廊簷下。正在他似睡非睡之際，只見他原來的主人披枷帶鎖被帶進來，他那一妻一妾也跟隨在後。一個穿著像城隍模樣的人向東嶽神施禮，報告說：「這個人生前玷污兩個人，是有罪，但他又救了這兩個人的命，是有功，是否就判他將功抵罪？」東嶽神搖頭，不以爲然地說：「這兩個人貪生怕死，忍辱求生，姑且可以寬恕。他就不同，他救活這兩個人的目的是佔有他們，進而玷污他們。對這樣的人，只能按照條律加以懲處，談不到什麼將功抵罪！」說罷，不耐煩地把手一揮，命令道：「還不把他們押下去！」書生和他的一妻一妾就被押走。廊下的長工被嚇得大氣兒都不敢喘。天亮以後回到家，就把夜間的奇遇講給大家聽。人們都覺得這事兒很新奇，但誰也不能解釋書生將受懲處的道理。書生在世時，有位貼身老僕，他聽了這個故事，非常感慨含著淚說：「怪呀！難道主人在陰曹地府眞的要因此受懲處嗎！說起來，其中的底細只有我和我父親知道，只爲主人對我們父子情深意重，我們發誓一輩子不能把秘密洩露出去，如今，已是改朝換代，說出來，也沒多大關係了。」這位貼身老僕沉默片刻，仿佛喚起遙遠的記憶。意味深長地說：「說起來我那兩位主夫人，原本都不是女人啊！前明天啓年間，魏忠賢專權，他勾結熹宗皇帝的乳娘客氏，暗殺有身孕的裕

〔註48〕戴筱玲，〈寓風教於小說──《閱微草堂筆記》復仇故事研究〉，台中：中興大學中國文學系所碩士論文，2009年。

妃張娘娘。魏忠賢爲殺人滅口,把裕妃娘娘的宮女和小太監,一併送到東廠治罪。這些人死得好慘!當時,就有兩個小太監僥倖逃離虎口,一個名叫福來,一個名叫雙桂。他們原來和主人認識,正巧主人在北京做買賣,他們走投無路,就來投靠主人。主人把他們引進一處僻靜的屋子裡說話,小的就在窗外偷聽幾句。主人說:『聽你倆的聲音,都男不男,女不女的,一出門,准被抓獲,你們不如改作女人的打扮,別人也就不會注意。可是兩個歸屬不明的女人還是容易引人懷疑,既然你們倆已經淨身,和女人沒兩樣,若能屈從假作我的一妻一妾,那才萬無一失。』兩個小太監無奈只好相從。於是,主人就給他們置辦女裝,給他們紮耳朵眼兒,漸漸地可以戴耳環。又買來軟骨藥,讓他們纏腳,穿上繡花鞋。過了幾個月,他倆就變成一對標緻的女人。主人便雇下馬車,把他們帶回老家,謊稱是他在京娶的大小老婆。這兩位小太監原本深居宮中,本來就養得細皮嫩肉,性情溫文爾雅,經主人這麼一打扮,誰也看不出他們不是女人。又因爲這事完全出於人們的意料之外,竟然沒有人覺察。有時候,人們也納悶,女人爲什麼一點兒針線活兒都不做?有人就猜疑是主人對她們過分嬌寵。他們倆感念主人的救命之恩,在風險平息後依然甘願裝作女人,與主人白頭偕老。」書生生前的所作所爲,世上只有貼身老僕知道。貼身老僕因感激主人恩惠從未向任何人透露。如果把書生放在公堂接受審判,法律會如何裁斷呢?

　　紀曉嵐提出三種可能。東嶽神廟裡像城隍模樣的冥吏認爲:「書生玷污了兩個人有罪,應受法律懲處,但這兩個所謂被姦污的人,正是他救的命,是有功,功過相抵,可寬恕書生。」東嶽神則認爲:「這兩個人貪生怕死,忍辱負重是可寬恕。而書生目的不單純,他救人後又趁機佔有玷污他們,只能按照律條加以懲處。」僕人認爲:「主人是乘人之危巧言利誘,迫使他們就範。不是真心憐惜人家,而是乘機佔有玷污,生前沒受到法律懲處,在陰間就應受到譴責懲處。」紀曉嵐感嘆:「人可欺,鬼神不可欺呀!」說明即便是人死後仍須接受審判,鬼神對人類行爲相對性的獎懲。〔註49〕

　　　老僕魏哲聞其父言,順治初有某生者,距余家八九十里,忘其姓名,
　　　與妻先後卒。越三四年,其妾亦卒。適其家傭工人,夜行避雨,宿
　　　東嶽祠廊下,若夢非夢,見某生荷校立庭前,妻妾隨焉。有神衣冠

〔註49〕劉雯鵑,〈歷代筆記小說中因果報應故事研究〉,臺北:中國文化大學中國文學研究所博士論文,2003年。

類城隍，磬折對嶽神語曰：「某生污二人，有罪；活二命，亦有功，合相抵。」嶽神怫然曰：「二人畏死忍恥，尚可貸。某生活二人，正為欲污二人，但宜科罪，何云功罪相抵也？」揮之出。某生及妻妾亦隨出。悸不敢語，天曙歸告家人，皆不能解。有舊僕泣曰：「異哉，竟以此事被錄乎！此事惟吾父子知之，緣受恩深重，誓不敢言。今已隔兩朝，始敢追述。兩主母皆實非婦人也。前明天啓中，魏忠賢殺裕妃，其位下宮女內監，皆密捕送東廠，死甚慘。有二內監，一曰福來，一曰雙桂，亡命逃匿。緣與主人曾相識，主人方商於京師，夜投焉。主人引入密室，吾穴隙私窺。主人語二人曰：『君等聲音笑貌，在男女之間，與常人稍異，一出必見獲；若改女裝，則物色不及。然兩無夫之婦，寄宿人家，形跡可疑，亦必敗。二君身已淨，本無異婦人，肯屈意為我妻妾，則萬無一失矣。』二人進退無計，沉思良久，並曲從。遂為辦女飾，鉗其耳，漸可受珥。並市軟骨藥，陰為纏足，越數月，居然兩好婦矣。乃車載還家，詭言在京所娶。二人久在宮禁，並白皙溫雅，無一毫男子狀。又其事迥出意想外，竟無覺者。但訝其不事女紅，為恃寵驕惰耳。二人感主人再生恩，故事定後亦甘心偕老。然實巧言誘脅，非哀其窮，宜司命之見譴也。」信乎？人可欺，鬼神不可欺哉！〔註50〕

　　某御史因犯重罪，依法被處死。負責審理案件的官員白天和衣而臥，不知不覺睡著，恍惚中，他竟看見剛剛死去的御史，吃驚地問：「君有冤屈嗎？」御史說：「我身居御史，接受賄賂，出賣奏章，依法當死，有什麼冤屈呢？」這人又問：「君既不冤屈，又為何前來見我？」御史回答：「因為對君感到遺憾。」這人說：「負責審理此案的官員有七、八個人，舊交像我的也有兩、三個人，為何獨獨對我有遺憾呢？」御史說：「我與君過去有隔閡，不過是功名進取途中互相排擠，並非不共戴天的深仇大恨。我受審時，君雖因避嫌沒發問，卻有洋洋得意的神色；我定案時，君雖表面同情，虛詞寬慰，卻隱隱流露幸災樂禍的心思。這實際上是他人依法處死我，君以舊怨快我死。患難之際，這最令人傷心，我哪能不遺憾呢？」這人惶恐不安地對御史謝罪，問道：「這麼說來，君要報復我嗎？」御史回答：「我死於法律制裁，哪可報復於君？君居心若此，自然不是得福之道，也不用我來報復。我只是心中不平，讓君

〔註50〕《閱微草堂筆記》卷二〈灤陽消夏錄二〉，頁25。

知道罷了！」御史說完，這人若睡若醒，睜開眼睛，已經不見御史，而書案上的茶還沒有涼。後來，親友見他精神恍惚失常，暗中詢問，他才把夢中的事情詳述出來，並且長歎一聲說：「幸好我還沒有落井下石，他都這樣恨我。曾子說過：『哀矜勿喜』，這話太正確。」該官員的親友對人講述這件事，也長歎一聲說：「負責審案的官員，一旦有私心，即使應當判罪，罪犯還不服氣，更何況是不應當判罪呢！」

> 御史某之伏法也，有問官白晝假寐，恍惚見之，驚問曰：「君有冤耶？」曰：「言官受賂鬻章奏，於法當誅，吾何冤？」曰：「不冤何爲來見我？」曰：「有憾於君。」曰：「問官七八人，舊交如我者，亦兩三人，何獨憾我？」曰：「我與君有宿隙，不過進取相軋耳，非不共戴天者也。我對簿時，君雖引嫌不問，而陽陽有德色；我獄成時，君雖虛詞慰藉，而隱隱含輕薄。是他人據法置我死，而君以修怨快我死也。患難之際，此最傷人心，吾安得不憾？」問官惶恐愧謝曰：「然則君將報我乎？」曰：「我死於法，安得報君？君居心如是，自非載福之道，亦無庸我報，特意有不平，使君知之耳。」語訖，若睡若醒，開目已失所在，案上殘茗尚微溫。後所親見其惘惘如失，陰叩之，乃具道始末，喟然曰：「幸哉，我未下石也，其飲恨猶如是。曾子曰：『哀矜勿喜。』不其然乎？」所親爲人述之，亦喟然曰：「一有私心，雖當其罪猶不服，況不當其罪乎？」〔註51〕

浙江有位士人，夜間夢見自己來到一處官府，說是都城隍廟。有位冥司官吏對他說：「現在某公控告他的朋友負心，特請君來作證。君想一下，是否曾有其事呢？」士人回憶了一下，確有其事。忽然聞聽都城隍升堂，冥吏上前稟報某公控告某友的負心事，證人已經帶到，請都城隍勘斷。都城隍將訴訟狀出示士人，士人如實作答。都城隍說：「結黨營私，拉攏朋以求進取。他們以是否站在自己一邊決定自己的愛憎態度，以自己的愛憎態度作爲判斷是非的標準。勢單力薄就攀附求援，勢力差不多時就互相排擠併吞，瞬間萬變本來就是小人之交，怎麼能用君子之道來要求對方，而進行控告呢？操戈入室，窩內自反，這是合乎道理的必然結局。」都城隍又看著士人說：「你是否認爲對於負心人失於懲罰呢？種豆得豆，種瓜得瓜，這就是因果相償；花既結子，子又開花，這就是因果相生。那位負心人身後，還有一位負心人緊跟

〔註51〕《閱微草堂筆記》卷三〈灤陽消夏錄三〉，頁35。

在他後面，不需鬼神去料理。」士人猛然甦醒。幾年後，竟發生了另一負心
人對負心人負心的事情。

> 浙江有士人，夜夢至一官府，云都城隍廟也。有冥吏語之曰：「今某
> 公控其友負心，牽君爲證。君試思嘗有是事否？」士人追憶之，良
> 是。俄聞都城隍升坐，冥吏白，某控某負心事，證人已至，請勘斷。
> 都城隍舉案示士人，士人以實對。都城隍曰：「此輩結黨營私，朋求
> 進取。以同異爲愛惡，以愛惡爲是非，勢孤則攀附以求援，力敵則
> 排擠以互噬；翻雲覆雨，倏忽萬端，本爲小人之交，豈能責以君子
> 之道？操戈入室，理所必然，根勘已明，可驅之去。」顧士人曰：「得
> 無謂負心者，有佚罰耶？夫種瓜得瓜，種豆得豆，因果之相償也。
> 花既結子，子又開花，因果之相生也。彼負心者，又有負心人躡其
> 後，不待鬼神之料理矣。」士人霍然而醒，後閱數載，竟如神之所
> 言。〔註52〕

以前五台山有位僧人，經常夜裡夢見自己下地獄，並且見到地獄裡種種可怕
景象。有位老和尚勸他精誠誦經。結果惡夢卻愈做愈厲害，以致身體衰弱，
精神極度疲睏。另一位老和尚對他說：「這必定是你未出家之前曾經造下惡
業，出家之後，由讀經漸漸明白因果報應的道理，知道自己將來必墮地獄，
因此心生恐怖。由恐怖之心便生出種種幻象，所以恐怖之心越重，幻象也越
多。原因在於你誦經雖篤，卻對佛法還沒有深刻領會。要知道佛法慈悲廣大，
允許人懺悔前愆，改過自新。只要誠心悔過，一切惡業都能當下消除。放下
屠刀，立地成佛。」僧人聽老和尚的話，立刻對佛發願，認眞修行，此後睡
眠安寧，誠心懺悔，惡夢消除。〔註53〕

> 白衣庵僧明玉言，昔五臺一僧，夜恒夢至地獄，見種種變相。有老
> 宿教以精意誦經，其夢彌甚，遂漸至委頓。又一老宿曰：「是必汝未
> 出家前，曾造惡業，出家後漸明因果，自知必墮地獄，生恐怖心。
> 以恐怖心，造成諸相，故誦經彌篤，幻象彌增。夫佛法廣大，容人
> 懺悔，一切惡業，應念皆消。放下屠刀，立地成佛，汝不聞之乎！」
> 是僧聞言，即對佛發願，勇猛精進，自是晏然無夢矣。〔註54〕

〔註52〕 《閱微草堂筆記》卷四〈灤陽消夏錄四〉，頁53。
〔註53〕 《由閱微草堂筆記淺談——凡夫心與菩薩行》，頁391。
〔註54〕 《閱微草堂筆記》卷四〈灤陽消夏錄四〉，頁57。

紀曉嵐關注世道人心，針對士大夫或文人雅士的議論尤多。陳生在神廟讀書，一個夏夜，陳生脫衣裸露地睡在廊廡下，夢見神明他召至座前，對他嚴厲斥責。陳生辯解說：「之前有幾個販夫睡在殿上，我回避在廊屋下爲何反獲罪？」神明說：「販夫可睡，你就不行。他們蠢笨得像山林野獸，你是讀書人，難道也不懂禮節？《春秋》對於賢能的人求全責備，就是這個道理！因此，君子對於處世，可以隨俗就隨俗，不必苟且求異；不可隨俗就不隨，也不必去苟且求同。世俗中對於違禮的事，動不動就說某某人曾經做過。從不考慮這樣做是否正確，只論事情是否已有先例，自古以來，什麼事都有人爲之，難道，都可以拿來當作藉口嗎？」

> 南宮鮑敬之先生言，其鄉有陳生，讀書神祠。夏夜袒裼睡廡下，夢
> 神召至座前，訶責甚屬。陳辯曰：「殿上先有販夫數人睡，某避於廡
> 下，何反獲怨？」神曰：「販夫則可，汝則不可。彼蠢蠢如鹿豕，何
> 足與較，汝讀書，而不知禮乎？」蓋《春秋》責備賢者，理如是矣。
> 故君子之於世也，可隨俗者隨，不必苟異；不可隨俗者不隨，亦不
> 苟同。世於違理之事，動曰某某曾爲之，夫不論事之是非，但論事
> 之有無。自古以來，何事不曾有人爲之，可一一據以藉口乎？〔註55〕

戶部司員戴臨，因工於書法侍奉於內廷。他曾經做夢到了陰司，遇到一個吏員是舊時朋友，挽留他一起談天。偶然間揭開他的簿冊，正好見到自己的名字，名字下面用朱筆草書，像一個犀字。吏員奪過將其掩上，好像有些惱怒，問他也不回答。戴在驚懼惶恐中，忽然醒來。猜不出緣故。戴偶然把這事告訴裘文達公，文達沉思著說：「這恐怕是陰司簡便的簿籍，如同六部和都察院摘要的檔，至於戶中兩個字，連寫頗像是犀字，您大概將以戶部郎中的官職爲終吧？」後來，竟然如同文達所說。

> 戴戶曹臨，以工書供俸內廷。嘗夢至冥司，遇一吏，故友也。留與
> 談，偶揭其簿，正見己名下硃筆草書，似一犀字。吏遂奪而掩之，
> 意似薄怒，問之亦不答。忽惶遽而醒，莫測其故。偶告裘文達公，
> 文達沉思曰：「此殆陰曹簡便之籍，如部院之略節。戶中二字，連寫
> 頗似犀字，君其終於戶部郎中乎？」後竟如文達之言。〔註56〕

許南金先生說，康熙五十四年（1715年），他路經阜城縣的漫河。時值夏

〔註55〕《閱微草堂筆記》卷六〈灤陽消夏錄六〉，頁80。
〔註56〕《閱微草堂筆記》卷六〈灤陽消夏錄六〉，頁84。

雨連綿，道路泥濘，人馬疲憊不堪，便在路旁樹下歇息。他坐著打盹兒，恍惚之間見一女子來拜見，陳訴冤情，夢中，許先生還想詢問女子的鄉里住處，卻忽然醒來。後來詢問阜城縣士大夫們，都不知這件事，向老吏打聽，也未得到此事的檔案。大概是因爲沒把她記載爲烈婦，事情早已被湮沒。故事末雖未明示冤情是否沉冤得雪，但紀曉嵐記述夢中喊冤，警世奸惡莫作可見用心。

> 許南金先生言，康熙乙未，過阜城之漫河。夏雨泥濘，馬疲不進，息路旁樹下，坐而假寐。恍惚見女子拜言曰：「妾黃保寧妻湯氏也。在此爲強暴所逼，以死捍拒，卒被數刃而死。官雖捕賊駢誅，然以妾已被污，竟不旌表。冥官哀其貞烈，俾居此地，爲橫死諸魂長，今四十餘年矣。夫異鄉丐婦，踽踽獨行，猝遇三健男子執縛於樹，肆行淫毒，除罵賊求死，別無他術。其齧齒受玷，由力不敵，非節之不固也。司讞者苛責無已，不亦冤乎？公狀貌似儒者，當必明理，乞爲白之。」夢中欲詢其里居，霍然已醒。後問阜城士大夫，無知其事者。問諸老吏，亦不得其案牘。蓋當時不以爲烈婦，湮沒久矣。〔註57〕

景州人申學坤，是申謙居先生之子。爲人純良厚道，質樸率眞，他深摯相信道學，曾經對堂兄戀園說：「從前在某寺廟，見一僧用勸人從善以得福田的辦法誘騙財物，吃喝揮霍，因而寫一篇文章，勸誡人不要向僧人施捨。夜裡夢見一位神，像是佛教所說的伽藍。神與我侃侃爭辯說：『您不要這樣。以佛法而論，佛門廣大慈悲，使萬物平等。那些僧尼不也是萬物之一嗎？施食物給那些鳥類，以對蟲鼠加以保護，是爲讓它們生存。僧尼們憑藉施捨而生存，您卻一定要讓他們饑餓而死，不是把他們看得連鳥獸蟲鼠都不如嗎？僧尼之中，破壞戒律、自墮泥淖的當然有。但是哪有因爲有梟鳥就殺盡鳥類，哪有因爲有破獍滅絕所有獸類，以世法而論，田地不足以分給每個人，不能不叫百姓自謀生路。那些僧尼也是百姓之一，他們募捐化緣也是謀生的一種手段。如果非得認爲僧尼不耕不織就是害國耗民的話，那麼不耕不織而害國耗民的人何止僧尼？您爲何不寫文章禁止他們？況且天下之大，這類人豈止數十萬。一旦斷他們衣食的來源，體弱的將會塡埋溝壑之中，這暫且不說；兇惡狡猾的人鋌而走險，將怎樣收拾局面？韓愈排斥佛教，但是還說鰥寡孤獨廢

〔註57〕《閱微草堂筆記》卷七〈如是我聞一〉，頁87。

疾者可以養。您沒有辦法養民，卻只是剝奪他們的生路，這不僅不符合佛義，也不符合孔孟之道。一言既出，駟馬難追。請您反覆思考這個道理。』我在夢中想要和他爭辯，忽然已醒，那些話歷歷在耳。您認爲他這番議論如何？」懋園沉思了好久說：「您持理公正，他見解博大。然而人情世態並非始於現在，豈是您一番議論所能遏止？這神喋喋不休，是多此一舉。」

> 景州申君學坤，謙居先生子也，純厚樸拙，不墜家風，信道學甚篤。嘗謂從兄懋園曰：「曩在某寺，見僧以福田誘財物，供酒肉資。因著一論，戒勿施捨。夜夢一神，似彼教所謂伽藍者，與余侃侃爭曰：『君勿爾也。以佛法論，廣大慈悲，萬物平等，彼僧尼非萬物之一耶？施食及於鳥鳶，愛惜及於蟲鼠，欲其生也。此輩藉施捨以生，君必使之饑而死，曾視之不若鳥鳶蟲鼠耶？其間破壞戒律自墮泥犁者，誠比比皆是。然因有梟鳥而盡戕羽族，因有破獍而盡戕獸類，有是理耶？以世法論，田不足授，不能不使百姓自謀食。彼僧尼亦百姓之一種，彼募化亦謀食之一道，必以其不耕不織爲蠹國耗民，彼不耕不織而蠹國耗民者，獨僧尼耶？君何不一一著論禁之也？且天地之大，此輩豈止數十萬，一旦絕其衣食之源，羸弱者轉乎溝壑，姑勿具論；桀黠者鋌而走險，君何以善其後耶？昌黎辟佛，尚曰鰥寡孤獨廢疾者有養。君無策以養而徒朘其生，豈但非佛意，恐亦非孔孟意也。駟不及舌，君其圖之。』余夢中欲與辯，忽然已覺，其語歷歷可憶，公以所論何如？」懋園沉思良久曰：「君所持者正，彼所見者大。然人情所向，匪今始今，豈君一論所能過？此神刺刺不休，殊多此一爭耳。」〔註58〕

河間府小吏劉啓新粗知文理，他請教別人：「梟鳥、破獍是什麼東西？」有人回答說：「梟鳥吃母親，破獍吃父親，都是不孝的動物。」劉啓新聽了拍手說：「我患傷寒，在昏迷中，靈魂到了陰曹，看見兩位冥官並排坐著。一位小吏手持案卷請示說：『某處狐狸被它孫子咬死。禽獸無知，難以用人理來要求。只能考慮抵命，而不能以不孝治罪。』左邊的官員說：『狐狸與其他獸類有區別。已修煉成人形，應當按人的法律判處，未修煉成人形的，則仍然按禽獸來斷案。』右邊的官員說：『不能這樣。禽獸在其他方面與人不同，但親朋至愛是天性，與人同。先王殺梟鳥、破獍，不因爲是禽獸而寬恕它們。因

〔註58〕《閱微草堂筆記》卷七〈如是我聞一〉，頁89。

此應以不孝罪把狐孫打進地獄。』過了不久，小吏抱著案卷退下，打我一耳光。我驚嚇而醒，他們所講的話歷歷在耳，只是不明白梟鳥、破獍是什麼意思。我猜測它們是不孝的鳥獸，果然是這樣。」紀曉嵐認爲這種事很新奇，所以陰府也費斟酌，可知案情千變萬化，很難偏執一端。紀曉嵐另舉超出律條規範之外的事例。有一個人離家外出，訛傳已死。他的父母於是把兒媳賣給別人做妾。丈夫回家後，知道是父母賣妻子，不能訴訟，便偷到娶自己妻子的人家中，等著機會見一面，竟然攜妻逃亡，過一年被抓獲。若說這事不是通姦，則女方已另嫁人；認定爲通姦，則男方是女方原來的丈夫，官府沒有法律可援引使用。

　　又如劫盜之中，有一種類型稱「趕蛋」，即不搶劫別人而專搶劫盜賊搶來的東西。他們每每等到盜賊出外搶劫之機，或襲擊盜賊巢穴，或在路上搶奪盜賊劫得的財物。一天彼此格鬥起來，一同被送到官府。認爲他們不是強盜，則他們確實搶劫；把他們定爲強盜，則他們搶奪的又是盜賊的贓物。官府也沒有律條可以援引定案。又比如女人因姦情而有孕，斷案處罰之後，官府依法將私生子判給姦夫。後來孩子生出來，丈夫憤恨殺子。姦夫控告他故意殺害自己的孩子。雖然有法可依，但總覺得姦夫的控告有理無情，丈夫做爲有情無理。這案子沒法加以公平判決。不知那些陰府官員遇到此類事情，又如何決斷呢？

> 河間府吏劉啓新，粗知文義。一日，問人曰：「梟鳥破獍是何物？」或對曰：「梟鳥食母，破獍食父，均不孝之物也。」劉拊掌曰：「是矣！吾患寒疾，昏憒中魂至冥司，見二官連几坐，一吏持牘請曰：『某處狐爲其孫醫殺，禽獸無知，難責以人理。今惟議抵，不科不孝之罪。』左一官曰：『狐與他獸有別，已煉形成人者，宜斷以人律；未煉形成人者，自宜仍斷以獸例。』右一官曰：『不然。禽獸他事與人殊，至親屬天性，則與人一理。先王誅梟鳥破獍，不以禽獸而貸也。宜科不孝，付地獄。』左一官首肯曰：『公言是。』俄吏抱牘下，以掌摑吾，悸而蘇。所言歷歷皆記，惟不解梟鳥破獍語，竊疑爲不孝之鳥獸，今果然也。」案此事新奇，故陰府亦煩商酌，知獄情萬變，難執一端。據余所見，事出律例外者。一人外出，訛傳已死，其父母因鬻婦爲人妾。夫歸，迫於父母，弗能訟也。潛至娶者家，伺隙一見，竟攜以逃。越歲緝獲。以爲非姦，則已別嫁；以爲姦，則本

其故夫。官無律可引。又劫盜之中，別有一類，曰趕蛋，不爲盜而爲盜之盜。每伺盜出外，或襲其巢，或要諸路，奪所劫之財。一日，互相格鬥，並執至官，以爲非盜，則實強掠；以爲盜，則所掠乃盜贓，官亦無律可引也。又有姦而懷孕者，決罰後，官依律判生子還姦夫。後生子，本夫恨而殺之。姦夫控故殺其子。雖有律可引，而終覺姦夫所訴，有理無情；本夫所爲，有情無理，無以持其平也。

不知彼地下冥官遇此等事，又作何判斷耶？〔註59〕

佃戶卞晉寶枕著土塊，在田壟邊小睡，朦朦中，聽到有人問：「昨天官府中發生什麼事？」另一個人回答：「昨天審查某人的後妻，判罰她一百鐵杖。雖然她滿臉病態，但眉目依舊如畫，肌膚如凝脂，每打她一鐵杖，她發出婉轉的哀叫聲，好像輕風吹洞簫聲，讓人聽得心碎。我手發軟，差點兒下不了手。」問話人歎息說：「正因她如此妖媚動人，才得以迷惑她的丈夫，使他殘害前妻的兒女，犯下種種罪孽。」晉寶心想是什麼官府，怎麼能用鐵杖打人？正想起身去問，等他伸腰揉眼一看，只見荒煙野草，四周一片寂靜。

> 佃戶卞晉寶，息耕隴畔，枕塊暫眠。朦朧中聞人語曰：「昨官中有何事？」一人答曰：「昨勘某人繼妻，予鐵杖百，雖是病容，尚眉目如畫，肌肉如凝脂，每受一杖，哀呼宛轉，如風引洞簫，使人心碎。吾手顫不得下，幾反受鞭。」問者太息曰：「惟其如是之妖媚，故蠱惑其夫，荼毒前妻兒女，造種種惡業也。」晉寶私念：「是何官府，乃用鐵杖？」欲起問之，欠伸拭目，乃荒煙蔓草，四顧闃然。〔註60〕

道士王昆霞夢中遇鬼，問其來歷，那人說：「我本是耒陽縣的張湜，元末流落至此，死後便葬在這裏。因爲深愛此地的風土，就不想回去。這園林曾先後換過十幾位主人，可是我仍舊遲遲不肯離去。生死雖不同，但是性情卻不會改變，環境也不會改變。山川風月，人能見，鬼也能見；登高遠望吟誦，人可以，鬼也可以。況且幽深險阻的勝境，人到不了，但鬼卻可以去遊；寂寥清絕的佳景，人看不到，鬼卻可以深夜賞玩。有時，人還不如鬼。那些怕死樂生的人，因嗜欲而亂心神，又眷戀妻兒，一旦拋捨這些，進入冥冥之中，便如同爲官者被罷職，隱遁山林，勢必心中淒然。他們並不知道，本來住在山林泉石之中的人，平素耕田鑿井，恬淡安適，心中就沒有什麼憂傷。」王

〔註59〕《閱微草堂筆記》卷七〈如是我聞一〉，頁92。
〔註60〕《閱微草堂筆記》卷七〈如是我聞一〉，頁93。

又問：「世間六道輪回，其中各有主事的神明，你又怎麼竟得以如此逍遙自在呢？」他回答說：「求生就如同求官，只好聽從別人的命令。不求生的就像逃名，可以聽憑自己所爲。假若眞不欲生，神明也不會強求。」王又問：「既然足下胸襟如此高遠，那吟詠之作一定很多。」他回答說：「興之所至，也偶得一聯半句，但大都不成篇幅。境過就忘，也不再追尋求索。偶然記得，可以向高明的賢士求教的，也只是三五章而已。」繼而朗聲吟道：「殘照下空山，溟色蒼然合。」王擊節稱讚，他又吟道：「黃葉……」剛吟這兩字，忽然聽到吵鬧呼叫聲，道士霍然驚醒，原來是漁父互相呼喚的聲音。等到他又倚偎閉眼打盹時，卻無法入夢。

> 道士王昆霞言，昔游嘉禾，新秋爽朗，散步湖濱，去人稍遠。偶遇宦家廢圃，叢篁老木，寂無人蹤，徙倚其間，不覺晝寢。夢古衣冠人長揖曰：「岑寂荒林，罕逢嘉賓。既見君子，實慰素心，幸勿以異物見擯。」心知是鬼神，詰所從來。曰：「僕耒陽張涅，元季流寓此邦，歿而旅葬。愛其風土，無復歸思。園林凡易十餘主，棲遲未能去也。」問：「人皆畏死樂生，爾何獨耽鬼趣？」曰：「死生雖殊，性靈不改，境界亦不改。山川風月，人見之，鬼亦見之；登臨吟詠，人有之，鬼亦有之。鬼何不如人？且幽深險阻之勝，人所不至，鬼得以魂遊；蕭寥清絕之景，人所不睹，鬼得以夜賞。人且有時不如鬼。彼夫畏死而樂生者，由嗜慾攖心，妻孥結戀，一旦捨之入冥漠，如高官解組，息跡林泉，勢不能不戚戚。不知本住林泉，耕田鑿井，恬熙相安，原無所戚戚於中也。」問：「六道輪迴，事有主者，何以竟得自由？」曰：「求生者如求官，惟人所命；不求生者如逃名，惟己所爲。苟不求生，神不強也。」又問：「寄懷既遠，吟詠必多。」曰：「興之所至，或得一聯一句，率不成篇，境過即忘，亦不復追索。偶然記憶可質高賢者，纔三五章耳。」因朗吟曰：「殘照下空山，溟色蒼然合。」昆霞擊節。又吟曰：「黃葉...」甫得二字，忽聞噪叫聲，霍然而悟。則漁艇打槳相呼也。再倚杖瞑坐，不復成夢矣。〔註61〕

姚安公在刑部任職時，他的同僚王守坤說：「昨天晚上，我夢見一個全身都是血的人站在我的面前，但我又不認識他，他這是爲什麼來呢？」陳作梅告訴他說：「因爲您常常怕誤殺人，心中總是忐忑不安，所以才造成這種幻象。

〔註61〕《閱微草堂筆記》卷八〈如是我聞二〉，頁108。

本來就沒有鬼，您又怎麼認得呢？況且七八個人斷的同一案例，爲什麼只有您能夢到？您還是不要多慮了。」佛倫卻說：「不是那樣。大家同事就是同一個整體，一人夢見，就像人人夢見一樣。我們在判定天下人的刑案時，應考慮到天下囚犯的命運！若是只根據紙上的供詞，來判斷一個人生死，又怎麼去認識那個人呢？您應當自警，我們也都應該自警。」姚安公認爲，佛倫的話言之有理。

> 姚安公官刑部日，同官王公守坤曰：「吾夜夢人浴血立，而不識其人，胡爲乎來耶？」陳公作梅曰：「此君恒恐誤殺人，惴惴然如有所歉，故緣心造象耳。本無是鬼，何由識其爲誰？且七八人同定一讞牘，何獨見夢於君？君勿自疑。」佛公倫曰：「不然。同事則一體，見夢於一人，即見夢於人人也。我輩治天下之獄，而不能慮天下之囚。據紙上之供詞，以斷生死，何自識其人哉？君宜自儆，我輩皆宜自儆。」姚安公曰：「吾以佛公之論爲然。」〔註62〕

有一余姓老人，做刑事偵查的工作四十多年，後來生病危急時，恍惚中好像看到鬼影，他說：「我平時心存忠厚，從不妄殺一人，什麼鬼敢來找我？」在夜夢中，數人血淋淋地哭訴著：「你知道刻酷會積怨，你卻不知，忠厚也會積怨。受害者如此弱勢，被殺害時如此痛苦，死後只希望加害者受應有懲罰。但你只看見活著的加害者可被原諒的地方，卻不見死去受害者的悲戚。你用你的文筆，爲加害者開脫，使兇殘的人去責，請你設身處地，如果你無罪無辜，卻被人殺害，死去之後魂魄有知，在法院裡看著加害者因爲起訴書上改重傷爲輕，改多傷爲少，改理曲爲理直，改有心爲無心，使得殺害你的人，可以脫罪，還逍遙法外，自認沒錯，你會不會有怨恨呢？而且，你還自以爲這樣是做功德，請問，枉死的人，不找你找誰？」余老惶恐而醒。

> 余某者老於幕府，司刑名四十餘年。後臥病瀕危，燈月下恍惚似有鬼爲厲者，余某慨然曰：「吾存心忠厚，誓不敢妄殺一人，此鬼胡爲乎來耶？」夜夢數人浴血泣曰：「君知刻酷之積怨，不知忠厚亦能積怨也。夫煢煢屏弱，慘被人戕，就死之時，楚毒萬狀。孤魂飲泣，銜恨九泉，惟望強暴就誅，一申積憤。而君但見生者之可憫，不見死者之可悲，刀筆舞文，曲相開脫，遂使兇殘漏網，白骨沈冤。君試設身處地，如君無罪無辜，受人屠割，魂魄有知，旁觀讞是獄者，

〔註62〕《閱微草堂筆記》卷八〈如是我聞二〉，頁113。

改重傷為輕，改多傷為少，改理曲為理直，改有心為無心，使君切齒之仇，從容脫械，仍縱橫於人世，君感乎怨乎？不是之思，而詡詡以縱惡為陰功，被枉死者，不仇君而仇誰乎？」余某惶怖而寤，以所夢備告其子，回手自摑曰：「吾所見左矣，吾所見左矣。」就枕未安而歿。〔註63〕

　　獻縣李金梁、李金桂兩兄弟都是江洋大盜。一天晚上，金梁夢見他的父親對他說：「作強盜的人有的被捕，有的沒有被捕，你知道為什麼嗎？凡是貪官污吏通過刑罰威逼得來的錢財，老奸巨滑通過巧取豪奪得來的錢財，父子兄弟通過隱匿得來的錢財，朋友親戚間通過強求詐騙得來的錢財，狡猾奴僕役官通過侵吞漁利得來的錢財，大商人和富足人家通過加重利息剝削得來的錢財，以及一切刻薄寡恩、斤斤計較、損人利己得來的錢財，你取了，不必擔心有什麼禍害。那些罪惡深重的人，本就是上天所厭惡的。如果一個人本來很善良，錢財也是通過正當的方法而得，是上天所保佑的，如果你侵犯他，就是冒犯上天，冒犯上天注定會失敗。你們兄弟前不久搶劫一個節婦，使得她們母子不停哭泣，鬼神震怒，如不思悔改，那麼災禍不久便會降臨。」過了一年多，他們兄弟二人果然被捕了。金梁入獄後，自知不能被赦免，於是對刑房吏史真儒講述這件事。真儒是紀曉嵐的同鄉，曾把這件事告訴過姚安公，說即使是強盜，也有強盜所必須遵循的規矩。又講述大盜李志鴻的話：「我當響馬三十年，所搶劫的東西算多的，看到別人搶劫也很多。大概最終敗露的有十分之二三，成功的有十分之七八。假若污辱婦女，仔細數來，沒有一個不敗露的。」所以他常用此來訓誡他的手下。上天懲罰惡人，從來毫不含糊。紀曉嵐詳實記載劫盜姓名行徑，實為警惕世人，懲惡勸善。

　　獻縣李金梁、李金桂兄弟，皆劇盜也。一夕，金梁夢其父語曰：「夫盜有敗，有不敗，汝知之耶？貪官墨吏，刑求威脅之財；神奸巨蠹，豪奪巧取之財；父子兄弟，隱匿偏得之財；朋友親戚，強求詐誘之財；點奴幹役，侵漁乾沒之財；巨商富室，重息剝削之財，以及一切刻薄計較，損人利己之財，是取之無害。罪惡重者，雖至殺人亦無害，其人本天道之所惡也。若夫人本善良，財由義取，是天道之所福也，如干犯之，事為悖天，悖天終必敗。汝兄弟前劫一節婦，使母子冤號，鬼神怒視，如不悛改，禍不遠矣！」後歲餘，果並伏

〔註63〕《閱微草堂筆記》卷九〈如是我聞三〉，頁124。

法。金梁就獄時，自知不免，爲刑房吏史眞儒述之。眞儒余里人也，
嘗舉以告姚安公，謂盜亦有道。又述劇盜李志鴻之言曰：「吾鳴髇躍
馬三十年，所劫奪多矣，見人劫奪亦多矣。蓋敗者十之二三，不敗
者十之七八；若一污人婦女，屈指計之，從無一人不敗者。故恒以
自戒其徒。」蓋天道禍淫，理固不爽云。〔註64〕

　　安邑（今山西夏縣）人宋半塘，曾在浙江鄞縣作官。宋半塘曾說鄞縣一
位書生很有文才，但他在仕途上卻屢遭困頓，沒有功名。後來書生得病，病
中迷離恍惚，夢見自己來到一衙門。根據那裡的情形，他覺察到似乎是冥司。
這時候，對面走來一位官服打扮的人，書生一看是一位老相識，便急忙向他
打聽，自己是不是很快會死？這位冥官說：「你的壽數未盡，但是祿數盡了，
恐怕不久就要到這兒來了。」書生說：「我這輩子，全靠設館教書糊口，沒幹
過傷天害理的事，怎麼祿數倒先耗盡了？」冥官嘆息說：「正因爲你教書，而
對孩子們的學業、品德放任不問。冥司認爲，無功受祿就等於偷盜或浪費糧
食，必須扣除應得的俸祿來補償。所以你壽命未盡而祿數先盡。爲人師長者，
位居在受人尊敬的君、親、師三者之中，享有崇高的榮譽。而你收取人家學
費，卻誤人子弟，理應受到最嚴厲的譴責。有官祿的，就要削減官祿。沒有
官祿的，就得消滅食祿。一絲一毫都計較分明。世人往往看到一些飽學之士
或通儒大家，有的生活窮困，有的年少夭折，便抱怨天道不公平。可哪裡知
道，這些人都是自誤生平，才淪落至此。」書生聽罷，悵然而醒。從此，他
的病日趨嚴重。臨死前，他把冥中所見的事講給他的親朋好友們聽，並告誡
他們要努力從善忠於職守，這個故事也得以流傳於世。善惡報應是眞實存在
的，每個人都要因自己的善行與惡行而受到相應的善報與惡報。故事中的書
生正是因爲誤人子弟而受到消減福祿的懲罰，可見誤人子弟在神界中是嚴重
的惡行。

　　安邑宋半塘，嘗官鄞縣。言鄞有一生，頗工文，而僵寒不第。病中
夢至大官署，察其形狀，知爲冥司。遇一吏乃其故人，因叩其：「此
病得死否？」曰：「君壽未盡而祿盡，恐不久來此。」生言：「生平
以館穀餬口，無過分之暴殄，祿何以先盡？」吏太息曰：「正爲受人
館穀，而疏於訓課，冥司謂無功竊食，即屬虛糜，銷除其應得之祿，
補所探支，故壽未盡而祿盡也。蓋在三之義，名分本尊，利人修脯，

〔註64〕《閱微草堂筆記》卷九〈如是我聞三〉，頁126。

誤人子弟，譴責亦最重。有官祿者減官祿，無官祿者則減食祿，一
銖一銖，計較不爽。世徒見才士通儒或貧或夭，動言天道之難明，
焉知自誤生平，罪多坐此哉！」生憬然而寤，病果不起。臨歿，舉
以戒所親。故人得知其事云。〔註65〕

　　陽世間受到冤屈，要到陰曹地府才能得以伸張，〔註66〕有個姓崔的人，
和豪強打官司，雖有理卻不能勝訴，不勝悲憤，幾乎想自殺。夜裡夢見父親
對他說：「人可欺，神難欺；人有朋黨，神沒有朋黨。人間受屈越深，那麼地
下伸冤就越酣暢。今天縱橫稱意的人，都是十年後業鏡臺前發抖受審的人。
我在冥府做司察吏，已看到判官登記在冊，你還有什麼可憤怒的呢！」崔某
從此怨恨全消，再無怨語。

　　　里有崔某者，與豪強訟，理直而弗能伸也。不勝其憤，殆欲自戕。
　　　夜夢其父語曰：「人可欺，神則難欺；人有黨，神則無黨。人間之屈
　　　彌甚，則地下之伸彌暢。今日之縱橫如志者，皆十年外業鏡臺前觳
　　　觫對簿者也。吾為冥府司察，更見判司注籍矣。汝何恚焉？」崔自
　　　是怨尤都泯，更不復一言。〔註67〕

乾隆元年（1736年）鄉試，有一人入場，守場的軍士問他的姓名籍貫，接著
拱手祝賀說：「昨天晚上我夢見一個女子，手持一枝杏花，將花插在號舍上，
並告訴我說：『明天某縣某人報到後，請你轉告他，就說杏花在這了。』您的
姓名籍貫恰與她說的相符，豈不是可喜佳兆！」這人一聽，大驚失色，連隨
身帶來的考試文具都沒解下來，就推說有病走了。有位瞭解這人的同鄉說：「這
書生有個小婢女名叫杏花，被他強行姦污後又遺棄。可憐的杏花姑娘孤身流
浪，不知落到何處，恐怕是早已飲恨身亡了！」

　　　從兄懋園言，乾隆丙辰鄉試，坐秋字號中，續一人入號，號軍問姓
　　　名籍貫，拱手致賀曰：「昨夢女子持杏花一枝插號舍上，告我曰：『明
　　　日某縣某人至，為言杏花在此地。』君名姓籍貫適符，豈非佳兆哉？」
　　　其人愕然失色，竟不解考具，稱疾而出。鄉人有知其事者曰：「此生
　　　有小婢名杏花，逼亂之而終棄之，竟流落不知所終，意其齎恨以歿
　　　矣。」〔註68〕

〔註65〕　《閱微草堂筆記》卷九〈如是我聞三〉，頁134。
〔註66〕　嚴文儒注譯，《新譯閱微草堂筆記》（臺北：三民書局，2013年），頁877。
〔註67〕　《閱微草堂筆記》卷十〈如是我聞四〉，頁152。
〔註68〕　《閱微草堂筆記》卷十一〈槐西雜志一〉，頁162。

　　紀曉嵐去世的的老師，桂林人呂闇齋先生說，他的家鄉有位任縣令的人，上任那天，夢見自己科舉考試的房師某先生。某先生面容憔悴，縣令急忙迎上前去拜見說：「您的遺體寄居在外，是我們幾個弟子的過錯。但我總惦念著這事，並沒有忘記。如今托您的福得一官半職，正想方設法籌備安葬。」原來，這位先生因犯罪流放而死，遺體還寄存在廟中。這位先生說：「好。但是，與其歸葬我的骸骨，不如使我的靈魂有所歸。你只知我的遺體在滇南，卻不知我的靈魂仍被拘留在此地。當年，我曾在此地任縣令，有百姓試著開墾窪地荒山，我錯誤地按章收納賦稅。百姓紛紛寫狀子上告，我明知他們有理，卻又怕輿論對我不利，就千方百計阻撓，使他們申訴無效，直到現在，新開荒田地上的賦稅，仍加重百姓負擔。土地神上報東嶽神，東嶽神認為這是由於工作失誤造成，雖然並非出於自私，但怕被檢舉影響升遷，那罪行和自私自利一樣。於是把我的靈魂拘留在此受饑寒困苦，等租稅免除才能回去。回想起來，生前得到的官位俸祿，究竟又有什麼好處？可是造下的冤孽，竟像茫茫大海，見不到岸，實在令人痛苦萬分。今天，幸好你來這兒任官，倘若你念著我的知遇之情，呼籲免除不合理的租稅，那麼我就可以重新進入輪迴，脫離鬼界。肉身就是去餵螞蟻，也毫無怨言。」縣令於是翻閱舊時卷宗，果然有這件事。他通過各種渠道，婉言請求廢除後，恍惚又夢見那位先生來告別，說他回故鄉去了。〔註69〕雖未因求財而貪污，但貪求功名官位，不肯認錯減稅，造成百姓生活困苦不堪，身死亦難逃飢寒交迫的苦報。

> 先師桂林呂公闇齋言，其鄉有官邑令者，蒞任之日，夢其房師某公，容色憔悴，若重有憂者。邑令蹙然迎拜曰：「旅櫬未歸，是諸弟子之過也，然念之未敢忘。今幸托蔭得一官，將拮据營窆穸矣。」蓋某公卒於戍所，尚浮厝僧院也。某公曰：「甚善。然歸我之骨，不如歸我之魂。子知我骨在滇南，不知我魂羈於此也。我初為此邑令，有試墾汙萊者，吾誤報升科。訴者紛紛，吾心知其詞直，而恐干吏議，百計迴護，使不得申，遂至今為民累。土神訴與東嶽，嶽神謂事由疏舛，雖無自利之心，然恐以檢舉妨遷擢，則其罪與自利等。牒攝吾魂，羈留於此，待此浮糧減免，然後得歸。困苦饑寒，所不忍道。回思一時爵祿，所得幾何？而業海茫茫，竟杳無崖岸，誠不勝泣血椎心。今幸子來官此，儻念平生知遇，為籲請蠲除，則我得重入轉

〔註69〕《由閱微草堂筆記淺談——凡夫心與菩薩行》，頁210。

輪，脫離鬼趣。雖生前遺蛻，委諸螻蟻，亦非所憾矣。」邑令檢視舊牘，果有此事。後爲宛轉請豁，又恍惚夢其來別云。〔註70〕

康熙末年，河間張歌橋有個綽號叫劉橫的人住在河邊。這一年，接連下幾場暴雨，河水暴漲，濁浪滔天，氣勢凶猛，負載過重的小船經不住狂風巨浪的沖擊，往往遭覆沒之災。有一天，劉橫偶然看見激流中有一個女人，緊緊抱著一支殘破的船槳，拼命地在浪花裡掙扎、呼救。當時河邊雖有許多人站著觀看，但是風狂浪急，誰也不敢冒險去援救。劉橫非常激奮地說：「你們這些人還算是男子漢大丈夫嗎？哪有見死不救的道理？」說罷，他毅然獨駕小舟，順流直追三四里。由於風急浪高，幾次險些翻船。但他終竟還是將這位落水的婦女救上岸來。第二天，這位婦女生下一個男孩。過一個多月，劉橫忽然得了病，他就囑咐妻子安排後事。當時他還能夠行走，人們都覺得他奇怪。劉橫長歎一聲說：「我肯定是不行了。我救那落水的女人後，當天夜裡做了一個夢，恍惚之中，似乎來到了一座官府門前。吏卒帶我進去，有位官吏拿出一本檔案簿對我說：『你這輩子積下種種惡業，本當在今年某月某日死去，轉世爲豬，後五世都要受屠宰之刑。幸虧你白天救活兩條性命，總算立一大功。根據陰間法律，應當給你延壽二十四年。現在將這兩紀壽數與你往日所作惡業相抵銷，你還是按原定該死的那天死去，好給你豁免轉世爲豬，受那五世屠宰之苦。如今你死期將臨，恐怕世人不明眞相，懷疑你做大好事，反而落得早死。因此特地把你召來，把這些原委講清楚，讓大家知道這其中事由。你這輩子的因果就此了結，下輩子努力從善吧！』我醒來之後，覺得這夢晦氣，就沒有對人說起。現在死期將至果然得病，我哪奢望能活下去。」不久後，劉橫竟眞的如期死去〔註71〕紀曉嵐論斷由此可見，神理賞罰分明，絲毫不含糊。一個人命運消長，總是按照他幾輩子來的行爲做綜合計算。不要因爲有些事偶然沒有表現出因果關係，就以爲天道無知。

> 康熙末，張歌橋（河間縣地。）有劉橫者（橫讀去聲，以其強悍得
> 此稱，非其本名也），居河側。會河水暴滿，小舟重載者，往往漂沒。
> 偶見中流一婦，抱斷檣浮沉波浪間，號呼求救，眾莫敢援。橫獨奮
> 然曰：「汝曹非丈夫哉！烏有見死不救者！」自掉舴艋，追三四里，
> 幾覆沒者數，竟拯出之。越日，生一子。月餘，橫忽病，即命妻子

〔註70〕《閱微草堂筆記》卷十一〈槐西雜志一〉，頁169。
〔註71〕淨空法師譯，《紀曉嵐寫的因果故事》（臺南：淨宗學會，2004年），頁251。

治後事。時尚能行立，眾皆怪之。橫太息曰：「吾不起也。吾援溺之
夕，恍惚夢至一官府。吏卒導入，官持簿示吾曰：『汝平生積惡種種，
當以今歲某日死，墜豕身五世，受屠割之刑。幸汝一日活二命，作
大陰功，於冥律當延二紀。今銷除壽籍，用抵業報，仍以原注死日
死。緣期限已迫，恐世人昧昧，疑有是善事，反促其生。故召爾證
明，使知其故。今生因果並完矣，來生努力可也。』醒而心惡之，
未以告人。今屆期果病，尚望活乎？」既而竟如其言。此見神理分
明，毫釐不爽，乘除進退，恒合數世而計之。〔註72〕

　　宋清遠先生說，以前他在王坦齋先生門下做幕僚，曾聽一位朋友說，他
夢到了陰曹地府，看見有數十位衣冠楚楚，似乎很有身份的人陸續進入閻羅
殿。閻王爺對他們個個加以盤問，又加以斥責，陸續退出後瞧他們那表情，
個個面有愧悔之色，不知所爲何事？這時來一冥官，似曾相識，他便上前作
揖施禮。這位冥官也還禮相答。這位朋友便指那一班人問道：「這都是些什麼
人，如何落得這般狼狽？」這位冥官笑道：「先生也是身居幕府，難道他們之
中你一位朋友也沒有？」這位朋友說：「鄙人不才，只當兩次幕僚。所以這方
面的朋友很少。」冥官說：「這麼說來，你是眞不知道。這些人就是所謂『四
救』先生。所謂『四救』，是做幕僚的人在處理獄案時所熟悉的口訣。即『救
生不救死，救官不救民，救大不救小，救舊不救新。』所謂救生不救死，那
是因爲死人畢竟死了，再也不能把他救活。而活著的人還有生命，如果判他
殺人抵命，豈不是又白白多死一個人？所以寧可委曲求全救他。至於那死了
的人冤與不冤，就不是他們計較的事。所謂救官不救民，是指那些平民越級
控告官府的案件，如果使上告者得以伸冤雪恨，則基層官吏的命運將陷於不
測之中。如果阻礙使上告者申訴不成，即使反坐，就是指誣告他人，若被告
的罪名不成立，誣告的人反受其罪，也不過被判充軍流放而已。至於基層官
吏判案是否公正合法，他們就不過問。所謂救大不救小，這類案子的罪責主
要在上級官吏身上，倘若認眞追究起來，依照法律，權勢愈大懲罰愈重，受
牽連的人也愈多。如果把罪責推在小官身上，相對來講處罰較輕，牽連的人
比較少，而且容易了結。至於小官對此承受得了或承受不了，他們也不管。
所謂救舊不救新，指的是舊官已經卸任，有些獄案還沒結。如果執意留他，
讓他了卻責任，恐怕他也難辦得周到。新官剛上任，有些事卻可以藉故推諉

〔註72〕《閱微草堂筆記》卷十五〈姑妄聽之一〉，頁255。

不管，但強令他去接受辦理，他也得去辦，至於新官辦得了或辦不了，他們也不考慮。這些先生們原想以君子之心，去做那忠厚長者所應該做的事。他們並非有所求而從中舞弄法律條文以行奸詐，也不是懷挾私人恩怨從中圖報復。然而，世道人情千姿百態，世事變化奇巧萬端，看問題原不可死執一理。這些先生們堅持『四救』，未免矯枉過正，顧此失彼，本來想造福，結果造了孽。本來想息事寧人，反而招惹是非。這種情況往往發生。今天被閻王爺提審的這些先生們，就是因為生前堅持『四救』的原則惹下麻煩。種瓜得瓜，種豆得豆。夙業牽纏，因緣果報，最終必將湊合。這些先生們在未來一生中，必然也會遇上其他四救先生，而他們則被列入四不救的範圍。」這位朋友與冥官談興正濃，忽然之間卻從夢中驚醒。他回味無窮，不知道為什麼自己做此夢？他想，難道是神明想借助他，把這「四救」、「四不救」的道理講給世人聽嗎？

> 宋清遠先生言，昔在王坦齋先生學幕時，一友言，夢游至冥司，見衣冠數十人累累入。冥王詰責良久，又累累出，各有愧恨之色。偶見一吏，似相識而不記姓名，試揖之，亦相答。因問：「此並何人，作此形狀？」吏笑曰：「君亦居幕府，其中豈無一故交耶？」曰：「僕但兩次佐學幕，未入有司署也。」吏曰：「然則真不知矣。此所謂四救先生者也。」問：「四救何義？」曰：「佐幕者有相傳口訣曰：『救生不救死，救官不救民，救大不救小，救舊不救新。』救生不救死者，死者已死，斷無可救；生者尚生，又殺以抵命，是多死一人也，故寧委曲以出之，而死者銜冤與否，則非所計也。救官不救民者，上控之案，使冤得申，則官之禍福不可測；使不得申，即反坐，不過軍流耳，而官之枉斷與否，則非所計也。救大不救小者，罪歸上官，則權位重者譴愈重，且牽累必多；罪歸微官，則責任輕者罰可輕，且歸結較易，而小官之當罪與否，則非所計也。救舊不救新者，舊官已去，有所未了，羈留之恐不能償；新官方來，有所委卸，強抑之尚可以辦，其新官之能堪與否，則非所計也。是皆以君子之心，行忠厚長者之事，非有所求取，巧為舞文，亦非有所恩仇，私相報復。然人情百態事變萬端，原不能執一而論。苟堅持此例，則矯枉過直，顧此失彼，本造福而反造孽，本弭事而反釀事，亦往往有之。今日所鞫，即以此貽禍者。」問：「其果報何如乎？」曰：「種瓜得

瓜，種豆得豆；夙業牽纏，因緣終湊。未來生中，不過亦遇四救先生，列諸四不救而已矣。」俯仰之間，霍然忽醒，莫明其入夢之故。

豈神明或假告人歟？〔註73〕

武強縣有一大戶人家，有小偷去偷東西，眾人群起捕抓。小偷逃走後，大家合力追捕。小偷逃到大戶祖墳地的松柏林裡，林深夜黑，大家一時都不敢進去，小偷也不敢出來。正相持不下，忽然刮起旋風，飛沙走石，弄得人睜不開眼，小偷藉機突圍逃走。大家都感到驚訝，先人之靈爲什麼反幫小偷呢？大戶主人夢見先祖說：「小偷偷東西，不能不抓，如果官府捉到小偷加以懲罰，小偷也不能怨恨主人。但如果沒有偷走東西，就莫要窮追不捨。若追上，雙方鬥毆起來就會傷人，損失不是更大嗎？即使能夠殺了小偷，也必須向官府彙報，如果官府追究你們擅自殺人，那損失不更大嗎？何況大家是些烏合之眾，而小偷們則是死黨，他們可以夜夜伺機下手，我們卻無法夜夜防備他們。一旦和他們結仇，隱患就大了，能不從長計議嗎？旋風是我刮起來的，是爲解開這場冤仇，你們又有什麼好埋怨呢？」主人醒來後驚歎道：「我今天才真正明白，老成穩重的人深謀遠慮，比起年輕人衝動辦事，不知要勝過多少啊！」縱賊保身，〔註74〕得饒人處且饒人，明哲保身以免後患無窮。

> 武強一大姓，夜有劫盜，群起捕逐。盜逸去，眾合力窮追。盜奔其祖塋松柏中，林深月黑，人不敢入，盜亦不敢出。相持之際，樹內旋飆四起，砂礫亂飛，人皆瞇目不相見，盜乘間突圍得脫。眾相詫異，先靈何反助盜耶？主人夜夢其祖曰：「盜劫財不能不捕，官捕得而伏法，盜亦不能怨主人。若未得財，可勿追也。追而及，盜還鬥傷人，所失不大乎？即眾力足殲盜，盜殲則必告官，官或不諒，坐以擅殺，所失不更大乎？且我眾烏合，盜皆死黨；盜可夜夜伺我，我不能夜夜備盜也。一與爲仇，隱憂方大，可不深長思乎？旋風我所爲解此結也，爾又何尤焉！」主人醒而喟然曰：「吾乃知老成遠慮，勝少年盛氣多矣。」〔註75〕

古人由於科學知識的缺乏，相信夢據有預測未來的作用。夢的警示，直覺會讓人嗅到危機，夢已做，人也醒，不能再做糊塗事，從夢帶給人的不同

〔註73〕《閱微草堂筆記》卷十八〈姑妄聽之四〉，頁314。
〔註74〕嚴文儒注譯，《新譯閱微草堂筆記》（臺北：三民書局，2013年），頁1841。
〔註75〕《閱微草堂筆記》卷十八〈姑妄聽之四〉，頁322。

的情緒色彩上，人們可以借此對自己的心理或生活狀況進行評估，以茲警惕。

貳、警示預告

　　人死之後，肉身不存，魂魄不滅，而活人的魂魄與肉身相分離的故事，常見於明清小說。〔註 76〕意識暫離色身，但壽命尚未完全結束，魂魄離身，仍執爲我，〔註 77〕滄州牧王某，有愛女爲疾所擾，臥病在床。家人夜入書齋，忽見她一人立在花陰下賞月，嚇得毛骨悚然，家人正懷疑是狐魅托形，只見家犬向她撲去，一撲就不見了，室內床上的病人說：「剛才夢到書齋賞月，心情特別舒暢。不料有猛虎突然撲來，差點難逃。現還嚇得心跳流汗。」家人一聽，才知道剛才看見的是她的生魂。醫生聞聽此事，認爲是形神已經分離，就是扁鵲再生也救不回。不久，女孩果然去世。

> 舅氏張公健亭言，滄州牧王某，有愛女嬰疾沉困。家人夜入書齋，忽見其對月獨立花陰下，悚然而返，疑爲狐魅托形，嗾犬撲之，倏然滅跡。俄室中病者曰：「頃夢至書齋看月，意殊爽適。不虞犬至，幾不得免，至今猶悸汗。」知所見乃其生魂也。醫者聞之，曰：「是形神已離，雖盧扁莫措矣。」不久果卒。〔註 78〕

　　藝人方俊官，年輕時以容貌演技聞名，爲士大夫所欣賞。年邁後，販賣古玩器具，時常來往京師。他曾照鏡自歎說：「方俊官竟然成了這樣子！誰能相信當年曾舞衫歌扇傾倒一時呢？」倪餘疆感舊詩說：「落拓江湖鬢有絲，紅牙按曲記當時。莊生蝴蝶歸何處？惆悵殘花剩一枝。」就是爲方俊官作的。俊官說他本是儒家子弟，十三四歲時，在鄉塾讀書，忽然夢見在笙歌花燭中被擁入洞房。一看自己穿著繡裙，披著錦帔，滿頭珠翠頭飾；低頭一看兩腳，也是纖纖細細的一雙小腳，儼然是個新婚少婦。驚疑不定不知該如何是好。但被許多人挾持著，不能自主，竟被扶進帷帳裡，和一男子並肩坐在一起。他又怕又愧，出一身冷汗醒了過來。後來他被輕狂之徒引誘，竟失身於歌舞場中，這才悟出事皆天定。倪餘疆說：「衛洗馬問樂令夢是怎麼回事，樂令說這是因心中所想而成。大概平時有這種想法，才產生這個夢。既然有此想法這種夢，才會墮落。結果產生於原因，原因由心造出，怎可推諉宿命呢？」

〔註 76〕嚴文儒注譯，《新譯閱微草堂筆記》（臺北：三民書局，2013 年），頁 655。
〔註 77〕《由閱微草堂筆記淺談——凡夫心與菩薩行》，頁 244。
〔註 78〕《閱微草堂筆記》卷八〈如是我聞二〉，頁 112。

紀曉嵐覺得人之所以沉淪，也許是前生罪孽報應；今生受罪，不能說完全沒有冥數。餘疆所說的，只不過是正本清源的觀點。蘇杏村聽說這事，說：「紀曉嵐以前生、今生、來生這三生論因果報應，以警戒未來。餘疆以一念來論因果報應，以警戒現在。雖然各自表明道理，我還是認爲餘疆的論點，可以使人不放縱思想。」前事業因，受在今生，〔註 79〕過去累積的煩惱習氣，造就今生，今生所造業或習氣，成就來生，生生不息。在紀曉嵐理性思維下，相信命運，安於命運，卻又不凡事委之於命的積極命觀，「事皆前定」是他對命運基本上的看法，〔註 80〕然大善、大惡也總能改變人早已注定的命運。

> 伶人方俊官，幼以色藝擅場，爲士大夫所賞。老而販鬻古器，時來往京師。嘗覽鏡自歎曰：「方俊官乃作此狀，誰信曾舞衫歌扇，傾倒一時耶？」倪餘疆感舊詩曰：「落拓江湖鬢有絲，紅牙按曲記當時。莊生蝴蝶歸何處？惆悵殘花剩一枝。」即爲俊官作也。俊官自言本儒家子，年十三四時，在鄉塾讀書，忽夢爲笙歌花燭，擁入閨闥。自顧，則繡裙錦帔，珠翠滿頭；俯視雙足，亦纖纖作弓彎樣，儼然一新婦矣。驚疑錯愕，莫知所爲，然爲眾手挾持，不能自主，竟被扶入幃中，與男子並肩坐，且駭且愧，悸汗而寤。後爲狂且所誘，竟失身歌舞之場，乃悟事皆前定也。〔註 81〕

世態炎涼，轉眼間萬事已變，即使在鬼魅之中也是如此。程魚門編修說：「王文莊每次陪同皇上到北郊祭祀，一定借宿在安定門外一個墳園裡。墳園本來就一直鬧鬼，只是王文莊一直未曾看見。一年，他燈下看到鬼魅，過半年，王文莊就死了。難道就是人們所說的，山鬼能預知一年的事情嗎？」燈下見鬼，王文莊見鬼而薨，此鬼當是索命之鬼。〔註 82〕

> 炎涼轉瞬，即鬼魅亦然。程魚門編修曰：「王文莊公遇陪祀北郊，必借宿安定門外一墳園。園故有祟，文莊弗睹也。一歲，燈下有所睹，越半載而文莊卒矣。所謂山鬼能知一歲事耶？」〔註 83〕

一戶人家剛剛得到官職，備豐盛的祭品祭祀先祖。有個巫師能看到鬼，暗中

〔註 79〕 《由閱微草堂筆記淺談──凡夫心與菩薩行》，頁 135。

〔註 80〕 賴富娟，〈從《閱微草堂筆記》看紀昀的生命觀〉，台中：東海大學中國文學系碩士論文，2011 年。

〔註 81〕 《閱微草堂筆記》卷九〈如是我聞三〉，頁 123。

〔註 82〕 嚴文儒注譯，《新譯閱微草堂筆記》（臺北：三民書局，2013 年），頁 775。

〔註 83〕 《閱微草堂筆記》卷九〈如是我聞三〉，頁 133。

對人說：「某人新得官職，祭祀家祖，可他家先靈們受祭時，都面色沮喪，好像要掉淚的樣子。而後巷某甲的鬼魂，卻坐在他家對門的屋脊上，翹足而笑，一副幸災樂禍的樣子。這是什麼緣故呢？」後來，得官的人到任不久就犯了法。巫師這才悟出他家的先靈們為何悲傷。可是，某甲的幸災樂禍，卻一直沒能理解。過了很久，有知道得官人秘事的人說：「某甲的女兒有姿色，他曾讓某位老婦用金錢珠寶買通，陪宿幾個晚上。人不知而鬼卻知道」。誰說暗地裡就可以做缺德的事啊！即便人不知，還有天知地知呀！

> 許文木言，其親串有得新官者，盛具牲醴享祖考。有巫能視鬼，竊語人曰：「某家先靈受祭時，皆顏色慘沮，如欲下淚，而後巷某甲之鬼，乃坐對門屋脊上，翹足而笑。是何故也？」後其人到官，未久即服法，始悟其祖考悲泣之由。而某甲之喜，則終不解。久而有知其陰事者，曰：「某甲女有色，是嘗遣某嫗，誘以金珠，同宿數夕，人不知而鬼知也。」誰謂冥冥可墮行哉！〔註84〕

交河縣為一位守節的寡婦女建牌坊，親戚都來了，有位從小就同她要好的表姐妹開玩笑地說：「如今你是守節到白頭，不知在這四十年的歲月中，面對晨花夕月，你能不動一點心嗎？」節婦回答：「人不是草木，哪能沒情？但我覺得不能越禮，不能負義，因此能夠克制自己，不做違背禮義的事。」有年清明節，祭墓完，這節婦忽然感到眩暈，喃喃地說起胡話來。人們將她攙扶回家，到夜裡才清醒過來。她對兒子說：「剛才恍惚中看見你父親。他說不久就要來接我，還說很多安慰我的話，說人世間所做所為，鬼神沒有不知道的。幸好我這一生沒做什麼見不得人的事，不然，有何臉面在九泉之下與他相見！」過了半年，她果然離世。〔註85〕這是舉人王梅序對紀曉嵐說的。王梅序評論說：「佛教要人戒除意念中的惡，這是剷除邪惡的根本工夫。不是品行高尚的人就做不到這點。普通人各種關係交叉纏繞，什麼念頭沒有？只因有所畏懼，而不敢妄動。能做到這一點，也可以算是有品德的人。這個節婦的子孫，有點忌諱別人講節婦所說的話，所以，我也不敢披露他們的姓名和家族。但是她的話光明磊落，如同白日青天，正所謂純潔高尚，毫不隱藏，又何必忌諱呢？」紀曉嵐認為內心「動情」並不可怕，畢竟能達到不起心動念的人少，關鍵是以「禮」抑「情」，能自制不發生越軌的行為。

〔註84〕　《閱微草堂筆記》卷十〈如是我聞四〉，頁144。
〔註85〕　《由閱微草堂筆記淺談——凡夫心與菩薩行》，頁472。

交河一節婦建坊，親串畢集，有表姊妹自幼相謔者，戲問曰：「汝今白首完貞矣，不知此四十餘年中，花朝月夕，曾一動心否乎？」節婦曰：「人非草木，豈得無情。但覺禮不可逾，義不可負，能自制不行耳。」一日，清明祭掃畢，忽似昏眩，喃喃作囈語，扶掖歸，至夜乃蘇。顧其子曰：「頃恍惚見汝父，言不久相迎，且勞慰甚至，言人世所爲，鬼神無不知也。幸我平生無瑕玷，否則黃泉會晤，以何面目相對哉？」越半載，果卒。此王孝廉梅序所言。梅序論之曰：「佛戒意惡，是鏟除根本工夫，非上流人不能也。常人膠膠擾擾，何念不生？但有所畏而不敢爲，抑亦賢矣。此婦子孫，頗諱此語。余亦不敢舉其氏族。然其言光明磊落，如白日青天，所謂皎然不自欺也，又何必諱之？」〔註86〕

凡事都有先兆，只是在事情開始時往往不知是警訊。比如太陽將升，雲霞光明；將下雨，柱基石就潮濕。紀曉嵐從四歲開始，沒一天離開過筆硯。乾隆五十七年（1792年）三月初三，紀曉嵐在值班房，偶然和同事們開玩笑說：「過去陶淵明曾爲自己寫一首輓歌，我也爲自己題寫一副輓聯：『浮沉宦海如鷗鳥，生死書叢似蠹魚。』在我百年之後，諸位用這幅輓聯來悼念我，我就知足了。」參知政事劉石庵說：「上半聯很不像您（紀曉嵐），假若用來悼念陸耳山，更確切些。」過三天，陸耳山的訃音來了，這不是氣機給予先兆嗎？

事有先兆，莫知其然。如日將出而霞明，雨將至而礎潤，動乎彼則應乎此也。余自四歲至今，無一日離筆硯。壬子三月初二日，偶在直廬，戲語諸公曰：「昔陶靖節自作輓歌，余亦自題一聯曰：『浮沉宦海如鷗鳥，生死書叢似蠹魚。』百年之後，諸公書以見挽，足矣。」劉石庵參知曰：「上句殊不類公，若以挽陸耳山，乃確當耳。」越三日而耳山訃音至，豈非機之先見歟？〔註87〕

李再瀛主事是總督李漢三的孫子，是紀曉嵐在禮部時的下屬。他氣概高遠，思路清晰，紀曉嵐對他期望很大。不想新婚不久，就突然去世。聽說他去迎娶新娘時，新娘拜神，懷中的鏡子忽然掉在地上，摔成兩半。人們已驚訝這是不祥之兆。隨後就聽見鬼聲啾啾徹夜不停。這是由於衰氣有所感應，事先預告於人。

〔註86〕《閱微草堂筆記》卷十一〈槐西雜志一〉，頁163。
〔註87〕《閱微草堂筆記》卷十一〈槐西雜志一〉，頁172。

李主事再瀛，漢三制府之孫也。在禮部時為余屬。氣宇朗澈，余期
以遠到，乃新婚未幾，遽夭天年。聞其親迎時，新婦拜神，懷中鏡
忽墮地，裂為二，已訝不祥；既而鬼聲啾啾，徹夜不息。蓋衰氣之
所感，先兆之矣。〔註88〕

　　泉州有個人，忽然發現自己燈光下的影子越來越不像自己，再仔細觀察，
自己的身體一舉一動，影子也隨著動，倒是和諧。只是那影子頭大如斗，頭
髮像羽毛蓬亂，手和腳的樣子看上去像鷹爪子勾曲著。他越看越覺自己像個
奇形怪狀的惡鬼。此人嚇得失聲大叫，呼喊他的妻子出來觀看，妻子所看到
的影子和他看到的完全相同。從此以後，每當夜間燈下，他的影子都呈現這
種形象，又想不出是何原因，弄得他惶惶不可終日，不知如何是好。他有位
鄰居，是個私塾先生。這位先生得知此事之後說：「妖怪不會無緣無故變現，
必定因人自招。大概你的心裡存在著某種惡念，以致羅剎鬼乘機附在你身上
現形，你仔細想想，有這種因素沒有？」此人聽了，現出恐懼的神色，並且
很佩服這位先生的見識。就坦誠地說：「不錯，我和某某人結仇。總是在想，
有朝一日殺光他全家，叫他斷子絕孫，方解心頭之恨。然後逃到臺灣去投靠
朱一貴。如今，我的身影產生這現象，這可能是鬼神對我的惡念發出的警告！
從今以後，我堅決斷了這個惡念，看看你的猜度靈不靈驗？」就在這天晚上
起鬼影消失，此人的身影又恢復正常。〔註89〕

莆田林生霈言，聞泉州有人，忽燈下自顧其影，覺不類己形。諦
審之，運動轉側，雖一一與形相應，而首巨如斗，髮鬖鬙如羽葆，
手足皆鉤曲如鳥爪，宛然一奇鬼也。大駭，呼妻子來視，所見亦
同。自是每夕皆然，莫喻其故，惶怖不知所為。鄰有塾師聞之曰：
「妖不自興，因人而興。子其陰有惡念，致羅剎感而現形歟？」
其人悚然具服，曰：「實與某氏有積仇，擬手刃其一門，使無遺種，
而跳身以從鴨母（康熙末臺灣逆寇朱一貴，結黨煽亂。一貴以養
鴨為業，閩人皆呼為鴨母云。）。今變怪如是，毋乃神果驚我乎？
且報是謀，觀子言驗否。」是夕，鬼影即不見。此真一念轉移，
立分禍福矣。〔註90〕

〔註88〕《閱微草堂筆記》卷十三〈槐西雜志三〉，頁205。
〔註89〕《由閱微草堂筆記淺談——凡夫心與菩薩行》，頁198。
〔註90〕《閱微草堂筆記》卷十六〈姑妄聽之二〉，頁275。

無論命運神佛，一切命運形成、發展，都是源於自己的所作所爲，在過去形成因，在現在和今後形成果，預知後果的好壞，是有可能直接影響後續行爲。可謂意念一轉，禍福立分呀！

第五章　結　論

　　電視劇中，紀曉嵐雖看似表面風光，也不過是常伴君側應對子，做文字嬉遊；誦贊詞，陪皇帝微服私訪，故雖在高位，政績上卻沒有太大作爲。這種局限性，也由不得他。實際上在那個文字獄盛行的年代，人臣如在夾縫中求生存般艱辛。紀曉嵐雖爲官掌都察院，三任禮部尚書，兩任兵部尚書，嘉慶時任太子少保兼國子監事，協辦大學士等職，也曾在龍顏大怒時，被貶斥爲「倡優」、「腐儒」：

　　　　之所以説紀曉嵐「悲哀」，是因爲乾隆對他的評價：「朕以你文學優
　　　　長，故使領四庫書，實不過以倡優蓄之，爾何妄談國事！」眞不知
　　　　道紀曉嵐當時聽到這句話是何表情何心態？乾隆對紀曉嵐説這句話
　　　　的背景是這樣的：内閣學士尹壯圖指陳弊政，稱各省督撫聲名狼藉，
　　　　吏治廢弛。而晚年的乾隆早已陶醉在自我美化的怪圈裏，再也聽不
　　　　進忠言，那些見風使舵的大臣奏議將尹壯圖擬斬。紀曉嵐與尹壯圖
　　　　之父尹松林爲同年進士，因這層關係，紀曉嵐爲尹壯圖求情，乾隆
　　　　勃然大怒罵出他心中的眞實想法，稱紀曉嵐「不過當作娼妓一般豢
　　　　養罷了」。〔註1〕

一國之重臣，在君主的眼中，形同藝人，玩鬧嬉笑，何嘗有抱負可言。但紀曉嵐以其卓越的學識與非凡的才華聞名朝野；在民間更因他廉政愛民、才學出眾，性喜詼諧、機智過人，而流傳許多關於他的傳説和趣聞軼事。紀曉嵐入朝爲官後，修《四庫全書》，又用十年的時間著作《閱微草堂筆記》。

〔註1〕王偉，《大清的角落——那些鮮爲人知的歷史碎片》（北京：電子工業出版社）
　　　　第7章。

　　在《閱微草堂筆記》中，紀曉嵐以故事的形式，詼諧的語言，表達其一生中對很多事情的看法，其中因果報應與轉世輪迴貫穿書中大小故事。紀曉嵐說因果，獨樹一幟，自成一家，有自己的風格，藉助有形人、無形鬼魅的穿越、感應，或善報，或惡報，展現一段段因緣故事。筆記記述的神狐有義、鬼魅有情，較之道貌岸然的偽道人士、見利忘義的世俗小人、縱情聲色的狂徒浪子，多出幾分真性情和可愛之處。所謂舉頭三尺有神明，因果輪迴自有報，善得彰顯、惡必重罰，就算欲蓋彌彰生時能瞞天過海，死後也難逃陰間審判，即使數世累怨也必追究到底。儘管博覽群書、胸中萬壑的紀曉嵐於序言中明確其一生述而不作，但是，仍以這特殊的筆記小說形式宣導教化人倫，警醒世人天理循環倫常綱理，行善棄惡。唐朝政治家魏徵（580年～643年），字玄成，曾任諫議大夫、左光祿大夫，封鄭國公，以直諫敢言著稱，是中國史上最負盛名的諫臣。魏徵逝世之後，太宗悲慟之極，謂侍臣：「人以銅為鏡，可以正衣冠，以古為鏡，可以見興替，以人為鏡，可以知得失。魏徵沒，朕亡一鏡矣！」〔註2〕以古為鏡，可以知興替，以人為鏡，可以明得失。以紀曉嵐為鏡，可知人應謹言慎行，居安思危，藉慎恐懼，伴君如伴虎，以積極正面生活之餘如履薄冰，謹小慎微。以《閱微草堂筆記》為鏡，可領悟儘管神怪之說不可盡信，但因為古代先民奉為常理，故能懷敬畏之心、廉恥之心，遂行為舉止都有所約束，不至膽大妄為、無視公理。

　　現實人生沒有「如果」，只有「後果」和「結果」，以結果而論，所有事情的發生都是必然，沒有偶然，浮生若夢，會少離多，緣起緣滅，悲歡離合，生老病死，都是符合自然現況的結果，因果報應之說可稱是自然界的定律，在認為「本來無一物，何處惹塵埃」、「一切如夢幻泡影」的佛法中，亦有所謂「萬法皆空，因果不空」的論斷，生死輪迴每個人都無法避免，有生即有死。自古以來人類就一直在探索，生死從何而來？何以能夠瞭解超越生死輪迴的奧秘？這些問題世人已經探索好幾千年。二千多年前印度釋迦牟尼佛，就已經將生命輪迴的真相做過圓滿的解釋。在中國兩千五百多年前的至聖先師孔子，曾經對生死輪迴也有所提及，孔子說：「未知生，焉知死。」他對生的學問禮義講述很多，死亡或死後的學問講得很少，但是也承認人有生死輪迴。《易經》註解中提到「精氣為物，遊魂為變」，這裡的遊魂，就是人還沒有投胎之前的狀況，精氣是指父母血氣結合，人投胎以後的狀況。可見人死

〔註2〕吳兢撰，《貞觀政要》（長沙：岳麓書社，1991年）卷二〈任賢第三〉，頁42。

後不見得就甚麼都沒有，而是會去投胎的。西方聖哲柏拉圖在他的著作《理想國》裡，也多次提到人有靈魂以及靈魂能夠離開身體的現象，可見生命的因果輪迴眞實存在，由《閱微草堂筆記》的因果輪迴故事中大致上有三點體悟：

一、因緣皆定，果報相生

亦如「種瓜得瓜，種豆得豆」，因果命數不可能無中生有或雜亂無章，也不可能有因無果或有果無因。信者恆信，但不管相信與否，因果報應的定律都是宇宙和生命現象的基本規範。眾生所造的業必定遵循這不變法則，同類因必生同類果報，善業必生善報，惡業必生惡報，種善因必結善果，種惡因必結惡果，雖不一定眼見爲憑，但冥冥之中注定存在。

二、不是不報，只是時候未到

不必計較命運公平與否，眼前種因未必一定會結果，即有可能今生死後，來世或下下世得到報償或報應，可能是宗教中的下世報與累世報，下世報是下一世就得到報償或報應。累世報有相隔百年甚至千年，歷經幾世輪迴還在糾纏的宿世牽連。故有《百業經》中說：「縱經百千劫，所作業不亡，因緣會遇時，果報還自受。」〔註3〕所造的罪業即使百劫過後也不會毀滅，即使經過再漫長的時間，因緣成熟，風雲際會，果報依舊，自食其果。

三、自作自受，不由於他，咎由自取，與人無由

人生際遇可遇不可求，然吉凶禍福是自招而來，人未動念時，心地清淨，如同虛空，無善惡之別，只因動心起念，心之所向的若是好事就是善，所向若是壞事就是惡。最初只不過是一個念頭、做了一件事情而已，日積月累，就有善和惡的區別。而招禍或得福，都是取決於起心動念時，既然以自我爲中心起心動念而造業，其所造業的果報，按因果相生決定，只能由造業主體的生命延續變化來承受果報。而現在所承受的業報，必定是自己今生過去，甚或前生宿世的業力所感。

宗教追求的極樂世界理想國度，與故事中呈現天界及冥界的神佛思想有所不同，它是在死後以生前罪惡善行的程度，決定來世轉生何類，爲人或其他動物，及來生的富貴榮華，以輪迴轉生過程中不斷積累的「業」決定來生。佛教思想目標尋求「解脫」，就是能離「苦」得「樂」，獲得「眞正的自由」。

〔註3〕索達吉堪布仁波切譯，《金剛經釋》（香港：心一堂有限公司，2014年），頁210。

喚醒「自我」的過程，以產生新「自我」的動力。覺悟過程中，無論是自己直接經驗輪迴過程，或目睹別人的輪迴過程，都有強調「輪迴轉生」、「因果業報」的觀念，《閱微草堂筆記》的因果輪迴故事表現相當豐富，經過許多時間、人物、環境、事證或物證來確認果報輪迴的事實。而人物經過感悟或磨練之後的自我，與經過試煉之前的自我完全不同，其人生觀、精神價值都已改變。現實上追求功名富貴之心、生死存亡之事，全轉化爲「空」。雖然有的作品淡化「四大皆空」的觀念，但精神覺悟之後而歸於佛門，或通過佛教式考驗而得到覺悟過程來看，具有充分地呈現出以佛教式的精神覺悟來超越生死，而邁向解脫境界。

　　《閱微草堂筆記》卷七有段故事，說有位讀書人夜裡經過岳廟，朱門緊閉，卻有人從廟裡出來。他知道這是神明，於是稱之爲上聖，對其頂禮膜拜。那人扶他起來說：「我不是貴神，是右邊司鏡的小吏，送文簿到這裡來」。讀書人問什麼是司鏡？是業鏡嗎？司鏡吏說：「業鏡所照的是人們做的善惡。而心中細微的變化，種種起伏無常的虛情假義，被人隱秘包藏，往往有的人外表像麒麟、鳳凰，內心卻像鬼魅，這些無形的深邃隱匿，業鏡照不出來。南北宋之後，這種僞裝之術日漸盛行。掩飾過失，有人竟然一生都沒有敗露過。於是上天諸神商議，將業鏡移到左台，照眞小人；增設心鏡於右台，照僞君子。兩鏡圓光左右對映，即全數洞悉人的內心世界。有執拗，有偏邪，有黑如漆，有彎如曲鉤；有骯髒如糞的，有渾濁如泥滓的，有內心險惡千遮萬掩，有脈絡左右貫穿百般鑽營，有像荊棘像刀劍，有如蜂蠆虎狼；也有顯現出冠蓋的影像，有的顯現出金銀寶器的氣象，甚至有的隱隱顯現出秘戲圖上的影像。但是回顧他們的外形，都是道貌岸然的僞君子。其中圓潤精瑩如明珠，清澈如水晶的，千百個人中只有一二個而已。我站在心鏡旁，都一一記錄下來。三個月去一次嶽帝處，讓他判定福禍。大概名望越高的懲罰的越嚴，手段越巧妙的，懲罰越重。《春秋》記載魯國二百四十年的歷史，其中，可憎惡的人物不少，上天雷擊伯夷廟，這是上天對展禽的隱匿，以示懲罰。你可要記住了。」讀書人敬受教誨，隨後把自己的居室命名爲「觀心」。

> 于道光言，有士人夜過岳廟，朱扉嚴閉，而有人自廟中出，知是神靈，膜拜呼上聖。其人引手掖之曰：「我非貴神，右臺司鏡之吏，齎文簿到此也。」問：「司鏡何義，其業鏡也耶？」曰：「近之，而又一事也。業鏡所照，行事之善惡耳。至方寸微曖，情僞萬端，起滅

無恒，包藏不測，幽深邃密，無跡可窺，往往外貌麟鸞，中蹈鬼域，隱匿未形，業鏡不能照也。南北宋後，此術滋工，塗飾彌縫，或終身不敗。故諸天合議，移業鏡於左臺，照真小人；增心鏡於右臺，照偽君子。圓光對映，靈府洞然：有拗捩者，有偏倚者；有黑如漆者，有曲如鉤者；有拉雜如糞牆者，有混濁如泥滓者；有城府險阻千重萬掩者，有脈絡屈盤左穿右貫者；有如荊棘者，有如刀劍者，有如蜂蠆者，有如虎狼者；有現冠蓋影者，有現金銀氣者；甚有隱隱躍躍現秘戲圖者。而回顧其形，則皆岸然道貌也；其圓瑩如明珠、清激如水晶者，千百之一二耳。如是者，吾立鏡側，籍而記之，三月一達於岳帝，定罪福焉。大抵名愈高，則責愈嚴；術愈巧，則罰愈重。《春秋》二百四十年，癉惡不一，惟震伯夷之廟，天特示譴於展氏，隱匿故也。子其識之！」士人拜授教，歸而乞道光書額，名其室曰「觀心」。〔註4〕

　　紀曉嵐筆下的心鏡是否真實存在，無從考證，但故事寓意警示人心，規勸向善。夜深人靜時捫心自問，自我檢討，看看自己的心，是否深深的隱藏什麼。因為隱藏於心底的事，儘管別人不知，但天知地知，騙得了別人也騙不了自己，命運之神會用不同的方法，進行懲戒。人們往往不明曉因果，卻又不得不背負因暗藏或隱匿罪責，隨之而來的痛苦和麻煩。看《閱微草堂筆記》因果輪迴故事，再拿現代發生的事來對比，甚至是自己身邊周遭發生的事，不難發現，因果規律就是不管相信它與否，它永遠都是客觀存在的。古語「舉頭三尺有神明」是說神明無處不在，勸人莫以惡小而為之，告誡人們惕厲因果，揚善棄惡。紀曉嵐從各方面講到世間萬事萬物皆有因果輪迴，冥冥中一切自有安排定數。雖說人非聖賢，孰能無過。但通過紀曉嵐故事能體會到：一者：執著固然重要，但不能強求，有道是：命裡有時終須有，命裡無時莫強求。凡事看淡，謀事在人，成事在天。二者：遇事做到問心無愧，無愧於天地，無愧良心。三者：盡力多做力所能及的善事，以求積德。因果的故事總有其特別的教化意涵，也許似真似假並不重要，重點在教化民心，端正民風，引導人心走向正途，無論對己對人都好。因果輪迴是恆存不變的真理，信或不信，都無法阻止因果業力的輪迴果報能力。是故紀曉嵐花了將近十年的時間，著作紀錄對因果輪迴的敘述。想想紀曉嵐的因果故事，也許

〔註4〕《閱微草堂筆記》卷七〈如是我聞一〉，頁94。

不只是講述給當時的人明白，也是爲後世人有修身、齊家、治國、天下平的借鏡。

參考文獻

一、古籍

1. 吳璵註譯，《新譯尚書讀本》（臺北：三民書局，1989 年）。

2. 楊伯峻著，《春秋左傳注》修訂本（臺北：洪葉文化，1993 年）。

3. 謝冰瑩等編譯，《新譯四書讀本》（臺北：三民書局，2002 年）。

4. 吳兢撰，《貞觀政要》（長沙：岳麓書社，1991 年）。

5. 李昉等編，《太平廣記》（臺南：平平出版社，1975 年）。

6. 紀曉嵐撰，《閱微草堂筆記》（北京：中華書局，2013 年）。

7. 嚴文儒注譯，《新譯閱微草堂筆記》（臺北：三民書局，2013 年）。

8. 袁枚作，《子不語》（上海：上海古籍出版社，2012 年）。

9. 袁枚作，《續子不語》，（臺北：師大出版中心，2013 年）。

10. 干寶原著，《搜神記》（臺北：五南圖書公司，1997 年）。

11. 郭慶藩著，《莊子集釋》（臺北：河洛圖書出版社，1980 年）。

12. 曾祐撰，《弘明集》（上海：上海古籍出版社，1991 年）。

二、近人研究著作

（一）專書

1. 王穎撰，《乾隆文治與紀曉嵐志怪創作》（鄭州：中州古籍出版社，2008 年）。

2. 王季香等編，《古今文選》（高雄：麗文文化出版社，2011 年）。

3. 王偉著，《大清的角落——那些鮮爲人知的歷史碎片》（北京：電子工業出版社）。

4. 祁連休著，《中國民間故事史：清代篇》（臺北：秀威資訊科技公司，2012

年）。

5. 索達吉堪布仁波切譯，《金剛經釋》（香港：心一堂有限公司，2014 年）。

6. 許源浴編譯，《由閱微草堂筆記淺談～凡夫心與菩薩行》（臺北：絜根教育永續會，2012 年）。

7. 淨空法師譯，《紀曉嵐寫的因果故事》（臺南：淨宗學會，2004 年）。

8. 蔡志忠原著，《莊子說》（臺北：明日工作室，2003 年）。

9. 楊發興主編，《清高宗乾隆》（長沙：青蘋果數據中心，2013 年）。

10. 魯迅撰，《中國小説史略》（上海：上海古籍出版社，2006 年）。

（二）論文

1. 焦泰平，〈《閱微草堂筆記》因果報應問題辯正〉，西安：《唐都學刊》第 2 期，2000 年。

2. 周明華，〈說狐：以《閱微草堂筆記》爲中心〉，南昌：《江西財經大學學報》第 3 期，2004 年。

3. 黃洽，〈《閱微草堂筆記》的思想内涵〉，煙臺：《煙臺師範學院學報：哲學社會科學版》第 1 期，2004 年。

4. 韓希明，〈試析《閱微草堂筆記》女性倫理思想〉，南京：《南京社會科學》第 4 期，2005 年。

5. 楊亮，〈紀曉嵐因果輪回觀念之危機——以《閱微草堂筆記》爲視角〉，南充：《西華師範大學學報：哲學社會科學版》第 2 期，2007 年。

6. 魏曉虹，〈淺談《閱微草堂筆記》中的雷神〉，長春：《古籍整理研究學刊》第 2 期，2009 年。

7. 賴芳伶，〈閱微草堂筆記中的觀念世界及其源流影響〉，臺北：臺灣大學中國文學研究所碩士論文，1974 年。

8. 陳韋君，〈《閱微草堂筆記》情緣故事之研究〉，台中：中興大學中國文學系碩士論文，2003 年。

9. 劉雯鵑，〈歷代筆記小說中因果報應故事研究〉，臺北：中國文化大學中國文學研究所博士論文，2003 年。

10. 金志淵，〈《閱微草堂筆記》鬼神故事之研究〉，臺北：臺灣大學中國文學研究所碩士論文，2004 年。

11. 鄧代芬，〈《閱微草堂筆記》的陰間界域研究〉，雲林：雲林科技大學漢學資料整理研究所碩士論文，2006 年。

12. 蘇晏玲，〈《閱微草堂筆記》吏治研究〉，屏東：屏東教育大學中國語文學系碩士論文，2008 年。

13. 戴筱玲，〈寓風教於小說—《閱微草堂筆記》復仇故事研究〉，台中：中興大學中國文學系碩士論文，2009 年。

14. 張玉慧，〈《閱微草堂筆記》之文士生活研究〉，桃園：中央大學中國文學系碩士論文，2009 年。

15. 陳季蓁，〈《閱微草堂筆記》因果報應故事研究〉，臺北：臺北市立教育大學中國語文學系碩士論文，2011 年。

16. 賴富娟，〈從《閱微草堂筆記》看紀昀的生命觀〉，台中：東海大學中國文學系碩士論文，2011 年。

17. 張雅趾，〈《閱微草堂筆記》夢故事研究〉，桃園：銘傳大學應用中國文學系碩士論文，2012 年。

（三）報紙

1. 王鵬著，〈紀曉嵐和《閱微草堂筆記》〉，2010 年 2 月 3 日（中華讀書報）。